FANPRO

Uwe Anton, geboren 1956 in Remscheid, ist seit 1980 als freiberuflicher Schriftsteller tätig und hat sich darüber hinaus auch als Übersetzer einen Namen gemacht. Im Sommer 1998 stieg der heute in Wuppertal lebende Autor bei PERRY RHODAN, der größten Science-Fiction-Serie der Welt ein. Im Lauf der Jahre publizierte er über einhundert Heftromane, zahlreiche Taschenbücher sowie rund dreißig Kurzgeschichten. Sowohl Science Fiction als auch Horror, Kriminalliteratur und historische Romane gehören zu seinen bevorzugten Genres.

Uwe Anton

Planet der Silberherren

Erster Band des Monolith-Zyklus

Originalausgabe

FanPro
Band 71013

Titelbild: Arndt Drechsler

Redaktion: Sabine Kropp
Lektorat: Michael Thiesen
Satz und Layout: Ralf Berszuck
Umschlaggestaltung: Ralf Berszuck
Druck und Bindung: CPI Moravia Books s. r. o., Tschechien

Besuchen Sie unsere Website *http://www.fanpro.com*

http://www.atlan.de

Printed in Czech Republic 2008

ISBN 978-389064-178-2

Für Rainer Castor, der mich, seitdem wir uns kennen, selbstlos an seinem umfassenden Wissen über das gesamte PERRY RHODAN-Universum teilhaben lässt. Auch in diesem Roman steckt ein Teil davon. Vielen Dank, du alter Grantler!

Kleines Who is Who

Atlan – der Lordadmiral sucht sich selbst und daher muss er sterben

Atog'Mar – ein Händler wird zu neugierig

Christina Gabrielle – das Wunderkind ist verunsichert

Coal'ha – eine schöne Frau, die einen Mann den Kopf kostet

Cockney »Rooster« Faucet – der Unberührte hat keine Lust mehr

Geriok Atair – der Ara muss ein Machtwort sprechen

Gucky – der Mausbiber findet den richtigen Dreh – aber nicht ganz

Malcher – ein Mächtiger trauert seinem toten Hund nach

Naileth Simmers – die Kommandantin der IMASO hat es nicht leicht mit ihrem Chef

Perry Rhodan – der Großadministrator hat eigentlich keine Zeit

Ramit Claudrin – so stellt man sich einen Epsaler vor

Rion Parth – der USO-Spezialist hört einfach nur zu.

Safira Pandolus – eine Wissenschaftlerin macht eindeutige Angebote

Santjun – der Risiko-Agent hat mit Atlan mehr gemeinsam, als er ahnt

Tarber Moonk – ein Ertruser spielt auf der Feuerorgel der IMASO

Te'pros – ein Junge, der will, aber nicht kann

Terry Ulcarach – ein gesprächiger Mann mit einem geduldigen Zuhörer

Tipa Riordan – die Piratin in der Besenkammer

Winer Melher – was macht ein Gourmetkoch an Bord eines Explorers?

Erster Teil
Der Aufstieg

Prolog

Warum sieht das *Wunderkind* mich so seltsam an?

Verstohlen schaut es zu mir herüber, wendet den Blick aber sofort wieder ab. Es scheint peinlich berührt zu sein, dass ich es von oben bis unten mustere. Ich habe den Eindruck, dass es am liebsten überall wäre, nur nicht hier. Dass es ihm unangenehm ist, mir zu begegnen. Dass es Angst vor mir hat.

Aber Christina Gabrielle, Erster Wissenschaftlicher Offizier der IMASO, wagt es nicht, das Wort an mich zu richten. Schließlich bin ich ihr oberster Vorgesetzter. Sie sagt kein Wort, räuspert sich lediglich kurz, nickt und wendet sich ab, erleichtert, dass ich sie nicht anspreche.

Die Situation kommt mir seltsam vertraut vor. An Bord der EX-2714 hat man mich auch so gut wie gar nicht zur Kenntnis genommen. Aber dort war ich ein Niemand; hier bin ich immerhin der Regierende Lordadmiral der USO.

Ich sehe Christina nach, bis sie in einer Biegung des Korridors aus meiner Sicht verschwindet, und gehe weiter.

Die IMASO ist kein großes Schiff, ein leichter Kreuzer der STAATEN-Klasse mit einem Durchmesser von lediglich 100 Metern. Ein schnelles Aufklärungsschiff, nicht zu verwechseln mit den schwerer bewaffneten, ebenfalls 100 Meter durchmessenden Angriffskreuzern der STÄDTE-Klasse. Aber beide haben eins gemeinsam: Die Wege sind kurz.

Ich nähere mich dem Antigravschacht. Auch wenn sich das *Wunderkind* zurückgezogen hat, fühle ich mich weiterhin beobachtet. Natürlich; man misstraut mir hier.

Wahrscheinlich aus gutem Grund. Ich hätte mir auch misstraut, hätte ich das Kommando über das Schiff. Naileth Simmers wird es nie verstehen. Es gibt Dinge, die sind wichtiger als das eigene Leben. Ich muss die IMASO zerstören. Der Kreuzer darf sein Ziel nicht erreichen.

Ich werfe einen Blick zurück über die Schulter, halte Ausschau nach Robotsonden, kleinen Spionen, die mich auf Schritt und Tritt überwachen, kann aber keine entdecken. Das überrascht mich nicht. Naileth hat vielleicht keinen Einblick in das Gesamtbild, begreift nicht, worum es wirklich geht, aber sie ist nicht dumm. Sie hat Zeit genug gehabt, sich auf alle Eventualitäten vorzubereiten.

Den Antigravschacht betrete ich mit gebotener Vorsicht; meine unliebsamen Erfahrungen mit ihm sind mir noch gut in Erinnerung. Aber sie haben es damals nicht geschafft, mich zu töten, und sie werden es auch jetzt nicht schaffen.

Unauffällig taste ich nach dem Kombistrahler unter meiner Jacke. Die Waffe wird mir ermöglichen, mein Ziel zu verwirklichen.

Ich schwebe hinab, vorbei an der kleinen hydroponischen Anlage auf Hauptdeck 4 unterhalb des Ringwulstes, und sehe auf die Uhr. In zwei Minuten werde ich den Maschinenraum erreicht haben. Niemand wird es wagen, mich aufzuhalten, sollte mir überhaupt jemand begegnen. Niemand weiß, was ich vorhabe. Und selbst wenn: Ich bin der Regierende Lordadmiral der USO.

Im Maschinenraum werde ich vielleicht noch eine Minute benötigen. Also werde ich in drei Minuten tot sein.

Dieses Wissen erfüllt mich mit tiefer Befriedigung. Über 11.000 Jahre bin ich alt geworden. Das muss genügen. Was ist schon mein Leben gegen das Wohlergehen einer ganzen Kultur?

Als ich den Antigravschacht wieder verlasse, verspüre ich trotzdem ein gewisses Bedauern. Die IMASO ist ein gutes Schiff. Sie steht zwar im Dienst der USO, wurde aber 2956 auf Luna erbaut, hat bereits mehrere Kampfhandlungen erlebt und sich dabei trotz – oder gerade wegen – einiger Beschädigungen einen sehr guten Ruf erworben. Der Raumer und die Besatzung gelten als *zäh*.

Um die Besatzung tut es mir leid. Sie hätte etwas anderes verdient, als für eine höhere Sache zu sterben, ohne die Hintergründe zu kennen.

Aber es gibt keine andere Möglichkeit. Manchmal muss man eben Opfer bringen.

Vor mir öffnet sich die Tür zum Maschinenraum. Ich mache noch zwei, drei Schritte und halte dann überrascht inne.

Damit habe ich, wie ich eingestehen muss, nicht gerechnet.

Major Naileth Simmers wartet zehn Meter vor mir auf mich, sieht mich mit festem, ja schon starrem Blick an.

Und sie ist nicht allein.

Fünf Kampfroboter bilden einen Halbkreis vor ihr. Vier davon gehören der Modellreihe GLADIATOR an, stählerne Kolosse, deren Körper entfernt an das Skelett eines Humanoiden erinnern, aber mit Waffen in den Händen, die kaum ein Mensch tragen kann, sofern er nicht von einer Extremwelt stammt. Der fünfte ist sogar ein neuartiger TARA II UH, ein kegelförmiges, bis an die Zähne bewaffnetes Monstrum mit ausfahrbaren Waffenhalterungen, die mit jeweils einer schweren Waffe armiert sind. Das Arsenal umfasst einen Desintegrator, einen Impulsstrahler, einen Paralysator und eine kleine Transformkanone – Waffen, die der Roboter an Bord dieses Schiffs kaum einsetzen kann. Geschützt wird er durch einen vierfach gestaffelten HÜ-Schirm. Außer einer schweren Panzerung zählen ein Deflektorschirm, ein Traktorstrahl und ein Prallschirmgenerator zu seinen Defensivsystemen. Allein dieses Ungetüm könnte mich in Sekundenbruchteilen liquidieren. Ich bin, gelinde gesagt, überrascht, dass die IMASO solch ein hochmodernes Gerät überhaupt an Bord hat.

Die Energieschirme der anderen Roboter flimmern, die Mündungen ihrer Waffen leuchten, unnatürlich hell, wie es mir vorkommt.

Es ist vorbei, Beuteterraner, meldet sich nach langer Zeit endlich wieder mein Extrasinn. In letzter Zeit verstehen wir uns nicht besonders gut. Nach allem, was vorgefallen ist, kann ich es ihm nicht verübeln. *Sieh es ein. Wie ich dir gesagt habe, du hast keine Chance. Gib auf, sonst stirbst du.*

»Und eine ganze Kultur stirbt?«, flüstere ich. »Geht unter, als hätte sie nie existiert?«

Wer bin ich, dass ich dir Ratschläge ertei...

Der Logiksektor verstummt mitten im Wort.

Der Grund dafür wird mir einen Sekundenbruchteil später klar. Plötzlich flimmern nicht nur die Schutzschirme der Roboter, sondern auch die Luft neben Naileth Simmers gerät in Bewegung. Dann, abrupt, ohne Vorwarnung, steht das Wesen aus meinen Träumen neben dem Major. Ja, es ist dieses Geschöpf, eindeutig. Vielleicht einen Meter groß, mit seidigem, rotbraunem Pelz, soweit ich es feststellen kann. Es trägt die lindgrüne Uniform eines Soldaten des Solaren Imperiums.

Wäre die Lage nicht so ernst gewesen, hätte ich grinsen müssen. Ein übergroßer Biber mit einem übergroßen Schwanz, dem Kopf einer Maus und einem einzigen übergroßen Nagezahn!

Und mit nicht unerheblichem Übergewicht, wie ich nun eindeutig feststelle. Die Uniform muss eine Spezialanfertigung sein, kann einige übermäßig ausgeprägte Rundungen aber nicht verbergen.

Ob das Geschöpf – wie in meinen Träumen – eher watschelt als geht, kann ich nicht feststellen. Es steht reglos neben der Kommandantin und schaut mich an.

So putzig es aussieht, sein Blick könnte Lava zu Eis gefrieren lassen.

Wie nennt es sich noch? Bedrückt muss ich feststellen, dass ich seinen Namen nicht kenne.

Naileth Simmers räuspert sich. »Ich weiß, was Sie vorhaben, Lordadmiral. Und ich kann das nicht zulassen.«

»Treten Sie zur Seite, Major, und desaktivieren Sie die Kampfroboter. Haben Sie mich verstanden? Das ist ein Befehl, Major.«

Simmers schüttelt den Kopf. »Sir, nein, Sir. Es tut mir leid, Atlan. Lordadmiral.«

»Sie wissen nicht, was Sie tun, Major. Ich habe Ihnen einen direkten, unmissverständlichen Befehl erteilt.«

»*Sie* wissen nicht, was *Sie* tun, Lordadmiral. Es tut mir leid, aber ich muss Sie aufhalten, Sir. Und ich habe die Mittel dazu. Bitte geben Sie auf, Sir.«

»Das kann ich nicht.« Das Schicksal einer ganzen Welt steht auf dem Spiel. Ich bewege langsam, unendlich langsam, die rechte Hand, schiebe sie unter meine Jacke.

Ich würde viel für einen Rat des Logiksektors geben, doch er schweigt. Ihm gefällt auch nicht, was ich vorhabe.

Noch sechs, sieben Zentimeter und ich berühre den Griff meiner Waffe. Dann ist wieder alles möglich. In elftausend Jahren lernt man so manchen Trick.

»Ich weiß, dass Sie unter ihrer Jacke einen Kombistrahler versteckt haben, Sir.«

Ich halte in der Bewegung inne, nur zwei, drei Zentimeter vom Griff der Waffe entfernt. Damit habe ich die Option verloren, den Strahler zu ziehen, ihn auf die Kommandantin zu richten und ein Patt herbeizuführen, bevor die Kampfroboter mich paralysieren können.

Ich kneife die Augen zusammen, als ich bemerke, dass die Kampfroboter nicht ihre Paralysatoren aktiviert haben, sondern die Desintegratoren und Thermostrahler.

Das verwirrt mich zusätzlich. Naileth Simmers will mich nicht außer Gefecht setzen, betäuben, sie will mich töten. Damit hätte ich niemals gerechnet. Mein ganzer Plan ist nun hinfällig.

Meine Gedanken rasen. *Warum will sie mich töten?*

Normalerweise würde der Extrasinn diese Frage stellen und darüber spekulieren, doch da er die Zusammenarbeit verweigert, muss ich selbst nach einer Antwort suchen.

Was läuft hier falsch? Längst hätte Major Simmers mich paralysieren lassen können, doch sie will mich töten. *Warum?,* denke ich erneut. Es muss einen Grund dafür geben.

»Sir, ziehen Sie langsam den Kombistrahler unter Ihrer Jacke hervor und lassen Sie ihn dann fallen. Das ist die letzte Warnung. Befolgen Sie augenblicklich diese Anweisung, Sir, oder ich befehle den Robotern, das Feuer zu eröffnen. »*Bitte*, Sir«, fügt sie fast beschwörend hinzu.

Aus. Vorbei.

Ich schreie auf, greife nach der Waffe, und die Roboter schießen, und ich fühle einen Schmerz, der meinen gesamten Körper zerreißt, und alles wird dunkel, und dann ist nichts mehr …

Die erste Ebene

Ich erwachte von einem Augenblick zum anderen.

Die Dunkelheit, aus der ich so abrupt aufgetaucht war, verharrte noch einen Augenblick am Rand meines Bewusstseins, ohne dass ich sie fassen konnte. Ihre Oberfläche war nicht glatt, nicht einförmig. Es schien darunter zu brodeln; sie kam mir vor wie eine Sphäre, in der sich etwas Lebendiges befand, das daraus zu entkommen versuchte und sich mit ungezügelter Wut gegen die Begrenzung warf, mal hier, mal dort, jedoch ohne die geringste Aussicht, die Hülle zu durchbrechen.

Hoffte ich unwillkürlich. Ich wollte gar nicht wissen, was dort eingesperrt war.

Als ich die Augen öffnete, verschwand der Eindruck vom Rand meines Sichtfelds. Oder meiner Gedanken?

Ich stellte fest, dass meine Augen tränten; eindeutig ein Zeichen meiner Erregung. Oder lag es an dem grellen Licht, das mich blendete? Instinktiv schloss ich die Lider wieder, zwang mich zur Ruhe und versuchte nachzudenken, mich zu erinnern.

Wie kam ich hierher? Und überhaupt: Wo war ich? Ich hatte nicht die geringste Ahnung.

Irgendetwas stimmt hier nicht.

Was war hier los? Was hatte das alles zu bedeuten?

Ich zögerte kurz, als erwartete ich, dass jemand mir antwortete, eine Hilfestellung gab, mir erklärte, was mit mir geschehen war. Aber alles blieb still.

Womit hatte ich gerechnet? Mit einer Stimme in meinem Kopf, die mir gute Ratschläge erteilte?

So absurd dieser Gedanke auch anmutete, er kam mir seltsamerweise gar nicht so abwegig vor.

Ich riss mich zusammen. Die Situation war völlig undurchsichtig. Litt ich unter Gedächtnisverlust? War ich entführt worden? Meine Ausbildung setzte sich durch, die Erfahrung von Jahrtausenden. Was auch immer geschehen war, vielleicht war es besser, wenn noch niemand bemerkte, dass ich wieder bei Bewusstsein war.

Falls sich überhaupt jemand in der Nähe befand ... Aber ich konnte nicht darauf vertrauen, allein und unbeobachtet zu sein.

Vorsichtig öffnete ich die Augen wieder einen Spalt breit, und diesmal war ich besser auf die Helligkeit vorbereitet. Ich drehte den Kopf und sah mich um.

Ich lag ausgestreckt auf einer Liege. Gefesselt war ich nicht; zumindest konnte ich keine Bänder sehen oder spüren. Ich täuschte ein leises Stöhnen vor, bewegte einen Arm, ein Bein. Nichts hinderte mich daran. Sollte ich von einem Fesselfeld umschlossen sein, ließ es mir jedenfalls einen gewissen Spielraum. Freiheiten sozusagen, die ich nutzen konnte.

Die Umgebung kam mir fremd und vertraut zugleich vor.

Fremd, weil ich an diesem Ort selbst noch nie gewesen war; jedenfalls konnte ich mich nicht daran erinnern.

Vertraut, weil es sich um ein Labor handelte, um einen Raum vollgepackt mit technischen Einrichtungen. Ich sah zahlreiche Positronik-Terminals, spezielle Analysegeräte, mit denen mannigfaltige Untersuchungen vorgenommen werden konnten, Projektoren zur Erzeugung von Stasis- und Fesselfeldern.

Eine Einrichtung, wie sie typisch ist für die Technische Abteilung in einem Raumschiff, dachte ich. *Stark komprimierte Hightech auf engstem Raum.*

Wenn ich mit meiner Vermutung richtig lag, konnte es kein besonders großes Schiff sein. Ich hatte schon wesentlich geräumigere Technische Abteilungen gesehen.

Ich lauschte konzentriert, vernahm aber nicht das geringste Geräusch. Keine Stimmen, aber auch nicht das Summen von Geräten. Die Geräuschlosigkeit war geradezu unnatürlich.

Warum war es in dieser verdammten Technischen Abteilung so still?

Langsam setzte mein Denkvermögen wieder ein. Ich musste mir nichts vormachen. Wenn ich mich wirklich in einem modernen Raumschiff befand, würden diejenigen, die mich hierher verschleppt hatten, längst wissen, dass ich aus meiner Bewusstlosigkeit erwacht war. Individualtaster, Überwachungsgeräte, die wesenlose Aufmerksamkeit einer Positronik – wen wollte ich täuschen? Bislang war mir das höchstens bei mir selbst gelungen.

Ich atmete tief durch und setzte mich auf.

Nichts geschah. Offensichtlich gab es kein Fesselfeld, das mich hielt. Man hatte mich nicht in meiner Bewegungsfreiheit eingeschränkt.

Langsam schwang ich die Beine von der Liege, blieb eine Weile sitzen, horchte in mich hinein. Aber mit mir schien alles in Ordnung zu sein; mir war nicht schwindlig, wie es oftmals der Fall war, wenn man lange gelegen hatte und sich dann wieder bewegte. Ich ging das Risiko ein und stand auf.

Meine ersten, noch zögernden Schritte waren völlig sicher. Anscheinend hatte ich nicht monatelang in einem Regenerationstank gelegen, sondern nur ganz kurz auf dieser Pritsche.

Als ich mich noch einmal zu ihr umdrehte, um sie genauer zu betrachten, war sie verschwunden.

Ich kniff die Augen zusammen, aber am Ergebnis änderte sich nichts. Mein Ruhelager schien sich in Luft aufgelöst zu haben. Ich trat einen Schritt vor, und noch einen, streckte die Hand aus, ertastete aber keinerlei Widerstand. Unten schimmerte im schwachen Licht der kahle Stahl des Bodens, dahinter der Kunststoff einer Konsole.

Wie war das möglich? Wie konnte sich ein Gegenstand einfach in nichts auflösen?

Was wurde hier gespielt? Wie war ich hierher gekommen? Und ... die vielleicht wichtigste Frage ... *wer war ich eigentlich?*

Ich konnte mich nicht an meinen Namen erinnern.

Genau genommen konnte ich mich an gar nichts erinnern. Weder daran, wie ich hieß, noch an irgendetwas, was meine Person und Vergangenheit betraf.

»Dafür kann es viele Erklärungen geben«, murmelte ich. Nicht, um mich zu beruhigen – an meiner Lage konnte ich kurzfristig wahrscheinlich nichts ändern, und eine direkte Gefahr für mein Leben schien nicht zu bestehen – sondern um mich zu logischem Nachdenken zu zwingen. Es konnte nicht schaden, mir zuerst eine Waffe zu besorgen, die so wirksam war wie möglich. Ich sah mich um, fand auf Anhieb aber nichts, was mir hilfreich erschien.

Ich trat zu einer der Konsolen, studierte sie. Es schien sich um ein Standardmodell terranischer Bauart zu handeln, wie es bei praktisch allen modernen Raumschiffen verbaut wurde. Ich legte die Hand auf eine Schaltfläche, um sie zu aktivieren, doch nichts geschah. Es floss keine Energie.

Ich versuchte es an einem zweiten Pult, mit demselben Ergebnis. Nachdenklich strich ich mit der Hand über die Bauteile. Einen Moment lang befürchtete ich, dass es sich lediglich um Attrappen handelte, doch sie fühlten sich ganz normal an.

Vielleicht etwas kalt ...

Welchen Sinn ergäbe es, die Technische Abteilung eines Raumschiffs mit Attrappen nachzubauen? Hatte man mich entführt und wollte mir eine Umgebung bieten, die mir vertraut war, in der ich mich wohlfühlte? War ich Wissenschaftler?

Ich schüttelte den Kopf und ging langsam weiter.

Sämtliche Geräte waren tot – bis auf eins. Ein schwaches silbernes Schimmern verriet, dass es aktiviert war.

Es handelte sich um ein Spektralanalysegerät auf atomarer Basis. Das obere, scheibenförmige Element wurde von vier schmalen Verstrebungen gestützt; unter dem Metall flimmerte ein Energiefeld. Ich streckte die Hand aus, zog sie aber schnell wieder zurück; man hatte mir schon als Kind beigebracht, weder eine Kochfläche anzufassen noch die Finger in Flammen zu halten.

Einen Moment lang lauschte ich in mich hinein, als erwartete ich erneut, eine innere Stimme zu hören, die mit mir erörterte, wie ich nun am besten vorgehen sollte. Aber da war natürlich nichts; wie kam ich nur auf solch verrückte Ideen?

Ich richtete meine Aufmerksamkeit wieder auf das Analysegerät. Das Energiefeld endete nahtlos an der unteren Objektscheibe, auf der der zu untersuchende Gegenstand lag. Transparente rote und milchig weiße Strahlen erfassten ihn vollständig und durchdrangen ihn teilweise.

Stirnrunzelnd trat ich näher und betrachtete das Objekt. Es war ein unscheinbares Schmuckstück, offenbar aus Silber, ein Armreif mit einem primitiven Klappverschluss. Es war schlicht gearbeitet, wies keine Verzierungen auf, abgesehen von einer kleinen Gravur, die man mit viel Phantasie als Symbol für eine Flamme deuten konnte.

Eine Antiquität?

Doch weshalb sollte jemand im Labor eines Raumschiffs ein Schmuckstück untersuchen?

Da niemand da war, der mich einen Narren schimpfen konnte, tat ich es selbst. Es gab durchaus Gründe, solch ein Objekt zu analysieren. Vielleicht war es ein Artefakt, Überrest einer untergegangenen Kultur. Vielleicht sollte es als Bezahlung bei einem Tauschhandel dienen. Vielleicht war der Kommandant des Schiffs oder der Leiter der Technischen Abteilung einfach ein Schmucksammler und wollte seine Neuerwerbung taxieren.

Vielleicht gab es aber auch einen ganz anderen Grund für solch eine Untersuchung.

Auf einem Monitor flimmerten die bisherigen Ergebnisse der Analyse, Datenkolonnen, die rasend schnell herabrollten. Seltsamerweise bereitete es mir nicht die geringst Mühe, die Zahlen und Buchstaben zu lesen und zu behalten. Es hatte den Anschein, dass ich das, was ich einmal gesehen hatte, nicht mehr vergessen konnte.

Welch ein Hohn! Wieso konnte ich mich dann nicht mehr an meine Vergangenheit erinnern, nicht einmal an meinen Namen?

Das Schmuckstück bestand nicht aus glänzendem Metall, wie ich auf den ersten Blick vermutet hatte, sondern aus einem silbrigen, leicht nachgiebigen, offensichtlich *organischen* Material. Es wies eine gitterförmige Struktur auf, und darin eingelagert waren ultraschwere Atome mit einem durchschnittlichen Atomgewicht von über 1000.

Ich kniff die Augen zusammen. So etwas hatte ich noch nie gesehen; diese Substanz war mir völlig fremd.

Ich wartete, bis weitere Daten über den Bildschirm liefen. Offensichtlich war das Material, aus dem das Schmuckstück bestand, *durchscheinend*. Es wies zahlreiche extrem kleine kristalline Einschlüsse auf, die sich, wie ich nun mit eigenen Augen verfolgen konnte, unter dem Analysator-Mikroskop ständig zu neuen, winzigen Mustern umorientierten, als suchten sie eine ideale Form – oder versuchten, sich zu verändern. Sie waren in ständiger Bewegung. Ohne jeden Einfluss von außen, wie die Daten mir verrieten, veränderten sie ihre Gestalt. Sie bildeten Ketten und lösten sie im nächsten Moment wieder auf, zogen sich zu Ringen zusammen, die sofort wieder zerfielen, diffundierten in dem silberähnlichen Material des Schmuckstücks und strömten wieder zusammen, um zu neuen Anordnungen zusammenzufinden.

Ich glaubte, meinen Augen nicht trauen zu dürfen. Das konnte im Prinzip eigentlich nur eins bedeuten ...

Solch ein Verhalten musste man als *quasi-lebendig* bezeichnen!

Nun war mir klar, wieso der Herr über dieses Labor das Objekt einer eingehenden Untersuchung unterzog. Worauf war die Besatzung dieses Schiffs mit diesem Fundstück gestoßen? Auf ein Bindeglied zwischen unbelebter und belebter Materie? Auf ein Rätsel der Evolution, das bis heute unbeantwortet geblieben war? Fiebrige Erregung erfasste mich, als mir die Bedeutung dieses Objekts allmählich wirklich klar wurde.

Aber dann beschlichen mich wieder Zweifel. So aufsehenerregend solch eine Entdeckung auch sein mochte, irgendetwas ging hier nicht mit rechten Dingen zu.

Wieso ließ man diesen Fund unbeaufsichtigt? Wieso beschäftigten sich keine Wissenschaftler mit ihm? Wieso war dieses Labor völlig menschenleer?

Und wieso war ich ausgerechnet hier erwacht? Aus welchem Grund befand ich mich hier, und wieso hatte ich die Erinnerung an mein früheres Leben verloren?

Ein Geräusch unterbrach meinen Gedankengang, ein ... zähes Schmatzen, ein klebriges Schleifen. Es war nicht besonders laut, doch die Totenstille hier in diesem Raum verlieh ihm eine besondere Qualität. Ich hatte den Eindruck, mein Trommelfell würde platzen.

Unsinn! Natürlich eine Täuschung.

Ich sah mich um. Kalt schimmernde Konsolen und Geräte unter einer genauso kalten, grellen Beleuchtung. Starre Schatten, teilweise verzerrt, aber unbewegt; sie stellten keine Gefahr dar.

Eine Waffe! Ich hatte mich nach einer Waffe umgesehen, als ich das seltsame Objekt bemerkt hatte. Jetzt bedauerte ich, dass ich nachlässig gewesen war und mich hatte ablenken lassen.

Zögernd trat ich einen Schritt vor, und noch einen. Nichts. Vor mir bildeten Konsolen und Analysegeräte einen schmalen Gang. Ich drückte mich mit dem Rücken gegen den Kunststoff. Plötzlich spürte ich, wie kalt er war; ein frostiger Hauch durchdrang meine Kleidung und rief auf meiner Haut einen heftigen Schmerz hervor. Aufschreiend sprang ich vor; es fühlte sich an, als hätten Flammen mir den Rücken versengt.

Flammen ... wie sie auf dem silbern schimmernden Schmuckstück dargestellt wurden.

Nur ein Zufall, sagte ich mir. *Nichts steckt dahinter. Flammen sind Feuer, und Feuer ist bei manchen Kulturen auch ein Symbol für das Leben.*

Das schmatzende Geräusch erklang erneut, diesmal hinter mir. Ich fuhr herum, lief los, sah mich um, konnte aber nichts ausmachen, blieb stehen. Ich lauschte, hörte aber nur das rasselnde Geräusch meines eigenen Atems, zwang mich zur Ruhe, drehte den Kopf.

Eine Meditationsübung half mir, mich zu konzentrieren. Sie flog mir einfach zu, ohne dass ich mich darum hätte bemühen müssen.

Dagor.

Der All-Kampf, die waffenlose Kampfkunst, angeblich vom legendären Heroen Tran-Atlan geschaffen. Mehr noch, die damit verbundene Philosophie und Lebenseinstellung, vervollkommnet im Arkon-Rittertum, dessen Hauptkodex um 3100 da Ark entstand. Die *Zwölf Ehernen Prinzipien*. Weitere Begriffe strömten auf mich ein, ohne dass ich darum gebeten hätte. Die Hauptwerke, auf die sich die Dagoristas bezogen ... *Bekenntnisse eines Dagoristas* von Ashkort da Monotos, um 3500 da Ark, *Buch des Willens* von Dolanty, um 3100 da Ark,

Das Buch der fünf Ringe von Horkat da Ophas, um 3800 da Ark, *Die Zwölf Regeln des Schwertkampfs im All* von Meklosa da Ragnaari, um 4000 da Ark, *Kampftechnikenbuch der Dagoristas* von Shandor da Lerathim, um 5700 da Ark ...

Ich stöhnte leise auf, musste einiges an Willenskraft aufbringen, um die Gedankenkette zu beenden, sonst hätte ich mich noch stundenlang an diesem Wissen ergötzt, von dem ich nicht einmal gewusst hatte, dass ich es überhaupt besaß. Meine Vermutung, dass ich nichts von dem vergessen konnte, was ich einmal gesehen oder gehört hatte, schien zuzutreffen. Wie sagte man dazu? *Ein fotografisches Gedächtnis* ...

Aber man musste auch lernen, damit umzugehen, und ich schien diese Fähigkeit eingebüßt zu haben – wie alles andere auch. Ein solches Gedächtnis konnte zur Gefahr werden; hätte eine konkrete, unmittelbare Bedrohung bestanden, wäre ich jetzt vielleicht schon tot, weil ich mich hatte ablenken lassen.

Das Geräusch!

Es erklang schon wieder, diesmal näher, viel näher, und dann spürte ich eine Berührung an meinem rechten Bein. Ich verbiss mir einen Aufschrei, sprang zurück und schaute zu Boden, was ich schon längst hätte tun sollen. Bei meiner Suche nach dem Urheber dieses widerwärtigen Schmatzens hatte ich mich nur auf Augenhöhe umgesehen, vielleicht auch einen Meter höher oder tiefer.

Noch ein Fehler, der tödlich hätte enden können, glaubte ich eine Stimme in meinem Kopf zu hören. Ich lauschte wieder in mich hinein, aber da war nichts.

Was hatte ich auch erwartet?

Konzentriere dich! Es gab Wichtigeres, als über nicht vorhandene Ratgeber in meinem Gehirn nachzudenken. Kaum einen Meter vor mir breitete sich eine Pfütze auf dem Boden aus, eine Lache aus einer dickflüssigen, halbtransparenten Substanz. Es war kein Wasser, eher eine Art Schleim. Unwillkürlich musste ich an Protoplasma denken.

Das Zeug breitete sich nicht aus wie eine gewöhnliche Flüssigkeit. Es war nicht annähernd kreisförmig zerflossen, mit ausgefransten Rändern und Ausbuchtungen dort, wo kleine Senken im Boden den Weg bestimmten. Vielmehr hatte es den groben Umriss einer humanoiden Gestalt. Deutlich erkannte ich den Torso mit Hals und Kopf und jeweils ein Arm- und Beinpaar.

Und es bewegte sich. Wie die Travestie eines menschlichen Körpers kroch das Ding langsam voran, genau in meine Richtung, als könne es mich irgendwie wahrnehmen.

Unwillkürlich wich ich einen Schritt zurück, und noch einen, doch der Kopf des Gebildes wurde dünnflüssiger, dehnte sich in meine Richtung aus, zog Hals, Körper und Gliedmaßen hinter sich her.

Ich machte einen Satz nach hinten, doch das Gebilde aus Protoplasma schnellte vorwärts, verringerte den Abstand. Ich wollte mir nicht ausmalen, was geschehen würde, wenn die Masse mich erreichte. Die Berührung selbst mochte nicht gefährlich sein, die hatte ich ja schon überstanden, aber wenn die Masse mich einhüllte, in Mund und Nase drang ...

Ansatzlos wirbelte ich herum und lief los. Das leise Schmatzen hinter mir wurde zu einem lauten Schwappen. Als ich einen Blick über die Schulter warf, sah ich, dass das Zerrbild eines Menschen ebenfalls an Geschwindigkeit gewonnen hatte. Es war noch dünnflüssiger geworden und hatte die humanoide Form aufgegeben, glitt nun wie eine Schlange über den Boden. Hinter ihm blieb eine feuchte Spur auf zurück, doch diese Flüssigkeitsreste rollten sich zu Kügelchen zusammen und folgten der Hauptmasse, um sich mit ihr zu vereinigen.

Ich lief weiter, hielt auf einen Arbeitstisch zu, legte die Hände um die Kante und schwang mich hinauf. Nun befand ich mich etwa einen Meter über dem Boden, bezweifelte aber, dass ich mich in Sicherheit gebracht hatte. Das seltsame Geschöpf war auf der ersten Ebene, ich aber nur gut einen Meter darüber. Ich sah mich wieder um, konnte aber nichts entdecken, was mir mehr Schutz geboten hätte.

Die Masse erreichte den Tisch, schwappte um dessen vier Beine, zog sich dann wieder zurück. Rasend schnell verdichtete sie sich, bildete wieder humanoide Umrisse aus. Und dann ...

... richtete sie sich langsam auf.

Ein Teil der Flüssigkeitsmasse sackte in die Beine, bildete mächtige Oberschenkel aus, ein anderer floss in die Schultern und formte dann fast genauso voluminöse Arme. Die Travestie eines Humanoiden zog sich halb hoch, bis sie vor mir kniete. Die übermäßig ausgeprägten Körperteile bildeten sich wieder zurück, und die Proportionen nahmen ein normales Maß an. Mehr noch: Als würde ein Bildhauer seinem Werk den letzten Schliff geben, zeigten sich nun die detaillierten Strukturen eines muskulösen, austrainierten männlichen Körpers.

Er kniete nun ganz ruhig vor mir, schwankte nicht mehr, wie noch ein paar Sekunden zuvor, hob einen Arm und streckte ihn nach mir aus. Als wolle er nach mir greifen, aber nicht, um mich zu bedrohen, sondern einfach nur, um mich zu berühren. Es war eine Geste der Verehrung und gleichermaßen der Verzweiflung.

Auch der Kopf veränderte sich rasend schnell, prägte nun ein Gesicht aus, das von Sekunde zu Sekunde menschenähnlicher aussah, natürlicher. Die Züge wirkten immer schärfer geschnitten, die gerade Nase, die schmalen Lippen ... Sogar die Nachahmung von Haar bildete sich, weißblond, etwas mehr als schulterlang ...

Ich schluckte, glaubte meinen Augen nicht zu trauen. Ich kannte das Gesicht, dessen Mund sich nun öffnete.

Es war mein eigenes.

»Atlan«, krächzte die unheimliche Gestalt, und die nach mir ausgestreckte Hand fing an zu zittern. Näher und näher rückte sie mir, und ich starrte sie hilflos an, wusste nicht, was ich tun sollte. »Atlan ... hilf mir ... ich brauche dich ...«

Ich starrte auf den Mund des Wesens, doch die Lippen bewegten sich nicht. Mir wurde klar, dass ich die Stimme direkt in meinem Kopf vernahm. »Hilf mir ... vereinige dich wieder mit mir ...«

Atlan ... der Name kam mir seltsam vertraut vor. Ja, natürlich. Der legendäre Heroe Tran-Atlan sollte doch die waffenlose Kampfkunst des *Dagor* geschaffen haben. Aber wieso sprach das Geschöpf mich mit diesem Namen an? War ich etwa Tran-Atlan, der Heroe?

»Atlan!«, sagte in diesem Augenblick eine andere Stimme, eine viel höhere, zweifelsfrei weibliche, und ich fuhr herum, drehte den Kopf.

Eine Frau stand am Ende des Ganges, den die Tische und Instrumente bildeten. Ich kannte sie nicht. Sie mochte vielleicht fünfzig Jahre alt sein, war etwa einsachtzig groß, schlank, relativ langbeinig, hatte eine Figur, die ich als angenehm, aber unauffällig bezeichnen würde, und kurzes, gewelltes blondes Haar. Ihr Teint war für terranische Verhältnisse eher dunkel, aber wer behauptete denn, dass sie Terranerin war?

Vielleicht hatte ich das geschlossen, weil sie die Uniform der USO-Flotte trug, die ihrer Figur nicht besonders schmeichelte.

»Atlan«, wiederholte sie eindringlich. »*Verstehen* Sie mich? Hören Sie nicht auf ihn! Vertrauen Sie ihm nicht!«

Fragend starrte ich die Frau an. *Wem* sollte ich nicht vertrauen? Etwa diesem unheimlichen Schleimwesen?

Ich drehte den Kopf wieder und sah zu dem Geschöpf. Sein Gesicht hatte sich zu einer Grimasse verzogen. Täuschte ich mich, oder drückte es unglaublichen Schmerz aus, Enttäuschung und unerträgliche Qual?

Ein Schrei erklang in meinem Kopf, und die gerade noch perfekt menschenähnliche Gestalt fiel in sich zusammen, verflüssigte sich wieder. Fast schneller, als ich mit den Blicken folgen konnte, schlängelte sich das Plasmawesen – oder was auch immer es sein mochte – davon und verschwand in dem schmalen Spalt zwischen einem Analysegerät und dem Boden.

Ich sah wieder zu der Frau hinüber. Die Umrisse ihres Körpers schienen schwach zu flimmern, wie bei einem nicht perfekt justierten Hologramm.

Zögernd kletterte ich von dem Tisch, sah zu der Frau hinüber. Sie erwiderte meinen Blick aus grün-braunen Augen. »Wer sind Sie?«, fragte ich.

Je näher ich ihr kam, desto unschärfer wurden ihre Konturen. Mir wurde klar, dass es sich nicht um einen normalen Menschen handelte. Andererseits ... Was war hier schon normal?

»Naileth Simmers«, erwiderte sie. »Erkennen Sie mich nicht?«

Ich schüttelte den Kopf.

»Major Naileth Simmers, Kommandantin der IMASO.«

»Was ist passiert? Wo bin ich?«

»An Bord meines Schiffs. Und zur zweiten Frage ... das ist eine lange Geschichte.«

Ich versuchte zu lächeln, konnte jedoch nicht mit Sicherheit sagen, ob es mir auch gelang. »Ich habe Zeit. Und ich brauche Antworten.« Ich spielte mit dem Gedanken, sie zu fragen, wer ich war, zögerte jedoch. Die ganze Situation war völlig undurchsichtig. Konnte ich Major Simmers wirklich vertrauen?

»Das stimmt nicht ganz. Sie haben keine Zeit, Lordadmiral. Und Sie müssen auf der Hut sein.«

»Auf der Hut wovor?« Ich schien eine unsichtbare Grenze erreicht zu haben. Immer, wenn ich einen Schritt vortrat, wich die Frau einen Schritt zurück, als wolle sie verhindern, dass ich ihr zu nahe kam.

Hielt sie mich für eine Gefahr? Eine Bedrohung? Oder wollte sie vermeiden, dass ich das Flimmern ihrer Umrisse bemerkte?

»Vor ihm.«

»Diesem ... Plasmawesen?« In Ermangelung eines besseren Begriffs benutzte ich diesen.

»Es ist kein Plasmawesen. Es ist ...«

Ich kniff die Augen zusammen, sah sie fragend an. »Was?«

»Ich kann Ihnen das jetzt nicht erklären, Lordadmiral. Dafür ist die Zeit zu knapp. Sie müssen mir vertrauen.«

Lordadmiral Atlan ... das hörte sich bedeutend an.

Major Simmers wich weiterhin stetig vor mir zurück und sah mich dabei unverwandt an. Sie erreichte das Analysegerät, in dem das silberfarbene Schmuckstück untersucht wurde. Der flimmernde Energieschirm, der den Armreifen umschlossen hatte, war erloschen, die untere Objektscheibe war leer. Das Schmuckstück war verschwunden.

Ich riss die Augen auf. Ich war mir völlig sicher, dass keine andere Person die Technische Abteilung betreten hatte.

Zuerst die Liege, nun das Schmuckstück ...

Die Kommandantin der IMASO schien meinen zweifelnden Blick richtig zu deuten. »Sie haben den Armreif gesehen, Lordadmiral?«

»Ja. Wo ist er geblieben?«

»Auch das ist eine lange Geschichte ...«

Wenn ich in der Tat ein Lordadmiral war, war ich rangmäßig höher gestellt als ein Major. Vielleicht war es an der Zeit, diese Karte auszuspielen. Mit den Andeutungen und Ausflüchten der Kommandantin vermochte ich jedenfalls nicht herauszufinden, was hier gespielt wurde. »Major ...«

»Es ist wirklich nicht so leicht zu erklären, Sir. Ich versuche ja, Ihnen zu helfen, und es ist schon ein großer Fortschritt, dass ich überhaupt zu Ihnen durchgedrungen bin. Ohne ... ohne Unterstützung wäre mir das niemals gelungen. Es tut mir leid, Sir, aber ich kann Ihnen jetzt keine Einzelheiten erklären, das alles dauert zu lange. Ich muss Sie bitten, mir einfach zu vertrauen, Sir.«

Ich kniff wieder die Augen zusammen, musterte die Gestalt, wie sie vor mir stand, die flimmernden Konturen, die den Körper nur unscharf abgrenzten. »Sie sind nicht echt, Major, nicht wahr?«

Die Frau, die sich mir als Naileth Simmers vorgestellt hatte, seufzte leicht. »Doch, das bin ich, Lordadmiral. Ich bin sogar sehr real. Wenn auch nicht unbedingt für Sie, Sir.«

»Was soll das heißen? Was ist mit mir passiert? Wo bin ich?«

»An Bord der IMASO, Sir. Ein schneller Kreuzer der STAATEN-Klasse im Dienst der USO.«

»Aber nicht in der Technischen Abteilung, oder?«

Die Kommandantin zögerte, rang offensichtlich mit sich. »Ich halte es nicht für vorteilhaft, Ihnen das zu verraten, Sir. Mir wurde eine andere Vorgehensweise nahegelegt ...«

»Reden Sie endlich mal Klartext, Major! Von wem nahegelegt?«

»Von ...«

Ich sah die Bewegung aus dem Augenwinkel, ein feuchtes Schimmern, ein rasantes Dahinfließen. Das unheimliche Wesen, das mich schon einmal vorfolgt und auf den Tisch getrieben hatte, schoss mit einer Geschwindigkeit, die es vorher nicht an den Tag gelegt hatte, um die Ecke und schnellte sich vom Boden ab. Es hatte seine humanoide Form aufgegeben, zeigte sich nun als riesiger Tropfen, für den die Gesetze der Schwerkraft nicht zu gelten schienen.

»Nein!«, hörte ich den gellenden Schrei der Kommandantin, und bevor ich reagieren konnte, hatte das fremdartige Geschöpf mich bereits erreicht. Die Wucht des Aufpralls riss mich zu Boden. Auch ich schrie auf, aber nicht lange, denn die halbflüssige Substanz des Wesens schmiegte sich an mich, sickerte an Ärmeln und Beinen unter meine Kleidung, legte sich wie eine zweite Haut um meinen Körper, um den Kopf. Mein Schrei verklang, als mir schmierige Feuchtigkeit in den Mund drang, in die Nase. Ich konnte nicht mehr atmen, spürte, wie die Substanz durch Luft- und Speiseröhre in meinen Körper glitt, in mein Gehirn, sich dort ausbreitete, als wäre sie schon immer dort gewesen. Alles wurde dunkel um mich.

»Endlich!«, vernahm ich die krächzende Stimme des Wesens außerhalb meines Körpers, und dann, im nächsten Augenblick, triumphierend, unglaublich erleichtert, direkt in meinem Kopf: »Endlich sind wir wieder vereint!«

Ulcarach

Sieh mich nicht so an, Rion. Ich weiß, du bist nicht gut auf mich zu sprechen. Ich verstehe das durchaus. Wäre ich an deiner Stelle, wäre ich auch nicht gut auf mich zu sprechen. Aber du musst mich trotzdem nicht so anschauen.

Was ich getan habe, war ziemlich drastisch, sicher, aber es musste sein. Der Meinung bist du doch auch, Rion, oder? Ich meine, wir beide sind Profis, absolute Profis. Wir haben gewusst, worauf wir uns einlassen, da müssen wir uns nichts vormachen. Als wir uns verpflichtet haben, war uns klar, dass es für uns kein Zuckerschlecken werden würde. Wenn man für die USO tätig ist, gibt es keine Garantien, nicht mal auf Gleiter. Wir müssen ständig das Unerwartete erwarten. Du musst dir zum Vorwurf machen, dass du schlafmützig warst. Du hast dir nicht den Rücken freigehalten. Du warst zu vertrauensselig.

Die meisten Leute haben keine Ahnung, was es heißt, USO-Spezialist zu sein. Meinetwegen auch SolAb-Agent, so weit sind wir ja gar nicht auseinander. Sie verklären unser Geschäft, haben die irrwitzigsten, hehren Vorstellungen davon. Aber du weißt genau wie ich, dass das Blödsinn ist. Es gibt keine Ehre unter Agenten, keine Konventionen. Wir müssen überleben, nur darauf kommt es an. Alles andere ist Nebensache. Wir täuschen, lügen, vertuschen, betrügen, stellen Fallen, verletzen, verstümmeln, morden, wenn es sein muss. Wir müssen jede Sekunde damit rechnen, dass sich unsere Wege mit denen eines Gegners kreuzen, der das Spiel besser versteht als wir. Der gerissener ist, skrupelloser.

Der uns umbringt, bevor wir überhaupt merken, was gespielt wird.

Natürlich müssen wir unsere Aufnahmeprüfungen absolvieren. Natürlich nimmt man uns gnadenlos unter die Lupe, bevor wir in den erlauchten Kreis aufgenommen werden. Natürlich ist unsere Ausbildung so hart, dass mehr als die Hälfte aller Kandidaten wieder abspringen, bevor sie sich »USO-Spezialisten« nennen dürfen.

Aber dann? Die Milchstraße ist groß, Rion. Manche Agenten haben einfach Glück. Sie werden an galaktischen Brennpunkten eingesetzt, überleben und machen Karriere.

Andere haben Pech. Sie machen Dienst nach Vorschrift, und irgendwann werden sie ins kalte Wasser geworfen. So etwas passiert immer wieder.

Ich hatte eigentlich Glück, aber darüber haben wir ja schon hundert Mal gesprochen, Rion. Anfangs wollte ich etwas bewirken, an eben jenen Brennpunkten eingesetzt werden, vielleicht sogar Geschichte schreiben. Doch der Agenten-Alltag kann anders sein. Wenn du Pech hast, machst du jahrelang Tag für Tag das Gleiche. Nichts passiert. Du bist kein Held, höchstens ein Schläfer, vielleicht auch ein Briefkasten. Irgendwann stumpfst du ab. Aber wem sage ich das, Rion? Du kennst das ja selbst.

Und dann ... dann passiert was. Und du bist so bequem geworden, so gleichgültig und der Routine verhaftet, dass du nicht damit fertig wirst. Genauso war es bei mir.

Du kennst meine Biografie. Du kennst mich wahrscheinlich besser als irgendein anderes Lebewesen in der Milchstraße. So kurz die Zeit auch gewesen mag, die wir zusammengearbeitet haben, sie war lang genug, um mich gründlich kennen zu lernen. Die Zeit auf diesem Hinterwäldlerplaneten ... mein Gott, *Thanaton*. Ändere den letzten Buchstaben ab, und du hast die Personifikation von Tod und Sterblichkeit in der griechischen Mythologie: *Thanatos*. Wie kann man einen Planeten nur so nennen?

Nun ja ... hier leben Lemurerabkömmlinge. Vielleicht hatte *Thanos* bei ihren Vorfahren eine völlig andere Bedeutung als in der klassischen irdischen Sprache. Vielleicht hat sich dieser Wortstamm auf der Erde aber auch über Jahrhunderttausende erhalten und wurde ins Griechische hinübergerettet. Ich bin zwar USO-Spezialist für Sprachen, habe mich aber nur rudimentär mit den antiken beschäftigt. Mein hauptsächliches Interesse gilt den modernen, wie du weißt. Oder galt.

Was ich sagen will, Rion – du kennst mich wie kein anderer. Du kennst meine Biografie. Ich habe dir nie etwas verheimlicht.

Tja, der gute alte Terry. 51 Jahre auf dem Buckel, zu alt, um noch jemals eine große Karriere zu machen. Mit den jungen Heißspornen kann ich nicht mehr mithalten. Die erledigen aus dem Handgelenk, wozu ich mich gewaltig anstrengen muss. Und die wirklich große Erfahrung, mit der ich dieses Defizit ausgleichen könnte, habe ich auch nicht. Auf dem Mars geboren bin ich, als drittes Kind zurückgekehrter Siedler. Seit 25 Jahren USO-Agent, mit »Fremdkulturenunterwanderung« als Spezialgebiet. Ein toller Begriff, nicht wahr?

Mit 26 Jahren bin ich dem Verein beigetreten, und ich kann wahrscheinlich von Glück reden, dass sie mich überhaupt genommen haben. Klar, ich spreche über vierzig galaktische Sprachen fließend, aber auch nur dank des Hypno-Trainings, das ist also nichts Besonderes. Natürlich bin ich ausgebildet in der Anwendung unterschiedlichster Überlebenstechniken, aber auch das gehört zum Job.

Und was habe ich daraus gemacht? Sieh mich doch an, Rion! Ich bin – unmaskiert – ein jovial erscheinender, rothaariger Terraner von einem Meter und fünfundachtzig Körpergröße mit leichtem Hang zur Korpulenz. Na toll! Die Frauen fliegen auf mich, und ich trinke meinen Martini geschüttelt, nicht gerührt.

Falls du mit diesem Zitat etwas anfangen kannst. Aber klassische Prä-Transitions-Literatur hat dich nie interessiert, nicht wahr?

Du weißt, was mir passiert ist, mein Freund. Damals, vor zehn Jahren, als ich mich in den Außendienst versetzen ließ. Aufgrund belastender Erlebnisse, wie die Psychologen so schön sagen. Die Mission auf Thanaton ist meine vierte derartige. Ich habe dir nie erzählt, um was für Erlebnisse es sich handelte, dir immer nur versichert, dass ich eigentlich ein loyaler Agent der USO bin. Das stimmt auch. Aber nach allem, was nun geschehen ist ...

Du hast verdient, dass ich mich dir vollständig öffne, Rion. Wirklich. O nein, ich habe es nie zugegeben, aber ich bin nicht der Schönheit dieses Planeten erlegen, auf dem ich mir endlich ein lebenswertes Leben aufbauen konnte. Keineswegs.

Sieh mich nicht so an, Rion. Ich will jetzt ganz ehrlich zu dir sein. Du bist der erste, dem ich das jemals erzählt habe. Abgesehen von den USO-Spezialisten natürlich, die mich nach diesem Fiasko damals verhört haben. Denen konnte ich nichts verheimlichen, gar nichts.

Also hör zu, Rion ...

Die zweite Ebene

In der Dunkelheit, in die ich gestürzt war, brannte nun ein Licht. Eine schwache Flamme, winzig klein, zitternd, als stünde sie in einem starken Luftzug und drohe jeden Augenblick auszugehen, aber doch mehr als das, was vorher gewesen war. Mehr als lediglich brodelnde Finsternis, unter der sich etwas verbarg, mit dem ich gar nicht in Berührung kommen wollte.

»Du hast mich nicht getötet?«, fragte ich das Ding, das nun in meinem Kopf war.

Nein, antwortete es überrascht. *Warum sollte ich? Es war nie meine Absicht, dich zu töten. Wie kommst du darauf?*

»Du hast mich verfolgt, hast mich angegriffen ...«

Ich wollte nur wieder mit dir vereint sein. Es ging nicht anders. Wäre die Vereinigung nicht in absehbarer Zeit gelungen, hätte ich meine Existenz verloren, wäre ich erloschen wie eine Flamme im Sturm. Ich spürte schon, wie ich immer schwächer wurde. Aber wir beide gehören zusammen.

»Wieso? Wer bist du?«

Weißt du das wirklich nicht? Man hat etwas mit uns gemacht. Uns manipuliert, so viel steht fest. Wir müssen herausfinden, was passiert ist.

Soweit gab ich der Stimme durchaus recht. »Das ist mir auch klar. Aber du hast meine Frage noch nicht beantwortet.«

Ich bin dein Extrasinn, gab die Stimme lapidar zurück.

»Mein Extrasinn?« Der Begriff sagte mir durchaus etwas.

Dein Logiksektor.

»Ja, ich weiß.« Der Extrasinn war ein Gehirnbereich von Arkoniden, der im Verlauf eines fünfdimensional-hyperenergetischen Aufladungsprozesses als dritter Grad der ARK SUMMIA aktiviert werden konnte. Mit seiner Hilfe wurden Dinge erfasst, die infolge eines noch fehlenden Erfahrungsschatzes nur mit einer unbewusst einsetzenden Logikauswertung gemeistert werden konnten. Daher stammte die Zweitbezeichnung Logiksektor. Verbunden mit der Aktivierung war die Ausbildung eines photographisch exakten Gedächtnisses.

Hatte ich nicht den Eindruck gehabt, nichts vergessen zu können, was ich jemals gesehen hatte? Das stimmte ja soweit mit dem überein, was die Stimme mir berichtete.

Ich wusste auch, dass Arkoniden, die auf einen aktivierten Extrasinn zurückgreifen konnten, ihren »normalen« Zeitgenossen überlegen waren. Sie erfassten, verstanden und kalkulierten Vorkommnisse deutlich schneller und folgerichtiger, als Wissenschaftler erzielten sie wesentlich bessere Erfolge. Bis zu einem gewissen Grad entwickelte ein Extrasinn ein eigenständiges, wenn auch mit seinem Träger permanent verbundenes Bewusstsein. Die Kommunikation zwischen beiden erfolgte per Gedankenkontakt und war für den Extrasinn-Inhaber mit dem Gefühl verbunden, ein Unsichtbarer spreche in sein Ohr.

Auch das entsprach den Erfahrungen, die ich gemacht hatte. Ich hatte das Gefühl gehabt, eine Stimme in meinem Kopf müsse sich melden und mir Ratschläge erteilen, und ich hatte sie genau genommen sogar vermisst.

Der Logiksektor sagte etwas, doch ich achtete nicht darauf und rief mir in Erinnerung zurück, was ich sonst noch über dieses Phänomen wusste. Die Eigenständigkeit des Extrasinns bedingte, dass er seine Kommentare selbständig abgab und sich nicht abschalten ließ. Mit wachsender Lebensdauer bestand die Gefahr, dass Schlüsselreize das fotografische Gedächtnis anregten und die Assoziationen sich zu dem gefürchteten Sprechzwang auswuchsen, bei dem die gespeicherten Erinnerungsbilder detailgetreu erneut durchlebt und dabei berichtet wurden.

War etwa genau das mit mir geschehen? War mein Extrasinn fehlerhaft? Litt er an Ausfallerscheinungen? Versuchte er, sich als eigenständige Persönlichkeit zu etablieren? Kämpfte er gegen mich? War all das, was ich erlebt zu haben glaubte, nur ein Ausdruck, eine sinnbildliche Darstellung für diesen Kampf?

Nein, sagte der Extrasinn eindringlich. *Denke nach! Wie könnte das deinen Gedächtnisverlust bewirken? Dahinter muss noch viel mehr stecken!*

»Wer verrät mir, dass *du* mir nicht meine Erinnerungen genommen hast, um mich zusätzlich zu schwächen? Ich kann nicht so recht an eine Manipulation von außen glauben. Ein aktivierter Logiksektor *erhöht* seinen Besitzer. In Einzelfällen ist mit der Aktivierung sogar die Ausbildung von telepathischen oder sonstigen Parakräften verbunden, und der Extrasinn unterstützt den Träger bei der Ausbildung eines Monoschirms zur Abschottung gegen telepathische Ausspähung. Dadurch wird eine geistige Manipulation umso unwahrscheinlicher.«

Das ist richtig, aber ...

»Allerdings sind – wenn auch nur wenige – Fälle eines Phänomens bekannt, das als *multipel personalisierter Extrasinn* charakterisiert wird. Es waren stets besonders begabte Persönlichkeiten mit hohen Lerc-Werten, bei denen es sich manifestierte. Der Logiksektor trat bei ihnen nicht als Ratgeber im Hintergrund auf, sondern entwickelte ein Eigenleben in der Art einer gespaltenen Persönlichkeit. Es kam zu regelrechten inneren Rollenspielen, an denen neben dem Betroffenen beliebige ihm nahe stehende Persönlichkeiten oder deren Abbilder beteiligt waren. Alles weist darauf hin, dass ich gerade so etwas erlebe.«

Dann musst du dir ja keine Sorgen machen. In allen bekannten Fällen hat sich am Ende die hochbegabte Persönlichkeit des Be-

troffenen gegen den fehlgeleiteten Extrasinn durchgesetzt, nicht wahr?

Was auch wieder den Tatsachen entsprach. »Im Einzelfall kann das jedoch viele Jahre dauern«, hielt ich dagegen. »Und so etwas wird mit einer gezielt herbeigeführten und kontrollierten Bewusstseinsspaltung verglichen.«

So kommen wir nicht weiter. Dir ist aber klar, dass du mir mit deiner gesamten Argumentation in die Hände spielst?

»Inwiefern?«

Ruf dir deine Worte in Erinnerung. Lausche auf ihren Klang. Wie hört sich das an, was du gerade gesagt hast?

Ich zögerte. »Worauf willst du hinaus?«

Wie Worte aus dem Lehrbuch, nicht wahr? Du leierst erlerntes Wissen herunter, ohne es in Beziehung zu dir selbst setzen zu können. Wann wurde ich aktiviert? Seit wann sind wir zusammen?

Ich schwieg. Ich wusste es nicht. »Sag du es mir«, antwortete ich.

Es tut mir leid, aber da kann ich dir nicht weiterhelfen. Meine Erinnerungen werden ebenfalls überlagert ... oder unterdrückt. Genau wie die deinen, nicht wahr?

»Ja. Was ist deine letzte Erinnerung?«

Ich bin erwacht und war von dir getrennt. Ich hatte Schmerzen, grausame Schmerzen, und ich wusste, ich würde sterben, wenn es mir nicht gelang, mich wieder mit dir zu vereinigen. Und du?

»Ich bin ebenfalls erwacht, aus einer abgrundtiefen Finsternis aufgetaucht, und fand mich in diesem Labor wieder. In der Technischen Abteilung der IMASO, wie diese angebliche Majorin behauptet. Ich konnte mich weder an meinen Namen noch meine Vergangenheit erinnern und ...«

Das meine ich nicht, unterbrach mich der Extrasinn ungehalten.

»Was meinst du denn?«

Hast du mich ... vermisst? Hast du das Gefühl gehabt, ohne mich unvollständig zu sein? Vielleicht sogar ... sterben zu müssen?

Ich antwortete nicht darauf.

Nun ja, jetzt sind wir ja wieder vereint, fuhr der Logiksektor nach einer Weile fort. Er klang betroffen. *Wir müssen in die Zukunft sehen. Nur gemeinsam kommen wir aus dieser ungewöhnlichen Situation wieder hinaus. Was schlägst du also vor?*

»Normalerweise bist du doch der Berater, und ich befolge deine Ratschläge, nicht wahr?«

Wir müssen auf jeden Fall auf der Hut sein. Ich habe das Gefühl ... oder sogar Indizien dafür ... dass jemand unser Verschmelzen verhindern wollte. Vielleicht findet dieser Jemand sich nicht so einfach damit ab, dass es ihm nicht gelungen ist.

Deutlich hörte ich die tiefe Besorgnis heraus, die in den Worten des Extrasinns mitschwang. Er schien wirklich um seine Existenz zu fürchten.

Ich beschloss, seine Behauptungen vorerst einmal für bare Münze zu nehmen und davon auszugehen, dass er mich unterstützen und ebenfalls schützen wollte. Was hätte ich auch anderes tun können? Ich hatte nicht die geringste Ahnung, wie ich ihn wieder hätte aus meinem Kopf bekommen sollen.

»Wir müssen Informationen sammeln«, sagte ich. »Herausfinden, was mit uns passiert ist, wie und warum wir manipuliert wurden und was diejenigen wissen, die mit uns in Kontakt treten.«

Und wie wollen wir das in Erfahrung bringen?

»Es wäre schon mal ein Anfang, wenn ich die Augen öffnete und mich umsehe.«

Hast du denn die Kontrolle über deinen Körper?

»Das will ich doch hoffen.« Ich war einfach davon ausgegangen. Die Vorstellung, auf längere Zeit oder gar ewig mit meinem Extrasinn in diesem dunklen, leeren Limbus gefangen zu sein, jagte mir einen kalten Schauder über den Rücken.

Ich konnte sie nur auf eine Weise vertreiben.

Ich öffnete einfach die Augen.

»Sir? Kann ich Ihnen helfen, Lordadmiral?«

Ich räusperte mich. Eine junge Frau von vielleicht 30 Jahren sah mich an. Sie war nicht unbedingt mein Typ. Etwa einsachtzig groß, aber für meinen Geschmack etwas zu kräftig gebaut. Ihr rundes Gesicht zeigte jedoch ein Lächeln, das durchaus imstande war, mich dahinschmelzen zu lassen.

Mir fiel keine schlagfertige Antwort ein. Ich stand da und wusste nicht, wer ich war, wo ich war und was gerade um mich herum geschah. Die ganze Situation kam mir völlig unwirklich vor.

Die ganze Situation ist *völlig unwirklich,* stellte der Extrasinn klar.

Plötzlich war ich mir dessen gar nicht mehr so absolut sicher. In gewisser Hinsicht natürlich schon; ich hatte mein Gedächtnis verloren, oder jemand hatte es mir genommen, und dieser Jemand spielte nun mit mir, manipulierte mich, war imstande, meine Umgebung willentlich zu verändern. Aber die Personen, die diese Umgebung bevölkerten, nahmen bestimmte Rollen im Plan des Unbekannten ein. Falls es mir gelang, diese Rollen zu durchschauen und dadurch das Verhalten der Personen im Vorhinein einzuschätzen, war ich schon ein ganzes Stück weiter.

Warum bin ich nicht darauf gekommen?

Ja, warum nicht?, erwiderte ich stumm. *Schließlich willst du doch mein Berater sein!*

Ich sah mich um. Ich befand mich noch immer – oder schon wieder – in dem Labor, der Technischen Abteilung der IMASO – falls diese Information überhaupt zutreffend war. Aber jetzt war es nicht völlig menschenleer, sondern voll besetzt. Die Stammbesatzung eines schnellen Kreuzers der STAATEN-Klasse betrug 150 Personen, und mindestens zehn davon hielten sich in diesem Raum auf. Ich vermutete, dass das Schiff zurzeit in einer wissenschaftlichen Mission unterwegs war.

»Sir«, wiederholte die Frau.

Ich riss mich zusammen. »Ja, natürlich, Miss ...« Ich legte eine Kunstpause ein.

» Oberleutnant Christina Gabrielle, Sir.« Die Frau bedachte mich mit einem fragenden Blick. Kannten wir uns? Innerlich verfluchte ich mein Unwissen. »Erster Wissenschaftlicher Offizier der IMASO.«

»Natürlich.« Ich vermied jede persönliche Anrede. Das »Sir« war im Dienst obligatorisch für sie, aber privat mochte das etwas anders aussehen, und ich wollte mich nicht unnötig in die Nesseln setzen. »Ich ... möchte mir dieses Schmuckstück ansehen, das Sie hier analysieren. Es scheint sich ja um einen ganz außergewöhnlichen Fund zu handeln.«

»Schmuckstück, Sir?« Sie sah mich unsicher an.

Ich grübelte kurz darüber, was man ihrem Blick entnehmen konnte. Unsicherheit? Die auf jeden Fall. Meine Bitte schien sie überrascht zu haben. Aber darunter ... war das Misstrauen oder Überraschung? Oder einfach nur Schüchternheit?

»Genau. Dieses silberne Armband, Oberleutnant.«

»Ich arbeite zwar meistens an mehreren Projekten gleichzeitig, aber ... ein silbernes Armband?«

Ich überlegte kurz, wie weit ich gehen sollte. War es ratsam, ihr zu verraten, was ich entdeckt hatte, bevor der Extrasinn sich mit mir vereinigt hatte? Oder fuhr ich besser, wenn ich das vorerst für mich behielt?

Ich hoffte auf einen Ratschlag des Logiksektors, doch er schwieg. Offensichtlich hatte er noch genug mit sich selbst zu tun.

Ohne auf Antwort des Wissenschaftlichen Offiziers zu warten, ging ich los, direkt zu dem Analysegerät, in dem ich das Schmuckstück entdeckt hatte. Natürlich war es leer. Ich hatte auch nichts anderes erwartet.

Direkt neben dem Instrument befand sich Christina Gabrielles Arbeitsplatz. Zuvor hatte ich nicht darauf geachtet, doch nun ließ ich den Blick über einige Medaillen und eingerahmte Urkunden gleiten. Drei Doktortitel – in Chemie, Physik und Exobiologie –, 3098 Empfängerin des Crest-Gedächtnispreises für herausragende junge Wissenschaftler, zweimal mit der Waringer-Ehrenmedaille ausgezeichnet. Ein richtiges Wunderkind also.

Ich fragte mich, wieso es sie ausgerechnet an Bord eines schnellen Kreuzers verschlagen hatte.

Gabrielle war mir zu ihrem Pult gefolgt. Ratlos stand sie da und sah mich an.

»Dieses Gerät verfügt über einen internen Speicher«, stellte ich fest.

»Sir?«

»Über einen Speicher, in dem festgehalten ist, welche Untersuchungen in letzter Zeit mit diesem Gerät vorgenommen wurden.«

»Ja, natürlich.«

»Ich möchte den Speicher auslesen.«

»Sir, ich kann Ihnen versichern, dass ich weder mit diesem noch auf einem anderen Gerät ein silbernes Schmuckstück analysiert habe.«

»Oberleutnant ...«

»Natürlich, Sir. Kein Problem.« Sie rief die Speicherdaten auf, und ich überflog sie. In den letzten Wochen war in der Tat kein Schmuckstück aufgeführt, ob nun aus einem silberähnlichen oder einem anderen Material.

Ich musste mir eingestehen, dass ich damit gerechnet hatte. Schließlich war das Schmuckstück schon bei meinem zweiten Besuch im Labor verschwunden gewesen, als hätte es nie existiert.

Die Wissenschaftlerin räusperte sich. »Sir ...«

Ich sah sie an.

»Wir alle wissen, was mit Ihnen ... passiert ist, Sir. Vielleicht ...« Sie hielt kurz inne. »Vielleicht wäre es angebracht, wenn ich Sie zur Krankenstation begleiten würde. Oberleutnant Atair wird bestimmt ...« Sie verstummte. Ihre Besorgnis klang ehrlich. In diesem Augenblick kam sie mir weniger wie eine Chefwissenschaftlerin denn wie ein Schulmädchen vor, das ihrem Lehrer gerade eine wissenschaftliche Hausarbeit abgab.

Wir alle wissen, was mit Ihnen passiert ist, Sir. Ich musste mich mit aller Kraft davon abhalten, sie zu fragen, was genau mir zugestoßen war. Ich durfte mich nicht bloßstellen, musste meinen Gedächtnisverlust verschweigen, solange es ging.

»Nein.« Ich schüttelte den Kopf. »Nicht auf die Krankenstation. Aber Sie dürfen mich zur Kommandantin begleiten.«

»Zur Kommandantin?«

»Naileth Simmers, nicht wahr?«

»Ja, natürlich, Sir. Äh ... Ich soll Sie begleiten?«

»Dann können wir uns ein wenig unterhalten.« Selbstverständlich kannte ich den Weg zur Zentrale. Was ich zu dem Wissenschaftlichen Offizier gesagt hatte, war nicht gelogen. Vielleicht konnte ich sie unterwegs unauffällig aushorchen.

»Sofort, Sir.«

Ich drehte mich zum Schott der Technischen Abteilung um und ging voraus. Oberleutnant Gabrielle folgte mir.

»Christina!«, hörte ich einen Ruf, als sich die Tür vor mir öffnete. Ich sah über die Schulter zurück.

Ein vielleicht 30 Jahre alter Techniker mit hellbraunem, wirrem Haar winkte ihr zu. Die spitze Nase in seinem flachen Gesicht war deutlich gerötet. Der Mann wirkte nervös und angespannt, als sei er mit furchtbar wichtigen Dingen beschäftigt. »Ich brauche Hilfe bei der fünfdimensionalen Dimensionsgeometrik! Die Hyperthorik bereitet uns Schwierigkeiten.«

Oberleutnant Gabrielle zögerte, warf mir einen fragenden Blick zu. Ich nickte. Erst, als sie sich abgewandt hatte, runzelte ich die Stirn.

Fünfdimensionale Dimensionsgeometrik? Dieses Prinzip war von den alten Arkoniden in der Theorie als Möglichkeit beschrieben, aber niemals praktisch ausgewertet worden. Es ging dabei um eine »mechanische Teleportation mit Erfassungs-Impulsstrahlen von Objekten, die sich beliebig weit entfernt aufhalten können« – im Klartext um einen Fiktivtransmitter, ein Gerät, bei dem in Gegensatz zu herkömmlichen Transmittersystemen der Ent- wie auch Rematerialisationsbereich frei projiziert werden konnte. Der Transport fand also statt, ohne dass ein Empfangsgerät vorhanden sein musste.

Solch eine Technologie stand einem überlegenen Geisteswesen wie ES zur Verfügung, das der Menschheit einst zwei dieser Geräte überlassen hatte. Aber den Terranern war es genauso wenig wie den Arkoniden gelungen, sie selbst zu konstruieren oder auch nur nachzubauen.

Und Hyperthorik ... das war ein als »spekulative Grenzwissenschaft« einiger altarkonidischer Mathematiker angesehener Forschungszweig der Hyperphysik, dessen Algorithmen, Formalismen und Beschreibungsmöglichkeiten angeblich zur Darstellung von diversen hyperphysikalischen Phänomenen und sogar von Paralleluniversen herangezogen werden konnten.

Wenn in dieser Hinsicht geforscht wurde, dann doch bestimmt nicht an Bord eines leichten Kreuzers der STAATEN-Klasse. Oder aber ... die IMASO war auch ein schnelles Schiff, eins der schnellsten überhaupt. Vielleicht hatte sie ein Gerät transportiert, das hyperphysikalische Phänomene untersuchen oder den Übergang in ein Paralleluniversum ermöglichen sollte. Und vielleicht ...

... vielleicht war dabei etwas schiefgegangen.

Mit mir.

Ich reckte den Hals, hörte jedoch nur noch, wie Christina Gabrielle zu dem jungen Techniker sagte: »Wo liegt das Problem, Marcus?« Dann zogen sie sich ins Innere des Labors zurück.

Ich drehte mich wieder um, tat einen Schritt und blieb wie angewurzelt stehen. Neben dem Schott der Technischen Abteilung war ein Kampfroboter postiert. Ein modernes GLADIATOR-Modell; mir war nicht bekannt, ob die IMASO überhaupt einen oder mehrere der neueren TARAS an Bord mitführte.

Die Kampfmaschine fuhr surrend den Kopf zu mir herum. Einen Moment lang schienen mich hellrote Augen anzustarren, funkelnd wie hochkarätige Diamanten. Sie hob den rechten Waffenarm und senkte ihn wieder.

»Atlan«, schnurrte sie, »du musst vorsichtig sein. Du darfst ihnen kein Wort glauben! Kein Wort! Nichts ist so, wie es zu sein scheint. Du musst herausfinden, was passiert ist, nur dann hast du eine Chance, wieder zurückzufinden.«

Entgeistert starrte ich den Kampfroboter an. »Zurückfinden? Wohin?«

»Selbstverständlich dorthin, wohin du gehörst.«

»*Wer bist du?«,* fragte ich.

»IMASO-GL-Siebzehn.«

Ich schüttelte den Kopf. »Nein. Kein normaler Kampfroboter würde so mit mir sprechen. Wer bist du wirklich?«

»Ein alter Freund von dir, der es gut mit dir meint. Der, der stets das Gute will ...«

»Und nur das Böse schafft?«, fuhr ich ihm ins Wort.

»Ich weiß nicht, was du damit meinst, alter Freund. Aber ich balle meine Hand zur Faust und verrate dir, was ich dir verraten kann.«

Ich horchte auf. »Du weißt mehr. Du kannst mir mehr verraten.«

»Mein Gehirn ist in diesem Augenblick eine Positronik. Ein Computer. Ich bin froh, überhaupt Kontakt mir dir aufnehmen zu können, aber Positroniken werden durch ihre Programmierung beschränkt. Computer streiten nicht, Atlan. Das weißt du doch aus eigener Erfahrung.«

O ja, das wusste ich, auch wenn mir wegen meines Gedächtnisverlusts im Augenblick kein Beispiel einfiel. Hatte es nicht einmal einen Robotregenten von Arkon gegeben? Aber hatte ich jemals etwas mit ihm zu tun gehabt?

Immerhin hatte auch dieser Roboter mich *Atlan* genannt. Wenn keine umfassende Verschwörung gegen mich vorlag, schien das in der Tat mein Name zu sein.

Der Kampfroboter hatte auf meine Anspielung reagiert und damit bewiesen, dass er sich auf einer zweiten Ebene mit mir unterhalten konnte. Wollte ich mehr herausfinden, musste ich mich auf dieses ... Psychospiel einlassen.

»Du weißt mehr«, sagte ich erneut. »Du musst mir helfen. Ich muss es wissen! Bislang hat sich jeder, den ich für einen Freund hielt, als Feind erwiesen.«

Falls der Roboter ein Freund war, war er vielleicht der einzige, den ich jetzt hatte. Der einzige, der mich in meinem vergangenen Leben gekannt hatte. Ich musste mehr in Erfahrung bringen! Aber wie? Wenn mir nicht schnell etwas einfiel, würde ich von ihm keine weiteren Informationen erhalten.

»Wer hat sich als Feind erwiesen? Hältst du Naileth Simmers für eine Feindin? Oder Christina Gabrielle? *Wen hast du denn sonst noch kennengelernt, Atlan?«*

Die Betonung, die die Maschine irgendwie in den letzten Satz legte, ließ keinen Raum für Spekulationen offen. Aber ich wagte den Gedanken nicht zu Ende zu führen.

Ich wusste nicht, ob *er* ihn lesen konnte.

Der Extrasinn.

Der sich seit geraumer Zeit nicht mehr gemeldet hatte.

»Wo finde ich heraus, was mit mir geschehen ist?«

»Hier nicht.«

»Hier, in der Technischen Abteilung?«

Der Kampfroboter gab ein Surren von sich, sagte aber nichts.

»Oder in der IMASO?«

Das Surren wurde lauter.

»In mir selbst?«

»Sie wollen dich töten, Atlan. Schon bald. In den nächsten Minuten.«

»Wer will mich töten?«

Der rechte Waffenarm der Kampfmaschine fuhr wieder hoch und richtete sich auf die Decke des Gangs vor mir. Unvermittelt flimmerte es um die Mündung des schweren Kombistrahlers, den kein normaler Mensch auch nur hätte hochheben können.

Ich legte den Kopf in den Nacken. Die Substanz der Gangdecke schien sich aufzulösen, und dahinter ... *darunter* ... kam etwas *anderes* zum Vorschein.

Ein Gesicht. Rotbraunes Fell, dunkle Streifen darin ... eine mausähnliche Nase ... um den Mund helleres Fell ... ein einziger weißer, gebogener Zahn ... riesige Augen ... zwei große, puschelige Ohren ...

Ich blinzelte, doch das Gesicht in der Gangdecke blieb bestehen.

Die Augen öffneten und schlossen sich in rascher Folge, der Mund schien nach Luft zu schnappen, aber keine zu bekommen. »Glaube ihnen nicht!«, hörte ich eine hohe, piepsige Stimme. »Sie wollen verhindern, dass du ...«

Ein Klicken. Der Kampfroboter aktivierte seine Waffen, richtete sie auf das Gesicht in der Decke und ...

Das Schott der Technischen Abteilung öffnete sich mit einem leisen Zischen. Die Kampfmaschine senkte den Waffenarm. »Ich bin in Wirklichkeit der Mausbiber«, sagte sie, drehte sich zur Seite und verharrte reglos.

Das Gesicht, das sich in der Decke des Gangs manifestiert hatte, war verschwunden.

Der Mausbiber? Dieser verdammte Gedächtnisschwund! Ich konzentrierte mich wieder auf meine Erinnerungen und hoffte, irgendeinen Hinweis darauf zu finden, was hier vor sich ging, doch da war nichts, einfach nichts. Ich hatte den Begriff *Mausbiber* schon mal gehört, doch da er mit meiner Vergangenheit in Verbindung stand, konnte ich nicht das Geringste damit anfangen.

So ist es mit allem, meldete sich zu meiner Überraschung der Extrasinn. *Du weißt genau, wie es in einem schnellen Kreuzer der STAATEN-Klasse aussieht, doch an die IMASO, in der du dich befindest, hast du nicht die geringste Erinnerung. Weder an ihre Mission, noch an ihre Besatzung.*

Ich schluckte. Ich wusste nicht, was ich von der Warnung dieses ... dieses *sprechenden Tiers* in der Gangdecke halten sollte, die sich eindeutig auf meine bessere Hälfte bezog, doch diese Aussage traf den Nagel auf den Kopf.

Christina Gabrielle trat aus der Schottöffnung. »Entschuldigung, Sir, aber das war wichtig.«

»Das verstehe ich«, erwiderte ich und musste mich zwingen, nicht auf die Hyperthorik zu sprechen zu kommen. »Vielen Dank, dass Sie mich zur Kommandantin begleiten. Ich könnte auch allein gehen, aber ... Sie wissen ja, was mir zugestoßen ist.«

»Sicher, Sir.« Ich hatte gehofft, dass sie nun auf das zu sprechen kam, was mir zugestoßen war, aber sie ging schweigend weiter. »Kein Problem, Sir.«

»Haben Sie das Problem mit der Hyperthorik klären können, Oberleutnant?«, gab ich schon im nächsten Augenblick meinen Plan auf.

»Mit der Hyperthorik, Sir?«

»Sagt Ihnen dieser Begriff nichts?«

»Doch, Sir. Selbstverständlich.«

Ich blieb stehen. Der Gang, durch den wir schritten, sah wahrscheinlich aus wie jeder andere an Bord der IMASO, doch irgendetwas schien eine Erinnerung in mir hervorzurufen. Kaltes, graues Material der Wände, des Bodens und der Decke, Leuchten daran, die genauso kaltes Licht verbreiteten, Dutzende von Türen. Eine wie die andere. Aber diese da, direkt vor mir, kam mir seltsam vertraut vor, obwohl sie sich in nichts von den anderen unterschied.

»Sir?«, sagte der Oberleutnant. »Möchten Sie sich vielleicht noch frisch machen, bevor wir zur Kommandantin gehen?«

»Frisch machen?«

Sie zeigte auf die Tür, vor der ich stand. »Das ist Ihre Kabine, Sir.«

»Meine ... Kabine? Hier, in der Nähe der Technischen Abteilung? Nicht direkt neben der Zentrale?«

»Soweit ich weiß, haben Sie darauf bestanden, genau diese Kabine und keine andere zu beziehen, Sir.«

Wie oft hatte ich in den letzten Minuten die Stirn gerunzelt? Ich verzichtete darauf. »Keine schlechte Idee«, sagte ich und legte die Hand auf die Sensorfläche. »Warten Sie bitte auf mich, Oberleutnant.«

Die Tür öffnete sich, und ich trat ein, bevor Oberleutnant Gabrielle etwas sagen konnte. Ich machte noch einen Schritt, und die Tür schloss sich wieder hinter mir.

Offensichtlich hatte ich die Kabine eines Offiziersanwärters gewählt. Eines Kadetten. Ein schmales Bett, ein fast genauso schmaler Schrank, in dem man vielleicht eine Ersatzuniform aufhängen konnte. Ein Tisch mit einem Terminal mit eingeschränktem Zugriffsrecht auf die Bordpositronik. Eine Tür, wahrscheinlich der Zugang zur Hygienezelle.

Immerhin wurden Offiziersanwärter anders behandelt als gemeine Mannschaftsmitglieder, denen Duschräume zur Verfügung standen. Und Gemeinschaftstoiletten. Ich sah mich in der Kabine um. Hatte ich gehofft, hier Hinweise auf meine Vergangenheit zu finden, sah ich mich getäuscht. Nichts wies darauf hin, dass sie bewohnt war.

Keine Holos, keine Datenspeicherstapel vor dem Trivid, keine Kleidungsstücke auf dem Bett. Nichts. Kein einziger persönlicher Gegenstand.

Aber aus irgendeinem Grund hatte ich genau diese Kabine gewählt. Aus welchem? Hatte ich hier etwas versteckt, das mir nun weiterhelfen konnte?

Ich fluchte leise. Eine Enttäuschung mehr. Kein Hinweis auf den, der ich war. Es war, als hätte ich diese Kabine niemals bewohnt. Ich beschloss, später hierher zurückzukehren und sie gründlich zu durchsuchen.

Aber da war noch die Hygienezelle. Ich öffnete die Tür, trat ein. Ultraschalldusche, Toilettentopf, Waschbecken mit Ablage.

Auch hier kein einziger persönlicher Gegenstand. Kein Mundreiniger, kein Enthaarungsschaum, kein Duftwasser, nichts. Als hätte ich nie als Person existiert, oder als hätte meine Existenz zumindest keine Spuren hinterlassen.

Ich trat vor das Waschbecken, starrte in den Spiegel an der Wand. Die glatte Fläche schien nur darauf gewartet zu haben, dass ich vor sie trat. Sofort bildeten sich Dampfschleier vor der Oberfläche.

Ich wirbelte herum, sah zur Nasszelle. Aber dort floss kein heißes Wasser, das Dampf hätte erzeugen können.

Und es waren keine milchigweißen, durchsichtigen, sondern rotbraune, dunkle Schwaden. Sie bildeten einen Umriss, zogen sich zu einem Fell zusammen, dicht, rotbraun. Es prägte sich zu einem Gesicht aus, bildete eine lange, spitze Nase, zog sich um große, braune Augen zusammen, um einen breiten, schmalen Mund. Die Ohren am Kopf waren übergroß und plüschig.

Der Kopf des *Tiers*. Des putzigen Tiers mit der hohen Piepsstimme, das ich in der Kabinendecke im Gang vor der Technischen Abteilung gesehen hatte. Auf das der Kampfroboter hatte schießen wollen.

»Hallo, Arkonidenhäuptling.«

Ich starrte das Gesicht im Spiegel aus weit aufgerissenen Augen an.

»Du wirst dich wahrscheinlich nicht an mich erinnern, oder? Aber ich bin hier, um dich zu retten. Ich bin der Retter des Universums, und da wird es mir doch wohl auch gelingen, dir aus der Patsche zu helfen.«

»Wer ... bist du?«

»Ach, dir geht es wirklich schlecht, Administrator. Entschuldige. Lord. Ich hatte es bis jetzt für unmöglich gehalten, dass man sogar *mich* vergisst.« Die Kulleraugen des Tieres blinzelten. *Vielleicht sogar schalkhaft,* dachte ich. »Aber worauf es jetzt ankommt ... es darf ihnen nicht gelingen!«

»Was darf ihnen nicht gelingen?«

»Dich zu töten. Du wirst dabei nicht sterben. Aber jedes Mal, wenn sie glauben, dass du stirbst, verändert sich etwas für dich. Du erreichst die nächste Ebene. Du darfst niemals vergessen, wer du bist, Atlan. Auch wenn dir alles unerklärlich vorkommt, wenn du ein ganz anderer bist, musst du immer bedenken, dass du Atlan bist. Sonst stirbst du wirklich, alter Freund. Aber anders, als du es denkst.«

Alter Freund ... das hatte der Kampfroboter am Eingang der Technischen Abteilung auch zu mir gesagt.

»Was ... meinst du?« Wem konnte ich vertrauen?

»Es ist wichtig, wie du stirbst. Du musst sterben, aber auf die richtige Weise. Sonst ist alles verloren. Verstehst du?«

»Nein. Nein, ich verstehe nicht. Und wenn du glaubst, du könntest dumme Spielchen mit mir treiben ...«

Das pelzige Gesicht seufzte deutlich vernehmbar. »Ich treibe keine Spielchen, ich versuche dir zu helfen.« Die hohe

Stimme des sprechenden Tiers klang müde. Ich versuche, dir Warnungen zukommen zu lassen, doch du verstehst sie nicht. Ich ...«

Hinter mir erklang ein Räuspern.

Ich fuhr herum. Christina Gabrielle stand in der Tür zur Hygienezelle. »Sir ...«, sagte sie zögerlich.

Ich drehte den Kopf wieder zum Spiegel. Das Gesicht, das sich aus Wasserdampf gebildet hatte, war verschwunden. Kein einziger Tropfen zeugte davon, dass der Spiegel beschlagen gewesen war.

Einen Moment lang spielte ich mit dem Gedanken, den Ersten Wissenschaftlichen Offizier der IMASO zu fragen, ob sie etwas Außergewöhnliches gesehen habe, verkniff es mir dann aber.

»Ist alles in Ordnung, Sir?«

»Ja. Selbstverständlich.« Ich sah mich noch einmal in der Hygienezelle um, konnte noch immer nichts Ungewöhnliches entdecken, und folgte der Frau hinaus.

Wir verließen »meine« Kabine. Mutlos suchte ich nach einem unverfänglichen Gesprächsthema, von dem aus ich zu einem anderen überleiten konnte, das mich stärker interessierte, aber mein Kopf war wie blockiert. Mir wollte einfach nichts einfallen.

Schweigend gingen wir bis zum Antigravschacht weiter. Gedankenverloren trat ich hinein – und schrie auf. Ich sackte wie ein Stein in die Tiefe. Über mir hörte ich ein gellendes Kreischen. Christina Gabrielle stand schwankend auf dem Rand des Schachts, drohte ebenfalls hineinzustürzen, warf sich dann aber im letzten Augenblick nach hinten und verschwand aus meinem Blickfeld.

Die automatischen Sicherheitsvorkehrungen!, durchzuckte es mich. Ein Prallfeld, ein Notaggregat ... wie lange war es her, dass jemand gestorben war, weil ein Antigravschacht versagt hatte?

Falls es ein Notaggregat gab, sprang es nicht an.

Ich griff mit den Händen wild um mich, versuchte, an der Wand des Schachts irgendetwas zu fassen zu bekommen – ohne in diesem Augenblick daran zu denken, dass ich mir durch einen solchen Rettungsversuch sicherlich den Arm aus dem Schultergelenk gerissen hätte.

Sie wollen dich töten, Atlan!, hörte ich die surrende Stimme des Kampfroboters. *Schon bald. In den nächsten Minuten.*

Und dann die der sprechenden Maus mit den Kulleraugen: *Es darf ihnen nicht gelingen, dich zu töten!*

Der Sturz zog sich absurd lange hin. Wie tief war dieser Schacht? Wann würde der Aufprall erfolgen, den ich unmöglich überleben konnte?

Ich schrie und stürzte und schrie und stürzte ...

Ulcarach

Eine Sprache, Rion. Eine ausgestorbene Sprache.

Ist sie nur ein Forschungsobjekt für Akademiker, vielleicht der Beweis für eine außerirdische Zivilisation, oder kann sie mehr sein, sogar das Selbstverständnis einer gesamten Spezies? Besser gesagt – die Hoffnung der Nachfahren einer untergegangenen Rasse auf eine eigenständige Identität?

Ich weiß es nicht, alter Freund. Ich weiß nur, dass ich wegen einer toten Sprache fast die USO verlassen hätte und nun in dem Bereich arbeite, in dem ich arbeite.

Ich werde dir den Namen des Planeten, auf dem dieser Einsatz stattfand, nicht nennen. Du kennst ja die Verträge, die wir unterschrieben haben, die Verschwiegenheitsklausel. Es muss genügen, dass es sich um eine Welt handelte, die eins mit Thanaton gemeinsam hat: Sie wird von Nachkommen der Lemurer bewohnt.

Natürlich ging es auch damals darum, einem der kürzlich entstandenen Sternenreiche, die sich vom Solaren Imperium abgespalten hatten, auf die Finger zu sehen. Einheimische Wissenschaftler des Planeten hatten bei Ausgrabungen herausgefunden, dass es vor etwa 50.000 Jahren schon eine Hochkultur auf dieser Welt gegeben hatte. Beweisen konnten sie das der Bevölkerung mit Hilfe eines Datenträgers, der die Sprache dieser Wesen enthielt. Und ich hatte einen ganz bestimmten Auftrag. Du kannst dir vielleicht denken, welchen ...

Es war eine regnerische, kalte Nacht, in der ich ein für alle Mal meine Lektion lernte. Ich hatte die Gestalt schon seit einer halben Stunde beschattet und beobachtete nun, wie sie eine Vidfon-Zelle betrat. Fünf Sekunden später summte mein Armband-Funkgerät.

Ich aktivierte es. »Ich höre.«

Die Gestalt in der Zelle hielt einen kleinen Gegenstand hoch. »Ich lasse den Datenträger in der Ecke liegen«, sagte sie und deutete nach oben, während ihre Stimme aus dem Lautsprecher des Empfängers drang. »Damit habe ich meinen Teil der Vereinbarung erfüllt. Und jetzt verschwinden Sie aus meinem Leben.«

Die Verbindung wurde unterbrochen, und die Gestalt verließ die Zelle.

Ich lächelte schwach. In Bewegung bleiben, darauf kam es in unserem Gewerbe an. Immer in Bewegung bleiben. Dummerweise befolgte ich meinen eigenen Grundsatz nicht. Ich wartete, bis die Gestalt in der Dunkelheit verschwunden war, und ging erst dann zu der Vidfon-Zelle.

Ich war nicht schnell genug. Eine junge Frau näherte sich ihr und würde sie vor mir erreichen.

Aufsehen vermeiden, auch darauf kam es in unserer Branche an. Aber manchmal ließ sich diese Direktive nicht befolgen.

Ich rannte los und sprang schnell an der Frau vorbei, was mir einen erzürnten Aufschrei einbrachte, riss die Tür auf und sah mich um. Da war der Datenträger, unten in der Ecke. Ich hob ihn auf und betrachtete ihn: ein ganz normaler Speicherkristall.

Ich steckte ihn ein und verließ die Zelle wieder. »Tut mir leid, meine Dame, ich habe Sie nicht gesehen«, sagte ich höflich. »Sie zuerst, bitte.«

Überrascht drängte sie mich an mir vorbei.

Ich ging weiter. Zumindest hatte ich jetzt den Datenträger und damit einen Ort, wohin ich mich wenden konnte. Die Zukunft sah auch nicht mehr ganz so düster aus.

Mein Ziel lag nicht weit entfernt. Ich schritt durch den Regen aus, den ich nicht mehr bemerkte, die Straße entlang, hoffte, dass der Kristall tatsächlich etwas enthielt, das mir weiterhelfen würde, was immer das auch sein mochte. Ich wusste jedoch, dass es ein sehr dünner Faden war, an dem mein Leben hing.

Ich suchte in einem Hauseingang Schutz vor dem Regen und steckte den Kristall in ein Lesegerät. Doch bevor ich den Inhalt inspizieren konnte, hörte ich das Kreischen von Reifen. Ein Elektrowagen jagte um die Ecke und hielt vor dem Eingang an. Die Tür des Fahrzeugs wurde aufgestoßen, und ein Mann sprang hinaus. Die Projektilwaffe in seiner Hand sprach eine eindeutige Sprache.

»Sie haben etwas, das uns gehört«, sagte der Lemurerabkömmling und winkte mit der Pistole.

Ich hatte keine andere Wahl und stieg in den Wagen.

Die Fahrt dauerte nicht lange, Rion. Nach ein paar Minuten stieß man mich hinaus; man hatte mir eine Kapuze über den Kopf gezogen und führte mich weiter. Dann zog man mir die Hülle wieder vom Kopf. Wir standen in einer Art Höhle. Der Mann, der mich in den Wagen gewunken hatte, betrachtete mich kalt; sein Gesicht war ernst, und er sprach ruhig, fast leise. Er schien es gewohnt zu sein, dass man ihm gehorchte. »Wir werden jetzt feststellen, was du weißt. Wenn du lügst ...«

»Wirklich?« Da ich selbst nicht wusste, was ich angeblich wissen sollte, bezweifelte ich, dass das jemand herausfinden konnte, indem er einfach einen Blick auf mich warf. Vielleicht würden sie mich unter Drogen setzen und dann verhören. Doch das würde wahrscheinlich auch nicht funktionieren. Zum einen war ich mentalstabilisiert, zum anderen für solche Situationen ausgebildet.

Der Mann durchsuchte mich gründlich, nahm den Datenträger an sich und führte mich dann zu einer gepanzerten Tür. Er gab ein Klopfzeichen. Das Schloss klickte.

»Was haben Sie vor?«, fragte ich.

Er antwortete nicht, schob lediglich schweigend die schwere Tür auf, und wir traten in die nächste Kammer. Sie war künstlich angelegt, kein natürlicher Hohlraum. Stühle, ein Tisch, ein paar Bücher und ein Teeservice bildeten die überaus bescheidene Einrichtung. Anscheinend legte die selbsternannte Befreiungsfront des Planeten keinen großen Wert auf Bequemlichkeit. Das mochte ein gutes Zeichen sein.

Aber von einem ranghöheren Mitglied der Organisation war nichts zu sehen. Wir waren die einzigen in der Kammer.

Und niemand würde nach uns den Raum betreten, denn der Mann verschloss sie von innen.

»Er wird gleich kommen«, sagte er.

Ich runzelte die Stirn. Mir kam einiges seltsam vor. Ich befürchtete allmählich, dass die Aktion vielleicht nicht wie geplant ablaufen würde.

Der Lemurerabkömmling schaltete die Beleuchtung aus. Nun herrschte nur noch ein schwaches Zwielicht, in dem ich ihn kaum noch ausmachen konnte. Was sollte das?

»Der Datenträger. Wissen Sie, was er enthält?«

Ich nickte zögernd. »Proben einer Sprache, die vor fünfzigtausend Jahren auf dieser Welt gesprochen wurden.«

Der Mann schüttelte den Kopf. »Den Beweis, dass unser Volk zehnmal so alt ist, als wir bislang vermutet haben. Dass wir Nachkommen einer Spezies sind, die einmal die Milchstraße beherrscht hat. Dass wir nicht aus dem Nichts kommen ... und irgendwann ins Nichts zurückkehren werden.«

Er sprach so eindringlich, dass mir ein kalter Schauer über den Rücken lief, Rion. Plötzlich verstand ich, was ihn umtrieb.

»Das alles will ich Ihnen nicht nehmen«, erwiderte ich. »Aber Sie wollen dieses Wissen nutzen, diesen Beweis für die Vergangenheit Ihres Volkes, um sich einer galaktischen Macht anzuschließen, die Sie unterdrücken wird, unterwerfen, als Kanonenfutter missbrauchen ...«

»Diese Macht behauptet dasselbe auch von Ihnen. Wer sind Sie, dass Sie uns vorschreiben können, welchen Weg in die Zukunft wir beschreiten müssen? Sind Sie besser als die anderen? Unsere Widerstandsgruppe, die Befreiungsfront ...«

Ich nickte traurig, hörte nur noch mit halbem Ohr hin. Mit der Zunge berührte ich den hintersten rechten Backenzahn, löste das Funksignal aus.

Mein Gegenüber hatte natürlich nicht die geringste Ahnung, was wirklich gespielt wurde. Wir hatten die Widerstandsgruppe bereits eingegrenzt, es war uns nur noch nicht gelungen, ihr Versteck zu finden.

Bis jetzt.

Im nächsten Augenblick spürte ich das Prickeln auf der Haut, das den Beginn der Paralyse anzeigte. Die Widerstandsbewegung hatte nicht die geringsten Vorstellungen von unseren tatsächlichen Möglichkeiten. Man hätte mich durchsuchen können, so lange man wollte, man hätte den Peilsender nicht gefunden.

Der Lemurerabkömmling riss die Augen auf, starrte mich ungläubig an und brach zusammen. Ich hingegen wusste, was mich erwartete.

Um auf Nummer Sicher zu gehen und eine Gefährdung für mich möglichst auszuschließen, hatten meine Kollegen das Gelände großräumig mit Paralyse-Strahlen bestrichen.

Ich ließ mich bereitwillig in die Ohnmacht fallen.

Einen Tag später reichte ich meinen Abschied ein.

Die dritte Ebene

Abrupt kehrte die künstliche Schwerkraft zurück. Mein Körper hatte plötzlich wieder Gewicht. Es traf mich wie ein Schlag, der in den Gelenken entstand, über die Wirbelsäule ins Genick raste und sich dort wie Feuer ausbreitete.

»Raumsoldaten! Achtung! Gefechtsbereitschaft!«

Ich fluchte leise über mich selbst. Was war hier los? Der Ausfall der Anzugsysteme hatte mich völlig überrascht. Wie hatte es dazu kommen können?

Der Feind muss die Positronik des Explorers umprogrammiert haben, war mein erster Gedanke. *Sie sendet jetzt Störsignale aus, die die Mikrorechner der Kampfanzüge ausfallen lässt.*

Im nächsten Augenblick wischte ich den Gedanken wieder fort. Wir wussten nichts über die Macht, die die EX-2714 erobert hatte, aber *das* kam mir doch etwas zu weit hergeholt vor.

Und welchen Sinn sollte das haben? Die EX-2714 trieb durch den Raum, 17.000 Lichtjahre von Terra entfernt, am galaktischen Arsch der Welt. Die nächsten einigermaßen interessanten Planeten waren Thanaton, von Lemurerabkömmlingen bewohnt, und die rückständige terranische Siedlerwelt Ranjokhan, beide immerhin 125 beziehungsweise 190 Lichtjahre entfernt. Warum sollte ein Unbekannter ausgerechnet hier einen terranischen Explorer kapern, dann treiben lassen und seine Positronik manipulieren?

Ich fluchte erneut, diesmal laut und vernehmlich, und stürmte vor. Der Gang, den wir gerade durch den Antigravschacht erreicht hatten, bot nicht die geringste Deckung. Ich warf einen kurzen Blick auf die Systemanzeige am Handgelenk des Kampfanzugs. Alle Systeme grün, der Schutzschirm funktionierte einwandfrei. Das beruhigte mich etwas, aber nicht sehr.

»Position einnehmen!«, erklang die Stimme des Korporals. »Das Schott sichern!«

»R-Grün übernimmt Absicherung!«, kam es aus dem Helmlautsprecher.

»R-Blau ebenfalls!«

»Und R-Rot!«

Drei meiner Kameraden blieben stehen und sicherten nach hinten und den Seiten, auch wenn von dort nicht viel kommen konnte. Ich lief weiter zu dem Schott am Ende des schmalen Gangs. An der linken Seite fiel mir in Augenhöhe eine handtellergroße Schalttafel auf, deren Displays jetzt allerdings tot waren. Sie war nicht terranischen Ursprungs und hob sich deutlich von dem Metall der Türöffnung ab.

Korporal Warren trat neben mich. »Ein ganz normales Schott«, stellte er fest und versuchte den Öffnungsmechanismus. Nichts tat sich. Es war blockiert.

Ich starrte ihn überrascht an. Hatte er die fremde Schalttafel nicht bemerkt? Sie war ein Mahnmal, zu dem Zweck errichtet, möglichen Frevlern gegen das Gebot deutlich vor Augen zu führen, welches Schicksal ihnen drohte.

Ich leitete die Analyse der Substanz durch die Anzugsysteme ein.

»R-Gelb!« Der Korporal gab mir ein Zeichen.

»Aber Sir, sehen Sie denn nicht ...«

»Was soll ich sehen? Das ist ein ganz normales, wenn auch momentan funktionsunfähiges Schott.«

Ich zeigte auf die Schaltfläche. Sie wirkte bedrohlich auf mich. Die schlichte Metallstruktur strahlte etwas Lockendes, Geheimnisvolles aus, als würde sie dem Betrachter leise und verführerisch zuraunen: *Öffne mich. Öffne mich, hinter mir wird sich eine neue Welt auftun. Eine neue Welt.*

Oder der Tod, dachte ich und runzelte die Stirn. Ich vertraute auf meine hervorragende Ausbildung. Mich konnte so leicht nichts schrecken. Aber ich vertraute auch auf meinen Instinkt. Und der schlug jetzt Alarm, und ich spürte die Gefahr, die hinter diesem Schott lauerte, beinahe körperlich.

Ich räusperte mich und wandte mich dem Korporal zu. »Sir, sehen Sie denn nicht ...«

»Ich bin über den inneren Aufbau eines Raumschiffs der Explorerflotte durchaus informiert«, blaffte er. »Wenn unsere Informationen richtig sind, befindet sich hinter diesem Schott die Feuerleitzentrale. Von dort aus können wir Zugriff auf die Hauptpositronik nehmen. Also genau das, was wir im Moment am dringendsten brauchen.«

Mit verschränkten Armen stand er in der Gangmitte, musterte das Schott mit der gleichen Intensität wie ich und lächelte dann schwach. »Wir werden also diese Tür öffnen, spazieren gemütlich hinein, wischen ein bisschen Staub und drücken auf ein paar Knöpfe, und unsere Probleme sind gelöst.«

Und wenn sie nicht gestorben sind, leben sie noch heute, dachte ich spöttisch.

Die Analyse des fremdartigen Symbols war abgeschlossen. Es ging keinerlei Gefahr von ihm aus. Energetische Aktivitäten waren nicht zu verzeichnen. Wenn es sich wirklich um eine Schalttafel handelte, war sie an keinen Energiekreis angeschlossen.

Ich streckte die Hand aus und berührte sie.

Durch den Handschuh des Kampfanzugs traf mich ein Schlag und riss mich mit.

Wesen wie sie hatte ich noch nie gesehen. Es schien sich um Kreaturen zu handeln, die von Kerbtieren abstammten, aber von gewaltigen. Mit ihren sieben ineinandergefügten, elastischen Panzersegmenten reichten sie mir bis an die Brust.

Manche bewegten sich auf zwei, andere auf vier Beinen. Als sie in ihrem Wechselgang langsam näher kamen, sah ich, dass sie über einen vierfachen, flexiblen Gehapparat verfügten. Zwei Beine sprossen aus dem, von unten gezählt, zweiten Segment und ermöglichten einen aufrechten Gang, zwei weitere entsprangen dem fünften Segment und erlaubten zusätzlich eine vierbeinige Fortbewegung.

Die Fremden erblickten mich, und ich vernahm ein seltsames Geräusch, das ich nicht richtig einordnen konnte. Es waren Schreie, zweifellos, und sie fuhren mir durch Mark und Bein, aber ob es solche des Abscheus oder des schieren Entsetzens waren, konnte ich beim besten Willen nicht sagen. Angst – vielleicht war nackte, kreatürliche Furcht die beste Beschreibung für das, was in diesen Schreien mitschwang.

Ich konnte auch nicht sagen, woran es lag, ob etwas von mir nach ihnen griff, überschwappte, oder ob es nur meine bloße Anwesenheit war, doch plötzlich wusste ich, vor welchem Frevel das fremde Symbol warnte, an welches Gebot es mahnte. Es überkam mich mit unwiderstehlicher Gewalt eine grauenvolle Vision, die vor meinem inneren Auge vorbeizog.

Ich sah die blaue Kugel eines Planeten, umgeben von einer Wolke des Verderbens. Ganze Städte gingen in einer nicht enden wollenden Serie aufflackernder Fanale unter, als wäre die Sonne selbst explodiert und schüttete ihre Energie über diese friedliche Welt aus. Unzählige der fremdartigen Wesen versuchten vergeblich, ihr nacktes Leben zu retten. Doch der Tod holte sie gnadenlos ein und verbrannte sie zu Asche, männliche, weibliche und heranwachsende Geschöpfe. Vielleicht würde irgendwo auf dieser toten Welt ein Symbol bestehen bleiben, und sein fluoreszierendes Licht würde fast höhnisch die verkohlten Ruinen erhellen und das Einzige sein, was bis in alle Ewigkeit Zeugnis ablegen konnte von der Größe dieser Spezies, die untergegangen war, weil ich es gewagt hatte, ihr zu nahe zu kommen.

Im nächsten Augenblick verschwand das Bild, und ich sah wieder das Schott in der EX-2714 vor mir.

Ich starrte das Metall an und fragte mich, was gerade passiert war. Die Stimme des Korporals riss mich aus meinen Gedanken. »Letzte Überprüfung der Ausrüstung!«

Ich führte den Selbstcheck durch. Unser Zug war mit dem Besten ausgestattet, was die Solare Flotte in ihren Arsenalen hatte. Unter dem schweren, gepanzerten Raum-Kampf-Anzug trug ich noch eine schwarze, enganliegende Schutzmontur. Vielleicht wurde der Raumanzug ja beschädigt, oder seine Systeme fielen aus, oder ich musste ihn ablegen, um im Nahkampf beweglicher zu sein. In das synthetische Gewebe der Montur waren kleine, fast unzerstörbare Metallplättchen eingelassen. Damit bot sie sogar einen gewissen Schutz vor Treffern aus Strahlenwaffen. Um die Taille des Kampfanzugs trug ich einen schweren, mit Ersatz-Magazinen gespickten Waffengürtel. In den offenen Halftern steckten die beiden Handwaffen, während ich den schweren Kombistrahler schultern konnte. Doch damit war die Ausrüstung noch nicht komplett. Den Kopf umgab ein Kampfhelm, in den die besonders weit reichende Funkanlage eingebaut war. Mein Gesicht wurde von getönten Visieren geschützt. Sie dienten gleichzeitig als Infrarotgeräte, mit denen man sogar in absoluter Dunkelheit fast so gut sehen konnte wie an einem wolkenlosen Tag.

Der Check war abgeschlossen. Ich erteilte Meldung, und annähernd gleichzeitig mit mir bestätigten meine Kameraden.

»Dann wollen wir mal«, sagte der Korporal. Aufgrund des Visiers klang seine Stimme gedämpft. »Wie ist der Empfang?«

»Einwandfrei.« Die Minipositronik des Anzugs filterte nun die Kommunikation und gab nur noch relevante Meldungen weiter. Mir blieben also die Bestätigungen meiner Kameraden im Empfänger verborgen.

»Wir wissen nicht, ob das so bleibt, nachdem Sie die Anlage betreten haben«, fuhr der Korporal fort. »Daher werden Sie in regelmäßigen Abständen weitere Sender deponieren, die als Relaisstation dienen. Jeder einzelne muss unbedingt den Kontakt zum Mutterschiff halten.«

»Ist schon klar, Chef.« Ich erkannte die ungehalten klingende Stimme nicht. »Halten Sie uns also nicht schon wieder einen Vortrag. Es wird Zeit.«

»Diese Entscheidung liegt doch wohl bei mir«, sagte der Korporal verärgert. »Ich dachte, es ist allgemein bekannt, wer hier die Befehle gibt.« Aber er erteilte keinen Verweis; er hatte uns auf den Einsatz heiß gemacht und musste nun mit unserer Ungeduld umgehen. »Weitere Einwände oder Vorschläge?«

Niemand antwortete.

»Feuer frei!«

Wir hatten es tausendmal geübt. Ein Schott knacken – eine unserer leichtesten Übungen. Aber ich verspürte unwillkürlich Anspannung. Vorhin waren meine Anzugsysteme ausgefallen, ohne dass ich den Grund dafür herausgefunden hatte. Wer konnte da schon sagen, welche Überraschungen uns an einem blockierten Schott erwarteten?

Keine. Wir nahmen das Schott unter konzentrierten Desintegrator-Beschuss. Grünlich leuchtende Waffenstrahlen trafen sich in seiner Mitte, neutralisierten die Bindungskräfte des Metalls, und es zerfiel zu Ultrafeinstaub, der langsam, fast schwerelos, zu Boden sank. Der Korporal stürmte los, und ich folgte ich auf dem Fuß und sicherte ihn.

Keine Gefahr. Der Gang hinter dem Schott war leer und unterschied sich nicht wesentlich von dem, den wir gerade verlassen hatten.

Doch, in einem Punkt schon. Hier war es dunkel, die Beleuchtung war ausgeschaltet. Unsere Helmscheinwerfer hatten sich automatisch aktiviert. Ihre Lichtkegel kreuzten sich in der Dunkelheit und erzeugten irritierende Illuminationsspiele.

Meine Sinne waren unnatürlich angespannt, als ich dem Korporal folgte, dicht neben ihm blieb. Im fliegenden Wechsel liefen drei Kameraden, die bislang die Nachhut gebildet hatten, in der Mitte des Gangs an uns vorbei und sicherten nach vorn.

Ich sah mich um. Mir fiel auf, dass der Gang makellos sauber war, als wäre er vor kurzem noch gereinigt worden. Nicht mal Staub, soweit ich das in der Finsternis feststellen konnte.

Was hatte ich erwartet? Spuren der Verwüstung, Blut und Moder?

Ich bückte mich und fuhr mit einem Finger über den Boden. Prüfend betrachtete ich den Handschuh. »Sauber«, stellte ich fest. »Wer hat hier Staub gewischt? Ich frage mich ...«

Ich hielt inne, als unvermittelt Licht aufflammte, und blieb stehen. Jemand stieß einen Warnruf aus. Der Korporal riss den Kombistrahler hoch, ich umfasste den Kolben meiner Waffe fester, doch ansonsten geschah nichts.

»Was ist passiert?«, hörte ich die Stimme des Korporals in meinem Helm.

»Das Licht ist angegangen«, erwiderte ich lakonisch.

»Wieso, verdammt noch mal?«

»Woher soll ich das wissen? Ich habe nicht den Schalter gedrückt«, erwiderte R-Rot, und ich hörte, wie der Korporal scharf einatmete.

»R-Rot meint, dass wir die Beleuchtung nicht eingeschaltet haben«, sagte ich schnell. Ich sah mich nervös um. Das Gefühl der Beklemmung, das ich beim Erblicken des fremden Siegels verspürt hatte, war noch stärker geworden. »Anscheinend hat jemand bemerkt, dass wir uns hier befinden, und darauf reagiert. Also haben sie doch die Positronik umprogrammiert! Verdammt!«

»Regen Sie sich nicht auf. Was ist los mit Ihnen? Bis jetzt ist noch nicht viel geschehen. Aber wir sollten vorerst Funkstille halten. Wer weiß, wer alles zuhört. Wir brechen den Kontakt mit dem Mutterschiff ab!«, befahl der Korporal.

Die allgemeine Verunsicherung schien auf ihn übergegriffen zu haben. Täuschte ich mich, oder war ein Verlust seiner Souveränität und Befehlskraft tatsächlich nicht zu übersehen?

Ich berührte einen Sensor an der Unterseite des Helmes und schaltete damit mein Funkgerät aus. Dann drückte ich auf einen zweiten Sensor, und das aus Panzerglas bestehende Visier glitt nach oben.

Der Korporal drückte seine Helmscheibe gegen die meine. »Jetzt können wir nicht mehr angepeilt werden.«

Das ist doch Unsinn, dachte ich. »Wenn der Feind die Positronik umprogrammiert hat, spürt er uns sowieso auf.«

»Richtig. Aber weiß er auch, wer da kommt?«

»Das wird er schon längst wissen.«

»Aber solange er unseren Funkverkehr nicht abfangen kann, weiß er nicht, was wir vorhaben. Ab sofort besteht Sprechverbot. Ist das klar?«

Ich nickte und sah mich um. Einige meiner Kameraden hatten die Visiere wieder gesenkt, hielten die Kombistrahler aber feuerbereit.

Wortlos deutete der Korporal mit der Waffe nach vorn. Ich nickte und ging langsam weiter. Vor mir vollzog der Gang eine Biegung nach rechts. Direkt dahinter stießen wir auf den nächsten Antigravschacht.

Er war ebenfalls desaktiviert, wies aber im Gegensatz zu dem ersten Kampfspuren auf. Ich konnte deutlich erkennen, dass die metallische Oberfläche in regelmäßigen Abständen aufgerissen war. Das Metall war geschmolzen, zerflossen und wieder erkaltet.

Auf den ersten Blick konnte ich nicht ausmachen, wie weit die Spuren in die Tiefe reichten. Ich blieb stehen und bedeutete den anderen, noch zu warten.

Nach meinen bisherigen Erfahrungen war ich nicht gewillt, auch nur das kleinste Risiko einzugehen. Ich griff an meine linke Seite und öffnete eine Tasche des Kampfanzugs. Meine suchenden Finger ertasteten den dort verstauten Karabinerhaken und zogen daran. Ein dünnes, absolut reißfestes Seil kam zum Vorschein. Ich reichte dem Korporal das Ende der Leine.

Er ergriff es wortlos und befestigte den Karabinerhaken an seinem Kampfanzug. Dann holte er seinerseits das mit dem Anzug verbundene Seil hervor und reichte es seinem Hintermann. Kurz darauf war der gesamte Zug auf diese Art und Weise miteinander verbunden.

Nachdem ich mich vergewissert hatte, dass jeder von seinem Hintermann gesichert wurde, ging ich vorsichtig weiter. Doch zumindest auf den ersten paar Metern erwies sich die Vorsichtsmaßnahme als überflüssig. Nichts geschah.

Dennoch wuchs meine Anspannung. Irgendetwas stimmte hier nicht, ich konnte es fast körperlich spüren. Wenn mein Instinkt mich zuvor eindringlich gewarnt hatte, schrie er nun geradezu Alarm. Alles roch nach einer Falle.

Aber weshalb? Was hatte das alles zu bedeuten? Wieso eroberte eine unbekannte Macht einen terranischen Explorer, ließ ihn dann im Raum treiben, um ein Rettungskommando anzulocken?

Der Korporal nickte mir zu und hielt das Seil straff, und ich ließ mich in den Antigravschacht hinab. Tiefer, immer tiefer, zwei Meter, fünf, zehn, abwärts, immer nur abwärts.

Ohne Zwischenfall erreichte ich den Boden des Schachts und sicherte sofort.

Der Gang vor mir war leer, und der Lichtkegel meiner Helmlampe enthüllte an seinem Ende ein weiteres Schott.

Wenn ich mich nicht irrte, handelte es sich um das der Feuerleitzentrale.

Ich aktivierte holte einen Handscheinwerfer aus der Tasche, leuchtete in den Gang und ... hielt den Atem an.

Im nächsten Augenblick hämmerte ich mit der Hand auf den Sensor an der Unterseite des Helms. Dass ich dabei den Befehl des Korporals missachtete, spielte nur eine untergeordnete Rolle. Die Dienstvorschriften waren eindeutig.

»R-Gelb an Zug! Wir haben einen Kode Violett! Tote und Verletzte! Rettungsmannschaften anfordern! Und ich brauche hier unten Verstärkung!«

»Bin schon da, R-Gelb!«, erklang die Stimme von R-Rot aus meinem Lautsprecher. Ein weiterer Lichtstrahl durchschnitt die Dunkelheit und enthüllte noch mehr von dem, was sie verbarg. »Ach du verdammte ...«

Ich fuhr herum. Mein Kamerad war mir als zweiter Raumsoldat den Antigravschacht hinab gefolgt und sicherte ebenfalls.

Unseren Daten zufolge hatte der EX-2714 eine Besatzung von nur 18 Personen gehabt. Die Einheit war eins der vereinzelt eingesetzten Robotschiffe der Flotte, die mit 15 Mann als Kontrollbesatzung auskamen.

Mindestens die Hälfte davon lag vor mir tot auf dem Boden.

Boden, Decke und die Seiten des Ganges waren rot vor Blut. Hier hatte ein Gemetzel stattgefunden. Überall lagen Leichen, aber keine vollständigen. Hier ein abgerissener Arm, dort ein Kopf, da ein Torso, einen halben Meter entfernt ein Bein. Und dazwischen Waffen, Kombistrahler, Handstrahler, alle feucht schimmernd und rot.

Die Außenmikros übertrugen hämmernde Geräusche, die mir wie Donnerschläge vorkamen. Ich wusste, was hinter meinem Rücken geschah, war aber trotzdem erleichtert, als ich im wieder aktivierten Funk die Bestätigungen hörte.

»R-Blau!«

»R-Rot!«

»R-Grün! Wir sichern!«

Ich lachte leise auf. Der Korporal hatte sich buchstäblich ausgeklinkt und seinen ergebenen Untergebenen den Vortritt gelassen.

Verdammter Mist! Wahrscheinlich würde mir der Verstoß gegen die befohlene Funkstille noch einen Rüffel einbringen.

Ich atmete tief durch. Wieso war ich plötzlich so empfindlich und aggressiv? Wieso ging ich bei der kleinsten – auch eingebildeten – Kleinigkeit in die Luft? Was war los an Bord der EX-2714?

Ich tat einen Schritt, und die Außenmikros übermittelten mir ein widerliches, quietschendes Geräusch. Ich watete buchstäblich durch Blut.

»Keine aktive Ortung!«, meldete R-Rot. »Individualtaster zeigen keine Lebenszeichen an. Augenblick mal ...«

Ich hatte es schon wesentlich früher festgestellt, in dem Augenblick, in dem meine Füße den Boden des Gangs berührt hatten. War ich wirklich um so vieles besser als meine Kameraden?

»Schon gut«, murmelte ich. »Jedenfalls keine Feindberührung ...« Ich stieg über den Brustkorb eines Besatzungsmitglieds der EX-2714 hinweg. Was konnte seinen Körper dermaßen zerfetzt haben? Mit welcher unvorstellbaren Grausamkeit waren die Angreifer gegen die Verteidiger des Schiffs vorgegangen?

Ich bückte mich und wischte das Blut von der Brust des Raumanzugs. *Cockney »Rooster« Faucet*, stand auf dem Namensschild des Angehörigen der Explorerflotte.

Nun ja, ich hatte auch keinen Einfluss darauf gehabt, wie meine Eltern mich genannt hatten.

Aber du lebst wenigstens noch, sagte eine Stimme in meinem Kopf. *Und mehr kannst du hier nicht erwarten.*

»Was ...?« Ein kalter Schauder lief über meinen Rücken hinab, und ich schüttelte mich unwillkürlich. Irgendetwas stimmte hier ganz und gar nicht.

Die Scheinwerfer tauchten den Gang nun in eine Helligkeit, die in den Augen schmerzte. Es fiel mir schwer, die Zahl der Leichen zu bestimmen, sie waren zu stark verstümmelt, lagen teilweise übereinander, während einzelne Körperteile weit verstreut auf den Überresten anderer Toter ruhten.

Ich schrie auf, als plötzlich ein abgetrennter Arm von einem Rücken rutschte, machte einen Satz zurück und zielte mit der Waffe darauf.

Erneut bewegte sich dort etwas. Mit schussbereiter Waffe schritt ich darauf zu.

Über einen Außenlautsprecher erklang ein leises Stöhnen. Vor mir wälzte sich eine gekrümmte Gestalt vom Bauch auf die Seite. Der Raumanzug des Mannes war beschädigt, aber nur leicht; die Selbstreparaturmechanismen hatten das Schlimmste verhindert.

»Wir haben einen Überlebenden!«, brüllte ich, kniete neben dem Mann nieder und wischte mit einer Hand das Blut von seiner Helmscheibe. Damit erreichte ich jedoch nur das Gegenteil von dem, was ich beabsichtigt hatte, und verschmierte das Panzerglas nur noch schlimmer.

»Verstanden!«, erklang die Stimme des Korporals in meinem Helmempfänger. »Sanis sind angefordert! Wir sind gleich bei Ihnen, R-Gelb!«

Verdammt, verdammt, verdammt! fluchte ich innerlich. Meine unbehagliche Vorahnung hatte sich nicht gelegt. Wenn das nun tatsächlich eine Falle war, spielte ich dem Feind in die Hände und lockte meine Kameraden in einen Hinterhalt.

Der Raumfahrer vor mir hob einen Arm, als wolle er nach mir greifen. Über die Außenlautsprecher drang ein Krächzen; er schien etwas sagen zu wollen, doch ich konnte es nicht verstehen. Ich beugte mich tiefer, und nun hörte ich, dass der

Mann zwei, drei Mal ein und dasselbe Wort wiederholte: »Santjun ... Santjun ...«

War das sein Name, oder wollte er mich vor irgendwem oder irgendetwas mit dem Namen oder der Bezeichnung *Santjun* warnen? Ich konnte es nicht sagen und sollte es vorerst auch nicht erfahren, denn hinter mir erklangen dumpfe, wuchtige Schritte.

Ich fuhr herum. Eine Handvoll meiner Kameraden hatten den Antigravschacht verlassen und stürmten zu mir. Sie scharten sich um den Verwundeten, während andere den Gang sicherten, und aktivierten schließlich ihre Anzugsysteme. Jetzt ging es nicht mehr um ein unbemerktes Eindringen in einen von einer fremden Macht besetzten Explorer, jetzt ging es darum, ein Menschenleben zu retten – und einen wichtigen Zeugen, der vielleicht Licht ins Dunkel bringen und verraten konnte, was hier geschehen war.

Die vier Raumsoldaten aktivierten die Antigrav-Systeme ihrer Kampfanzüge und schwebten mit dem Verletzten langsam nach oben. Kaum waren sie aus meinem Gesichtskreis verschwunden, schwebte der Korporal mit den letzten Männern des Zugs hinab.

»Weiter«, sagte er. »Unser Ziel ist die Feuerleitzentrale.«

Ich sah ihn an, und er nickte.

Zögernd schritt ich auf das Schott am Ende des Gangs zu. Als ich es fast erreicht hatte, öffneten sich lautlos die beiden Türhälften.

Ich blieb stehen. Jemand trieb ein Spiel mit uns, anders konnte es nicht sein. Zuerst ein verriegeltes Schott und Ausfälle unserer Anzugsysteme, nun eins, das sich ganz normal bei Annäherung öffnete. Ich warf einen Blick auf die Anzeige des Individualtasters: In dem Raum vor mir wurde kein Lebewesen angezeigt.

Zwei Kameraden rückten auf und sicherten mich, und ich machte einen Schritt in das Rund des Raums. Ich musste feststellen, dass meine Hoffnungen verfrüht gewesen waren. Es herrschte ein trügerisches Halbdunkel, und wie unschwer zu erkennen war, stellte das Schott die Ausnahme dar: Keine einzige Konsole schien mit Energie versorgt zu werden.

Die Zentrale hatte einen Durchmesser von etwa zehn Metern. In der Mitte standen Schaltpulte, deren Funktion einem Laien auf den ersten Blick nicht offensichtlich war. Auch die Wände waren von ähnlich anmutenden Anlagen bedeckt, die nur durch drei weitere Schotts voneinander getrennt wurden.

Ich verspürte eine gewisse Enttäuschung, hütete mich jedoch, in meiner Wachsamkeit nachzulassen.

Allein das Deckenlicht war aktiviert und verbreitete das unangenehme Halbdunkel, in dem die Schatten mir zehnmal länger als normal vorkamen. Einen Moment lang stand ich unschlüssig da, dann fiel mir etwas auf. An einer Konsole war ein weiteres Schaubild angebracht, das nicht dorthin zu gehören schien.

Ich gab ein Handzeichen und ging darauf zu. Schon auf den ersten Blick erkannte ich am Rand des Diagramms zwei, drei Symbole wieder, die mir auch auf der Darstellung auf dem ersten Schott aufgefallen waren.

Ich hatte nicht die geringste Schwierigkeit, die Bedeutung des Schaubilds zu erfassen. Es stellte einen detaillierten Grundriss der EX-2714 dar.

»Da scheint sich jemand in Erinnerung rufen zu müssen, wo genau er sich befindet«, vernahm ich dicht hinter mir die Stimme des Korporals.

Ich sah den Chief zweifelnd an. War das wirklich alles, oder hatte diese Darstellung noch eine ganz andere Bedeutung? Ich fluchte leise. Ich konnte mir den Kopf zerbrechen, solange ich wollte, Spekulationen halfen uns im Moment nicht weiter.

Mittlerweile waren sämtliche Angehörige unseres Zugs in die Zentrale vorgedrungen. Der Korporal teilte das Team mit zwei, drei Handbewegungen in Gruppen auf und deutete auf die drei anderen Schotts, die den Zutritt zur Zentrale ermöglichten.

Die Männer signalisierten, dass sie verstanden hatten, und verteilten sich gerade, als die Luft plötzlich von einem hohen, leisen Sirren erfüllt wurde. Für mich hörte es sich an wie ein aufgescheuchter Hornissenschwarm, der sich rasch näherte, während mit jeder Sekunde sein Zorn wuchs.

Ich blieb stehen und schaute mich um. Ausmachen konnte ich nichts; trotzdem hob ich den Kombistrahler. Aus den Augenwinkeln sah ich, dass die anderen es mir gleichtaten. Unser Zug war ein eingespielter Trupp, die Männer verteilten sich schnell an strategisch wichtigen Stellen, von der aus sie die gesamte Zentrale mit ihrem Feuer bestreichen konnten. Die schweren Waffen lagen schussbereit in ihren Händen.

Der Korporal hob zweimal die Hand und senkte sie wieder. *Nur nichts überstürzen!* Ich sah mich weiterhin um. Das Geräusch wurde immer lauter, doch von den Konsolen und Aggregaten in der Feuerleitzentrale stammte es nicht; die gaben wie bisher kein Lebenszeichen von sich.

Unvermittelt glitt eine der Türen auf, und das Summen wurde abrupt lauter. Ich wirbelte herum, konnte hinter der Türöffnung aber lediglich blaues Dämmerlicht erkennen.

Dann schoss ein *Etwas* aus dem gedämpften blauen Licht in das genauso gedämpfte gelbrote der Zentrale. Es war schnell, wahnsinnig schnell, und es war nicht allein. Ein zweites folgte, ein drittes – bösartig summende Metallkugeln, so groß wie Medizinbälle. Das misstönende Geräusch verwandelte sich schlagartig in eine rhythmisch klingende Lautfolge. Ich sah das Unglück kommen, stand aber zu weit von den anderen entfernt, um es verhindern zu können. Meine Kameraden rissen ihre Waffen hoch und feuerten. Fast gleichzeitig detonierten die drei Flugobjekte im konzentrierten Beschuss der Kombistrahler.

Trümmerstücke flogen durch die Zentrale. Eins fuhr haarscharf an meinem Kopf vorbei und bohrte sich wie ein Schrapnell in die Wand über der Konsole, hinter der ich Deckung gesucht hatte.

Erst, als ich sicher war, dass die Flugroboter gründlich zerstört am Boden lagen, hob ich wieder den Kopf. Dumpfe, gleichzeitig wohltuende und unheilvolle Stille breitete sich aus.

»Ihr verdammten Idioten!«, sagte ich leise, aber das Mikrofon übertrug meine Worte trotzdem an alle Angehörigen des Zugs.

»Was soll das heißen?«, fuhr R-Rot auf. »Wir wurden angegriffen!«

»Bist du sicher?« Ich stand auf, ließ den Blick aber auf das offene Schott gerichtet.

»Du hast doch gesehen, was diese Roboter mit der Besatzung der EX-2714 gemacht haben!«

»Waren es wirklich diese Roboter? Wir müssen die Aufzeichnungen analysieren. Ich habe den Eindruck, dass sie unbewaffnet waren. Du hast das Feuer eröffnet, weil dieses surrende Geräusch dich nervös gemacht hat.«

»Das ist doch Unsinn!«

Ich zuckte die Achseln – was allerdings wegen des schweren Raumanzugs keiner sehen konnte. »Wenn ich Recht habe, haben wir damit wohl die letzte Chance verspielt, eine Kommunikation mit den Unbekannten zu erreichen.«

»Lächerlich!«, schnaubte R-Rot. »Wenn wir noch ein paar Sekunden länger gewartet hätten, hätten diese Maschinen uns zerfetzt!«

»Schluss mit dem sinnlosen Streit!«, griff der Korporal endlich ein. Ich drehte mich kurz zu ihm um. Er stand irgendwie verloren da, unschlüssig, erinnerte mich kaum noch an den

Mann, der diesen Zug ausgebildet hatte. Im Prinzip hätte er R-Rot zusammenstauchen müssen. Er hatte das Feuer nicht freigegeben, aber R-Rot hatte als erster geschossen und die anderen mitgerissen, so einfach war das.

Oder er hätte den Feuerbefehl erteilen müssen.

»Vielleicht haben wir vorschnell gehandelt«, fuhr er fort, »aber der Schaden ist nun mal angerichtet. Außerdem liegt die Entscheidung über unser weiteres Vorgehen nicht mehr in unserer Hand.«

»Es war ein verdammter Angriff«, beharrte R-Rot hitzig auf seinem Standpunkt. »Sollten wir uns etwa von diesen Robotern grillen lassen, nur weil Sie nicht entscheiden konnten ...« Im letzten Augenblick hielt er inne.

Der Korporal, den ich kannte, hätte den Raumsoldaten auf der Stelle zur Schnecke gemacht. Nein, er hätte ihn so ausgebildet, dass es während eines Kampfeinsatzes gar nicht zu diesem irrsinnigen Wortgefecht gekommen wäre.

»Was soll das heißen, nicht mehr in unserer Hand?«, fragte ich.

»Verdammt, wer kommt denn da?«, erklang die Stimme eines Kameraden auf der Zugfrequenz im Funkempfänger.

Wie auf ein Kommando drehten sich alle um, mich eingeschlossen, und sahen zu dem Neuankömmling, einem hochgewachsenen Mann in einem Kampfanzug, der mit den Insignien der USO verziert war. Als er die Gruppe erreicht hatte, nahm er den Helm ab, und ich schüttelte ungläubig den Kopf.

Jeder bei der Raumflotte kannte diesen Mann, auch wenn er der Chef eines anderen Vereins war. In der gesamten Milchstraße gab es vielleicht noch zwei, drei weitere Personen, die einen ähnlichen Bekanntheitsgrad aufwiesen, und eine davon war Perry Rhodan. Die langen, weißen Haare, das markant geschnittene Gesicht ... »Atlan ...?«, fragte ich fassungslos. »Was wollen *Sie* denn hier?«

Der unsterbliche Arkonide und Lordadmiral der United Stars Organisation sah mich fest an. Die anderen, auch den Korporal, ignorierte er völlig. »Ich bin nur Ihretwegen hier«, erklärte er ruhig. »Was dachten Sie denn?«

»Ich weiß nicht, was das soll, Sir«, warf der Korporal ein, »aber ich protestiere in aller Form dagegen, dass Sie uns begleiten. Das ist eine Angelegenheit der Solaren Flotte und nicht der USO.«

»Das ist es schon längst nicht mehr,« erwiderte Atlan ruhig. »Außerdem will ich Sie überhaupt nicht begleiten, Korporal. Wie kommen Sie überhaupt auf diese Schnapsidee?«

»Aber ... Ihr Besuch wurde mir gerade über Funk avisiert, Sir. Und ich habe meine Befehle, die eindeutig besagen ...«

»Ich bin nicht Ihretwegen hier«, versetzte der Arkonide kalt und drehte sich wieder zu mir um. »Du weißt es, nicht wahr? Nimm deinen Helm ab!«

»Was?«

»So geht das nicht!« Der Korporal trat vor. »Ich hätte es Ihnen vorher sagen sollen, aber...«

»Allerdings, das hätten Sie!«, entgegnete der Lordadmiral wütend.

»Wir können nicht auf Sie aufpassen! Wir wissen selbst nicht, was uns erwartet. Außerdem ...«

Atlan brachte den Korporal mit einer Handbewegung zum Schweigen. Die ganze Unterhaltung zwischen ihnen kam mir völlig unwirklich vor, als würden sie aneinander vorbei sprechen.

»Ich will gar nicht mitkommen«, sagte der Arkonide ruhig. »Haben Sie nicht verstanden, Korporal? Ich bin *seinetwegen* hier.« Er zeigte auf mich.

Der Korporal wollte etwas erwidern, ließ es aber bleiben. Natürlich stellte der Lordadmiral ein Sicherheitsrisiko dar. Aber es war der falsche Ort und die falsche Zeit, um so etwas auszudiskutieren. Also fügte er sich schweren Herzens.

Die Situation wurde immer absurder.

»Meinetwegen, Sir?«, fragte ich.

»Du weißt es wirklich nicht, oder? Nimm den Helm ab!«, wiederholte der Lordadmiral.

Zögernd befolgte ich den Befehl. Aus den Augenwinkeln sah ich, dass alle anderen zu mir herüber starrten.

Ich löste den Helm aus der Verankerung und schob ihn hoch. Auf der glatten Oberfläche der Konsole spiegelte sich mein Gesicht.

Ich riss die Augen auf, schnappte nach Luft. Die markant geschnittenen Züge, die langen hellen Haare, aber vor allem die Augen, die Augen ...

»Du hast es wirklich nicht gewusst, nicht wahr?«, sagte der Lordadmiral zum wiederholten Male.

Auf der glatten Fläche starrte mir Atlans Gesicht entgegen. Das Gesicht des unsterblichen Arkoniden, des Lordadmirals der United Stars Organisation.

Fassungslos schüttelte ich den Kopf.

Ich spürte einen Luftzug, und im nächsten Augenblick stand das drollige sprechende Tier mit der hohen Piepsstimme neben mir. Erst jetzt, als ich es zum ersten Mal in seiner ganzen Größe von gut einem Meter sah, fiel mir auf, dass es nicht nur ein Mausgesicht, sondern auch einen Biberschwanz hatte. Traurig sah es mich aus seinen großen Kulleraugen an.

Du wirst dabei nicht sterben. Aber jedes Mal, wenn sie glauben, dass du stirbst, verändert sich etwas für dich. Du erreichst die nächste Ebene, gingen mir seine Worte wieder durch den Kopf.

Atlan zog seinen Kombistrahler und richtete ihn auf mich. Alle anderen standen nur da, starrten ihn oder mich an und begriffen offensichtlich nicht, was hier vor sich ging.

Genauso wenig, wie ich es begriff.

»Es tut mir leid«, sagte der Lordadmiral, »aber dir ist doch klar ... es kann nur einen geben!«

Was hatte diese seltsame Mischung zwischen Maus und Biber noch gesagt? *Es ist wichtig, wie du stirbst. Du musst sterben, aber auf die richtige Weise. Sonst ist alles verloren. Verstehst du?*

Nein. Ich hatte das damals nicht verstanden, und ich verstand es auch jetzt nicht. Aber als der Lordadmiral die Waffe entsicherte und auf mich feuerte, fragte ich mich, ob das die richtige Weise zu sterben war.

Ulcarach

Damit hat es natürlich nicht geklappt, Rion. Du weißt selbst, dass es nicht so einfach ist, diesen Verein zu verlassen.

Und dann will der Zufall es, dass ausgerechnet wir beide hierher nach Thanaton versetzt werden, ausgerechnet nach Thanaton! Thanaton, der unvergleichliche zweite Planet der aufsehenerregenden Sonne Tjomen-31/438. Atlan allein weiß, warum er hier USO-Agenten stationiert hat. Wenn ein Planet die Bezeichnung »Arsch der Welt« verdient, dann dieser. Ich habe mich von Anfang an gefragt, was wir hier sollen. Hauptsächlich die Augen auf und nach Agenten der neuen Menschheits-Imperien Ausschau halten, hieß es – Dabrifa, ZGU, Tarey-Bruderschaft, Shomona-Orden, die üblichen Verdächtigen eben. Na ja, bislang wir haben nichts entdeckt, was ernsthaft Anlass zur Beunruhigung gäbe. Das alte Spiel: Seit etwa hundert Jahren sickern Angehörige einer Macht, die sich nach der Zersplitterung des Solaren Imperiums aus abtrünnigen terranischen Kolonien gebildet hat, in den Kreis der Silberherren ein und mittlerweile steuern sie dessen Geschicke. Zum Glück sind nur wenige von ihnen dauerhaft auf Thanaton engagiert, und unsere Zusammenstöße halten sich in Grenzen.

Die Frage ist nur, was wir tun würden, wenn es wirklich mal hart auf hart ginge, nicht wahr, Rion? Dann bliebe uns wahrscheinlich nichts anderes übrig, als über Funk Kontakt mit Quinto-Center aufzunehmen und um genaue Anweisungen und Verstärkung zu bitten. Aber dieser Ernstfall ist uns bislang, dem Schöpfer sei gedankt, erspart geblieben.

Wenigstens haben wir es einigermaßen gut getroffen. Es gibt auf Thanaton sicher unangenehmere Orte als Tar'Haar, und unsere Vorgänger haben gute Arbeit geleistet und alles für uns vorbereitet. Aber da saßen wir nun, wir beide, auf einer von Nachkommen der Lemurer besiedelten Welt mit präindustrieller Kultur, auf der seit einigen Jahren jeweils zwei USO-Agenten die primitiven Bewohner beobachten, die nach vorliegenden Hinweisen gelegentlich verborgenen Kontakt zu raumfahrenden Zivilisationen unterhalten. Genau das, was wir uns inbrünstig gewünscht haben, als wir zur USO gingen, nicht wahr, mein Freund?

Doch dass dann so einiges schiefging und ich zu drastischen Maßnahmen greifen musste, hast du uns natürlich eingebrockt. Oder siehst du das anders? Schließlich habe ich die Dienstvorschriften befolgt, während sie für dich nicht mal das Material wert waren, auf dem sie gedruckt waren. Schon als ich dich das erste Mal sah, hätte ich wissen müssen, was für ein Typ du bist.

Zumindest, was Frauen angeht.

Weißt du, ich habe immer meine Schwierigkeiten mit Frauen gehabt. Ich bin nie eine langfristige Beziehung eingegangen, dafür hatte ich einfach zu viel Respekt vor ihnen. Was konnte ich ihnen denn schon bieten? Heute hier, morgen dort. Sollte meine Frau in Quinto-Center sitzen und auf mich warten? Oder, schlimmer noch, sollte ich mich mit einer anderen Agentin einlassen? Nie zu wissen, wohin ihr Auftrag sie führt, in welcher Gefahr sie schwebt, ob sie noch lebt ... das kann doch niemand ertragen!

Aber du ... du hattest solche Probleme nicht. Wie lange waren wir in Tar'Haar, angesehene, wohlhabende Kaufleute, als du sie mir vorgestellt hast? Na ja, vorgestellt ist vielleicht das falsche Wort, ich habe euch mehr oder weniger in flagranti überrascht, alter Schwerenöter.

Geschmack hast du, mein Freund, das muss ich dir zugestehen. Sie sieht toll aus mit ihrem silbernen Haar, den grünen Augen, der umwerfenden Figur ... Aber das weißt du ja selbst, und wohl auch besser als ich.

Und dann zog sie bei uns ein, und ihr habt sogar geheiratet, nach einer örtlichen Zeremonie, nicht rechtsgültig, zumindest nicht für dich, und der Ärger fing erst richtig an. Glaubst du mir wenigstens, dass ich nicht die treibende Kraft war, es nicht darauf abgesehen habe? Jedenfalls nicht von Anfang an. Hast du nie die Blicke bemerkt, die sie mir zugeworfen hat? Sicher, sie war sehr geschickt, hat immer gewartet, bis du außer Haus warst. Aber glaub mir, halb zog sie ihn, halb sank er hin, das trifft bei mir nicht zu. Nein, es ging von ihr aus.

Du hast alles falsch gemacht, was man nur falsch machen kann. Du hast ihr deine Identität enthüllt, Rion, ihr von der Erde erzählt, von der USO, vom Solaren Imperium. Du hast ihre Neugier geweckt, und Begehrlichkeiten.

»Ich will die Erde sehen«, sagte sie eines Tages zu mir, als du gerade einen deiner obskuren Kontaktmänner aufgesucht hattest, um etwas ihm zu besprechen. »Ich will in einem Raumschiff fliegen und alles über meine Ahnen, die Lemurer, erfahren, und richtigen Vurguzz trinken.«

Ich lächelte. »Du weißt, dass das unmöglich ist.«

»Doch, es ist möglich.« Sie ließ sich in einen Sessel nieder, mit einer fließenden, fast lasziven Bewegung. »Du kannst es möglich machen.«

Übergangslos wurde ich ernst. »Soll Rion es dir doch möglich machen.«

»Es wird vielleicht gefährlich werden, sehr gefährlich.« Sie lächelte spöttisch und hob die Hand, als ich etwas erwidern wollte. »Nein, sag nichts. Du hast recht. Ich weiß es selbst.«

Sie bog den Rücken durch, und ihr Kleid enthüllte praktisch alles von ihrer Figur. »Aber ich weiß eins. Zusammen werden wir jede Gefahr meistern.«

Ich konnte kaum schlucken, musterte sie aus zusammengekniffenen Augen. War das reines Wunschdenken meinerseits, oder war sie tatsächlich im Begriff, mir ein konkretes Angebot zu machen? »Was willst du damit bezwecken? Was hast du vor? Du musst dich schon genauer äußern.«

»Muss ich das?« Sie streckte sich wieder, und ihre Brüste hoben sich aufregend. Ich spürte, wie mein Mund vollends trocken wurde. »Du solltest frische Kräfte sammeln, bevor es losgeht. Worauf wartest du?«

Da passierte es, Rion, aber du siehst doch ein, dass es nicht meine Schuld war, nicht wahr? Ich setzte mich zu ihr auf die Lehne, beugte mich über sie und küsste sie. Ihre Lippen waren sehr weich.

Sanft erwiderte sie den Kuss und löste sich dann vor mir. »Die Terraner haben eine wunderbare Kultur«, flüsterte sie. »Vor allem ihre Mode ist hinreißend. Und erst ihre Unterwäsche. Ich habe mir nach Rions Angaben eine Garnitur genäht. Willst du sie sehen?«

Du verstehst das doch, Rion, oder? Ich bin auch nur ein Mann, und das ließ ich mir nicht zweimal sagen. Meine Finger schoben sich über ihren Schultern unter den Stoff ihres roten Kleides und drückten ihn langsam zur Seite. Ich riss die Augen auf, als ich sah, dass sie nichts darunter trug.

»Aber ... du hast doch gesagt ...« Wahrscheinlich stotterte ich überrascht, ich weiß es nicht mehr.

Sie kicherte. »Ich habe gelogen. Warum machst du nicht da weiter, wo du aufgehört hast?« Dann schloss sie die Augen und gab sich ganz meinen zarten Liebkosungen und Küssen hin, die immer fordernder wurden, und erwiderte sie stürmisch. Und wie immer, wann wir zusammen waren, hatte die Nacht viel zu wenig Stunden ...

Die vierte Ebene

»Sie sind eine Schande für die EX-2714!«, sagte Captain Alexander. Kalter Zorn flackerte in seinen Augen, und er schien jeden Augenblick aus seinem Schreibtischsessel aufspringen und mich mit den Fäusten traktieren zu wollen. »Was ist nur los mit Ihnen?«

So aufgebracht hatte ich meinen obersten Vorgesetzten an Bord des Explorers noch nie gesehen. Captain Alexander konnte zwar streng sein und deutliche Worte finden, wenn die Situation es erforderte, was bei dieser motivierten und hervorragend aufeinander eingespielten Mannschaft allerdings selten genug vorkam. Doch normalerweise bewahrte er immer die Beherrschung. Er hielt seinen Untergebenen gegenüber Distanz und stellte allein schon damit klar, dass er aufgrund der von der Flotte verliehenen Befugnis – und seiner unbestreitbar bislang hervorragenden Leistungen – die absolute Befehlsgewalt an Bord des Schiffs hatte.

Er musste seine Autorität nicht beweisen, sie war schlicht und einfach vorhanden, und jeder an Bord akzeptierte sie. Alexander lebte sie den Besatzungsmitgliedern Tag für Tag von neuem vor.

Seine Entscheidungen waren klug und gerecht, und das Wohl der Mannschaft hatte für ihn erste Priorität. Mochten noch so große Entdeckungen locken, er verzichtete lieber auf den Ruhm, als seine Mannschaft unzumutbarer Gefahr auszusetzen.

Und nun das! Alexander hatte mich in sein Büro zitiert und machte mich nun zur Schnecke. Gründlich. Systematisch. Und genüsslich, wie ich allmählich glaubte.

Dabei hielt der Captain sich offensichtlich noch zurück. Da es sich um einen offiziellen Tadel handelte, der ins Logbuch übernommen wurde, liefen zwei Holo-Kameras mit. All unsere Worte wurden aufgezeichnet, sodass beide Parteien gewisse Formen wahren mussten und nur mit einem Teil ihrer tatsächlichen Meinung herausrücken konnten.

Vielleicht war das im Augenblick aber ganz gut so. Ich spürte, wie auch in mir der Zorn emporstieg, und ich durfte mich jetzt nicht hinreißen lassen. Es mochte die Zeit kommen, da ich es Alexander heimzahlen konnte, und dann wäre jedes falsche Wort zuviel gewesen.

Ich *hoffte* zumindest, dass ich bei dieser kommenden Konfrontation die Oberhand behalten würde. *Und an diesem Mistkerl habe ich sogar einmal einen Narren gefressen... Sir!*, dachte ich wütend.

»Ihr Verhalten ist schlichtweg unsozial«, fuhr Alexander fort. »Ihre Mannschaftskameraden können sich nicht mehr auf Sie verlassen. Sie sind völlig gleichgültig geworden. *Kommst du heut nicht, kommst du morgen.* Sie weigern sich, irgendetwas zu planen, sich in die Gemeinschaft der Besatzung zu integrieren, sich unterzuordnen, Hand in Hand mit anderen zusammenzuarbeiten. Sie ignorieren prinzipiell, was Ihre Kollegen Ihnen sagen. Sie sind stur wie ein Panzer und lassen sich nichts mehr sagen. Gar nichts mehr.«

Ich setzte meinen pflichtschuldigsten Ausdruck auf – und schwieg. Ich wusste, dass Alexanders Gedanken nicht höflicher waren als die meinen. Aber der Captain konnte sich mehr herausnehmen als ich.

»Haben Sie nichts dazu zu sagen ... Rooster?«, fragte Alexander. Er nannte mich versöhnlich bei meinem Spitznamen, von dem ich selbst nicht wusste, wie ich ihn bekommen und was er zu bedeuten hatte. So viel fiel mir immerhin auf.

Ich hob die Schultern. »Es tut mir leid, Sir. Aber...« Ich verstummte wieder.

Die bescheidene Unterwerfung beruhigte den Captain etwas. Einen Moment lang schien er wieder ganz der Alte zu sein, und er warf mir einen bedauernden Blick zu, als betrachte er mich als einen Freund, der leider einen Fehler begangen hatte und gemaßregelt werden musste.

Dann schüttelte er den Kopf. »Ich kann Sie einfach nicht verstehen. Das sieht Ihnen doch gar nicht ähnlich. Ich weiß«, fuhr er besänftigt fort, »dass es in letzter Zeit einige Zwischenfälle an Bord gab. Die Mannschaft ist nervös, gereizt, fährt sich grundlos an die Kehle ... Keine Ahnung, was hier los ist, so etwas habe ich noch nie erlebt, und wir finden einfach nicht heraus, was diese ... Störungen verursacht ...« Er zuckte mit den Achseln. »Vergleichbares ist in der Geschichte der Explorerflotte noch nie dagewesen, jedenfalls ist mir kein Fall bekannt. Und Sie sind ja noch einer der Ruhigeren. Sie werden nicht aggressiv wie die anderen, Sie ziehen sich einfach in Ihr Schneckenhaus zurück und werden apathisch. Noch apathischer als sonst. Können *Sie* mir vielleicht sagen, was hier gespielt wird?«

»Nein, Sir...«, setzte ich an. »Ich ...« Ich hielt inne.

Alexander sah mich erwartungsvoll an. »Ja?«

»Ich glaube«, fuhr ich fort, »ich bin allmählich zu alt und zu reif für diesen ganzen Scheiß.« Ich hatte den Mund kaum geschlossen, als ich ihn schon wieder öffnete und nach Luft schnappte.

Was zum Teufel ist nur in mich gefahren?, dachte ich. Wieso musste ich den Kommandanten auf diese Weise provozieren?

Irgendetwas stimmte hier tatsächlich nicht, aber ich hatte nicht die geringste Ahnung, was.

Alexander warf die Hände hoch, rang sichtlich um seine Fassung, verlor den Kampf und sprang auf. Seine Oberlippe war nur noch ein schmaler, weißer Strich. »Raus hier«, sagte er leise. »Schnell raus hier, Faucet, bevor ich Sie ...« Er schüttelte sich und beendete die Aufzeichnung der Kameras. »Melden Sie sich im Maschinenraum und reparieren Sie mit Herward endlich die verdammte Energieleitung zur Küche. Ich bin diesen kalten Fraß kotzleid.«

»Jawohl, Sir«, sagte ich, machte kehrt und verließ Alexanders Büro.

Du kannst mich mal gernhaben, dachte ich.

Ich dachte nicht im Traum daran, zur Sektion des Schiffs zu gehen, in der die Maschinendecks lagen, die die Antriebssysteme enthielten, die Energiekonverter, die Schutzschirmgeneratoren und die Lebenserhaltungssysteme. Mein Ziel war vielmehr das Wohndeck mit den Mannschaftskabinen.

Die EX-2714 war wie alle Einheiten der Flotte kaum bewaffnet. Ursprünglich hatte Reginald Bull, unser unsterblicher, legendärer Oberbefehlshaber, aus galakto-politischen Gründen auf schwere Waffen verzichtet, und aus längst überkommenen Überlegungen war eine Tradition geworden. Unser Kommandant hatte sich die Auffassung des *Dicken* allerdings auf sämtliche Fahnen geschrieben. Bei jeder passenden und unpassenden Gelegenheit zitierte er einen Schriftsteller aus der Zeit vor der Dritten Macht, und wer konnte es schon sagen, vielleicht hatte der Staatsmarschall und Vize-Großadministrator des Solaren Imperiums sich sogar von diesem Schreiberling beeinflussen lassen, als er die Entscheidung traf, auf eine Bewaffnung der Explorerflotte zu verzichten, um die friedliche Mission seines liebsten Kindes zu betonen.

Nur ein verbrecherisch veranlagter Narr kann der Meinung sein, bedrohlich erscheinende Konflikte allein mit Waffengewalt lösen zu können. Gönne deinem vermeintlichen Gegner das Wort; biete ihm deine Hand zum Gruß; lege sie vertrauensvoll in artfremde Hände – und du verdienst es, Mensch genannt zu wer-

den. Die Waffe wird dem Wort aus verhandlungsbereitem Munde niemals überlegen sein ...

Allerdings fragte ich mich, wieso Bull seine Meinung dann vor geraumer Zeit geändert und auch die EX-2714 mit so ziemlich allem ausgestattet hatte, was die terranische Waffentechnologie zu bieten hatte. Lag es daran, dass sich immer mehr Welten vom Solaren Imperium lossagten und die erwachsen werdenden Kinder sich gegen ihre gutmeinenden Eltern auflehnten?

Wir erkundeten einen Sektor in etwa 17.000 Lichtjahren Entfernung von der Erde. Im Umkreis von 500 Lichtjahren waren zwar schon einige bewohnte Planeten verzeichnet, zum Teil von Menschen besiedelt, zum Teil von Nachfahren der Lemurer, zu einem zu vernachlässigenden Teil auch von Spezies, die noch nie Kontakt mit den Arkoniden oder Terranern gehabt hatten, aber alles in allem war dieser Bereich so etwas wie der *podex mundi* der Milchstraße.

Und so umfassend er schon kartografiert war, er war doch so gewaltig, dass sich hier ganze Sternenreiche hätten verbergen können. Anfangs war ich voller Begeisterung an die Aufgabe herangegangen, für deren Bewältigung wahrscheinlich Generationen von Explorern nötig gewesen wären; mittlerweile war sie mir allerdings ziemlich gleichgültig geworden. Mittlerweile war mir fast alles ziemlich gleichgültig, befürchtete ich.

Ich seufzte leise. Es stimmte schon, ich merkte selbst, dass ich mich ungewöhnlich verhielt. Ich brachte für nichts mehr Interesse auf, vernachlässigte meine Pflichten, mied meine Kollegen, hielt mich für mich. Irgendwie reagierte ich genau entgegengesetzt wie die anderen, denen langsam, aber sicher sämtliche Sicherungen durchzubrennen schienen. Sie wurden in immer kürzeren Abständen von Schüben hektischer Aktivität erfasst, arbeiteten bis zum Umfallen, doch bei der kleinsten Schwierigkeit, der geringsten Störung, reagierten sie mit ungeahnter, beängstigender Aggressivität. Es war schon zu mehreren Prügeleien gekommen.

In dieser Hinsicht hatte der Kommandant recht: So etwas war in der Geschichte der Flotte noch nie vorgekommen. Oder aber, Reginald Bull hatte dementsprechende Berichte unter Verschluss genommen.

Aber es war besorgniserregend.

18 Besatzungsmitglieder teilten sich die zehn Kabinen des Schiffs. Damit waren wir sogar überbesetzt. Die EX-2714 war eines der ersten Robotschiffe, die in der Explorerflotte zum Einsatz kamen. Lediglich 15 Mann waren an Bord vonnöten, und die hatten überwiegend Kontrollaufgaben zu erfüllen. Das meiste taten die Maschinen.

Captain Alexander und sein Erster Offizier Samuelson bewohnten ihre Kabinen allein, die anderen waren jeweils gemeinsam mit einem Kollegen untergebracht. Mein Zimmergenosse war ausgerechnet Herward, der jetzt im Maschinenraum vergeblich auf mich wartete und wahrscheinlich von Sekunde zu Sekunde immer wütender wurde. Und das würde wohl auch für Herwards Chef gelten, unseren Koch Winer Melher. Ohne funktionierende Herde konnte er der Mannschaft keine meisterlichen Kreationen kredenzen, und die Stimmung an Bord war schon explosiv genug, ohne dass es nur kalte Küche gab.

Ich fragte mich, warum ich mich zur Explorerflotte gemeldet hatte. Manchmal durchsuchten die Schiffsbesatzungen die Milchstraße jahrelang nach erdähnlichen Planeten, reichen Rohstoffquellen und neuen Zivilisationen. Wollten wir neue Welten entdecken, die noch nie ein Mensch zuvor gesehen hatte, um deren Erze und Hyperkristalle auszubeuten, oder neue Zivilisationen, denen wir in Frieden und Freundschaft die Hand reichen wollten? So genau war mir das eigentlich niemals klar geworden.

Ein guter Fund brachte natürlich gewisse Gratifikationen mit sich. Auch wenn besiedelbaren Sauerstoffwelten nicht gerade so häufig wie Sand am Meer vorkamen, die Entdeckung einiger davon konnte der Besatzung eines Schiffs einen gewissen Wohlstand einbringen. Daher verwunderte es kaum, dass diese Aussicht allerlei zwielichtiges und skrupelloses Gesindel anzog, ganz egal, was Reginald Bull bei Pressekonferenzen und in Reden anlässlich diverser Wohltätigkeitsveranstaltungen permanent über die hehre, verantwortungsvolle Aufgabe der Flotte verkündete. Die Führungsebene der Explorerflotte achtete natürlich sorgfältig auf die fachliche und moralische Eignung der Besatzungen ihrer Schiffe, auch wenn die Realität der guten Absicht manchmal konträr gegenüberstand. Doch bei der EX-2714 schien sie besonders strenge Maßstäbe angelegt zu haben. Daher verwunderten mich diese Ausbrüche irrationaler Gewalt nicht nur, sie waren mir schlichtweg unerklärlich.

Genau wie meine zunehmende Lethargie.

Ich seufzte erneut. Die Regung schien mich fürchterlich viel Kraft zu kosten, mehr, als ich aufbringen konnte. Plötzlich wurde die Freude auf meine Kabine, die ich mir mit Herward teilte, schier übermächtig.

Lediglich der Techniker störte mich. Viel lieber hätte ich mir die Kabine mit Safira Pandolus geteilt.

Safira war eine der beiden Frauen an Bord. Ich verehrte sie, aber nur aus der Ferne, hatte es nie gewagt, mich an sie heranzumachen oder es zumindest zu versuchen, so wie fast jeder andere Mann an Bord. Es bereitete mir höllisches Vergnügen, dass sie bislang alle Avancen klar und deutlich zurückgewiesen hatte.

Sie nahm es ernst mit der Aufforderung der Explorerflotte, während der Expedition nach Möglichkeit keine zwischenmenschlichen Beziehungen einzugehen und auf diese Weise die unweigerlich daraus erwachsenden Konflikte von vornherein zu vermeiden. Wenn 18 Personen Monate, wenn nicht sogar Jahre auf engstem Raum verbrachten, gab es schon

Zündstoff genug, ohne dass noch Eifersüchteleien, Kränkungen und Zurückweisungen das Zusammenleben komplizieren mussten.

Hiroki Matsuda war da ganz anders. Die Asiatin störte sich nicht an der dienstlichen Vorgabe. Sie hatte schon mit fast der ganzen Mannschaft geschlafen; Ausnahmen bestätigten die Regel. Aber sie machte vorher jedem Partner klar, dass ihr nichts an einer dauerhaften Beziehung lag, es ihr nicht ums Herz ging, sondern um die Erfüllung körperlicher Bedürfnisse. Auch mir hatte sie schon ein eindeutiges Angebot gemacht, das mich in seiner Direktheit jedoch abgestoßen, ja sogar angewidert hatte.

Bei Safira konnte ich mir so etwas nicht vorstellen. Sie war zu allen Besatzungsmitgliedern gleichermaßen freundlich, aber auf eine unverbindliche Art und Weise. Sie reizte die Männer nicht, sondern trug stets weite Arbeitsmonturen, die ihre Figur verbargen. In der Freizeit bevorzugte sie stets Klamotten mit lässigem Chic, und bei den seltenen festlichen Angelegenheiten an Bord war sie immer elegant, aber nie provokant gekleidet.

Ich war allerdings überzeugt, dass sie eine prachtvolle Figur hatte. Sie war groß und schlank, ihr Hintern war knackig klein, ihre Brüste vielleicht eine Spur – ach was, viel – zu groß für ihre knabenhafte Figur.

Trotzdem – für mich war sie eine Heilige. Und ich konnte es mir zwar nicht so richtig vorstellen, doch vielleicht ergab es sich ja, dass wir zusammenkamen, nachdem wir einen Planeten gefunden hatten, auf dem es vor Hyperkristallen nur so wimmelte, und beide stinkreich geworden waren.

Ich öffnete die Kabinentür – und riss die Augen auf. Sämtliche Leuchtkörper in den Räumen waren eingeschaltet und tauchten die spärliche, zweckmäßige Einrichtung in harte, gleißende Helligkeit. Der Tisch, die Stühle und der Sessel schienen auf einmal so scharfe Konturen zu haben, dass sie sich von ihrer Umgebung wie unwirkliche Gebilde aus einer anderen Dimension abhoben.

Die Türen zum Hygieneraum und den Schlafräumen standen offen. Ich warf einen Blick ins Bad. Toilette, Nasszelle, Waschbecken... alles weiß gefliest, makellos sauber und aseptisch rein im dem harten Licht.

Ich fragte mich, was diese Festbeleuchtung zu bedeuten hatte. War Herward in die Kabine zurückgekehrt, um irgendetwas zu suchen? Unwahrscheinlich. Welche Besitztümer konnte man hier an Bord schon verlegen?

Ein unangenehmes Gefühl überkam mich. Meine Nackenhaare knisterten wie in einem schwachen elektrischen Feld. Ich spürte genau, dass er nicht allein war.

Ich warf einen Blick in Herwards Schlafraum. Bett, Stuhl, Schrank, kleine Kommode, aber kein Mensch. Verstecken konnte sich hier niemand.

Dann drehte ich mich um, ging vorsichtig zur Tür meines Schlafraums, zögerte kurz, nahm dann den kärglichen Rest meines Elans zusammen und betrat den Raum.

Auf dem Bett saß *sie*.

Ich glaubte zu träumen. Alles kam mir unwirklich vor, das gleißend-kalte Licht, die unnatürliche Stille, die in der Kabine herrschte, am meisten aber die Tatsache, dass Safira Pandolus dort saß, die Beine angezogen und leicht gespreizt, und mir einen Blick zuwarf, den ich nur als interessiert bezeichnen konnte.

Sie trug einen durchsichtigen Hauch von Bluse und eine hautenge blaue Hose, deren Farbton genau dem entsprach, mit dem sie sich die Brüste unter dem dünnen Stoff besprüht hatte. Na schön, bei unserem Aufbruch von der Erde war Intimschminke der letzte Schrei gewesen. Zuerst in gewissen Kreisen, in denen sonst eher eine rote Beleuchtung vorgezogen wurde, doch die gesellschaftlichen Zeichen schienen wieder einmal auf Freizügigkeit zu stehen, wie es alle paar

Dutzend oder Hundert Jahre immer wieder vorkam. Manche hingegen behaupteten, dass Anstand und Moral in immer kleinere Reservate zurückgedrängt wurden und sich mittlerweile der Großteil der Bevölkerung zügellosen Ausschweifungen hingab.

Aber war ich denn anders? Mein Blick klebte auf dem Stoff der Hose zwischen Safiras Beinen, und ich ließ ihn dort verweilen, eine Ewigkeit lang, und fragte mich, ob sie auch dort eine blaue Farbschicht aufgetragen hatte. Schließlich zwang ich mich, ihn zu lösen, ihr in die Augen zu sehen, doch auf dem Weg dorthin verharrte ich auf dem verheißungsvollen blauen Schimmern ihrer vollen Brüste.

»Rooster«, vernahm ich wie aus weiter Ferne, dass sie mich bei meinem ungeliebten Spitznamen nannte, wie sie es noch nie zuvor getan hatte, »du bist ein gutaussehender Mann, doch wenn du verblüfft bist, hast du ein ganz hässliches Gesicht.«

Ich schluckte heftig.

Sie glitt mit einer fließenden Bewegung vom Bett, trat zu mir und drückte sich an mich. »Willst du mich haben?« Sie legte eine Hand auf meine Overallhose. »Wir haben nicht mehr viel Zeit. Wir müssen uns beeilen, bevor sie auf den Gedanken kommen, deine Kabine zu stürmen und dich zu töten.«

Meine Gedanken waren wie blockiert. Ich nahm gar nicht zur Kenntnis, was sie sagte, wunderte mich nur maßlos über ihren Aufzug, ihr Verhalten.

Das war doch nicht Safira, *meine* Safira, immer freundlich, aber zurückhaltend und unnahbar. Das war eine ... eine Frau von der billigsten Sorte, wie sie in den Spelunken an den großen Raumhäfen darauf warteten, die Raumfahrer abzufangen, die so lange keine Frau mehr gehabt hatten, dass sie es nicht abwarten konnten, bis sie in den Vergnügungszentren der etwas weiter entfernten großen Städte das jüngere, knackigere, attraktivere Fleisch kaufen konnten.

Die billigste – *was*? Hier stimmte etwas nicht! Ich konnte doch keine Hure lieben! Ich liebte Safira, aber nicht die, die in diesem Augenblick vor mir stand.

»Was ist los mit dir? Du willst mich doch schon haben, seit du mich zum ersten Mal gesehen hast.« Der Druck ihrer Finger wurde kräftiger. »Ich habe dich vermisst. Wo hast du so lange gesteckt? Weshalb kommst du erst jetzt zu mir?«

Ich schrie auf und stieß sie zurück. Völlig überrascht prallte sie gegen die Bettkante und fiel rücklings auf die Matratze. Kurz flackerte Zorn und Empörung in ihrem Blick auf. Sie schob sich auf die Ellbogen hoch, schien aufspringen zu wollen, sank dann jedoch wieder zurück und blieb mit gespreizten Beinen liegen.

Ich schüttelte fassungslos den Kopf. Die Absurdität der Situation wurde mir immer deutlicher bewusst. Die Frau meiner Träume war eine anständige, liebevolle Person mit einer tiefen Hingabe an ... an was eigentlich? Doch diese geschmacklos aufgeputzte Schlampe stieß mich nur ab. Ich hätte mir nie vorstellen können, dass sie mich einmal in solch einer Aufmachung empfangen und mir dann Avancen machen würde, die so eindeutig waren, dass man sie nur noch als primitiv bezeichnen konnte.

Woher hatte sie überhaupt diesen durchsichtigen Fetzen, den sie da trug?

»Woher hast du dieses ... dieses ...«, fragte ich, nur um irgendetwas zu sagen.

Sie verzog den Mund zu einem schiefen Grinsen und legte die Hände auf ihren Bauch. »Von Hiroki. Auch die Intimschminke. Sie hatte sie in allen möglichen Farbtönen und Geschmacksrichtungen. Manche mit berauschenden Drogen versetzt. Deshalb waren die Jungs auch so scharf auf sie, vor allem Alexander. Wenn sie die Kleine leid waren, konnten sie immer noch auf einen guten Trip hoffen. Sie hat wirklich tollen Stoff dabei.«

Ich kniff die Augen zusammen. »Woher weißt du das?«

Sie lachte, schüttelte den Kopf. »Was bist du doch einfältig. Weil ich ihn auch ...« Sie hielt inne, richtete sie sich auf, schwankte jedoch und fiel wieder zurück auf das Bett. »Wir müssen schnell weg von hier. Du musst dich verstecken. Hier werden sie dich zuerst suchen.«

Erst jetzt sah ich, dass ihre linke Gesichtshälfte stark geprellt war und grün, blau und rot schillerte. Die Stirn verunstaltete eine dicke Beule, und drei blutige Risse zogen sich von der Wange über den Hals bis zur Schulter. Ihre Augen waren plötzlich verschleiert, und sie atmete schwer.

Sie hustete, setzte sich erneut auf und rieb sich den Kopf. Es dauerte eine Weile, bis ihr Blick wieder klar wurde. Sie musste wirklich einen Mordsschlag abbekommen haben.

Ich kauerte mich vor ihr nieder. »Was ist mit dir passiert? Woher hast du diese Verletzungen?«

Sie starrte mich an, als wäre ich eine verendende Ratte aus der Gosse. »Hab ich dir doch gesagt. Ich habe Streit mit Hiroki bekommen. Sie wollte mir nichts mehr geben. Weil sie mich *berührt* haben und sie nicht. Ich musste sie umbringen.«

»Du hast...« Ich verstummte, riss die Augen auf.

Sie legte eine Hand auf meine Schulter, stützte sich ab und hievte sich hoch. Als sie schließlich schwankend stand, nutzte sie die Gelegenheit, um mein Gesicht gegen ihren Bauch zu drücken.

Ein fremdartiger, aber durchaus angenehmer Geruch stieg mir durch den dünnen Stoff der Bluse in die Nase. Er war berauschend, weckte Verlangen und versprach gleichzeitig unendliches Glück.

Ich wand mich, drückte Safira zurück und hielt sie gleichzeitig fest, damit sie nicht erneut stürzte. Es gelang mir, mich von ihr zu befreien und mich zu erheben. Wieder griff sie nach mir, diesmal aber nach meiner Hand, wollte mich zur Tür ziehen.

Ich rührte mich nicht. »Verdammt, was ist hier los? Was ist nur in dich gefahren? Wieso ...«

Sie zerrte kräftiger an meiner Hand. »Ich hab dir doch gesagt, sie wollen dich töten! Sie glauben, du wärest für das alles verantwortlich, weil du noch nicht *berührt* worden bist, und die Hmenuikigli sind noch zu weit entfernt, um sie alle unter Kontrolle zu halten. Und warum sollen sie sich die Mühe machen? Sie *sollen* ja sterben! Aber du nicht. Und Hiroki ist völlig unwichtig. Sie wäre sowieso gestorben, wie wir alle.«

»Was redest du da?«

»Sie meinen, der Spuk wäre vorbei, wenn sie dich töten, aber das stimmt nicht. Sie werden sowieso sterben, sie alle, wir alle, alle außer dir. Und wir müssen dich schützen, die Hmenuikigli *können* dich nicht berühren, weil dein Geist frei bleiben muss.«

Ich verstand kein Wort, ließ mich von ihr aber zur Tür ziehen. Sie öffnete sich, und ich hörte einen unterdrückten Aufschrei von Safira.

Ich trat einen Schritt vor, blickte auf und sah, dass Winer Melher vor ihm stand. Der beleibte Ferrone war einst Küchenchef in einem First-Class-Hotel in Terrania gewesen, doch dann war irgendetwas vorgefallen, worüber er nie ein Sterbenswörtchen hatte verlauten lassen, und er war in Ungnade gefallen. Er hatte bei der Solaren Flotte angeheuert, war dort aber auch nicht zurecht gekommen und schließlich zur Explorerflotte gewechselt. Anfangs hatte er auf Reginald Bulls persönlichem Schiff Dienst getan, doch schon nach ein paar Wochen war er auf die EX-2714 versetzt worden – kurz bevor wir zu unserer derzeitigen Mission aufgebrochen waren.

Und nun war er hier.

Und hielt einen Kombistrahler in der Hand.

»Hallo«, sagte er, und seine bläuliche Hautfarbe wurde eine Spur dunkler.

Winer richtete die Waffe auf mich. »Du wirst ihnen befehlen, uns freizugeben. Sie sollen sofort damit aufhören.«

Safira schob sich seitwärts vor, bis sie genau vor mir stand. Ich atmete tief ein; sie schien mich tatsächlich mit ihrem Leib beschützen zu wollen. »Beruhige dich«, sagte sie. »Er kann ihnen nichts sagen, ihnen schon gar keine Befehle erteilen. Er weiß nicht mal, dass es sie überhaupt gibt! Sie haben ihn *nicht berührt!«*

Schon wieder dieses Wort. Ich fragte mich, was damit gemeint war.

Winer bedeutete Safira mit einem Wink der Waffe, ihm aus dem Weg zu gehen. Zögernd gehorchte sie.

Der Koch kniff die Augen zusammen. »Wenn sie nicht sofort damit aufhören, erschieße ich dich, Cockney.«

Hilflos zuckte ich die Achseln. »Safira hat recht. Ich weiß wirklich nicht, was hier los ist.«

»Verdammter Mist!«, brüllte Winer. »Erzähl mir nicht so einen Blödsinn! Darüber sind wir etwas hinaus, werter Mr. Faucet. *Sie* sollen *aufhören!«*

Die Mündung der Waffe, die eigentlich nur für Einsätze auf Planeten bestimmt war, kam mir riesengroß vor, wie ein gewaltiges Schwarzes Loch, das mich zu verschlingen drohte. Mein Blick glitt den Lauf entlang, bis er schließlich auf Melhers Zeigefinger haften blieb, der sich um den Abzug krümmte, langsam, ganz langsam ...

Mir brach der kalte Schweiß aus. Was auch immer hier vorging, der Koch meinte es todernst. Er würde mich erschießen, einfach so! Aber vielleicht hatte er die Waffe ja nur auf Lähmung eingestellt ...

Ich löste den Blick gewaltsam von Zeigefinger und Abzug, sah Melher an, wartete darauf, dass er irgendeinen Fehler beging, zur Seite schaute oder sich gar umdrehte, doch der Ferrone war sehr wachsam und ließ mich nicht aus den Augen. »Deine letzte Chance, Cockney Faucet.«

Ein hässliches Geräusch fauchte durch den Korridor. Safira schrie auf, und Winer Melher öffnete den Mund, doch kein Ton kam über seine Lippen. Qualm stieg empor, und eine rote Blume blühte auf der Vorderseite seines Overalls auf, verfärbte den grauen Stoff. Hinter dem Koch machte ich eine weitere Gestalt aus, und noch ein Fauchen zischte in meinen Ohren, alles gleichzeitig oder fast gleichzeitig. Winers Kopf war plötzlich verschwunden, und eine warme Flüssigkeit klatschte auf mein Gesicht. Ich schloss die Augen und öffnete sie sofort wieder, gerade noch rechtzeitig, um zu sehen, wie Herward, mein Kabinengenosse Herward, zum dritten Mal auf Melher feuerte, ins Herz, mitten ins Herz, und diesmal wurde der Koch durch die Wucht des Strahls von den Füßen gerissen, flog durch die Luft und prallte dann schwerfällig auf den Boden des Korridors, leblos, kein Humanoider mehr, nur noch ein verbrannter, unkenntlicher roter Klumpen.

Herward trat zu der Leiche und schaute auf sie hinab. »Wurde auch Zeit!«, murmelte er, schlug sich in die Armbeuge und hielt dem Toten den Mittelfinger hin.

Ich wischte mir Blut und Gehirnmasse von Nase, Wangen und Stirn. »Herward«, murmelte ich, »Herward, was hast ... bist du ...«

»Herward«, äffte mein Kabinengenosse mich nach, fuhr herum und riss die Augen auf. Sein Gesicht war eine verzerrte Fratze, hatte kaum mehr etwas Menschliches an sich. »Herward! Nein, ich bin nicht Herward, ich bin die letzte Inkarnation von Atlans Extrasinn, Mörder, Dieb und Betrüger, der größte Lumpenhund unter allen Sonnen der Galaxis!« Er warf noch einen kurzen Blick auf die Leiche und lachte bellend auf. »Ich habe Melher nie leiden können. Er hatte etwas Seltsames an sich. Aber ihr wolltet es einfach nicht sehen. Und dann wurde dieser Mistkerl über meinen Kopf hinweg auf dieses Schiff beordert und mir vor die Nase gesetzt ...«

Er schnaubte vor tiefem Abscheu. »Und er entpuppt sich als verdammter Verräter!«

Safira drängte sich an mir vorbei. »Sie wissen nicht, was Sie tun. Die Hmenuikigli können so viele Menschen nicht kontrollieren. Dazu sind wir noch zu weit von ihnen entfernt. Deshalb müssen wir die Abtrünnigen töten. Damit wir weniger werden, sie uns alle *berühren* können. Und wir müssen den *Unberührten* schützen!«

»Das müssen wir«, sagte Herward. Plötzlich entspannten sich seine Gesichtszüge etwas, und seine Stimme klang fast schon traurig. »Aber wenn sie den *Unberührten* zu sich holen und die Hassmasken aufsetzen, werden auch wir tot sein.«

»Wir sind unwichtig«, sagte Safira. »Die Hmenuikigli werden uns aufnehmen und willkommen heißen.«

»Das werden sie.« Er sah sie an, und sein Blick flackerte wieder unstet. »Warum hast du dich blau angemalt?«, fragte er misstrauisch. »Du solltest ihn beschützen, nicht mit ihm schlafen!«

Safira baute sich breitbeinig vor ihm auf und streckte die Brust heraus. »Ich habe nicht mit ihm geschlafen. Und wenn schon ... er, du, das spielt doch keine Rolle mehr. Noch einmal«, sagte sie. »Noch einmal, bevor die Hmenuikigli mich holen ...«

Bevor ich richtig begriffen hatte, was geschah, zerrte Herward Safira zu sich heran, hielt sie fest und richtete die Waffe auf ihren Kopf. Unter dem dünnen Stoff der Bluse hoben und senkten sich ihre Brüste.

»Ich traue dir nicht«, sagte der Hilfskoch. Das Flackern in seinem Blick wurde heftiger.

»Was ist hier los?«, stöhnte ich gequält. »Will mir das endlich mal einer verraten?«

»Neugier ist der Katze Tod.« Herward lachte, nahm die Waffe wieder von Safiras Kopf und streckte den Arm aus. »Nimm sie!«, befahl er. »Du bist der *Unberührte!*«

Zögernd trat ich einen Schritt vor, doch offensichtlich hatte Herward es sich wieder anders überlegt. Er schüttelte den Kopf und zeigte auf Winer Melhers Waffe, die ein paar Schritte entfernt auf dem Boden lag.

Ich rührte mich nicht.

Wollte Herward mir die Waffe wirklich überlassen, oder war das nur eine Finte? Wollte er mich erschießen, wenn ich danach griff?

Verdammt noch mal, ich begriff überhaupt nichts mehr! Was war hier los?

Vielleicht sollte ich versuchen, Herward zu entwaffnen, um ganz sicher zu gehen. Und dann konnte ich meine Trumpfkarte ausspielen und mit vorgehaltener Waffe endlich Antworten verlangen. Mein Gegenüber war ein technologisch geschulter Hilfskoch, kein Soldat, kannte sich mit Kombistrahlern nicht aus – deshalb hatte er auch dreimal schießen müssen, um Winer zu erledigen – und war überaus unvorsichtig.

Herward stand viel zu dicht bei mir. Ich würde die Waffe wahrscheinlich beiseite stoßen können, bevor es meinem Kabinenkollegen noch einmal gelungen wäre, sie abzufeuern. Dann würde ich sie ihm abnehmen können. Es wäre professioneller gewesen, sich auf die andere Seite des Korridors zu stellen und die Waffe auf meinen Kopf zu richten. Dann hätte Herward längst schießen können, ehe ich sie erreicht hätte.

Ich atmete tief durch. Ich hatte nicht die Absicht, den Mann auf seinen Fehler aufmerksam zu machen.

Gleichzeitig wusste ich, dass ich niemals die Kraft aufbringen würde, ihn anzuspringen. Irgendwie schien mir völlig gleichgültig zu sein, was mit mir geschah.

Aber Herward schien es ernst zu meinen. Ich bückte mich langsam und griff nach Melhers Waffe, schob die Fingerspitzen immer näher an das Metall heran, schloss sie nach einer Ewigkeit darum und hob den Strahler hoch.

Herward nickte zufrieden, ließ Safira los und stieß sie von sich, als ich mich wieder erhoben hatte.

»Vertraue ihr nicht«, sagte der Hilfskoch, der eigentlich Techniker war und Mädchen für alles. »Welche Gefühle hegst du für sie?«

Ich sah Herward an, und dann Safira, und fragte mich zum wievielten Mal, was hier eigentlich geschah, und plötzlich wusste ich, dass ich sterben würde, komme, was wolle. Ich würde das alles genauso wenig überleben wie mein Kabinengenosse oder Safira. Ich schluckte und suchte nach Worten und ...

Es ist wichtig, wie *ich sterbe,* ging es mir durch den Kopf. *Ich muss sterben, aber auf die richtige Weise. Sonst ist alles verloren.*

Ich schaute wieder Safira an, musterte sie ganz genau, und stellte fest, dass sie weinte.

»Ich glaube, ich liebe sie«, sagte ich. »Ich liebe sie noch immer. Daran wird sich nie etwas ändern, trotz ...« Dann inspizierte ich Winers Leiche, betrachtete Safira in ihrem widerwärtigen Aufzug, und mir wurde klar, was ich gesagt hatte. Ich hielt inne.

Sie drehte sich zu mir um. Der Blick in ihren Augen war verzweifelt. »Es ist sinnlos, so sinnlos ...«

»Auf ewig!«, hörte ich eine Stimme. Es war die meine.

»Ich habe das Gefühl, ihr beide habt noch einiges zu klären«, sagte Herward. »Aber sie hat dich nie geliebt. Du hast sie doch gehört. Sie wollte nur noch einmal mit dir schlafen, mit dir oder einem anderen, bevor die Hmenuikigli ihre Hassmasken aufsetzen.«

»Was sind Hassmasken?« fragte ich. »Wer sind die Hmenuikigli?«

Herward überging mich einfach. »Vertraue ihr nur nicht«, sagte er. »Wenn dir irgendetwas seltsam vorkommt oder ich dir ein Zeichen gebe, schießt du ihr einfach den verdammten Kopf ab.«

Ich schluckte. »Jawohl, Sir.« Ich hielt die Waffe nervös in der Hand, wusste nicht, was ich damit anfangen sollte. »Und jetzt sagt mir, was das alles zu bedeuten hat.«

Bevor Herward antworten konnte, rollte ein dumpfes Donnern durch die EX-2714, und der Boden zitterte merklich unter meinen Füßen.

Herward riss die Waffe hoch, wirbelte einmal um die eigene Achse, sah sich in alle Richtungen um, konnte aber nichts ausmachen. »Wisst ihr, was das heißt?«, rief er. »Das ist das Geräusch, mit dem wie alle sterben! Auch der *Unberührte!* Das ist das Ende! Die Verräter haben gerade den Nebenreaktor zerstört, der die Lebenserhaltung speist!«

Ich wurde blass. Wenn sie auch noch den Hauptreaktor hochjagten und es richtig anstellten, würden von Safira, Herward, mir, allen anderen Besatzungsmitgliedern und dem gesamten Schiff nur noch Atome übrig bleiben, die sich dann langsam im leeren Raum verteilten.

Safira schien solche Gedanken nicht zu hegen. »Kommt!«, rief sie und übernahm die Führung, stürmte voran, Richtung Heck. Hinter mir hörte ich Herwards Schritte. Ich hoffte, dass die Frau wusste, wohin sie ging, denn ich wusste es mit Sicherheit nicht. Ich wusste überhaupt nichts mehr. Die Situation war mir völlig entglitten.

Angefangen hatte es mit den unerklärlichen Zornesausbrüchen der Mannschaft, mit immer wieder aufflackernder Gewalt, mit aus der Luft gegriffenen Vorwürfen und Beschuldigungen, mit höhnischen Bemerkungen und Spötteleien, mit Wortgefechten und handfesten Schlägereien. Und nun endete es mit einer sinnlosen Orgie der Gewalt. Und mit Fragen, auf die ich noch immer keine Antworten erhalten hatte.

Wieso brachten die Mannschaftsmitglieder sich gegenseitig um? Wer waren die Hmenuikigli? Wie konnten sie die Besatzung der EX-2714 *berühren?* Und wieso war ich der *Unberührte?*

Safira blieb plötzlich stehen, reckte sich und schob den Deckel einer getarnten Schleuse hoch, der einen vertikalen Schacht verbarg. Ich hatte gar nicht gewusst, dass er hier in die Decke eingelassen war. Hunderte Male war ich unter ihm hinweggegangen, ohne ihn bemerkt zu haben.

Aber ich hatte den Eindruck, dass ich sowieso nicht wusste, was um mich herum geschah.

Die Frau schob eine Verriegelung zur Seite, und eine Leiter rutschte hinab. Ohne das geringste Zögern stieg sie sie hoch. Ich reckte den Hals, sah die kleinen, festen, runden Hinterbacken unter dem Stoff der Hose, stellte mir vor, dass auch sie blau schimmerten, und schluckte heftig. Ich konnte noch immer nicht fassen, welche Wandlung sie vollzogen hatte.

Safira war die Frau meiner Träume, und ich war genauso wenig verrückt wie sie. Ich musste etwas völlig falsch verstanden haben, einer schrecklichen Täuschung erlegen sein. Es gab keine andere Erklärung.

Wieso halte ich sie für verrückt?, dachte ich. Nur, weil ihr der Sinn nach Sex stand? Doch im nächsten Augenblick brannte sich ein anderer, quälender Gedanke durch mein Gehirn.

Warum hat sie nie mit mir geschlafen?

Ich folgte ihr und stieg die Leiter empor. Sie verließen sie auf dem Labordeck. Hier befand sich außer der Technischen Abteilung auch die Medostation mit den Regenerationstanks. Vielleicht sollte ich dorthin laufen und mich einfach in einen Tank legen, und wenn ich aufwachte, würde der ganze Spuk vorbei sein ...

Aber ich hetzte weiter hinter ihr her, zu den Maschinendecks, zu den Lebenserhaltungssystemen. Das Atmen fiel mir immer schwerer. Ich fragte mich, ob es nur Einbildung war, doch die Luft schien schal zu schmecken, abgestanden, und jede Bewegung fiel mir schwer.

Außerdem war es kälter geworden. Die Erstarrung des absoluten Nullpunkts, die – zumindest annähernd – außerhalb der Hülle der EX-2714 herrschte, schien sich unerbittlich immer tiefer in das Schiff zu fressen.

Als ich an der Technischen Abteilung vorbeikam, zögerte ich und blieb stehen. Meine Nackenhaare richteten sich wieder auf, genau wie vor wenigen Minuten in meiner Kabine. Waren es wirklich erst Minuten? Mir kam es wie eine Ewigkeit vor!

Ich stürmte zur Tür des Labors, gefolgt von Herward und Safira, die mit einem wütenden Fluch kehrt machte. Vorsichtig schob ich den Kopf um den Türpfosten, durchsuchte den Raum mit den Blicken.

Das Labor lag in Trümmern. Doch ich achtete nicht auf die Einrichtung, die zum Modernsten gehörte, was die Technik der Erde zu bieten hatte. Ich sah nur die drei Wissenschaftler, die tot oder schwer verletzt auf dem Boden lagen – verkrümmte Gestalten, schrecklich verstümmelt, denen vom Tod und von denen , die sie ermordet hatten, jede Menschlichkeit, jede Würde entrissen wurden war.

Sie schienen sich gegenseitig umgebracht zu haben. Mit bloßen Händen. Ohne jede Barmherzigkeit. Ich fragte mich, wie es möglich war, einem anderen Menschen ohne Hilfsmittel einen Arm abzureißen, und krümmte mich, um mich zu übergeben, konnte den Blick aber nicht von den Leichen lösen.

Plötzlich schien eine von ihnen wieder lebendig zu werden, richtete sich auf die Ellbogen auf, zielte mit einem Strahler auf mich. Ich wollte mich zur Seite werfen, brachte jedoch nur eine torkelnde Bewegung zustande. Dann spürte ich einen heftigen Aufprall, der mich gegen den Türpfosten schleuderte und schließlich zurück in den Gang. Der Strahl der auf alles zerstörende Wirkung eingestellten Waffe verfehlte mich um Haaresbreite.

Ein weiterer Schuss fauchte durch den Gang und in das Labor und tötete den Angreifer auf der Stelle.

Herward musste die Justierung der Waffe verändert haben. Die Schüsse, die er auf Melher abgegeben hatte, waren zwar auch tödlich, aber verhältnismäßig niederenergetisch gewesen, sodass ihre Wirkung eher derjenigen altmodischer Projektilwaffen geähnelt und sie nur fürchterliche Wunden gerissen hatten.

Man ist vor Überraschungen eben nie sicher, dachte ich. Doch angesichts der Tatsache, dass ich nur knapp dem Tod entronnen war, erschien dieser Gedanke völlig bedeutungslos. Etwas anderes war viel wichtiger.

Der Druck von Safiras Körper auf dem meinen. Sie lag wie tot auf mir, und ich spürte, wie eine entsetzliche Furcht in mir emporstieg. Hatte ihre Rettungstat sie das Leben gekostet?

»Nein!«, schrie ich und befreite mich mit unendlichem Bedauern von ihren Beinen.

Ich blickte auf und sah, wie Herward die Faust schüttelte. »Das war ein *Verräter«,* sagte er. »Wären wir nicht bei dir gewesen, wärst du schon tot, bevor du ihn überhaupt gesehen hättest.«

Ich hatte nicht den geringsten Zweifel an der Richtigkeit seiner Worte. Wahrscheinlich hatten Safira und Herward schon in dem Augenblick bemerkt, dass der Wissenschaftler sich nur tot gestellt hatte, in dem ich den ersten Blick in das Labor geworfen hatte.

Aber das interessierte mich in diesem Augenblick nicht im Geringsten. »Safira!«, rief ich und zog an ihrem Arm. Als sie leise stöhnte, machte mein Herz vor Freude einen Satz.

Doch als sie mich ansah, war ihr Blick bewölkt. Einen Moment lang schien sie nicht zu wissen, wo sie war. »Ja«, sagte sie leise und sah mich an. »Herward hat nicht die Wahrheit gesagt. Vielleicht habe ich dich mehr als nur ... gemocht?«

Konnte ich ihr glauben? Wohl kaum!

Ich verfluchte mich. Wieso dachte ich jetzt daran und nicht an den Wissenschaftler, mit dem ich monatelang gegessen und getrunken, gesprochen und gelästert, gefeiert und gestritten hatte? Und wieso hätte ich in diesem Augenblick nicht einmal für zehn Millionen Solar sagen können, wie der Mann hieß? Oder seine beiden Kollegen? Wieso berührte mich der Tod der drei Männer nicht? Wieso empfand ich nicht einmal Schrecken angesichts der grausamen, unerklärlichen Ereignisse hier an Bord, nur eine Spur von Verwunderung und unendliche Gleichgültigkeit?

»Nein«, sagte ich. »Ich mache das nicht mehr mit. Bringt mich um, und der ganze Spuk ist vorbei.«

»Der *Unberührte* muss leben«, sagte Safira. »Die Hmenuikigli sprechen schon zu dir. Hörst du sie nicht?«

»Ich höre irgendetwas, eine leise Stimme in meinem Kopf, die sofort wieder verschwunden ist ...« Ich sah zu Safira hoch, hoffte, die Antwort in ihren Augen zu sehen, doch da war gar nichts mehr, nicht einmal die zügellose Leidenschaft, für die ich in diesem Augenblick alles gegeben hätte.

»Komm«, sagte sie. »Die Zeit wird knapp. Merkst du nicht, dass wir langsam ersticken?«

Ich spürte es tatsächlich. Die Luft brannte sich wie zähflüssige Lava durch meine Kehle in seine Lungen und versengte sie, meine Beine waren bleischwer, jede Bewegung bereitete mir Schmerzen.

Wir liefen weiter. Wir waren nicht mehr weit vom Ende des Korridors entfernt und verließen ihn durch einen weiteren verborgenen Schacht, dessen Existenz mir – im Gegensatz zu Safira – ebenfalls völlig unbekannt gewesen war.

Diesmal kletterten sie hinab. Hinab, hinab, immer tiefer in die Eingeweide der EX-2714. Ich hatte mitgezählt. Das Maschinendeck des Schiffs lag schon über uns, als die Leiter in einem schmalen, nur von der Notbeleuchtung erhellten Gang endete.

Wir befanden sich auf einem Wartungsdeck. Auch von ihm hatte ich nicht gewusst, dass es überhaupt existierte.

Verdammt, dachte ich, *Captain Alexander hat recht gehabt. Ich bin ein lethargischer Schluffen. Mache keinen Schritt zuviel. Schlendern, nicht gehen, geschweige denn laufen. Meine Umwelt hat sich nach mir zu richten, ich doch nicht nach ihr. Was interessieren mich meine Mitmenschen und meine Umgebung!*

Safira hetzte weiter. Sie schwitzte stark. Die durchsichtige Bluse klebte an ihrem Rücken, und der Schweiß floss in mehreren Rinnen über den Stoff ihrer eng sitzenden Hose. Täuschte ich mich, oder schimmerte es darunter tatsächlich blau?

Sie blieb stehen, riss eine Wandvertäfelung auf und fluchte laut. Ich reckte den Hals, spähte an ihren wohlgeformten Schultern vorbei.

Sie entfernte die Reste der Vertäfelung, und dahinter befand sich ein kleiner Lagerraum. Unter anderem hatte er 18 Raumanzüge enthalten, genauso viele, wie die Besatzung der EX-2714 an Köpfen zählte.

Doch etwa ein Dutzend davon fehlte, und die anderen waren unbrauchbar gemacht, mit Strahlenwaffen und Desintegratoren zerschnitten worden.

»Sie werden versuchen, sich zur Feuerleitzentrale durchzuschlagen«, murmelte Herward. »Da sie Raumanzüge haben, kann man *ihnen* nicht die Luft abdrehen.«

»Sie werden es nicht schaffen. Die *Berufenen* haben sich ebenfalls Raumanzüge besorgt und werden sie noch vor der Zentrale abfangen. Sie alle werden sterben.« Safira holte mehrere Gegenstände aus dem Raum, Waffen, Handschellen sowie Sauerstoffmasken und -flaschen.

»An andere Raumanzüge kommen wir nicht ohne weiteres heran, aber wir haben uns vorbereitet«, sagte sie und reichte mir eine Überlebensausrüstung. »Wir *Berufenen* wissen, dass die Hmenuikigli nicht alle von uns kontrollieren können, und haben Vorkehrungen getroffen, dich zu schützen. Aber das mit dem Reaktor ...« Sie verstummte betroffen.

»Das konnte keiner erwarten«, ergänzte Herward. »Niemand konnte damit rechnen, dass die *Unberührten* bereit sind, sogar sich selbst zu töten, nur um dich auszuschalten.«

Ich schob eine Maske über Mund und Nase, aktivierte das Gerät und atmete tief durch. Köstlicher Sauerstoff strömte durch meine Mundhöhle und Kehle in die Lungen und machte mir klar, *wie* mies es mir in den letzten Minuten gegangen war.

Ich konnte mir nur eines vorstellen, das schöner gewesen wäre als diese Luft, die ich atmete. Dann verdrängte ich den Gedanken wieder. Im Moment hatte ich wirklich andere Sorgen.

Auch die beiden anderen legten Masken an und schnallten Überlebens-Ausrüstungen um. Es schien tatsächlich ihre höchste Aufgabe zu sein, mich zu schützen, denn mir hatte Safira die erste Maske gegeben, die sie in die Finger bekommen hatte.

Ich atmete tief durch, während sie ihre Ausrüstung umschnallte und aktivierte. Ein leises Scharren drang an meine Ohren.

Es war mir wohlvertraut. Es gab Ratten auf der EX-2714. Ich wusste nicht, wovon sie lebten, welche Nahrung sie in den Eingeweiden des Schiffs fanden, doch sie waren da, störten sich nicht an jeglicher Probabilität, die ihre Existenz verleugnete.

Ich bewunderte sie wegen ihrer Beharrlichkeit. Ich mochte sie. Sie hatten sich nie aggressiv mir gegenüber verhalten, geschweige denn mich angegriffen oder gar gebissen, als wüssten sie, dass ich wohl der einzige Freund war, den sie an Bord des Schiffs hatten. Ich hatte mich immer gefragt, in welchen Tiefen der Unterdecks sie sich verbargen, und nun kannte ich die Antwort. In dem Deck *unter* den Decks, von dem ich gar nicht gewusst hatte, dass es überhaupt vorhanden war.

Normalerweise hielten die Tiere einen respektvollen Abstand, doch der Sauerstoffmangel schien auch ihnen zu schaffen zu machen. Sie torkelten aus der Deckung ihrer Nischen und Winkel und bewegten sich wie trunken, wie halbtot.

Sie werden sterben, begriff ich. *Sie werden jämmerlich ersticken, langsam, qualvoll. Sie haben keine Überlebens-Ausrüstungen.*

In diesem Augenblick wurde mir klar, dass sie mir lieber waren, näher standen als die meisten Menschen an Bord. Ich hatte mich mit ihnen angefreundet, und sie hatten mich nie betrogen, hintergangen oder getäuscht. Sie waren eben, wie sie waren. Und einige von ihnen schienen mich auch zu mögen, so sehr, wie ein Mensch mich nie lieben würde. Wäre ich in diesem Augenblick allmächtig gewesen und hätte entscheiden können, wer nun sterben musste, ein Mensch oder die Ratte, die mir am liebsten war, oder auch nur irgendeine von ihnen, ich hätte keinen Augenblick gezögert.

Ich würde den Menschen sterben lassen. Niemals das Tier.

Hektisch tastete ich in den Taschen meines Overalls. Ich kannte die Ratten, und ich mochte sie. Ich war stets auf sie vorbereitet, so, wie Safira auf diese Situation vorbereitet war.

Endlich fand ich, was ich suchte: einen Konzentratriegel. Seit ich von den Ratten an Bord der EX-2714 wusste, hatte ich immer einen dabei. Ich riss die Verpackung an einem Ende auf und warf den Riegel den fünf, sechs Tieren zu, die sich trotz des Sauerstoffmangels zu ihrer Speisung zusammengefunden hatten. Die Ratten fielen darüber her, dass es nur eine Freude war, kämpften schließlich sogar um die energie- und kalorienreiche Köstlichkeit.

Ich sah, dass die Verpackung von Winer Melhers Blut und verschmiert war. Es musste eine wahre Delikatesse für die Tiere sein, ein Festmahl.

Und wohl der letzte Trost, den ich – und sie – in diesem Leben noch empfinden würden.

»Das war der erste Schritt«, riss Safira mich aus meinen Gedanken. Wegen der Sauerstoffmaske waren ihre Worte kaum zu verstehen.

Wenn eine Ratte sprechen könnte, dachte ich, *würde es sich so ähnlich anhören.*

»Und jetzt kommt der zweite«, fuhr sie fort. »Wir müssen den Raum im Maschinendeck stürmen, in dem sich die Verräter verschanzt haben, oder sie sprengen das ganze Schiff in die Luft.« Sie sah mich an. »Und der *Unberührte* stirbt.«

»Da sind Sie ja!«, drang Captain Alexanders Stimme aus dem Interkom. »Schön, dass Sie es geschafft haben. Ich habe gehört, es hätte ein paar Probleme gegeben.«

Der Bordfunk der EX-2714 arbeitete vollautomatisch. Von der Schiffspositronik gesteuert, stellt er nach Benennung der Stelle, mit der man Kontakt aufnehmen wollte, sofort die Verbindung her und schaltete sie nach Beendigung eines Gesprächs selbstständig wieder aus. Die zur Verfügung stehenden Sicht-Sprech-Phasen verhinderten Überlagerungen von mehreren Gesprächen.

Alexander hatte die Bildfunktion allerdings desaktiviert. Nur seine befehlsgewohnte, kalte, arrogante Stimme war zu vernehmen.

Wahrscheinlich wollte er vermeiden, dass wir sahen, wie schlecht es ihm ging. Wenn er und seine letzten Getreuen keine Raumanzüge angelegt hatten – und das war wahrscheinlich das erste gewesen, was die »Verräter« verhindert hatten –, würde der Sauerstoffmangel ihnen genauso zu schaffen machen wie mir, Safira und Herward.

»Nicht der Rede wert«, erwiderte Safira. »Und was machen wir nun? Der *Unberührte* ist hier bei mir. Du willst ihn doch töten, um deine Haut zu retten, die EX-2714 zu wenden, wie ein verängstigter Hosenscheißer zur Erde zurückzukehren und Reginald Bull Bericht zu erstatten. Es kann doch nicht in deinem Sinne sein, dass wir alle draufgehen.«

Ein Schott aus Terkonit versperrte uns den Weg zu der Kammer, in der sich Alexander verbarrikadiert hatte. Die Bestandteile des strukturverdichteten, bläulich schimmernden Metallplastiks waren verschiedene Monokristallverbindungen auf Kohlenstoff-Basis mit metallischen Einlagerungen. Terkonit wies eine Dichte von 25.880 Kilogramm pro Kubikmeter aus und übertraf die Festigkeit des früher verwendeten Arkonits um das Zwölffache. Bei qualitativ hochwertigen Legierungen lag der Schmelzpunkt jenseits von 35.000 Kelvin.

Ein Irrsinn, dass mir in dieser Situation solche Daten einfielen. Auf jeden Fall würde nicht ganz einfach werden, hier durchzukommen, und ich überlegte kurz, wie wir das anstellen wollten.

Aber das waren müßige Spekulationen. Viel wichtiger war, was es mit den Hmenuikigli auf sich hatte, dem *Unberührten* und den *Berührungen,* die die Mannschaft in den Wahnsinn getrieben hatten.

Wenn einer die Antwort kannte, dann Captain Alexander. Ich war fast davon überzeugt, dass er sich als einziger in dem besonders gesicherten Raum verschanzt hatte. Auf dem Weg hierher waren wir an einigen Leichen vorbeigekommen. Wenn ich mich nicht völlig irrte, konnte kaum ein Besatzungsmitglied dieses grausame, irrationale Gemetzel überlebt haben.

Falls die Leute mit den Raumanzügen die Feuerleitzentrale nicht doch erreicht hatten ...

Und Safira wollte mir noch immer nicht sagen, wer die Hmenuikigli waren und wieso ich *unberührt* war ...

»Ich bin zu einem Kompromiss bereit!« sagte Alexander. »Lasst mir Zeit für eine geordnete Rückkehr, und ich schalte den Reaktor wieder ein.«

Also wusste Alexander, was hier gespielt wurde! Ich warf Safira einen Blick zu. Konnte sie mit diesem Kompromiss leben? Es stand mehr auf dem Spiel, als Captain Alexander wusste!

Nein. Sie war fanatisch. Ich erkannte, dass ich sie gar nicht interessierte. Sie hatte nichts für mich übrig. Nie etwas für mich übrig gehabt. Sie hatte nur mit mir schlafen wollen, weil sie wusste, dass die Hmenuikigli sie alle holen würden. Ich war ihr in Wirklichkeit völlig gleichgültig, nur von Bedeutung für sie, weil ich der *Unberührte* war.

Sie war immer so zurückhaltend gewesen, so ... asexuell. Ich fragte mich, ob sie Hiroki tatsächlich die blaue Schminke gestohlen hatte oder mich mit dieser Behauptung nur hatte verhöhnen, verletzen wollen.

Aber eigentlich interessierte mich das nicht mehr, wirklich nicht. Ich würde sterben. Ich wusste, es war aussichtslos. Ich würde ersticken, weil die Lebenserhaltungssysteme versagten, oder in meine Atome aufgelöst werden, weil Alexander den Hauptreaktor hochfuhr, bis er explodierte.

Der Captain saß in der Feuerleitzentrale und hatte die Kontrollen in der Hand. Wenn wir mit unseren Waffen das Feuer eröffneten, würde er reagieren, und wir alle würden sterben.

Ich wollte nicht sterben. Ich wollte reiche Hyperkristallvorkommen entdecken, ein paar Millionen Solar einstecken und dann mit Safira zusammenleben. Glücklich und zufrieden bis ans Ende unserer Tage.

Safira schien vergessen zu haben, was sie mir vor einer halben Stunde in meiner Kabine angeboten hatte. Aber schließlich waren seitdem auch 14 Menschen gestorben.

Und vier zum Tode verurteilt worden.

Sie schüttelte mit nachdrücklicher Verneinung den Kopf. Sie wusste genauso gut wie ich, dass wir Alexander nicht vertrauen durften. Selbst wenn der Kommandant den Reaktor wieder einschaltete, würde er den Anspruch erheben, ihn auch zu kontrollieren, und natürlich konnte er ihn immer noch zur Explosion bringen, nachdem Safira und die anderen aufgegeben hatten.

»Sonst sprenge ich uns alle in die Luft«, sagte Alexander.

»Eine tolle Drohung!«, erwiderte Safira. »Du willst nicht sterben. Du willst einen besiedelbaren Sauerstoffplaneten finden, zur Erde zurückkehren und ein Leben in Saus und Braus führen. Warum sollte ich dir vertrauen?«

»Du kennst mich. Ich bin seit Jahren Kommandant der EX-2714. Ich habe noch nie jemanden hereingelegt, oder?«

»Hör nicht auf ihn!«, rief Herward.

»Faucet«, sagte Alexander. »Willst du keine frische Luft atmen? Willst du Safira nicht küssen und mit ihr glücklich sein?«

Ich wollte das alles. Aber ich wusste, dass Alexander mich lediglich zu manipulieren versuchte. Der Captain wollte mich gegen Safira und Herward ausspielen. Und noch immer hatte ich nicht die geringste Ahnung, wieso ich als einziger wirklich *unberührt* war. Denn die anderen *Unberührten* wussten zumindest, was hier gespielt wurde.

Und selbst wenn wir den Reaktor retten konnten – wie sollten wir ihn Alexanders Zugriff entziehen, wenn wir uns nun auf einen Handel einließen?

Also musste ich bluffen.

Doch ich kam nicht dazu.

»Am Leben bleiben, Cockney«, sagte Alexander mit tiefer Überzeugung in der Stimme. »Darauf kommt es an.« Der Kommandant aktivierte die Sichtfunktion des Systems, und auf dem kleinen Bildschirm neben dem Schott tauchte das berühmte Captain-Alexander-Lächeln auf, mit dem er bislang Behörden jeglicher Couleur getäuscht hatte, selbst Reginald Bull und dessen Mitarbeiter. »Oder etwa nicht?«

Alexander bluffte und log. Ich konnte ihm einfach nicht vertrauen. Also hieß es jetzt: Alles oder nichts – genau, wie die Hmenuikigli es bestimmt hatten.

»Falsch«, sagte ich und griff nach der Sprengbombe, die Herward mir gegeben hatte. Ich musste sie nur berühren, um den Zünder einzuschalten.

»Nein«, sagte Safira. »Warte.«

Ich hätte am liebsten vergessen, dass ich nur die Hand auszustrecken brauchte, um sie anzufassen. »Es ist vorbei. Nur wir vier sind noch übrig, und wir sind mittlerweile nah genug bei den Hmenuikigli, dass sie auch Alexander unter Kontrolle bekommen können.«

»Was haltet ihr *davon?«*, fragte der Captain und grinste breit. »Seht mal auf eure Messinstrumente.«

»Er hat aufgegeben«, sagte Herward.

»Die Hmenuikigli«, bestätigte Safira.

Die beiden losten mit den Fingern, nach Art des alten Kinderspiels »Schere-Stein-Papier«, um zu bestimmen, wer als erster das Risiko eingehen musste, die Maske abzunehmen und die Luft zu atmen.

Solche Experimente waren natürlich gegen alle Vorschriften, doch die Vorschriften waren seit der ersten Schlägerei an Bord der EX-2714 nichts mehr wert.

Safira gewann – oder verlor, je nachdem – und nahm die Maske ab. »Wir müssten eigentlich schon längst Luft haben«, sagte sie.

Ich erinnerte mich an etwas. *Luft* ...

Zögernd nahm auch ich die Sauerstoffmaske ab, bereit, sie sofort wieder aufzusetzen. Doch nichts geschah. Ich konnte atmen. Ich nahm einen tiefen Atemzug, und dann noch einen. Es war nicht nur Luft vorhanden, sie war auch einigermaßen warm. Die Kälte des Weltraums war wieder zurückgedrängt worden. Der absolute Nullpunkt stellte keine akute Bedrohung mehr dar.

Nach einem Augenblick tat Herward es meinem Beispiel gleich. Kurz darauf atmete auch mein Kabinengenosse erleichtert auf. Wir hatten wieder Luft!

Das Schott der Feuerleitzentrale öffnete sich, und Captain Alexander trat heraus. »Die Hmenuikigli haben mich *berührt«,* sagte er. »Wir sind die letzten.«

»Ich will nicht sterben!«, schrie Herward und warf sich auf den Captain.

Alexander blieb stehen wie ein Fels in der Brandung, packte Herwards Arm, riss ihn hoch, schloss die Finger um die Hand des Angreifers und verstärkte den Griff.

Es knackte laut und vernehmlich.

Er hat ihm die Finger gebrochen!, dachte ich entsetzt.

Als es den Anschein hatte, dass Herward die Schmerzen keine weitere Sekunden würde aushalten können, ließ Alexander den Techniker endlich los. »Er ist vollbracht. Sie haben mich *berührt*.«

»Wir wissen es«, sagten Safira und Herward wie aus einem Mund.

Herward kniete zahm wie ein Kätzchen nieder und spreizte die Arme. »Die Hmenuikigli heißen mich willkommen.«

Captain Alexander schoss ihm mit dem Strahler den Kopf weg. Er hatte Herwards Fehler vermieden und die Waffe auf die höchste Leistung eingestellt. Die Halsschlagader wurde sofort kauterisiert, es floss kein einziger Tropfen Blut.

Im Gegensatz zu Herward ist und bleibt Alexander ein Profi, dachte ich.

Safira und Alexander sahen sich an. Sie in einer zerrissenen, fast durchsichtigen Bluse, er scheinbar zehn Jahre älter als noch vor zwei Stunden.

Die Frau drehte sich zu mir um. »Ich hätte gern mit dir geschlafen«, sagte sie. »Du warst die logische Wahl. Alle anderen hätten mir auch genügt, aber dich musste ich beschützen. Leg dich in einen Regenerationstank.«

Ich schluckte.

»Unsere körperliche Nähe hätte mir die Illusion gegeben, dass nicht alles vorbei ist«, fuhr sie fort. »Dass es nach mir noch etwas gibt, das weiterlebt, auch wenn ich tot bin. Dass nicht alles völlig sinnlos war. Mein ganzes Leben, unsere Existenz überhaupt.«

»Hör auf damit«, stöhnte ich gequält.

Safira wandte den Blick von mir ab und sah Alexander an. Sie bückte sich, hob Herwards Waffe auf und richtete sie auf den Kommandanten. »Die Hmenuikigli heißen uns willkommen.«

»Die Hmenuikigli heißen uns willkommen«, bestätigte er und hob ebenfalls die Waffe.

Beide schossen gleichzeitig.

Und von beiden blieb nicht viel übrig.

Ich empfand nicht das Geringste. Mich störte lediglich, dass der verschmorte Stoff von Safiras Bluse bestialisch stank.

Ich drehte mich um, ohne einen Blick auf die beiden Leichen zu werfen – Herward interessierte mich überhaupt nicht mehr – und machte sich auf den Weg zur Medostation mittschiffs neben der Technischen Abteilung.

Ich wusste, dass die Verräter nicht an sie herangekommen waren. Die Hmenuikigli hatten sie mit allem beschützt, was sie hatten aufbringen können.

Ich war der *Unberührte,* auch wenn die Hmenuikigli nun zu mir sprachen. Ich musste unbefleckt von ihnen willkommen geheißen werden, damit sie sich durch mich schützen konnten bis in alle Ewigkeit.

Gemächlich trottete ich weiter.

Mein Geist war völlig leer.

Ulcarach

Tut mir leid, Rion, alter Knabe, aber da habe ich dich angeschmiert. Das war gelogen. Ich wollte dich nur ärgern. Ich weiß ja, wie empfindlich du in dieser Hinsicht bist.

Dann schloss sie die Augen und gab sich ganz meinen zarten Liebkosungen und Küssen hin, die immer fordernder wurden, und erwiderte sie stürmisch ...

Mann, was für ein schwülstiger Mist, wie aus einem schlechten Liebesroman. *Und wie immer, wenn wir zusammen waren, hatte die Nacht viel zu wenig Stunden ...* Habe ich das wirklich gesagt? Und das als Experte für Sprachen! Da kann ich nur um Entschuldigung bitten.

Nein, an diesem Abend ist nichts passiert. Gar nichts. Ein paar Minuten später bist du von deinem geheimen Treffen zurückgekommen, und wir haben weitergemacht, als wäre nichts gewesen.

Aber von da an herrschte diese bedrückte, gereizte Stimmung, die dir auch nicht verborgen geblieben ist. Wir erledigten unsere Arbeit, doch da war etwas Unausgesprochenes zwischen uns, und keiner wagte, es sich einzugestehen.

Die Krise kam dann ein paar Tage später, Rion, und da überwältigte es mich einfach.

Ich weiß nicht, was in diesen Minuten mit mir passiert ist; es war, als würden alle Dämme brechen. Als hätte ich mich mein Leben lang verleugnet und endlich zu mir gefunden. Was ich da entdeckte, gefiel mir vielleicht nicht besonders, aber es hatte keinen Zweck, die Augen davor zu verschließen. Ich musste mich mit dem befassen, was ich über mich in Erfahrung gebracht hatte, und die Konsequenzen daraus ziehen.

Ich kehrte an diesem Tag gerade in unsere geheime Station zurück. Alles war still; ich wusste, du warst wieder einmal unterwegs. Ich absolvierte das übliche Brimborium und betrat schließlich unsere Wohnquartiere.

Ich sah sie sofort. Sie lag ausgestreckt auf dem Boden, war bewusstlos.

Einen Moment lang war ich so überrascht, dass ich mich nicht einmal an ihren Namen erinnern konnte.

Sie musste ausgerutscht und gestürzt sein, sich irgendwo den Kopf angestoßen haben. Das dachte ich zumindest im ersten Moment. Aber vielleicht war ja auch alles nur gespielt. Vielleicht hatte sie den Unfall nur vorgetäuscht, wollte sehen, wie ich reagiere ...

Ich musterte sie, ließ den Blick über ihren Körper gleiten, von den Füßen bis zum Kopf. Dieses Gesicht ... diese Figur. Diese Brüste! Ich hatte darauf geachtet, früher hatte sie nie einen BH getragen, erst in jüngster Zeit, und sie hatte nie mit ihren Reizen gegeizt, wie du weißt, Rion. Sie war der Traum eines jeden Mannes, auch der meine, aber ...

Sie war unerreichbar für mich.

Für dich nicht, aber für mich.

Manche hatten eben immer Glück. Das wurmte mich plötzlich zutiefst. Dass diese tolle Frau sich mir dir eingelassen hatte, aber nicht mit mir ... Wenn überhaupt hatte ich mich mit billigen Flittchen begnügen müssen, die ich mir einerseits leisten konnte und die andererseits so dumm waren, dass sie keinen Verdacht schöpften. Ich hatte eben nicht deine Chuzpe, Rion.

Warum hatte sie mich nie an sich rangelassen? Sie war doch sonst nicht so wählerisch!

Einen Augenblick lang war ich versucht, augenblicklich über sie herzufallen, bevor sie wieder zu sich kam. Aber ich wusste, sie war *deine* Frau, und ich stand nominell unter deiner Befehlsgewalt und musste deinen Anweisungen gehorchen. Wenn ich sie jetzt auch nur anfasste ...

Nein.

Was, wenn sie erwachte, während ich sie mir vornahm? Sie hätte nur ein Wort zu dir sagen müssen, du warst mein Vorgesetzter. Du hättest nur einen Funkspruch abschicken müssen, und man hätte mich abgeholt, nach Quinto-Center gebracht.

Ich gestand es mir nicht gern ein, aber der USO waren Möglichkeiten gegeben, den Gehorsam ihrer Untergebenen zu erzwingen, bei denen mir schon der kalte Schweiß ausbrach, wenn ich nur daran dachte.

Ich darf sie nicht anfassen, dachte ich. Man würde mich der USO-Gerichtsbarkeit unterwerfen, und ich würde die nächsten fünfzig Jahre auf einem unwirtlichen Planetoiden nach radioaktivem Erz oder Hyperkristallen schürfen ...

Aber diese Beine ...

Ich riss mich zusammen. Ich musste es einsehen, Frauen wie sie waren für normalsterbliche USO-Agenten unantastbar und nur für die hohen Tiere bestimmt, oder für die verdammten Glückspilze, mit denen sie sich freiwillig einließen.

Unwillkürlich bewunderte ich dich wegen deines Muts, Rion, deiner Rücksichtslosigkeit gegenüber allen Gepflogenheiten. Dich einfach mit ihr einzulassen, ihr all unsere Geheimnisse zu verraten, sie einzuweihen, dass Thanaton nicht der Nabel der Welt war, sondern ein rückständiger Hinterwäldlerplanet irgendwo im Nichts der Milchstraße, 17.000 Lichtjahre von Terra entfernt. Aber du warst ja auch mein Vorgesetzter, konntest mir dienstliche Befehle erteilen und würdest Zeter und Mordio schreien, wenn ich sie auch nur anfasste.

Andererseits ... ich könnte dich genauso auffliegen lassen wie du mich, hast du darüber schon mal nachgedacht, Rion? Du hast eindeutig gegen die meisten, wenn nicht sogar alle Vorschriften verstoßen!

Nein, ich durfte mir keine Extratouren erlauben. Aber vielleicht würdest du ja eines Tages von Thanaton abgezogen werden, und dann würde sie bei mir bleiben, weil sie Geschmack an dem Leben gefunden hatte, das moderne Technik ihr erlaubte. Das war eine Aussicht, von der ich immerhin träumen konnte ...

Aber wenn ich sie dermaßen verprügelte, dass sie bestimmt nicht aufwachte, während ich über sie herfiel? Ihr Gesicht war zwar auch umwerfend, aber was machte es schon, wenn es etwas geschwollen war? Ach was, ihr Gesicht hätte die braunschwarze Schuppenhaut und die großen, beweglichen Kugelaugen eines Topsiders haben können, sie würde mich trotzdem scharf machen. Sie musste sich nicht mal bewegen ...

Nein, flüsterte irgendetwas in mir. *Es ist zu gefährlich! Bring sie zu sich!*

Wasser.

Ich sah mich nach irgendeinem Hahn um, dem ich Wasser entnehmen konnte, um es ihr auf das wunderschöne, noch ungeprellte Gesicht zu spritzen, entdeckte aber keinen. Natürlich nicht. Hier im Wohnraum ... Ich musste ins Bad gehen ... in die Hygienezelle ...

Aber ich konnte den Blick nicht von ihren verdammten Beinen lösen, konnte einfach nicht damit aufhören, sie anzustarren. Diese Beine, so lang und schlank ...

Und diese Brüste. So groß, obwohl sie sonst ganz schlank war, wunderbar schlank und schön. Nicht fett und hässlich. Du weißt ja, Rion, ich verabscheue fette, hässliche Frauen nicht minder, als ich schlanke, hübsche, junge mag. Auch wenn ich die Letzteren zumeist nur aus der Ferne betrachten konnte. Sonst wäre es mir ja gelungen, mich an diese verdammte Schönheit heranzumachen, die nun hilflos vor mir lag.

Gequält stöhnte ich auf und schloss die Augen. *Schluss damit! Denk nicht mehr daran! Denk nicht mehr an den Traum, der bewusstlos vor dir liegt!*

Wenn ich es nicht wagte, über sie herzufallen, konnte ich sie ja wenigstens einmal berühren, ihr vielleicht eine Hand auf die Schulter legen, wie ich es schon einmal getan hatte. Dagegen konnte sie ja kaum etwas einwenden, schließlich hatte sie mich ja vor ein paar Tagen geradezu herausgefordert ...

Doch mein Blick verschwamm plötzlich, und ich konnte nicht mehr ausmachen, was sie überhaupt anhatte. Ein Kleid? Bluse und Rock? Ich konnte es nicht mehr erkennen, obwohl ich sie deutlich vor mir sah, ihr wunderschönes Gesicht, ihren Körper, die langen, schlanken Beine.

Ich öffnete die Augen wieder ...

... und schnappte nach Luft.

Vor mir lag niemand, Rion. Ich sah nur den nackten, kahlen Boden.

Was war los mit mir? Hatte ich mir nur vorgestellt, diesen Traum von Frau zu sehen?

Verdammt, was war nur los mit mir?

»Können wir jetzt über das sprechen, was wir vorhaben?«, hörte ich plötzlich ihre Stimme hinter mir. Ich fuhr herum, Rion, und da stand sie und sah mich aus ihren grünen Augen an.

Und lächelte ein Lächeln, wie ich es noch nie zuvor gesehen hatte.

Die fünfte Ebene

Mein Geist war noch immer völlig leer, als sie mich aus dem Regenerationstank holten. Die Erschöpfung saß noch tief in meinen Knochen, fast wie Permafrost, der sie spröde und unbelastbar machte. Ich war müde, unerträglich müde, konnte die Augen nur einen winzigen Spaltbreit öffnen, und sofort fielen sie mir wieder zu.

Mein Kreislauf war so gut wie zusammengebrochen. Der ganze Körper war in kalten Schweiß gebadet, ich war zu schwach, auch nur einen Arm zu heben, zitterte am ganzen Leib.

Sie hatten mich viel zu schnell aus dem Tank gezerrt. Mein Organismus musste sich erst daran gewöhnen, wieder aktiv zu sein. Aber sie ließen mir nicht die dafür nötige Zeit.

Das hatte nichts Gutes zu bedeuten. Sie schonten mich nicht, behandelten mich nicht anständig. Offensichtlich war mein Nutzen für sie begrenzt. Sie legten keinen Wert darauf, dass ich ihnen lange erhalten blieb.

Ich konnte nicht laufen. Sie legten mich auf eine Antigravplattform und schoben mich durch die Gänge der EX-2714.

Zumindest vermutete ich das. Ich konnte noch immer nichts sehen. Meine Umwelt war so tiefschwarz wie der traumlose Schlaf, aus dem sie mich gerissen hatten.

In rascher Folge schlief ich ein oder wurde ohnmächtig, träumte und erwachte wieder. Mein Unterbewusstsein war hyperaktiv; es hatte wohl damit zu kämpfen, dass es während des Tiefschlafs völlig ausgeschaltet gewesen war, und versuchte nun nachzuholen, was es in dieser Zeit versäumt hatte. Und der Wechsel zwischen Schlaf, Traum und Wachen erfolgte so schnell, dass ich mich noch deutlich an meine Träume erinnern konnte. Eine ganz neue Erfahrung für mich; normalerweise schlief ich so tief, fest und lange, dass ich nicht einmal wusste, ob ich geträumt hatte oder nicht.

Einmal träumte ich von Safira. Von der Safira, wie ich sie liebte. Sie trug keine durchsichtige Bluse mit blau bespraytem Körper darunter, sondern einen Raumanzug, wie er zur Standardausrüstung eines jeden Schiffs gehörte, das als Teil der Explorerflotte die Galaxis erkundete.

Ich riss die Augen auf und sah, dass sie sich mir allmählich näherte, ganz langsam, wie in Zeitlupe, durch eine Landschaft, von der ich wusste, dass sie nur einem Traum entsprungen sein konnte. Seltsame Felsformationen reckten sich, überdeutlich scharf akzentuiert in einer dünnen, sauerstofflosen Atmosphäre, kilometerhoch in einen blutroten Himmel, und sie schwebte fast schwerelos über den Sand zwischen den Gesteinsnadeln.

Die einzigen Pflanzen, die hier wuchsen, waren grobschlächtige Bäume, wahre Riesen, dick und massiv der Stamm, feingefächert die Äste. Die Blätter rauschten im scharfen Wind, und im einen Augenblick waren sie noch braun und grün wie in Wirklichkeit, im nächsten dann rotviolett, als würde ich sie durch fremde Augen sehen, die ein ganz anderes Spektrum wahrzunehmen vermochten.

Boddhi, flüsterte etwas in meinem Kopf. *Erinnerst du dich denn an gar nichts mehr?*

In der Ferne reflektierten die Kuppeln einer fremdartig anmutenden Stadt das strahlende Sonnenlicht.

Als sie mich endlich erreicht hatte, blieb sie jedoch nicht stehen, um mich zu küssen, wie ich es mir erhofft hatte, sondern nahm mich an der Hand und zog mich in die Richtung, in der die halbkugelförmigen Kuppeln lagen, unter denen ich hohe, filigrane Türme ausmachen konnte, die aussahen, als könnte sie auch der leichteste Windstoß umreißen.

Sie lief voraus durch die lebensfeindliche Landschaft, und ich folgte ihr, fiel in meinem Druckanzug, der ein paar Nummern zu groß für mich war, jedoch immer weiter zurück.

»Warte!«, rief ich, und meine Stimme hallte verzerrt im Helm wider, denn plötzlich war mein Raumanzug gar kein modernes Modell mehr, das die Vorzüge der arkonidischen Technik mit denen der terranischen vereinigte, sondern ein uraltes, primitives, wie es Perry Rhodan vielleicht getragen hatte, als er zum ersten Mal auf dem Mond gelandet und auf Crest und Thora gestoßen war. Meine Worte klangen so undeutlich, dass ich selbst sie kaum noch verstand, obwohl sie gerade erst über meine Lippen gekommen waren.

Endlich blieb sie stehen und tat wie geheißen. Als ich sie erreichte, beugte sie sich vor, um mich zu küssen, wie es sich für einen Traum gehörte. Doch die Sichtscheiben unserer Helme prallten voneinander ab. Wir lachten, und es lag ein gewisser Schmerz darin, aber auch Freude, denn wir fanden zueinander, endlich zueinander, und tatsächliche körperliche Berührungen waren viel weniger wichtig als die geistige Einheit.

Aber dann fiel mir wieder ein, was sie getan hatte. Ich verweilte eine Ewigkeit lang bei dieser Erinnerung und musste den Gedanken schließlich mit Gewalt unterdrücken. Ich wusste, sie hatte nur getan, was nötig gewesen war. Ihre wirkliche Aufgabe lag woanders, und auch ihr Herz. Ich wollte ihre Liebe, aber ich konnte sie nicht erzwingen.

Genau, wie sie es gesagt hatte.

Vor einer Ewigkeit.

Safira spürte meine Verzweiflung. »Ich möchte dir danken«, sagte sie, und trotz der Verzerrungen durch die primitive Ausrüstung klang ihre Stimme in meinen Kopfhörern süß wie das Säuseln von Engeln. »Dafür, dass du zu mir zurückgekommen bist, mich nicht aufgegeben hast. Dass du mich noch immer liebst, auch wenn ich nichts für dich empfinde.«

»Danke mir nicht«, protestierte ich. »Ich versuche nur, am Leben zu bleiben.«

Sie sah mich erstaunt an, und dann verschwand sie, löste sich auf, als habe sie nie existiert. Auch die karge, felsige Landschaft war nicht mehr vorhanden, und mir wurde klar, dass ich überhaupt nicht in der EX-2714 war, sondern in dieser Kuppelstadt, die ich in seinem Traum gesehen hatte, und dass ich tatsächlich einen Raumanzug trug, der mir viel zu groß war.

Offensichtlich besaßen diejenigen, die mir diesen Anzug angelegt hatten, nur unzureichende Kenntnisse vom menschlichen Körperbau.

Sie hatten mich in den höchsten der filigranen Türme geschafft, die also doch nicht einem Traum, sondern der Wirklichkeit entstammten, und über mir befand sich nur noch der blutrote Himmel einer Welt, die wesentlich kleiner als die Erde sein musste, denn ich kam mir leicht vor, ganz leicht.

Und dann sah ich zum ersten Mal diejenigen, die mich aus der EX-2714 in dieses Turmverlies gebracht hatten.

Aber ich sah sie nicht nur, ich war ihnen viel näher. Sie waren in meinen Gedanken, und ich in den ihren.

Zuerst war ich allein im Turmverlies. Es war groß, erinnerte mich an eine ovale Arena, die Hunderten von Arkoniden Platz geboten hätte. Ich lag auf einem Tisch, der auf einem erhöhten Podest in der Mitte stand, umgeben von ansteigenden Zuschauerrängen. Aber es handelte sich nicht um Bankreihen, sondern um einzelne Sitze, die sich konzentrisch um mich hoben ... und in der Luft schwebten.

Sie waren breit, hätten bestimmt jeweils drei, vier Arkoniden Platz geboten. Über ihnen waren seltsame Gestelle in die Decke eingelassen, Ketten mit Dutzenden, wenn nicht sogar Hunderten von Gliedern. Soweit ich es erkennen konnte, waren sie alle mit einer schleimigen Schicht überzogen. Wozu diese Joche dienen sollten, konnte ich nicht einmal vermuten.

An einer Wand hingen mehrere seltsam geformte, gummiähnliche Masken, besser gesagt Matrizen, die umgekehrte Gesichtsabdrücke zu bilden schienen. Verwundert stellte ich fest, dass alle Matrizen – zumindest, soweit ich es aus dieser Entfernung erkennen konnte – ein und dasselbe Gesicht darstellen. Es war seltsam ausdruckslos, die Travestie eines arkonidischen Antlitzes mit zwei Ohren, zwei Augen, Nase und Mund.

Je länger ich die Masken betrachtete, desto beunruhigender wurde ihr Anblick. Nach einer Weile war ich davon überzeugt, dass sie alle *sein* Gesicht darstellen sollten.

Das Gesicht eines Menschen, wie Außerirdische es sehen mochten. Die Masken waren so geschaffen, dass sie nicht die persönlichen Merkmale einer bestimmten Person nachbildeten, sondern speziesspezifische. Ohren, Augen, Nase, Mund geschwind, und fertig war das Menschenkind.

Ich warf einen Blick auf den Druckanzeiger meines Schutzanzugs. Zu meiner Überraschung zeigte er fast irdische Verhältnisse an, und auf dem Analysegerät blinkte das Wort UNGEFÄHRLICH auf. Gab es in diesem riesigen Saal etwa Luft? Dort draußen, in dieser scharf umrissenen Felswüstenlandschaft, hatte ich keineswegs diesen Eindruck gehabt.

Dann hörte ich das Geräusch. Ich wusste nicht, was es verursacht hatte, empfand es jedoch sofort als Bedrohung. Das Schmatzen von Schleim auf Leim, das Blubbern eines zähflüssigen Gebräus, das Blasen warf, das langsame Tropfen von Eiter aus einer entzündeten Wunde.

Ich wollte mich nach der Quelle dieser Töne umsehen, doch ich konnte mich nicht rühren, war gefesselt oder auf irgendeine andere Weise in meinen Bewegungen eingeschränkt. Ich drehte den Kopf nach hinten, soweit ich es vermochte, reckte den Hals, und dann endlich konnte ich es am Rand meines Blickfelds in einem Augenwinkel ausmachen.

Es sah aus wie ein grüner Schlauch, über den sich ein zweiter schob, dann ein dritter, immer mehr, bis sich schließlich ein wahres Gewimmel von unterarmdicken, biegsamen Röhren über den Boden schlängelte. Und dann sah ich einen Ballon, der inmitten dieser Tentakel schwebte, und einen zweiten, einen dritten ...

Mittlerweile musste ich den Hals nicht mehr verrenken; der gesamte Boden des Verlieses war von den Geschöpfen bedeckt. Tentakeln und Kugeln, Kugeln und Tentakeln.

Als die ersten Wesen die Reihen der schwebenden Sessel erreicht hatte, zogen sie sich mit Hilfe der schlauchähnlichen Anhängsel in die Höhe.

Hatten sie auf dem Boden schwerfällig und unbeholfen gewirkt, so bewegten sie sich nun grazil, fast schwerelos. Geschickt und ohne Mühe hangelten sie sich immer höher, hievten die ballonartigen Körper auf die sesselähnlichen Gebilde, schoben die Greifarme durch verschiedene Kettenglieder und richteten sie zur Mitte der Arena aus, zum Podium, auf dem ich lag.

Dabei sonderten die Geschöpfe unablässig Schleim ab. Das erklärte die Schicht, die ich zuvor bemerkt hatte. Als ich den Kopf drehte und hinabschaute, stellte ich fest, dass auch der gesamte Boden von diesen Rückständen bedeckt war.

Nach einer Weile hatten sämtliche tentakelbewehrten Ballons bis auf zwei ihre Plätze eingenommen. Die Ränge waren bis auf den letzten Sessel gefüllt. Ich konnte an den grünen Greifwerkzeugen keine Sinnesorgane bemerken, weder Augen noch Ohren, doch ich war überzeugt, dass sie alle mich beobachteten.

Gespannt beobachteten.

Erwartungsvoll.

Etwas Großes stand an.

Und es bedeutete nichts Gutes für mich, davon war ich ebenfalls überzeugt.

Es wirkte elegant, einen anderen Ausdruck dafür fand ich nicht, wie diese Hunderte von Wesen ihre Dutzende von Tentakel durch die Kettenglieder schoben, anscheinend losgelöst von der Gravitation vor mir in der Luft hingen und dann langsam zu schaukeln anfingen, auf und ab, vor und zurück. Ihre Bewegungen erinnerten an ein anmutiges Ballett, an die Leichtigkeit einer Primaballerina, die kühne Sprünge wagte und Pirouetten drehte und die Gesetze der Schwerkraft anscheinend immer wieder kurz außer Kraft setzen konnte.

Die beiden einzigen Fremden, die nicht an diesem kollektiven, rhythmischen Wiegen teilnahmen, krochen schwerfällig weiter zu der Wand, an der die seltsamen Masken hingen, die Matrizen des eigentümlich merkmallosen menschlichen Gesichts. Sie zögerten, rollten ihre Blasenkörper mit Hilfe der Tentakel nun von rechts nach links und wieder zurück, schienen die Masken einer eingehenden Untersuchung zu unterziehen.

Schließlich entschieden sie sich für jeweils eine Matrize, glitten darauf zu ... und dann hinein.

Es war ein befremdlicher Anblick, befremdlicher als alles andere, was ich in diesem grazilen Turm unter der riesigen Kuppel bislang gesehen hatte. Die Maske des mir nächsten Fremden entfaltete sich wie ein zusammengelegtes Kleid, an dem Schuhe befestigt waren, altmodische Galoschen, die bis zum Saum des Bekleidungsstückes reichten. Dann veränderte sie ihre Form, stülpte sich wie ein Schaumpolster um den Körper des Wesens, wirkte dabei unglaublich bequem, einer zweiten Haut entsprechend.

Ich hatte den Eindruck, dass diese Ganzkörpermaske aber gleichzeitig auch sehr widerstandsfähig war, sogar den Andruck einer Beschleunigung in den Planetenorbit dämpfen würde.

Jetzt wandten die beiden Wesen sich um, und ich sah, dass die Masken sie in die Travestien von Arkoniden verwandelt hatten, in verzerrte Karikaturen mit viel zu schmalen Füßen, kurzen Beinen, in die Länge gezogenen Oberkörpern und Armen, die drei- oder viermal so groß waren wie der gesamte Körper.

Doch am grausamsten waren ihre Gesichter. Nun sahen sie nicht mehr aus wie bloße Stereotypen eines arkonidischen Antlitzes. Vielmehr wirkten sie bis ins letzte Detail akzentuiert und bildeten beide ein ganz bestimmtes, problemlos zu erkennendes Gesicht nach.

Meines.

Und diese Gesichter strahlten einen so tiefen, glühenden, inbrünstigen Hass aus, dass ich unwillkürlich aufschrie.

Die beiden Maskenträger rutschten langsam zu dem Podest zurück, bückten sich und schauten zu mir hinab.

Ich sah nun, dass die Masken bemalt waren und ihre hasserfüllte Ausstrahlung nicht zuletzt von der unerklärlich lebendig wirkenden Farbe ausging, die man auf sie aufgetragen hatte. Die Schattierungen und Nuancen veränderten sich ständig, flossen ineinander, verzerrten die einst glatte Oberfläche der Matrizen zum Inbegriff des Zorns.

Dann sprachen sie zu mir. Ich vernahm ihre Stimmen in meinem Kopf und wusste, wer sie waren: Pett-A-Pank, der Groß- und Lehrmeister der Hmenuikigli, und Lerr-A-Duc, dessen Meisterschüler, und ihre Gedanken waren die meinen.

»Dein Geist ist völlig leer«, sagte der Großmeister.

»Mein Geist ist völlig leer«, kam es über meine Lippen, ohne dass ich etwas dazugetan hatte, und ich erkannte, dass der Hmenuikigli recht hatte. Ich wusste nicht, wer ich war, ich wusste nicht, wie ich hierher gelangt war, ich wusste nicht, was das alles zu bedeuten hatte.

Ich ahnte nur, dass ich es nicht überleben würde.

»Konzentration«, fuhr Lehrmeister Pett fort. »Du musst dich auf den Aggressor konzentrieren, Lerr-A-Duc, jeden anderen Gedanken verbannen, nur daran denken, was aus deiner Energie, aus deinem Geist entstehen wird ...«

»Ich versuche es«, gab ich leise zurück. Ich war ein hübscher Hmenuikigli, ein ansehnliches, in der geringen Schwerkraft meiner Welt hoch aufgeschossenes Exemplar meiner Spezies mit klar konturierten Gesichtszügen, doch im Augenblick merkte man mir die Anstrengung deutlich an. Schleimschweiß perlte auf meiner Haut, floss über die Sinnesknospen, brannte in ihnen und verschmierte sie gleichzeitig, rundete die Konturen der Tentakel und der Schwebeblase ab, wie ein feuchter, salziger Schleier oder wie Luft, die in der Hitze des Mittags vom Boden hochstieg und flimmernd die Sicht auf die Felsnadeln verzerrte.

»Noch nicht, Lerr-A-Duc«, hörte ich wie aus weiter Ferne den Lehrmeister. »Du musst ihn ertasten, sein Innerstes erkunden, herausfinden, was ihm am wichtigsten ist, von seinem armseligen Leben einmal abgesehen, und es dann formen. Wir haben uns für die Masken entschieden und eine gute Wahl getroffen. Spüre deine Kraft, Lerr. Du musst das Hier und Jetzt vergessen. Dein Geist kämpft gegen das Formen an; er will sich Wunschvorstellungen hingeben, ziellos umherhuschen, wie ein Quibbuck in seinem Käfig. Er will träumen. Du musst ihn beherrschen, Lerr-A-Duc, willst du den Imprint verankern.«

»Ja«, erwiderte ich, der Meisterschüler, und fuhr die Sinnesknospen zu. Vor meinem inneren Auge brannte das Bild eines Boddhi-Baumes, dick und massiv der Stamm, feingefächert die Äste, im Wind rauschend die Blätter, nicht braun und grün wie in Wirklichkeit, sondern rotviolett, aber völlig real.

Nur langsam verblich das Bild.

»Ich denke nicht, Lehrmeister«, sagte ich. »Ich fühle nur den fremden Geist und meine Stärke. Sie ist bereit und will raus.«

»Deine Gedanken sind listig, Lerr. Sie geben vor, verschwunden zu sein, lauern aber tief in dir, warten nur darauf, einen günstigen Moment zum Ausbruch nutzen zu können. Spürst du deinen Körper, Lerr-A-Duc?«

»Nein.«

»Die Tentakel? Die Blase? Fühlst du, wie die Sinnesknospen in den Spitzen sich berühren?«

»Nein.«

»Oder das Helium in deinen Blase?«

Ich zögerte. Dort kitzelte etwas mein Fleisch, floss sanft und weich hinüber, nur um sich im nächsten Augenblick schon wieder aufzulösen.

»Nein«, wiederholte ich.

»Du hast es gespürt«, gab der Lehrmeister zurück, ruhig, sachlich, ohne jeden Vorwurf in den Gedanken.

»Aber jetzt nicht mehr.«

»Deine Tentakel ... wo sind sie?«

Ich empfand Verwunderung. »Hier«, sagte ich.

»Sie entspringen deinem Blasenkörper?«

»Ja.«

»Und deine Sinnesknospen?«

»Vorn. In den Spitzen der Greifschläuche.«

»Sie berühren sich.«

Ich empfand nichts davon.

»Du steckst in einer fremden Haut. Der Haut des anderen. Dein Körper wird von ihr umschlossen. Fühlst du den Schmerz der Berührung?«

»Nein.«

»Gut.« Diesmal klang der Lehrmeister zufrieden. »Vor drei Mondphasen hättest du ihn noch gespürt.«

»Nicht mehr. Da ist nur noch ...«

»Ja?«

»Der unbändige Hass in mir. Der Hass der Maske. Er will hinaus.«

»Noch nicht. Du musst lernen, den Drang zu bezähmen. Beweisen, dass du deine Kraft beherrschen und benutzen kannst. Du musst den Aggressor ausloten. Sein Innerstes muss dein Innerstes werden. Benutzen ist nicht gleich beherrschen. Du musst wissen, warum dem so ist. Erklären kann ich es dir nicht. Nur, wenn du sein Innerstes zerbrichst und dann für dich nutzt, kannst du den Imprint setzen.«

Welcher Aggressor?, fragte eine Stimme in meinem Kopf, die ich zuerst gar nicht als die meine erkannte. Es war auch nicht die meine, sondern die eines guten, alten Freundes und Ratgebers. *Mich können sie doch nicht meinen. Ich habe ihnen nichts getan. Ich kenne sie nicht einmal!*

Ich schwieg. Die Ausführungen des Lehrmeisters verwirrten mich. Ich war mir bewusst, dass es nur einer winzigen Unaufmerksamkeit bedurfte, um meinen Körper wieder zu spüren, doch im Moment fühlte ich mich unendlich weit von ihm entfernt. Meine Erinnerungen waren verblasst, gegenstandslos geworden. Selbst der Abdruck des Boddhi-Baums in seinen Sinnesknospen verschwamm zu einem formlosen, gesprenkelten Etwas.

»Wo bist du?«, fragte der Lehrmeister.

»Hier. Und jetzt.« Das Hier und Jetzt war absolut geworden. Die Vergangenheit trieb wie ein Sandkorn in der Felsenwüste dahin, die Zukunft wie ein anderes, beide verschieden und doch identisch. Nichts existierte mehr außer dem Hier.

Und dem Aggressor.

»Zügle den Drang!«, durchschnitt die Stimme des Lehrmeisters das Hier. »Du bist verkrampft. Du versuchst, dein normales Atmen zu beeinflussen. Das ist falsch.«

Ich horchte noch tiefer in mich hinein. Tatsächlich vernahm ich ein hartes Klopfen; ich folgte nicht dem natürlichen Pulsschlag meiner Existenz, sondern wollte die Konzentration erzwingen.

Der völlig falsche Weg.

Ich muss mir meinen Körper zurückgeben, dachte ich und spürte schon, wie der spärliche Sauerstoff der Atmosphäre in meine Sinnesknospen stieg und mich berauschte. Ich folgte der sanften Strömung, mit der die Luft in meine Körperblase eindrang und wieder hinausströmte, zählte meine Atemzüge, bis die Zahlen eins wurden mit der Unendlichkeit und ich selbst eins mit allen Hmenuikigli in der *Halle der Masken*.

Dann war der harte Widerstand überwunden, und mein Körper verlor sich in der gegenstandslosen Unendlichkeit um mich herum.

»Ich bin zufrieden«, vernahm ich die Gedanken meines Lehrmeisters. »Jetzt taste den Aggressor ab. Gleiche die Sinuskurve, die mit dem Formen einherschreitet, seinem Rhythmus an. Störe dich nicht an der Fremdartigkeit seines Körpers, lasse nicht zu, dass sie Ekel in dir hervorruft. Die Vielfalt der Evolution ist unendlich. Auch auf Kohlenstoff basierende Zweifüßler haben ihre Existenzberechtigung.«

»Solange sie uns nicht bedrohen.«

»Solange sie uns nicht bedrohen«, bestätigte Pett-A-Pank. »Beginne mit diesen zehn kleinen Ausläufern der unteren Extremitäten.«

Ich gehorchte.

Die Gedanken in meinem Kopf gruben zum ersten Mal gezielt in meinen Erinnerungen, fanden heraus, was Zehen waren, Füße, Schenkel, Hüften, Arme, Schultern, Hals und Kopf.

Jede Anspannung, die ich ausmachte, löste ich, bis ich schließlich die Schädeldecke erreichte. Mein Geist blieb nackt dabei; die Körperpartien, die ich wahrnahm, hatte ich schon wieder vergessen, wenn ich zur nächsten weiterschritt.

In meinem Kopf rotierte ein riesiger, blauschwarzer Nebel. Ich geriet in seinen Strudel, kämpfte dagegen an, spürte jedoch, dass ich mich dem Sog nicht widersetzen konnte und immer tiefer hinabgezogen wurde.

»Leiste keinen Widerstand«, ermahnte mich die Stimme des Lehrmeisters. »Versuche nicht, die Wellen zu zerschlagen, glätte sie mit der Kraft des Einklangs, der Harmonie deines leeren Geistes.«

»Wie?«, schrie ich wortlos auf.

»Du weißt es. *Dein* Geist ist leer. *Sein* Geist ist leer. Alle Voraussetzungen sind somit gegeben. Rufe es dir in Erinnerung.«

Ja, ich wusste es. Ich ließ mich von dem Wirbel des fremden Geistes einfangen, nahm ihm so die Macht und zerschnitt die geistigen Wellen wie mit einem Sägetentakel, und alle so unsagbar unverständlichen Wogen, die ich berührte, verloren ihre Energie, schwappten nicht mehr schäumend und tosend über, sondern glätteten sich, und mit jeder Welle verlor der Wirbel ein wenig von seinem Sog, bis er schließlich in sich zusammenstürzte und zerrann, als habe es ihn niemals gegeben.

Die körperlose Stimme des Lehrmeisters klang plötzlich erregt. »Jetzt«, sagte er, »*jetzt* ist es soweit!«

Der Hass wallte in mir empor, verstärkt durch die Maske, durch meine Konzentration, bereit, sich zu unterwerfen und den Wünschen des Formers nachzukommen, zurückgehalten lediglich durch die Beherrschung meines Geistes.

Nun besaß ich vollkommene Macht über den Hass. Sie trieb mich hinaus aus meinem Körper, meinem Geist, lenkte mich. Ich konnte in das fremdartige Kohlenstoffwesen sehen, ohne wirklich zu schauen, erkannte nur, wie meine Tentakel im Einklang mit der stärksten Sinuskurve, die ich je erzeugt hatte, anzuschwellen schienen und den Imprint verankern wollten.

Ich fädelte mich in die Sinuswellen ein, und der Hass wuchs und formte sich und wuchs weiter, erreichte die Größe eines Quibbucks, dann die eines Hmenuikiglikindes, doch plötzlich stieß er auf Widerstand.

Er tut mir etwas an, etwas Furchtbares er nimmt mir den Willen den Verstand die Erinnerungen den Geist mich selbst ich muss mich wehren schützen fliehen zurückziehen so tief wie möglich zurück in die Erinnerung die Vorstellung die Phantasie denken an das was ich liebe was hätte sein können wäre ich nicht ich!

Ich hatte die Stelle im Geist des fremdartigen Zweifüßlers gefunden, an der ich den Hass, den Imprint, verankern konnte, doch plötzlich wurde sie ausgefüllt von einem starken Bild, einem Wunsch, und das Begehren darin nahm Gestalt an, die einer Frau der zweigeschlechtlichen Kohlenstoffwesen, groß und schlank, mit runden, festen Brüsten, einem kleinen Hinterteil, biegsamen Gliedern, sanften blauen Augen und einem glockenhellen Lachen, wie es nur die Inkarnation einer Wunschvorstellung zustande bringen konnte.

Ich begriff, dass dieses Geschöpf in den Augen der Zweifüßler sehr attraktiv sein musste. Und es hatte einen Namen.

Safira!

Ich prallte zurück.

Safira nahm immer festere Konturen an, wurde geradezu körperlich, die Verkörperung der Begierde. Doch ihr Gesicht veränderte sich, blieb nicht lächelnd und sanft, wie der Zweifüßler es kannte und liebte. Es verzerrte sich, wurde geradezu eckig, zeigte einen gequälten Ausdruck.

Ein Schatten lag auf Safira, doch ich konnte ihn nicht nutzen. Das Kohlenstoffwesen legte sämtliche ihm verbliebene Kraft in die Erscheinung seines Unterbewusstseins, klammerte sich daran fest, verschmolz mit ihr.

Ich wollte den Imprint verankern, doch es war zu spät. In dem Augenblick, in dem sich der Hass endgültig von meinem Geist trennte, zerfiel er bereits, sackte zusammen zu einem schleimigen, zitternden Klumpen, der nicht einmal so groß wie ein Quibbuck war.

Der Funke,! dachte ich, *der posthypnotische Funke!* Doch der Widerstand des Zweibeiners wurde immer stärker. Je verkrampfter ich versuchte, ihn durch bloße Konzentration zu überwinden, desto verzweifelter klammerte das Kohlenstoffwesen sich an diese letzte Hoffnung.

Wir haben ihn apathisch gemacht, dachte ich, *doch sein Lebenswille ist ungebrochen. Auf ganz einer ganz tiefen, kreatürlichen Ebene kämpft er um seine Existenz!*

Der Einklang meines Geistes zersplitterte. Meine Kraft schlug ins Nichts, und der Hass, der beinahe übergewechselt wäre, löste sich auf und floss in mich zurück. Ich sog ihn auf, doch die Emotion bewirkte keine Stärkung, keine Befriedigung, wie es sonst immer der Fall gewesen war, sondern hinterließ nur eine bodenlose Kälte, eine tiefe Enttäuschung.

Ich habe den Funken nicht zünden, den Imprint nicht verankern können, dachte ich verzweifelt.

Pett-A-Panks Stimme klang betroffen. »Und das, obwohl du die ideale Maske ausgewählt hast. Aber du hast den Selbsterhaltungstrieb des Zweibeiners unterschätzt.«

»Ich habe versagt«, bestätigte ich.

Erleichterung. Grenzenlose Erleichterung. Ich wusste nicht, was geschehen war, doch eins stand außer Frage: Ich war soeben mit knapper Not der völligen Auslöschung entgangen.

Hatte ich mich selbst töten wollen?

Ich lag gefesselt oder zumindest bewegungsunfähig auf dem Podest in der Mitte der *Halle der Masken*, und ich konnte nicht sagen, ob sie nach zehn Sekunden oder zehn Tagen zu diesem Augenblick vergangen waren, da sie nun zum zweiten Mal versuchten, meinen Geist auszulöschen.

Aber diesmal gingen sie anders vor.

Ganz anders.

Ich war wieder jung.

Oder träumte ich nur, dass ich wieder jung war?

Ich musste träumen, denn ich war wieder jung, denn ich kannte Safira und liebte sie, obwohl ich sie doch erst viel später kennengelernt hatte.

Wann? An Bord der EX-2714? Oder früher? Aber jedenfalls noch nicht als Kind, als Jugendlicher, als Heranwachsender.

Und ich ... ich war auch nicht ich. Doch, ich war ich, aber gleichzeitig war ich ein anderer, dachte wie ein anderer, fühlte wie ein anderer.

Wer war ich?

Atlan Atlan Atlan Atlan Atlan Atlan

Ich war ich, und ich war Lerr-A-Duc, und ich liebte Safira, und Lerr-A-Duc liebte Safira, und Lerr-A-Duc war ein Arkonide, wie ich einer war, und wiederum doch keiner, etwas ganz anderes mit Blasen und Tentakeln, grün, so grün.

Und ich hatte einen Lehrmeister.

Zum ersten Mal, seit wir die *Halle der Masken* verlassen hatten und über die leeren, leichten Ebenen unserer herrlichen Welt schritten – schlängelten, krochen, wallten, zwei winzige Gestalten in einer grenzenlosen, wogenden Natur unter einem weitgespannten, violetten Firmament –, ergriff ich das Wort. Ich hatte geschwiegen, versucht, meine Enttäuschung in der Harmonie zu verlieren, doch nun erschienen weit vor uns die ersten Gebäude der Monolithenquartiere und seitwärts die Wohnviertel.

Der Zauber war zerstört. Das Vergessen hatte er nicht bringen können.

Monolithenquartiere? Wohnviertel?

Die Welt war nicht mehr leicht, der Himmel nicht mehr weitgespannt und violett. Er war ...

Ich war wieder zu Hause!

Wie war ich den Fremden entkommen? Wer hatte mich gerettet?

Ich war ich selbst, und ich war Lerr-A-Duc, und ich liebte Safira, und er war wieder auf der Erde. Und ich hatte versagt.

Du bist ein Former. Du kannst Psychoplasma generieren und beleben. Du hast versucht, Safiras Abbild aus Psychoplasma zu schaffen. Aber es ist zusammengebrochen.

»Nein«, erwiderte der Lehrmeister. »Hast du meine Worte schon vergessen? Das Ziel der Kleinen Prüfung ist es nicht, den Funken zu geben.«

»Was bezweckt die Prüfung dann, Pett-A-Pank?«

Der Lehrmeister zuckte lächelnd die Achseln. Er war groß und schlank, alt und weise, jung und kräftig, alles in einem. »Das musst du aus dir selbst heraus wissen«, sagte er.

»Werde ich die Prüfung bestehen?«

»Sprich mit Safira darüber«, schlug Pett-A-Pank vor. »Alles andere wird sich morgen erweisen. Morgen ist der große Tag.«

Der Vorschlag war einfach genial und genial einfach, und ich schämte mich, dass ich nicht selbst darauf gekommen war.

An der nächsten Gleiterstation tippte ich die Kodenummer des Condominiums ein, in dem Safira bei ihren Eltern wohnte. Kurz darauf hielt ein Fahrzeug, das in diese Richtung flog, und ich stieg ein. Die Fahrtzeit war viel zu kurz; verzweifelt überlegte ich mir, was ich Safira sagen sollte, doch als ich den Gleiter verließ, hatte ich die richtigen Worte noch nicht gefunden.

Ich bezweifelte, dass ich sie je finden würde.

Vor dem Haus zog ein blauer Schattenfalter seine Kreise, die Kieferplatten spitz zulaufend, der Körper hässlich ausgezackt und mit winzigen Tasthärchen übersät, die wie borstige Stacheln aussahen. Ich schnappte nach dem Falter, fühlte den kratzigen Flaum auf meiner Handfläche und drückte zu, bis das Insekt zu einer mehligen Masse zerfiel, die ich an einem Malvenstrauch abwischte. *Kein Blut,* dachte ich. Der Falter hatte kein Blut in seinem kleinen, schwachen Körper.

Genau wie Safiras Abbild.

Es gibt keine Schattenfalter auf Arkon oder der Erde!

Safira schien nicht im Geringsten erstaunt zu sein, als ihre Mutter mich in ihr Zimmer führte. Ich begrüßte sie mit einem kurzen, fast scheuen, unbeholfenen Kuss. Safiras Mutter zog sich lächelnd zurück; sie billigte die Beziehung, die ich mit ihrer Tochter eingegangen war.

Alles ist in Ordnung. Alles ist in bester Ordnung!

Ich fragte mich, wie ihre sprießenden Brüste geformt waren. Sahen sie aus wie Birnen, oder eher wie Äpfel? Aus irgendeinem Grund stellte ich mir vor, dass sie blau waren.

»Pett-A-Pank hat deinen Besuch angekündigt«, sagte Safira und hockte sich auf das Pneumosofa. Sie zog die Beine an und legte den Kopf auf die Knie. »Morgen hast du Prüfung, oder?«

Ich kauerte mich neben ihr nieder und nickte. »Was hat Pett-A-Pank sonst noch gesagt?«

»Nichts. Nur, dass du mit mir sprechen willst.«

Ich gähnte gekünstelt. Wie konnte ich Safira erklären, dass ich gescheitert war? Dass ich bezweifelte, die Prüfung zu bestehen?

»Warum willst du mit mir sprechen? Ich dachte, du müsstest dich heute ausruhen, konzentrieren, auf die Prüfung vorbereiten.«

»Konzentrieren«, lachte ich. »Safira, ich ... ich habe heute versagt. Und morgen werde ich es auch nicht schaffen.«

Endlich war es heraus.

Ihre Hand suchte die meine, tastete zärtlich über die Finger, nahm ihnen etwas von ihrer Hitze.

»Ich habe versucht, dein Abbild aus Psychoplasma zu schaffen. Es ist zusammengebrochen, bevor ich ihm den Leben spendenden Funken geben konnte.«

Abrupt zog sie die Hand zurück. »Was hast du getan? *Mein* Abbild? *Mich* hast du gestalten wollen?«

Ich sah zu ihr hoch. »Ja. Aber es ist zusammengebrochen. Einfach so.«

Sie rückte von mir ab, sprang auf, schritt im Raum umher, die Arme unter der Brust verschränkt.

»Es sollte eine Überraschung sein. Ich wollte ...«

»Eine Überraschung?«, schrie Safira. Ihre Oberlippe zitterte heftig. Kleine Schweißtropfen standen darauf. Sie waren seltsam transparent und dünnflüssig, gar nicht schleimig.

»Selbstverständlich«, sagte ich verwundert. »Verstehst du nicht? Morgen in der Prüfung wollte ich ...«

»Was wolltest du? Mich vor dem ganzen Wurf erstehen lassen? Ein Doppel von mir, das so denkt und fühlt wie ich? *Mich* wolltest du psychoformen?«

Verwirrt schüttelte ich den Kopf. »Ich wollte dir eine Freude machen. Ich dachte, du wärest stolz auf mich, wenn ich die Prüfung bestehe, indem ich dich ...«

»Das Doppel ist zusammengebrochen?« Safiras Gesicht war blass geworden. »Verstehst du denn nicht, dass ich gestorben bin, Lerr-A-Duc? Mein Abbild, das war ich. Und du hast es verloren!«

»Verstehst du denn nicht, dass ich gestorben bin«, flüsterte ich so leise, dass sie es nicht hören konnte, und ein anderer Gedanke drängte sich in meinen Verstand, vorgebracht von einer Stimme, die fast unhörbar sprach und mir vertraut vorkam ...

Es ist wichtig, wie du stirbst. Du musst sterben, aber auf die richtige Weise. Sonst ist alles verloren. Verstehst du?

Ich verstand nicht. »Aber es war doch nur Psychoplasma ...«

Safira schrie wieder auf, wie von Sinnen vor Zorn. Erst als sie an mir vorbei aus dem Zimmer stürmte, sah ich, dass ihr Tränen in den Augen standen.

In dieser letzten Nacht vor der Prüfung fand ich ... fand Lerr-A-Duc kaum Schlaf. Immer wieder, wenn ein Traumbild sein Ende nahm, erwachte ich, nur um von meinen endlos kreisenden Gedanken in ein neues getrieben zu werden. Ich sah Safiras Gesicht, wie es leuchtend und mit strahlenden Augen aus Psychoplasma entstand, aus seinem ... meinem Psychoplasma, das mir aus den Fingerspitzen quoll, sich fast bis zur Perfektion aufbaute, dann aber zerfiel, aber nicht zu einer formlosen, klumpigen Masse, sondern zu einem fahlbleichen Totenschädel ohne Haut und Fleisch, mit ihren Augen in den viel zu großen Höhlen, die mich bittend und voller Furcht ansahen.

Die Augen lösten sich aus den Höhlen, schwebten wider jedes Naturgesetz empor, zwei unförmige, weiß-rot-blaue Regentropfen unter dem violetten Firmament. Sie verwandelten sich in dunkle Schattenfalter, die sinnlos ihre flatternden Kreise zogen. Schwollen an ins Riesenhafte, lauerten über mir. Safiras leerer Schädel trieb zurück, wisperte ihnen etwas zu und verschwand wieder, und in diesem Moment stießen die Falter hinab, um mich mit ihren mahlenden Kiefern zu zerreißen.

Schreiend erwachte ich.

Ich war wie gelähmt.

Ich hatte Hiroki Matsuda sterben lassen, genau wie ich den Falter zerdrückt hatte, einfach so.

Wer war Hiroki Matsuda? Und nicht ich hatte sie umgebracht, sondern Safira, meine *Safira!*

Welche Bedeutung hatte schon ein Falter, ein hässliches Tier, nur darauf bedacht, seine Art zu erhalten? Und Safira? Das Psychoplasma wäre sie gewesen, wurde mir klar, ihr Körper, ihr Verstand. Ich hätte es beherrscht, solange meine Kraft ausreichte, und dann hätte ich sie gehen, *sterben* lassen müssen ...

Sterben! Sie hätte doppelt gelebt und wäre gestorben. Der Atem wäre aus ihrem Körper gewichen, die elektrischen Ströme ihres Gehirns versandet in erkaltendem Fleisch.

Sterben! Und was kam dann? Was kam nach dem Tod? Wenn ich selbst ... starb? Ich war fort, einfach fort, verschwunden, nicht mehr vorhanden.

Die Welt würde ohne mich weiterbestehen, aber ich nicht ohne die Welt. Safira nie wieder zu sehen, nie mehr zu formen ...

Da war nichts mehr. Nur noch eine unendliche Leere.

Nein! Ich wollte leben, über die weiten Ebenen unter dem violetten Himmel streifen, die würzige Luft riechen, die Prüfung ablegen, auf Arkon III oder irgendeiner anderen Welt leben, Kinder haben, einen Beruf ergreifen ...

Arkon III wurde am 28. September 2329 während einer letzten Großoffensive der Blues von 40 Kampfschiffen vernichtet!

Ein plötzlicher Schmerz im Brustkorb trieb mir die Tränen in die Augen.

Starb ich? Blieb mein Herz stehen, sackten meine Lungen in sich zusammen, wie zwei undicht gewordene Blasen, aus denen nun pfeifend die Luft entwich? Grüne Blasen? Blaue Brustkörbe?

Du musst sterben, aber auf die richtige Weise.

Ich wollte schreien, doch kein Ton kam über meine Lippen. Ich konnte keinen Finger bewegen, nur surrend die Luft einsaugen, solange zumindest das noch möglich war ...

Der Falter ... ich hatte den Falter getötet. Und damals, als mein Vater gestorben war, wie hatte ich mich über die Trauer der Familie gewundert. Der Tod hatte mich in meinem ganzen Leben umgeben, jeden Tag, jede Stunde, aber nun war er in mir.

Die Erkenntnis traf mich wie ein Schlag. Auch *ich* musste sterben, würde einmal nie wieder aufwachen.

Nie wieder.

Nur ein endloses Nichts.

Aber ich konnte noch etwas bewirken, wenn ich tot war ... etwas Großes tun! Ich musste noch etwas bewirken!

Der automatische Zeitrecorder durchflutete meinen Raum mit Helligkeit, und ich schrie auf, lange und anhaltend, doch niemand kam. Erst als ich durch das ganze Condominium gelaufen war, atemlos und noch immer schreiend, fiel mir ein, dass meine Eltern im Festkomplex der Stadt mit den Vorbereitungen für die Feier beschäftigt waren, die zu Ehren meiner bestandenen Prüfung für mich gegeben werden würde, und ich sprang zum nächsten Videoschirm, um Safira anzurufen.

Sie meldete sich nicht.

In dem Vorraum herrschte dumpfes, bedrücktes Schweigen. Etwa fünfzig Mädchen und Jungen warteten darauf, einzeln in die große Festhalle gerufen zu werden, die Halle der Masken, in der die Prüfungen stattfinden würden.

»Was wird dort mit uns geschehen?«, fragte ein Mädchen, vielleicht ein Jahr jünger als ich. »Weshalb achten die Lehrmeister darauf, dass niemals ein Former mit uns spricht? Weshalb dürfen unsere Großeltern uns ein halbes Jahr vor der Prüfung nicht mehr sehen?«

»Weil auch sie Former sind«, sagte ein schlaksiger Junge mit viel zu großen Ohren. »Wir werden irgendein Formergeheimnis erfahren, und weil die Formerkraft nur in jeder zweiten Generation vererbt wird, lässt man unsere Großeltern nicht mehr zu uns. Aber viel passieren kann uns nicht«, prahlte er mit einer Selbstsicherheit, die mir gespielt erschien.

»Warum nicht?«, fragte das Mädchen.

»Im schlimmsten Fall müssen wir die Prüfung eben wiederholen.«

»Geht das denn?«

»Natürlich geht das.« Der Junge biss sich auf die Lippen. »Ich lege sie auch zum zweiten Mal ab«, gestand er ein.

Die Zeit verstrich quälend langsam. Mir kam es wie eine Ewigkeit vor, bis Lehrmeister Pett-A-Pank mich hinauswinkte.

»Es ist so weit«, sagte er. »Dein Wurf wartet, und auch der von Safira. Du musst zeigen, was du gelernt hast!«

Vor der Tür zum Festsaal blieb ich stehen. »Lehrmeister«, flüsterte ich. Die Worte hockten in meiner Kehle, aber sie bildeten einen so großen, festen Kloß, dass ich sie nicht aussprechen konnte.

»Ja?«, entgegnete Pett-A-Pank. Er wirkte kaum interessiert an dem, was mich bedrückte. Manchmal hatte ich den Eindruck, dass der Lehrmeister all das, was ich ihm zu sagen versuchte, schon vorher zu wissen schien.

»Lehrmeister, ich ... ich werde nicht an der Prüfung teilnehmen.«

»Ich dachte mir, dass du das sagen würdest.«

Ich senkte den Kopf.

»Wegen Safira, nicht wahr? Sie ist deine Freundin.«

Ich nickte, stumm und niedergeschlagen. Die Scham trieb mir die Röte ins Gesicht. »Sie ist gestorben!«, stieß ich hervor. »Ich habe ihr zweites Ich durch Psychoplasma erzeugt! Ich habe sie nicht halten können! Sie ist zusammengestürzt, es ist nichts von ihr übrig geblieben.«

»Sie ist nicht tot«, entgegnete der Lehrmeister. »Du hast ihr den Lebensfunken gar nicht erst geben können.«

»Aber wenn ich ihr den Funken gegeben hätte, wäre sie gestorben!«

Der Lehrmeister lächelte. »Jetzt hinein mit dir«, sagte er. »Alle warten auf dich. Oder hast du kein Vertrauen zu mir?«

Ich schwieg. Zitternd folgte ich Pett-A-Pank in den Festsaal. Die Bühne war hell erleuchtet, während die Publikumsränge im Dunkeln lagen. Dennoch konnte ich einzelne Gestalten ausmachen, Körper und Gesichter meiner Wurflinge, die darauf warteten, dass ich meine Prüfung ablegte.

Die über Ketten und Geschirre und Joche krochen, schleimige Spuren zurückließen ...

Safira sah ich ebenfalls.

Safira, die ich hätte sterben lassen, hätte ich Kraft genug besessen, ihr den Lebensfunken zu geben.

Wie aus weiter Ferne hörte ich die Worte des Lehrmeisters, die mich dem Publikum vorstellten. Ich verstand nicht, was er sagte, doch immer, wenn mein Name erklang, kam es mir vor, als habe Pett-A-Pank den eines völlig Fremden ausgesprochen.

»Einen Quibbuck!«, zischte der Lehrmeister mir zu. »Forme einen Quibbuck!«

»Nein«, entgegnete ich fest.

»Nun los!« Pett-A-Pank stieß mich an.

»Nein«, wiederholte ich, nun etwas lauter. Die Richtmikrophone ließen meine Worte überall im Saal erschallen.

»Ein Quibbuck besitzt keinen Verstand, nur Instinkt. Für einen Quibbuck ist der Tod bedeutungslos.«

Ich zuckte zusammen. Wusste der Lehrmeister etwa ...? Ich beschloss, ihm zu vertrauen, und formte aus meinen Fingern die Gestalt eines Nagetieres, das immer mehr Ähnlichkeit mit einem Quibbuck erreichte und schließlich wieselflink durch die Halle huschte, bis ich das geistige Band aufgab, den Körper zerfallen ließ und die Psychoenergie wieder in mich aufsog.

»Und nun dein Gesellenstück«, sagte der Lehrmeister. »Du musst dich konzentrieren, Lerr-A-Duc. Jetzt soll Safira aus dir entstehen und Leben bekommen.«

»Aber den Funken zu geben ... das kommt doch erst viel später«, hörte ich meine eigenen Worte, ohne gemerkt zu haben, dass sie über meine Lippen gekommen waren.

In der Halle der Masken blieb es totenstill.

»Ich verlange von dir, Safira zu formen«, sagte Pett-A-Pank. Seine Stimme war nicht mehr gedämpft, sondern schallte klar und deutlich, laut und fordernd durch den monumentalen Raum.

»Nein. Ich werde sie nie wieder formen.« Ich wusste, meine zweite Weigerung war von lebenswichtiger Bedeutung, wenn mir auch nicht klar war, wieso.

»Auch nicht, wenn sie ihren zweiten Körper zum Überleben benötigt, nach einem Unfall, wenn ein Organ ersetzt werden muss und ihr Körper Fremdorgane abstößt?«

Ich zögerte. »Jetzt jedenfalls nicht«, sagte ich.

»Auch nicht, wenn ich es ausdrücklich von dir fordere, damit du die Prüfung bestehst?«

»Nein.«

»Du kannst gehen«, sagte der Lehrmeister. »Wir werden beraten und dich später wieder hereinrufen.« Trotz des formellen Tonfalls erschien mir seine Stimme keineswegs kalt oder abweisend.

Ich musste in einem kleinen, halbdunklen Raum warten. Zum ersten Mal seit vielen Jahren weinte ich wieder. Ich hatte die Prüfung nicht bestanden, meinem Wurf damit Unehre bereitet. Ich hatte versagt.

Vielleicht konnte man die Prüfung tatsächlich wiederholen? Nächstes Jahr im Sommer möglicherweise. Dann würde ich eben ein Jahr später in die Meistergilde aufsteigen, um meinem Volk zu dienen ... falls ich das überhaupt noch wollte.

Konnte ich es überhaupt ertragen, in die Ränge der Meister aufzusteigen? Diesem Tagwerk nachzugehen? Und mit jeder Schöpfung, die ich vollbrachte, den Tod gleich mitzuerschaffen?

Jedes Leben ist auch Tod, wurde mir klar. Jeder Geburt folgt stets der Tod. Es gibt kein Leben ohne den Tod.

Schneller als erwartet rief man mich in die Halle der Masken zurück. Nun waren auch die Ränge der Gäste hell erleuchtet; die Gefahr, dass die Anwesenden meine Konzentration stören konnten, bestand nicht mehr.

Ich habe versagt, dachte ich, während ich wie betäubt das Podest erklomm, auf dem der Lehrmeister mich erwartete.

Doch Pett-A-Panks Gesicht war offen, ohne Zorn oder Enttäuschung. Der Lehrmeister lächelte sogar. »Ich beglückwünsche dich, Lerr-A-Duc«, sagte er und reichte mir den Tentakel. »Du hast die Prüfung bestanden.«

Ich schnappte nach Luft, konnte nicht fassen, was ich da gerade gehört hatte. »Aber ich ... aber ...«

Der Lehrmeister zwinkerte mir zu, ohne dass die Gäste es bemerkten. »Du bist dir deines eigenen Todes bewusst geworden, Lerr-A-Duc«, fuhr er fort. »Damit hast du den entscheidenden Schritt vom Kind zum verantwortungsvollen Erwachsenen unserer Gemeinschaft getan. Dir ist klar geworden, dass deine zukünftige Tätigkeit eine Verantwortung mit sich bringt, der du dich nicht entziehen kannst. Bei jedem Formen, bei jedem Prägen bringst du Leben, aber auch den Tod. Es muss dein Ziel sein, so viel Leben und so wenig Tod wie möglich zu schaffen.«

»Aber ...«

»Der Sinn dieser Prüfung liegt nicht im Formen selbst – das Formen und Imprägnieren beherrschst du. Er liegt darin zu erkennen, ob du dieser Verantwortung bereits bewusst bist. Ich habe dich angeleitet, einen menschlichen Körper zu formen. Dabei habe ich keine Schuld auf mich geladen, denn als dein Ausbilder wusste ich, dass du den letzten Funken, der das Leben erst erzeugt, noch nicht geben kannst – und damit auch keinen Tod. Du beherrschst das Formen schon seit langem – aber dieser Verantwortung wurdest du dir erst jetzt bewusst.«

»Und Safira?«, flüsterte ich so leise, dass meine Worte trotz der brillanten Akustik in der Halle der Masken nur die Sinnesknospen meines Lehrmeisters erreichten.

»Sie hat von nichts gewusst«, erwiderte Pett-A-Pank genauso leise. »Aber ich bin sicher, sie wird es verstehen.« Und dann, wieder lauter: »Dein Wurf kann dir jetzt gratulieren, Lerr-A-Duc, bevor wir den nächsten Kandidaten hineinbitten.«

Aber Safira war die erste, die mich beglückwünschte.

Mit einem langen Kuss.

»Du hast alles richtig gemacht«, flüsterte sie, während ich sie umarmte.

»Ich habe alles richtig gemacht.«

Und dann ... sah sie mich an. »Jedes Leben ist auch Tod«, sagte sie. »Es gibt kein Leben ohne den Tod. Du bist dir deines eigenen Todes bewusst geworden.«

»Ich bin mir meines Todes bewusst«, bestätigte ich.

Und Safira, groß und schlank, mit knackig kleinem Hintern, viel zu großen Brüsten für ihre knabenhafte Figur ...

Und Safira, hoch aufgeschossen und schlaksig, fast noch ein Kind mit sprießenden Knospen ...

Und Safira verwandelte sich in einen grünen Schlauch, über den sich ein zweiter schob, dann ein dritter, immer mehr, bis sich schließlich ein wahres Gewimmel von unterarmdicken, biegsamen Röhren über den Boden schlängelte. Und dann sah ich einen Ballon, der inmitten dieser Tentakel schwebte, und einen zweiten, einen dritten ...

In diesem Augenblick brach mein Widerstand zusammen.

Ich war nicht mehr Lerr-A-Duc, aber Lerr-A-Duc war *in* mir, in meinem Geist, und er griff noch tiefer hinein, grub und schnitt und brannte sich mit feurigen Tentakeln in mein Gehirn, verbrannte und zersetzte mit der Weißglut seiner mentalen Kraft jede Gegenwehr, die ich aufbringen konnte. Und nachdem man mich dermaßen überrumpelt hatte, nachdem man mir vorgegaukelt hatte, ich sei wieder jung und Safira sei wieder da, nachdem ich in die Gestalt meiner großen Liebe geschlüpft war, hatte ich der mentalen Attacke gar nichts mehr entgegenzusetzen.

Mein Geist war leer.

Man hatte mich auf diesen Augenblick vorbereitet.

Lange und gründlich.

Mein Geist war völlig leer.

Und etwas ätzte sich in meine Gedanken, zerfraß die elektrischen Impulse in den unzähligen Windungen, zerstreute sie dann wie schwarze Asche, die von einem kräftigen Windstoß aufgewühlt wurde, und drängte sich dort hinein, wo nun nichts mehr war.

Und wartete nur darauf, wieder ausbrechen zu können, überzuwechseln ...

Und mir wurde klar, was geschehen war, und ich wechselte über.

Ulcarach

Habe ich dir eigentlich mal von dem Traum erzählt, Rion, den ich immer wieder habe? Manchmal über Wochen hinweg jede Nacht, und so intensiv, dass ich jedes Mal aufwache, wenn er zu Ende ist? Nein, wahrscheinlich nicht; es war mir zu peinlich, vor allem, nachdem das mit deiner Frau passiert ist.

Und er kommt mir selbst zu suspekt vor. Drückt dieser Traum etwa meinen Wunsch aus, allmächtig zu sein? Oder zumindest mächtiger, als ich es jetzt bin? Nein, ich habe nie etwas davon erzählt, weder dir noch anderen.

In gewisser Hinsicht macht dieser Traum mir Angst. Was, wenn man mich nun überraschend abberufen und einer psychologischen Untersuchung unterziehen würde? Wenn die Mediker der USO herausbekämen, was mich manchmal umtreibt? Vielleicht sind solche Träume völlig harmlos und normal, vielleicht aber auch nicht. Auf jeden Fall wollte ich kein Risiko eingehen.

Sieh mich nicht so an, Rion. Dein Blick ist fürchterlich starr. Und vielleicht könntest du mal lächeln. Schließlich offenbare ich dir ja meine tiefsten Geheimnisse.

Aber zurück zu dem, was ich dir sagen will. Eigentlich weiß ich gar nicht weiß, ob das überhaupt ein Traum ist. Ich sehe diese Bilder manchmal auch, wenn ich wach bin. Sie stürmen mit urtümlicher Gewalt auf mich ein, und ich kann mich ihnen einfach nicht entziehen.

Zuerst ist da nur der Eindruck einer endlosen Leere ...

Leere.

Endlose Leere.

Die endlose Leere des Alls.

Nur der Allmächtige war hier der Herr.

Der Schöpfer war überall.

Müde saß ich vor meinen Kontrollinstrumenten, die ich unentwegt beobachtete. Von Zeit zu Zeit drückte ich auf einen Knopf, legte einen Schalter um und programmierte die Positronik neu. Als ich den Flugkurs bestimmt hatte, lehnte ich mich zurück in meinen pneumatischen Sitz. Ich wischte mir eine Strähne des schulterlangen Haars aus der Stirn und erhob mich, und meine Gestalt überragte Planeten und Sonnensysteme, Spiralarme und Milchstraßen. Um den schlanken Körper hatte ich einen langen Mantel geschlungen, der in allen Farben des Spektrums leuchtete.

Dann ging ich zu dem großen Bildschirm und betrachtete das All. Galaxien, ja sogar ganze Universen zogen an mir vorbei. Ich war der einzige, der diesen Anblick genießen konnte, denn ich war der Schöpfer.

Der Schöpfer!

Schöpfer?

Ja!

Ja?

Gab es den Schöpfer an sich überhaupt?

Ich blieb eine Weile vor dem Bildschirm stehen, wandte mich dann ab und ging zurück zur Positronik. Zurzeit hatte ich humanoide Gestalt angenommen. Aber was war schon der Körper? Ich lächelte. Ich konnte meine Erscheinung verändern, wie es mir beliebte. Nein, die Gestalt war unwichtig; auf den Geist kam es an. Ich war das intelligenteste und mächtigste Wesen, das das Universum je gesehen hatte. Ich hatte das Wissen ganzer Zivilisationen und deren Macht. Ich allein war imstande, Planeten und intelligentes Leben zu erschaffen oder zu vernichten. Zumindest mühelos, mit einem Wimpernschlag. Die Kinder meiner Schöpfung mussten sich schon anstrengen, um andere oder sich selbst auszurotten, und das, was sie einmal vernichtet hatten, konnten sie nicht mehr neu schaffen.

Ich hingegen schon. Meine Macht war unbegrenzt. Mir war alles möglich.

Müßig überprüfte ich noch einmal den Kurs. Mein Ziel war ein leerer Raumsektor, in dem ich neues Leben schaffen wollte. Schon nach wenigen Sekunden hatte ich ihn erreicht, und das Schiff hielt automatisch an. Die Positronik surrte leise, und Hologramme leuchteten auf und zeigten die Umgebung aus jeder von mir gewünschten Perspektive. Ich hatte für meine neue Schöpfung eine Sonne auserkoren, die von fünf Planeten umkreist wurde. Hier wollte ich neues Leben entstehen lassen, denn ich war der Schöpfer.

Noch trugen diese Welten kein Leben. Die ersten drei umkreisten den Stern in viel zu geringer Entfernung, waren kaum mehr als rotglühende Erzklumpen, auf denen jeder Tropfen Wasser sofort verdampft wäre. Der fünfte war so weit von seiner Sonne entfernt, dass ihr Licht nicht imstande war, die Elemente zu erwärmen, die von ewigem Eis umgeben waren. Am besten für meine Zwecke geeignet war der vierte Planet. Wenn man ihn nur etwas näher an die Sonne schob, würde er ideale Voraussetzungen für das Entstehen von Leben bieten.

Mein Entschluss stand fest. Leicht glitt meine Hand über eine Reihe von Sensoren, berührte die Flächen rechts und links, oben und unten. Kurz darauf leuchtete eine grüne Lampe auf, die mir anzeigte, dass alles in die Wege geleitet war.

Ich nahm wieder Platz, lehnte mich zurück und betrachtete auf den Holos das Geschehen. Schotte im Rumpf des Schiffs wurden geöffnet und entließen eine Flotte von rechnergesteuerten Drohnen, in die Traktorstrahlaggregate eingebaut waren. Sie nahmen Kurs auf den Planeten und begannen ihr Werk. Langsam schwenkte die Welt aus ihrer alten Bahn heraus und passte sich der neuen an. Die Drohnen zogen weiter, um auch die Umlaufbahnen der anderen Planeten zu korrigieren und die hier eingeleiteten Manipulationen auszugleichen. Die Stabilität des Systems musste gewahrt bleiben.

Der erste Teil der Aufgabe war bewältigt. Nun war ich wieder an der Reihe. Mir oblag es, das neue Leben zu schaffen. Wieder nahm ich etliche Justierungen vor, bis ein dumpfes Summen das Schiff ausfüllte.

Neues Leben entstand auf künstlicher Basis.

Bin ich eigentlich berechtigt, fragte ich mich, *Leben zu schaffen?*

Aber natürlich, ich war ja der Schöpfer.

Nicht lange, und die neuen Wesen waren fertig. Ich brannte darauf, sie zu sehen. Ein Beiboot brachte sie auf ihre neue Welt und setzte sie dort aus.

Sofort schickte ich eine weitere Sonde zu dem Planeten, um sie aus der Nähe zu beobachten. Erwartungsvoll aktivierte ich ein Holo ...

... und runzelte die Stirn.

Solch eine Ausgeburt an Hässlichkeit hatte ich noch nie gesehen! Ich wusste, das Schiff hatte die Geschöpfe automatisch nach den Erfordernissen ihrer neuen Heimat geschaffen, sämtliche Natur- und Schöpfungskonstanten berücksichtigt, ihnen genau jene Gestalt verliehen, die ihnen ein Überleben und Gedeihen ermöglichte, aber ...

Angewidert wandte ich den Blick vom Holo ab. Nein, den Anblick dieser Wesen konnte ich nicht ertragen. Sie durften nicht weiterleben, mussten vernichtet werden.

Doch sie waren meine Schöpfung. Durfte ich von mir geschaffenes Leben wieder auslöschen?

Ich lachte laut auf.

Aber natürlich, ich war doch der Schöpfer.

Schöpfer, schenke uns das Leben wieder, auf dass dein Volk sich freue in dir. Zeige uns deine Barmherzigkeit, Herr, und gewähre uns dein Heil ...

Ich ließ die Drohnen zum vierten Planeten zurückkehren und ihn in die Sonne schieben. Nachdem das Schiff sie wieder aufgenommen und ich einen neuen Kurs bestimmt hatte, verschwendete ich keinen Gedanken mehr an meine missratene Schöpfung. Warum auch. Schließlich war ich ja der Schöpfer!

In meine Überlegungen vertieft, wie ich an meinem nächsten Ziel vorgehen musste, um ein besseres Ergebnis zu erzielen, saß ich da und warf einen Blick auf die Kontrollen, als die Warnsirenen des Schiffs ertönten.

Ich sprang auf und wandte mich den Kontrollpulten zu. In hektischem Rhythmus leuchteten zahlreiche rote Lampen auf, und im nächsten Augenblick wurde meine Arche von einem schweren Schlag erschüttert.

Ich schaltete die Bildübertragung ein. Der Anblick ließ meinen Atem stocken: Das ganze All erzitterte. Risse zogen sich durch die Schöpfung, *meine* Schöpfung, weiteten sich immer mehr aus, verschlangen Planeten und Sonnensysteme, Spiralarme und Milchstraßen.

Um das Schiff erblühte ein schaurig-schönes Feuerwerk von nie gesehener Pracht. Alles um mich herum bebte und wankte, und drei Glutbälle, groß wie Galaxien, wenn nicht sogar wie ganze Universen, rasten auf mich zu.

Ich schrie laut auf. Dieses Phänomen war mir völlig unbekannt. Und es konnte, *durfte* einfach nicht sein! Nicht in *meiner* Schöpfung! Über sie hatte ich die absolute Kontrolle, die Allmacht.

Ich atmete tief ein und beauftragte das Schiff mit Abwehrmaßnahmen, verstärkte sie mit der Kraft meines Willens.

Beruhigt lehnte ich mich zurück. Nun stellten die drei Energiekugeln keine Gefahr mehr dar. Ich hatte mehrere Abwehrriegel errichtet, und schon vom äußersten würden sie abprallen.

Jetzt konnte ich mich der Untersuchung dieser Erscheinung widmen, in aller Ruhe herausfinden, wieso sie überhaupt in meine Schöpfung hatte treten können, ihr Geheimnis ergründen und Vorkehrungen treffen, dass so etwas nie wieder geschehen würde. Ich lächelte, doch die Geste erstarb zu einer grinsenden Grimasse, als die Glutbälle ungehindert den Abwehrgürtel durchbrachen, als sei er gar nicht vorhanden.

Unendlich langsam stand ich auf und wich zurück, den Blick starr auf den Bildschirm gerichtet. Fassungslos beobachtete ich, wie die Energieballungen immer näher kamen.

»Nein«, murmelte ich, »nein! Ich bin doch der Schöpfer!«

Der Herr ist der König, es jauchze die Erde, die Menge der Inseln freue sich!

»Ich bin doch der Schöpfer«, schrie ich hinaus, doch die verheerende Detonation des Schiffs übertönte meine Worte. Meine Niederlage war vollständig.

»Der Schöpfer ist tot«, murmelte ich, »war es schon immer.«

»Ist der Schöpfer tot?«

Ich fuhr herum und sah das Gesicht am Himmel, das Gesicht deiner Frau, Rion, die schockgrünen, leicht schräg stehenden Augen, die hohen Wangenknochen, den sinnlichen Mund, das schulterlange Silberhaar. »Du schon wieder!« schrie ich. »Ja, der Schöpfer ist tot!«

Sie lächelte schwach. »Oh, nein. Ich glaube, er lebt. Und er hat eben einen großen Sieg errungen.«

»Wie meinst du das?« Misstrauisch kniff ich die Augen zusammen. »Woher weißt du, was ich denke, verdammt noch mal?«

»Es ehrt dich, dass deine Allmachtsphantasien so mangelhaft sind. Das macht dich richtig sympathisch.« Der Spott in ihrer Stimme war unverkennbar. »Gewalt gegen einzelne Personen, vor allem gegen Frauen, kannst du dir noch vorstellen, doch wenn es um den großen Wurf geht, scheiterst du kläglich.«

Ich wollte etwas erwidern, öffnete stattdessen aber die Augen, ohne es zu wollen, und erwachte.

Sag mir, alter Freund, ist das kein seltsamer Traum? Man könnte ihn für eine Allmachtsphantasie halten, aber das wäre vielleicht doch ein wenig zu einfach, meinst du nicht auch?

Denn ich hinterfrage die Allmacht ja. Ich sehne sie nicht für mich herbei, ich sehe sie durchaus kritisch. Ja, ich befürchtete, mit der Allmacht, der Unsterblichkeit, der *Unendlichkeit*, könnten auch endlose Langeweile, unendliche Leere kommen ...

Trotzdem ... wundert es dich, dass ich mich frage, was die Spezialisten von der psychologischen Betreuung der USO daraus folgern würden?

He, Rion, dein Blick ist so starr wie eh und je, aber dein Gesicht verzieht sich zu einer grinsenden Grimasse.

Das mag ich gar nicht. Lach mich bitte nicht aus.

Wir sind doch trotz allem, was geschehen ist, Freunde, oder?

Die sechste Ebene

»Es ist vorbei.«

Das Gesicht, das mich von oben musterte, riesig wie eine Erscheinung aus einer anderen Welt, war das eines Aras, langgezogen, schmal, hager, eben ein *Eierkopf*.

Zumindest war ich in guten Händen. Wenn ein Ara sich mit mir beschäftigte, musste ich über genügend Mittel verfügen, mir die beste Behandlung im bekannten Universum leisten zu können.

Aber der Galaktische Mediziner hatte nicht die Wahrheit gesagt. Es war noch nicht vorbei. Das wusste ich in dem Moment, in dem ich die Augen aufschlug. So leicht konnte man mich nun auch wieder nicht täuschen. Nun kannte ich die wahren Hintergründe. Nun wusste ich, was ich zu tun hatte.

»Was ist vorbei?«, fragte ich.

»Das ist eine lange Geschichte.«

Ich lag auf einem bequemen Medo-Bett, aber nicht in einer Technischen Abteilung, sondern in einer Medostation. Soweit schien alles in Ordnung zu sein. Aber in Wirklichkeit war nichts in Ordnung.

»Diesen Satz habe ich in den gefühlten letzten zwanzig Jahren meines Lebens zu oft zu hören bekommen. Ehrlich gesagt kann ich ihn nicht mehr ausstehen. Ich bitte um klare, präzise Aussagen, nicht um ein ausweichendes Wischi-Waschi.«

Der Ara räusperte sich. »Natürlich, Sir. Lordadmiral. Sie haben soeben den psionischen Imprint überwunden und in die Wirklichkeit zurückgefunden.«

Den psionischen Imprint?, dachte ich. Und murmelte: »Willkommen in der Wirklichkeit.«

»Sir?«

»Schon gut. Was ist mit mir passiert?«

»Das erklärt Ihnen vielleicht besser die Kommandantin.«

»Sie beantworten schon wieder nicht meine Frage. Ich mag es nicht, wenn man mir permanent ausweicht.«

Der Ara bedachte mich mit einem strengen Blick. »Ich weiche Ihnen nicht aus, Lordadmiral. Sie leiden noch unter den Folgen einer gravierenden Gedächtnisstörung.«

»Den Eindruck habe ich auch. Also wird die Kommandantin irgendwann kommen und mir alles erklären? Und ich warte und warte auf sie, und irgendwann schlafe ich ein, und dann wache ich wieder auf und frage, wann sie dann nun endlich kommt, und Sie sagen zu mir: ›Nichts zu machen!‹«, und ich sage dann ...«

»Ich glaube es bald auch«, fiel er mir ins Wort.

Ich grinste. Zumindest kannte er sich in Galaktoliteratur einigermaßen aus. »Und wie läuft das nun?«

»Entweder rufe ich die Kommandantin und sie wird in zwei Minuten hier sein, oder ich schaffe Sie in die Zentrale, Sir, und Sie werden in zehn Minuten mit ihr sprechen können.«

»In die Zentrale? Nicht in die Feuerleitzentrale? Und es gibt auch keine Ratten an Bord der EX-2714?«

Der Ara sah mich verständnislos an. »Wir befinden uns an Bord der IMASO, Sir«, erwiderte er schließlich.

Ich seufzte leise. »Ich weiß. Selbstverständlich. Die Kommandantin ist Major Naileth Simmers, nicht wahr?«

Der Galaktische Mediziner bedachte mich mit einem vorwurfsvollen Blick, als sei er enttäuscht, dass seine Behandlungsmethoden nicht angeschlagen hatten. »Ja, in der Tat, Major Simmers.«

»Worauf warten Sie, guter Doktor? Bringen Sie mich in die Zentrale!«

Er schüttelte kaum wahrnehmbar den Kopf. Diese Anspielung auf terranische Literatur hatte er nicht verstanden.

»Selbstverständlich, Lordadmiral. Wissen Sie überhaupt, wer ich bin? Es ist möglich, dass Ihr Kurzzeitgedächtnis in Mitleidenschaft gezogen wurde.«

»Wenn ich ganz ehrlich bin ...«

»Darum bitte ich, Sir. Das ist die Grundvoraussetzung bei einer Beziehung zwischen Mediziner und Klient.«

Ich verriet nichts, was der Ara nicht auch mit einer einfachen Frage herausfinden würde. »Nein, ich weiß es nicht.«

»Oberleutnant Geriok Atair, Medizinischer Offizier der IMASO, Sir.«

»Freut mich. Ich entnehme Ihren Worten, dass wir uns kennen?«

Der Ara nickte knapp, und ich schwang mich von dem Medo-Bett. Mir wurde kurz schwindlig. Ich fragte mich, wie lange ich tatsächlich in diesem Bett gelegen hatte.

Der Mediker griff nach mir, um mich zu stützen, doch ich wehrte seine Hand ab. Die Bewegung hätte mich beinahe vollends um das Gleichgewicht gebracht, doch im nächsten Moment fühlte ich mich schon besser. Fast hatte es den Anschein, als würden kräftigende Impulse durch meinen Körper gepumpt.

Bei den ersten Schritten brach mir allerdings der Schweiß aus. Ich blieb kurz stehen, schloss die Augen, suchte Beistand im *All-Kampf* und fand ihn auch.

Ich öffnete die Augen wieder und nickte. Dr. Atair warf mir einen skeptischen Blick zu, sagte aber nichts und folgte mir aus der Medostation.

Am Anfang war ich noch etwas wacklig auf den Beinen, doch von Schritt zu Schritt ging es besser. Ich sah mich um, während ich auf den Antigravschacht zuhielt. Ich konnte mich zwar nicht erinnern, wie ich an Bord dieses Schiffs gekommen war, aber ich kannte den Aufbau eines schnellen Kreuzers ganz genau, bis ins Detail – und auch die Feinheiten. »Was ist passiert?«

Der Mediziner räusperte sich. »Vor einiger Zeit ging die EX-2714 verloren, Sir. Ein Schiff der USO hat das verschollene Schiff entdeckt, und Sie wollten sich der Sache persönlich annehmen. Irgendetwas ging schief. Als Sie sich nicht mehr meldeten, hat Quinto-Center mit mehreren Raumern, darunter auch der IMASO, nach Ihnen gesucht und Sie schließlich einige Lichttage von dem Explorer in einer Rettungskapsel gefunden.«

Ich runzelte die Stirn, sagte aber nichts.

»Den Rest haben wir uns mehr oder weniger zusammengereimt, Sir. Die EX-2714 ist auf einen Planeten gestoßen, dessen Bewohner nicht nur extrem xenophob, sondern auch parapsychisch begabt sind.«

»Die Hmenuikigli«, murmelte ich.

»Ich weiß, es sind noch jede Menge Details zu klären, Lordadmiral, aber dazu steht Ihnen Kommandantin Simmers gern zur Verfügung. Diese Extraterrestrier«, fuhr der Ara fort, »haben sämtliche Besatzungsmitglieder des Explorers getötet.« Er sah mich an, als erwartete er eine Regung von mir, Entsetzen, Bedauern, Mitgefühl.

»Die Fremden haben gehofft, damit sei die Sache erledigt«, fuhr der Mediker fort, als eine Reaktion meinerseits ausblieb. »Aber das war sie natürlich nicht. Ihr Schiff hat die EX-2714 schließlich entdeckt, und Sie gingen mit einem Enterkommando an Bord. Die Aliens hielten sich mit ihren Robotern dort noch auf und haben alle Eindringlinge bis auf einen getötet ... alle bis auf Sie, Lordadmiral.«

Ich sagte noch immer nichts. Ich war zu erschrocken darüber, wie viel die Offiziere der IMASO herausgefunden hatten.

Wie war das möglich? Ich war der einzige, der das wissen konnte, und ich hatte ganz gewiss nichts verraten. Wie hatten sie das nur erfahren? Und wussten sie auch von meiner eigentlichen Aufgabe? Von meinem *Auftrag?*

»Dieses einzige Besatzungsmitglied ... Sie, Sir ... haben die Fremden parapsychisch ausgelotet. Sie waren mittlerweile über die Struktur der Explorerflotte und die Machtverhältnisse im Solaren Imperium informiert. Sie haben Ihr Gehirn manipuliert und mit einem parapsychischen Abdruck imprägniert, darauf vertrauend, dass man Sie finden würde. Und nun setzt der psionische Imprint ein. Er hat Ihnen aufgetragen ...«

Sie wussten es! Mir blieb keine Zeit mehr. Ich musste improvisieren.

Immerhin war ich an Bord der IMASO genau dort, wo ich sein wollte. Ich besann mich auf Dagor, fand Ruhe und Stärke in der Meditationstechnik, nahm alle Kraft zusammen. Was auch immer mein Körper in den letzten Tagen durchgemacht hatte, es war unwichtig. Der Körper zählte nichts, wichtig war nur der Geist.

Ich bewegte mich. Wie im Traum, und gleichzeitig mit traumhafter Sicherheit. Während der Mediziner noch vor sich hin plapperte, trat ich zu. Mein Fuß traf ihn gegen die Brust, genau dort, wo es schmerzhaft war. Ihm blieb die Luft weg. Er krümmte sich, öffnete den Mund, wollte etwas sagen, doch kein Ton kam über seine Lippen.

Das verschaffte mir die notwendige Zeit. Ich griff zu, fand das Nervengeflecht, das ich suchte, und der Ara brach zusammen. Einen Moment lang betrachtete ich ihn, und ich fragte mich, ob in meinem Blick nackter Hass loderte, dann wandte ich mich ab und ließ Atair einfach liegen. Er konnte mir nicht mehr gefährlich werden.

Ich hatte diese Stelle für den Angriff nicht zufällig ausgesucht. Ich trat zur Wand und ließ die Fingerspitze über die kaum sichtbaren Rillen der Tür des dort verborgenen Lagerfachs gleiten. In Schiffen der USO gab es auf sämtlichen Decks solche Verstecke, eine Maßnahme für den letzten Notfall – die Eroberung der Einheit durch eine feindliche Macht. Nur wenige Führungsoffiziere wussten davon, und die Lagerfächer waren natürlich gegen den Zugriff Unbefugter gesichert.

Aber wenn wirklich zutraf, was man mir mehrmals gesagt hatte, war ich kein Unbefugter, sondern der Lordadmiral der USO. Die autarke Mini-Positronik des Verstecks würde wichtige Muster meines Körpers gespeichert haben.

Ich öffnete die Verschalung und legte die rechte Hand auf die Sensorfläche. Ein leises Brummen ertönte, dann leuchtete eine grüne Lampe auf, und das Fach öffnete sich.

Ich zog einen Kombistrahler heraus und überprüfte ihn auf seine Funktionsfähigkeit. Die Waffe war einwandfrei in Ordnung und geladen. Ich verstaute sie unter der Jacke, wohl wissend, dass sie damit nur unzureichend vor neugierigen Blicken geschützt war.

Ich schloss das Fach wieder und ging weiter, zum Antigravschacht. Ein Besatzungsmitglied kam mir entgegen, blieb unschlüssig stehen. Ich kannte es. Christina Gabrielle, Erster Wissenschaftlicher Offizier der IMASO.

Das Wunderkind.

Ich sagte nichts, nickte lediglich knapp und ging weiter. Die Blicke der Frau schienen geradezu auf meiner Haut zu brennen.

Das ist nicht gut, dachte ich. *Ganz und gar nicht gut. Warum sieht das Wunderkind mich so seltsam an?*

Plötzlich waren sie wieder da, die Erinnerungen, aber ungeordnet, ein Wirbel aus Bildern und Ereignissen, die in das Dunkel stürmten, das Nichts ...

Zuerst die der letzten Minuten und Sekunden, Major Naileth Simmers und die Roboter, die ihre Waffen nicht auf Paralyse geschaltet hatten, obwohl dieses Vorgehen genauso effektiv gewesen wäre ... hätte alles nur den Zweck gehabt, mich auszuschalten.

Aber das war offensichtlich nicht der Fall, und nun verstand ich auch, warum.

Dann die Schüsse ...

Ich schreie auf, greife nach der Waffe, und die Roboter schießen, und ich fühle einen Schmerz, der meinen gesamten Körper zerreißt, und alles wird dunkel, und dann ist nichts mehr ...

Ich öffnete die Augen und sah in zwei große braune in einem pelzigen Gesicht. Das sprechende Tier mit dem rotbraunen Fell, das gar kein Tier war und nun wieder einen Namen hatte.

»Gucky«, krächzte ich.

Die Augen des Mausbibers funkelten hell. »Willkommen in der Wirklichkeit, Arkonidenhäuptling. Es war ein hartes Stück Arbeit, dich wieder zurückzuholen.«

Ich seufzte und sah mich um. Ich befand mich wieder in der Medostation der IMASO. Von Geriok Atair war aber nichts zu sehen. Kein Wunder; mein Dagor-Griff würde ihn mindestens noch eine Stunde lang im Land der Träume festhalten.

Geräuschlos öffnete sich die Tür der Station, und Major Simmers stürmte herein, diesmal nicht von Kampfrobotern, aber immerhin von zwei Angehörigen der Schiffssicherheit begleitet. Sie musterte mich von oben bis unten. »Sir, hat Sonderoffizier Guck Sie bereits informiert?«

Ich schüttelte den Kopf und setzte mich auf. »Noch nicht. Aber immerhin weiß ich jetzt wieder, wer Gucky ist. Und wer ich bin.«

Die Kommandantin schien erleichtert aufzuatmen. »Dann ist Ihr Gedächtnis wieder hergestellt?«

»In weiten Teilen, ja. Sie verstehen sicher, Major, dass ich Ihnen eine vollständige Wiederherstellung nicht bestätigen kann. Dafür habe ich in den letzten elftausend Jahren einfach zuviel erlebt.«

Einen Moment lang hatte ich den Eindruck, dass Naileth Simmers am liebsten laut aufgelacht hätte. Aber das entsprach wohl nicht ihrem Führungsstil und ziemte sich auch nicht für eine Kommandantin.

»Wir müssen Perry Rhodan danken, dass er sofort bereit war, den Mausbiber an uns abzustellen, obwohl er sich gerade in einem wichtigen Einsatz befand. Ohne ihn wäre es uns wohl kaum gelungen, den psionischen Imprint überhaupt zu erkennen, geschweige denn aufzulösen.«

»Ist doch selbstverständlich.« Der Ilt setzte ein Grinsen auf. »Ich lasse meine Freunde doch nicht im Stich. Aber ich muss so schnell wie möglich wieder zurück, Atlan. Nicht nur du hast mich dringend gebraucht, Perry kommt ohne mich auch nicht aus. Überhaupt keiner scheint ohne mich klarzukommen. Und hier habe ich getan, was ich konnte.«

»Sicher, Gucky. Aber was ist denn nun mit mir passiert?«

»Oberleutnant Atair hat Sie in groben Zügen ja bereits in Kenntnis gesetzt, Sir, bevor Sie ihn mit dem Dagor-Griff betäubt haben.«

Ich runzelte die Stirn.

»Wir haben Sie natürlich auf Schritt und Tritt überwacht, Sir«, bestätigte die Kommandantin meine unausgesprochene Vermutung. »Wir waren über Ihr Vorgehen genau im Bilde. Zu keiner Zeit bestand Gefahr für die IMASO oder ihre Besatzung.«

»Ausgezeichnet«, murmelte ich. »Also, diese seltsamen Fremden haben mein Gehirn manipuliert und im Vertrauen darauf, dass man mich finden würde, mit einem parapsychischen Abdruck imprägniert. Und dann setzte dieser psionische Imprint ein. Er hat mir aufgetragen ... Ja, weiter kam Oberleutnant Atair leider nicht.«

»In ihrer xenophoben Panik haben die Fremden jeden Kontakt mit anderen Spezies unbedingt vermeiden wollen. Nachdem die EX-2714 entdeckt wurde und alles wieder von vorn anfing, haben sie Ihnen mit Hilfe dieses psionischen Imprints die Erinnerung genommen und dann den posthypnotischen

Befehl erteilt, das Schiff, das Sie findet und aufnimmt, und damit die vermeintlichen Urheber der Bedrohung, der sie sich ausgesetzt sahen, nach einer bestimmten Zeit zu vernichten. Wir haben den psionischen Imprint nicht beseitigen können. Daher kam Sonderoffizier Guck auf die Idee ...«

»Ein Schock war nötig, Atlan«, fiel der Ilt der Kommandantin ins Wort. Er hatte schon immer am liebsten selbst über seine Heldentaten berichtet. »Es musste etwas Gravierendes passieren, um dich zurückzuholen.«

»... Sie zu töten«, fuhr Major Simmers unbeeindruckt fort.

»Clever, Gucky.« Am liebsten hätte ich dem Mausbiber den Kopf getätschelt. »Deshalb also die Roboter mit den Strahlenwaffe. Sie haben wirklich geschossen, sodass ich zu glauben gezwungen war, ich müsse sterben...«

»Sie haben dich aber absichtlich verfehlt, und dann bin ich zu dir teleportiert und habe dich sofort auf die Krankenstation gebracht. Und es hat funktioniert. Du hast geglaubt zu sterben, deine Erinnerungen zurückbekommen und bist wieder ganz der Alte ...«

»Fast«, schwächte ich Guckys Begeisterung über seinen genialen Plan ab.

»Wir konnten ja schlecht zulassen, dass Sie die IMASO wirklich vernichten, Sir«, sagte die Kommandantin mit einem schwachen Lächeln.

»Jedenfalls hast du dich in dem Gedankenlabyrinth der Extraterrestrier verirrt und nur mit meiner Hilfe wieder herausgefunden«, stellte der Mausbiber klar.

»Natürlich sind noch einige Fragen offen und manche Details ungeklärt«, sagte Naileth Simmers, »aber das war es wohl zumindest in den Grundzügen.«

»Ich will Ihnen nicht zu nahe treten, Verehrteste«, sagte ich, »aber in der Tat sind noch einige Fragen offen. Wie haben Sie überhaupt herausgefunden, dass man mir einen parapsychischen Abdruck verpasst hat?«

»Als wir Sie fanden, waren Sie bewusstlos. Bei der Untersuchung stellte Oberleutnant Atair fest, dass Sie nicht nur eine ungewöhnliche, sondern auch eine extrem starke Gehirnaktivität aufwiesen. Trotz aller Bemühungen konnte er Sie nicht aufwecken. Daraufhin untersuchte er Ihr Gehirn genauer und stellte die Diagnose, dass Sie wahrscheinlich parapsychisch beeinflusst worden seien.«

»Und dann tat die Kommandantin das einzig Richtige und forderte mich an!«, warf Gucky ein.

Ich schüttelte den Kopf. »Zum einen bin ich mentalstabilisiert«, hielt ich dagegen, »und zum anderen unterstützt der Extrasinn mich bei der Ausbildung eines Monoschirms zur Abschirmung gegen telepathische Ausspähung. Wie soll man mir da einen psionischen Imprint verpassen können?«

»Genau das hat dir den Allerwertesten gerettet!« Gucky grinste breit. »Die Fremden haben nichts von deinem Extrasinn gewusst! Er hat sich von deinem Verstand abgespalten, aber ich konnte rudimentär mit ihm kommunizieren. Es hat eben seine Vorteile, nicht nur Teleporter und Telekinet, sondern auch Telepath zu sein.«

»Dann hast du mir das alles über den Extrasinn vorgegaukelt?«, fragte ich.

Der Ilt schüttelte den Kopf. »Nur zum Teil. Auch deine unterdrückten Erinnerungen dürften eine Rolle gespielt haben. Ich wollte versuchen, dich so schnell wie möglich in die Wirklichkeit zurückzuholen.«

»Als ich in der Technischen Abteilung der IMASO erwacht bin ...«

»Das hast du dir nur eingebildet. In Wahrheit hast du die ganze Zeit in der Krankenstation gelegen.«

»... habe ich dort ein seltsames Schmuckstück gesehen. Weißt du etwas darüber?«

Gucky zuckte die Achseln. Er war schon so lange mit den Terranern zusammen, dass ihm deren Gesten in Fleisch und

Blut übergegangen waren. »Nein. Wie ich schon sagte, natürlich sind manche Erinnerungen an die Oberfläche getreten ...«

Ich nickte. »Und dieser unheimliche Verfolger ... mein Extrasinn?«

»Ich hatte gehofft, du würdest wieder zu dir kommen und dein Gedächtnis zurückfinden, wenn du dich wieder mit dem Extrasinn vereinigst. Aber das hat nicht funktioniert ...«

Ich habe versucht, die Kontrolle über dich zu bekommen, vernahm ich die wohlvertraute Stimme des Logiksektors in meinem Kopf. *Aber du warst schon immer ein sturer Dickschädel.*

Ich lachte auf, ein wenig gequält, ein wenig erleichtert. Um meine bessere Hälfte hatte ich mir keine Sorgen gemacht; in dem Augenblick, in dem ich erwacht war und Gucky in die Augen gesehen hatte, hatte ich gespürt, dass der Extrasinn wieder an Ort und Stelle war. Ich hatte ihm lediglich die nötige Zeit zugestehen wollen, sich an die veränderte Situation zu gewöhnen.

»Und dein Gesicht, etwa, als ich in den Spiegel schaute?«, fragte ich den Mausbiber.

»Ich habe immer wieder telepathisch versucht, dir Warnungen zukommen zu lassen, aber nichts hat funktioniert. Daraufhin bin ich dazu übergegangen, den Druck zu erhöhen, die Entscheidung herbeizuführen.«

»Ich fand mich im Geist eines Raumsoldaten wieder, der die EX-2714 geentert hat ... und dann in dem eines Besatzungsmitglieds des Explorers.«

Gucky schaute ratlos drein. »Vielleicht haben die Fremden dir deren Erinnerungen eingegeben. Vielleicht wollten sie um Verständnis für ihr Vorhaben zu werben.«

Ich schwieg, dachte nach. Aus dem Augenwinkel sah ich, dass der Ilt mich neugierig musterte.

Ich grinste. Wahrscheinlich starb er vor Neugier, hätte liebend gern erfahren, welche Gedanken mir nun durch den

Kopf gingen. Aber wie ich gerade selbst gesagt hatte ... ich war mentalstabilisiert und verfügte darüber hinaus über einen Monoschirms, der mich vor telepathischer Ausspähung schützte.

Das Schweigen zog sich so lange hin, bis es schließlich unangenehm wurde. Major Simmers räusperte sich irgendwann unbehaglich. »Was haben Sie nun vor, Sir?«

Ich lehnte mich zurück und sah zuerst sie, dann Gucky an. »Normalerweise würde ich den Wunsch der xenophoben Außerirdischen respektieren und ihren Planeten zur Tabuzone erklären lassen«, sagte ich.

»Normalerweise, Sir?«

Ich nickte. »Ich bezweifle, dass es diese Fremdwesen überhaupt gibt. Ganz im Ernst, Major ... Gucky ... glaubt irgendjemand in diesem Raum, ich würde euch den Unsinn, der gerade verzapft wurde, auch nur eine Sekunde lang abkaufen?«

Ulcarach

Tja, Rion, der große Wurf.

Ich kann dir nicht sagen, was da schiefgegangen ist, wann es anfing, wann es schlimmer wurde, was da überhaupt abgelaufen ist. Ich bin jedenfalls froh, dass wir beide uns noch darüber unterhalten können. Mir ist völlig klar, das ist nicht selbstverständlich. Glaub mir, ich weiß das zu schätzen.

Schließlich lebt deine Frau jetzt mit mir zusammen.

Du hättest eben besser auf sie aufpassen müssen. Und vielleicht mal genauer darauf hören, was sie sagt.

Sieh's ein, Rion, du hast ihr zu viel erzählt. Ihr den Mund wässrig gemacht. Von fernen Welten geschwafelt, von den Wundern, die es dort zu sehen gibt. Von einem Leben ohne Armut und Krankheit, das man führen kann, ohne sich Tag für Tag abschuften zu müssen.

Aber in erster Linie hättest du ihr nicht von unseren gemeinsamen Vorfahren erzählen dürfen, von den Lemurern, von denen sie genauso abstammt wie wir. Damit hast du ihr Weltbild zerschlagen, Rion. Du hast ihr zwar ein neues aufgebaut, aber das hat sie überfordert, gewaltig überfordert. Wie soll ein Mensch – na schön, eine Thanatonerin – damit fertig werden?

Wie bei dem anderen Einsatz, von dem ich dir erzählt habe. Bei diesen Lemurerabkömmlingen, die von ihren Ahnen erfahren haben. Für die deren Sprache zu einem ausschlaggebenden Bestandteil ihrer neuen Identität geworden ist.

Warum konntest du auch nicht den Mund halten, Rion? Wie kannst du sämtliche Dienstvorschriften verletzen und einer Eingeborenen von uns erzählen? Was ist nur in dich gefahren? Hast du alles vergessen, was man dir in den Jahren unserer Ausbildung beigebracht hat?

Und dann ... dann machst du einen Rückzieher. Dann fällt dir ein, dass du schlecht um Ablösung bitten und eine Thanatonerin mitbringen kannst – nach Quinto-Center, an deinen neuen Einsatzort, wohin auch immer. ›Hallo, Lordadmiral, das ist meine neue Freundin. Vielleicht können wir sie in einem Schnellkurs als Aushilfskraft ausbilden, dann können wir gemeinsam auf Abenteuerreise gehen?‹ Aber ewig auf diesem Hinterwäldler-Planeten bleiben, das wolltest du auch nicht. Du hast deiner Frau eine neue Welt gezeigt, aber die ihre wurde dir allmählich zu klein.

Viel zu klein.

Wie hast du dir das nur vorgestellt, Rion?

So kam es, wie es kommen musste.

Du wolltest sie abservieren.

Sie wurde dir lästig.

Sei ruhig ehrlich zu mir, Rion. Wolltest du sie nur wegschicken oder ihr sogar etwas antun? So, wie man es uns beigebracht hat? Keine Spuren zurücklassen, alles vertuschen?

Wir haben nie existiert, es gibt nicht den geringsten Beweis für unsere Aktivitäten.

Und da wundert es dich, dass sie sich an die einzige Person wendet, die ihr eine gewisse Sicherheit gewährleisten und ein anderes Leben ermöglichen kann? An mich?

In was für einer Welt lebst du, Rion? Ich befürchte ... und jetzt ohne die geringste Ironie, mein Freund ... in einer ziemlich kleinen.

Aber daran lässt sich jetzt nichts mehr ändern.

Nein, ich bin darüber müssen wir nicht großartig diskutieren, Rion. Eigentlich möchte ich dich um Rat fragen. Du verstehst ... ich bin bereit, den Rest meines Lebens auf Thanaton zu verbringen, notfalls auch auf Ojek'Thar oder Per'Rheach, wo uns nie jemand finden wird, sobald unsere Ablösung eintrifft. Ja, das ist die Macht der Liebe, Rion. Sie ist stärker, als ich es mir je hätte vorstellen können. Uns wird es an nichts mangeln; die USO hat uns ja mit genug Mitteln versorgt, und ich habe mich mittlerweile soweit eingefunden, dass ich aus eigener Kraft meinen Lebensunterhalt bestreiten könnte, auch ohne die Silberherren, fern von ihrer Herrschaft.

Doch wenn ich ehrlich bin, zieht es mich auch fort von dieser Welt. Ich möchte zurück in die Zivilisation, meiner Frau all das zeigen, wovon du ihr erzählt hast. Ich arbeite daran, Rion, weiß aber noch nicht genau, wie ich es anstellen kann.

Hast du dir damals Gedanken darüber gemacht? Hast du irgendeine Idee, wie ... Oh. Ein Hyperfunkspruch. Wir müssen dieses Gespräch später fortsetzen, Rion. Ich will jetzt nicht unken, alter Freund, aber unsere Ablösung ist längst noch nicht fällig, und das kann eigentlich nichts Gutes bedeuten ...

Zwischenspiel

Der Gipfel im Raum

»Sir?« Major Simmers sah mich entgeistert an.

Ich erhob mich von der Medo-Liege, auf die Gucky mich nach der Teleportation gebettet hatte. Zum ersten Mal seit geraumer Zeit hatte ich das Gefühl, mit beiden Beinen wieder fest in der Wirklichkeit zu stehen. Es tat gut, sich wieder zu bewegen und dabei auch voranzukommen.

»In die Zentrale!«, sagte ich. »Dort haben wir mehr Möglichkeiten als hier.«

»Sir, ich verstehe Ihre Bemerkung nicht ganz«, fuhr die Kommandantin fort.

»Ich werde es Ihnen erklären, sobald ich meine Gedanken geordnet habe«, sagte ich, und es klang unfreundlicher, als ich eigentlich beabsichtigt hatte.

Der Mausbiber räusperte sich. »Kann ich dir noch irgendwie helfen, Atlan? Perry wartet auf Ruppet wirklich dringend auf mich ...«

Ich reichte dem Kleinen die Hand. »Du hast vorerst genug getan. Wenn ich ohne dich nicht weiterkomme, werde ich dich natürlich sofort informieren«, fügte ich lächelnd hinzu.

Gucky nickte. »Mir juckt's zwar in der Schwanzspitze, gemeinsam mit dir herauszufinden, was wirklich passiert ist, aber das wirst du mir bestimmt erzählen, oder?«

»Selbstverständlich. Bei der nächsten sich bietenden Gelegenheit, spätestens bei einem Glas Mohrrübenlikör in deinem Bungalow am Goshun-See.«

Der Kleine seufzte ein wenig traurig und teleportierte – wahrscheinlich direkt in das Beiboot, das ihn zu seinem aktuellen Einsatzort zurückbringen würde.

»Sir«, drängte Naileth Simmers, doch ich schwieg, lauschte in mich hinein, rief Erinnerungen ab. Fast alles war wieder da, nur ein winziges Bruchstück fehlte. Ich konnte mich nicht mehr entsinnen, Quinto-Center verlassen zu haben, um bei der Bergung und Untersuchung der EX-2714 mitzuwirken, und wusste nicht, was danach geschehen war. Mein Gedächtnis war also tatsächlich manipuliert, teilweise gelöscht worden.

Überhaupt ... dass ich persönlich mich um einen verschollenen Explorer kümmerte, entsprach nicht den Gepflogenheiten. Es fiel nicht in die Zuständigkeit der USO, sondern in die der Explorerflotte und damit des Solaren Imperiums beziehungsweise der Solaren Abwehr. Falls mich nicht jemand unbedingt auf eine Reise hätte schicken wollen, hätte der Lordadmiral der USO nicht den geringsten Grund gehabt, sich persönlich darum zu kümmern.

Aber dieses »Falls« ließ sich nicht von vornherein ausschließen. Da musste ich nachhaken.

Wir betraten den Antigravschacht. Ich zögerte nur einen Sekundenbruchteil lang und ließ mich dann von der Schwerelosigkeit erfassen. Er funktionierte einwandfrei.

»Die Theorie, die Sie aufgrund der Ihnen vorliegenden Fakten erstellt haben, ist in sich plausibel und glaubwürdig«, sagte ich zu der Kommandantin. »Aber haben Sie diese Fakten überprüft?«

»Die EX-2714 wurde der Explorerflotte überstellt, Sir. Ich bin sicher, dass sie alle nötigen und nur denkbaren Untersuchungen vornehmen wird.«

»Also nicht«, stellte ich nüchtern fest. »Nun, das ist auch nicht Ihre Aufgabe, Major. Ihre Aufgabe ist es, ein Schiff zu führen.« Wir verließen den Antigravschacht und betraten die Zentrale der IMASO. Die Führungsoffiziere hielten mit dem inne, was sie gerade taten, und salutierten.

»Wir freuen uns, dass Sie wieder wohlauf sind, Sir«, sagte Ramit Claudrin, der epsalische Pilot der IMASO. Er war nur gut anderthalb Meter groß, aber fast ebenso breit. Sein Haar hatte er grau gefärbt und trug es bürstenkurz geschnitten. Der Inbegriff eines epsalischen Raumfahrers.

»Ich danke Ihnen«, erwiderte ich. »Bitte machen Sie weiter.« Ich ging zum Sessel des Expeditionsleiters, den man neben dem der Kommandantin installiert hatte, als ich an Bord gekommen war, und setzte mich. Naileth Simmers tat es mir gleich.

»Ich brauche eine Verbindung mit der Explorerflotte. Wir müssen Solarmarschall Reginald Bull informieren«, sagte ich. Bully hielt sich allerdings am liebsten an Bord eines seiner Schiffe auf und tuckerte durch die unbekannten Sektoren der Galaxis, wenn sein Zeitplan es zuließ und das Solsystem nicht gerade wieder von einer fremden Macht bedroht wurde. »Falls der Chef persönlich nicht greifbar ist«, fuhr ich daher fort, »wenden Sie sich an seinen Stellvertreter. Höchste Priorität.« Ich nannte ihr einen Kode. »Die EX-2714 muss unter Sicherheitsstufe Eins gestellt und gründlichst untersucht werden. Ich will, dass man das Schiff notfalls Schraube für Schraube auseinandernimmt. Diesen Satz können Sie zitieren. Das meine ich wörtlich. Eine genaue Analyse des Logbuchs ist wohl selbstverständlich. Ansonsten bitte ich darum, besonderen Wert auf die Suche nach fremder DNA zu legen. Ich will wissen, ob sich tatsächlich Wesen einer uns unbekannter Spezies an Bord befunden haben.«

»Verstanden, Sir.« Naileth Simmers leitete den Befehl an Amelia Marcos weiter, den Funkoffizier der IMASO.

»Liegt eine Besatzungsliste der EX-2714 vor?«

»Ja, natürlich, Sir.«

»Auf meine Konsole.«

Zehn Sekunden später konnte ich sie aufrufen. Ich überflog sie kurz.

Ein Robotschiff der Explorerflotte, 18 Personen Besatzung. Kommandant: Camp H. Alexander, von seinen Leuten stets »Captain« genannt. Soweit stimmte das mit meinen Erinnerungen überein.

Und da waren auch die anderen, Joshua Samuelson, Erster Offizier, Cockney Faucet, Spitzname »Rooster«, Kartograph, Kister Herward, Techniker, Winer Melher, Schiffskoch ...

Ich runzelte die Stirn. Wieso verfügte eine Einheit der Explorerflotte mit einer Besatzung von 18 Personen über einen eigenen Schiffskoch?

»Sir?«

Ich blickte auf.

»Ein Funkspruch, Sir. Von der BUTTERFLY. Tipa Riordan, Sir. Ihr Schiff befindet sich ganz in der Nähe, und sie bittet um ein Treffen, Sir. Sie habe etwas für Sie.«

Ich runzelte die Stirn. »Tipa Riordan?«, murmelte ich eher zu mir selbst. Ich mochte diese Frau nicht, aber das beruhte wohl auf Gegenseitigkeit.

Sie war Anführerin einer unabhängigen Gruppe von Menschen terranischer Abstammung, die sich »Piraten« nannten. Überdies trug sie einen Zellaktivator und war relativ unsterblich. Perry Rhodan selbst hatte ihr das Gerät im Gegenzug für ihre Hilfe bei der Second-Genesis-Krise überlassen. Ihr biologisches Alter hatte zu diesem Zeitpunkt bereits 125 Jahre betragen. Sie hatte also das Erscheinungsbild einer uralten Frau, aber davon durfte man sich nicht täuschen lassen. Der Zellregenerierungsprozess des Aktivators hatte eine Revitalisierung aller Organe und Gliedmaßen bewirkt, sodass die alte Hexe geistig und körperlich so beweglich war wie eine junge Frau.

Tipas »Piraten« bildeten einen unabhängigen Interessenbund, der aus den Kosmischen Freihändlern hervorgegangen war. Deren ehemaliger König Roi Danton alias Michael Rhodan würde sich wahrscheinlich im Grab umdrehen, wüsste er, wie man sein Erbe verunstaltet hatte. Die Handlungen der Gruppe lagen nicht selten hart an der Grenze des Gesetzes – und meines Erachtens viel zu oft auch jenseits dieser Linie. Die Piraten begingen zwar keine direkten Gewalttaten, scheuten sich aber auch nicht, wohlhabende Wirtschaftsverbrecher zu erleichtern, Zollbestimmungen einfallsreich zu umgehen und ihren Vorteil ohne Skrupel durchzusetzen, wo immer es ihnen möglich war.

Andererseits war das eine recht gute Beschreibung des allgemeinen Zustands der Menschheit im beginnenden vierten Jahrtausend.

Seltsamerweise hatte Perry einen Narren an diesen Gesetzlosen gefressen. Er war felsenfest davon überzeugt, dass die Piraten um das Wohlergehen der Menschheit bemüht waren und nicht gegen die politischen Interessen des Solaren Imperiums handelten, sondern das Imperium häufig in schwierigen Situationen unterstützten. In der Tat erweckte Tipa Riordan den Anschein, Anhängerin einer vereinten Menschheit zu sein und gegen alle Gruppen zu kämpfen, die von einer solchen Einheit nichts wissen wollten.

Mich störte bei dieser Organisation weniger, dass ihre Regierungsform teils monarchisch, teils diktatorisch war – darüber konnte sich eher Perry ereifern – und dass die Piraten kaum zu greifen waren, weil ihr Leben sich überwiegend in ihren Raumschiffen abspielte. Mich störte in erster Linie, dass dubiose Privatleute im Begriff waren, eine gewaltige Flotte aufzubauen, die weder unter Rhodans, noch meiner oder irgendeiner anderen legitimierten Kontrolle stand. Manche meiner Ansichten mochten zwar als altmodisch gelten, doch ich hielt es keineswegs für wünschenswert, da draußen ein paar Freischärler herumfliegen zu haben, die ganze Planeten pulverisieren konnten, wenn ihnen der Kopf danach stand. Tipa Riordan war in meinen Augen letztlich eine gefährliche Kriminelle, der man schleunigst das Handwerk legen musste, bevor sie ihren Einfluss vergrößern konnte.

Andererseits wiederum hatte sie mich vor zehn Jahren auf Lepso bei der Suche nach Artefakten der Tyarez und deren Erforschung unterstützt. Dabei hatte sie von ihren guten Verbindungen zu den geheimnisvollen Wissenschaftlern von Kopernikus profitiert, deren Organisation sie maßgeblich zu finanzieren schien. Ich hatte selbstverständlich versucht, mehr über diese Gruppe in Erfahrung zu bringen, war mit meinen Bemühungen aber nicht sonderlich weit gekommen.

Es konnte also nicht schaden, sich anzuhören, was die Alte zu sagen hatte. Und ihre Behauptung, sie habe etwas für mich, erweckte durchaus meine Neugier.

Ich nickte. »Einen Treffpunkt vereinbaren. Ich freue mich, Tipa Riordan an Bord der IMASO begrüßen zu können.«

»Verstanden, Sir.«

Ich widmete mich wieder der Besatzungsliste der EX-2714. Safira Pandolus, Hiroki Matsuda ... auch sie wurden darin aufgeführt. Insofern schien die Liste also mit meinen Erinnerungen überein zu stimmen, auch wenn ich hätte schwören können, dass ich nie einen Fuß an Bord dieses Explorers gesetzt hatte.

»Major Simmers«, sagte ich, »ich brauche eine Verbindung nach Quinto-Center. Sicherer Kanal, Vorbereitung für einen Datentransfer.«

Die Kommandantin bestätigte. Fünf Minuten später stand die Verbindung, und ich gab einen Spezialkode ein und rief eine Kopie meiner persönlichen Berichte und Notizen ab.

Das Frühjahr 3112 war nur oberflächlich betrachtet einigermaßen ruhig. Es brodelte auf zahlreichen Planeten, hauptsächlich Welten, auf denen das Solare Imperium, der Carsualsche Bund, das Imperium Dabrifa und die zahllosen Splittergruppen um Einfluss kämpften. Perrys und Guckys Mission auf Ruppet war nur ein Beispiel dafür. Der Planet im Kugelsternhaufen 47 Tucani war im Jahre 2392 von terranischen Kolonisten kolonisiert worden, die der Sekte »Expandere universalis« angehörten. Nach der Besiedlung hatte dort eine gewaltige Bevölkerungsexplosion stattgefunden, die sowohl durch die Ideologie der Sekte, bei der alle Formen von Empfängnisverhütung oder des Schwangerschaftsabbruchs illegal waren, als auch durch die Bedingungen auf Ruppet verursacht worden war. Nach der Erstkolonisation war der Kontakt zwischen dem Planeten und dem Solaren Imperium abgebrochen. Die Kolonisten hatten große Teile ihrer technischen Kapazität verloren. Als der Ruppet im 30. Jahrhundert wiederentdeckt worden war, befanden sich seine Bewohner etwa auf dem Stand des späten 20. Jahrhunderts auf Terra.

2992 hatte Perry bei einem Staatsbesuch auf Ruppet für einen Beitritt der Welt zum Solaren Imperium geworben und war in ein Intrigenspiel der Geheimdienste der anderen großen menschlichen Sternenreiche geraten, die ebenfalls ihren Einfluss auf Ruppet hatten ausdehnen wollen. Es war ihm jedoch gelungen, den Planeten für das Solare Imperium zu gewinnen.

Und nun, 120 Jahre später, musste der ewige Idealist Rhodan die Suppe auslöffeln, die er sich eingebrockt hatte. Ruppet hatte zwar dank der Zugehörigkeit zum Solaren Imperium einen ungeheueren technischen Aufschwung genommen, doch »Expandere universalis« war die beherrschende Macht auf dem Planeten geblieben, und die Bevölkerung platzte aus allen Nähten. Statt sich irgendwelche unbesiedelten Planeten auszusuchen, von denen es ja durchaus genug gab, griff Ruppet nun nach einigen Scharmützeln ausgerechnet nach einem Sonnensystem, das das Imperium Dabrifa für sich beanspruchte. Wahrscheinlich hatte der geschickte Diktator Dabrifa selbst den Konflikt geschürt, doch de facto war nun eine Welt des Solaren Imperiums drauf und dran, einen Grenzkrieg zu entfachen, der eine gesamte Region in Brand setzen konnte.

Kein Wunder, dass da der Retter des Universums dringend gefragt war. Ich schüttelte den Kopf. Dieser religiöse Wahn der Terraner ...

Es gab Dutzende solcher Eintragungen, Scharmützel hier, Übergriffe dort, und allenthalben Geheimdiensteinsätze. Sämtliche Krisenherde waren mir seit Wochen, Monaten oder Jahren bekannt, keiner hatte an Brisanz gewonnen oder erschien mir so wichtig, dass ich persönlich eingegriffen hätte.

Die Überschrift des Eintrags, der mich schließlich geradezu elektrisierte, bestand nur aus drei Wörtern: Hinweis auf ES?

Ich rief die Datei auf.

Mehrere USO-Agenten hatten unabhängig voneinander auf verschiedenen Planeten Schmuckstücke entdeckt, mit denen es eine seltsame Bewandtnis hatte. Es hatte den Anschein, als würde der menschliche Organismus bei längerem Kontakt eine Substanz dieser Schmuckstücke aufnehmen, die anschließend gesundheitsförderliche Modifikationen bewirkte. Die Formel war simpel: je mehr Metall am Körper, umso gesünder wurde der Träger.

Ich runzelte die Stirn. Es ging also um Langlebigkeit, vielleicht sogar um Unsterblichkeit. Kein Wunder, dass ich notiert hatte, es läge vielleicht sogar ein Hinweis auf ES vor.

Du Narr, vernahm ich die lange vermisste Stimme des Extrasinns. Offensichtlich hatte er sich endlich wieder behaglich in meinem Kopf eingenistet. *Da hast du schon ein fotografisches Gedächtnis, und du ordnest die Dinge nicht richtig ein, weil du sie für einen Traum hältst.*

Ich schluckte. Selbstverständlich! Abrupt brachen die Bilder über mich hinweg.

Die Technische Abteilung der IMASO, in der ich in meiner ersten Vision erwacht war ... auf der ersten Ebene, wie Gucky sie bezeichnet hatte.

Das Analysegerät dort ... *Das Energiefeld endete nahtlos an der unteren Objektscheibe, auf der der zu untersuchende Gegenstand lag. Transparente rote und milchig weiße Strahlen erfassten ihn vollständig und durchdrangen ihn teilweise.*

Das Objekt war ein unscheinbares Schmuckstück, offenbar aus Silber, ein Armreif mit einem primitiven Klappverschluss. Es war schlicht gearbeitet, wies keine Verzierungen auf, abgesehen von einer kleinen Gravur, die man mit viel Phantasie als Symbol für eine Flamme deuten konnte ...

Das Bild verblich wieder, brannte sich vorher aber in mein Gehirn ein. Ich richtete mich so abrupt in meinem Sessel auf, dass Major Simmers erschrocken zusammenfuhr.

Mühsam entspannte ich mich, damit die Kommandantin nicht annahm, dass ich weiterhin unter den Folgen der Gedächtnismanipulation litt. Womöglich würde sie mich unter die Aufsicht des Medizinischen Offiziers stellen und gar ein Amtsenthebungsverfahren einleiten.

Weitere Erinnerungen schwemmten über meinen Geist, als hätte es nur eines Auslösers bedurft, um sie zu aktivieren. Unmittelbar vor Rhodans Aufbruch nach Ruppet hatte ich noch Kontakt mit ihm aufgenommen. Prioritätsstufe Eins, da hatte der Großadministrator selbst in der aktuellen Krisensituation Zeit für mich gehabt.

Rhodan: Ein Hinweis auf ES?

Atlan: Ich kann es nicht ausschließen.

Rhodan, skeptisch: Wir haben schon lange nichts mehr von dem Fiktivwesen gehört. Und schon wieder fünfundzwanzig Zellaktivatoren? Das glaube ich einfach nicht. Was sollen wir mit all den Dingern nur anfangen?

Atlan: Ihr Barbaren könntet damit noch ein Imperium errichten! Aber wenn überhaupt, erlaubt sich ES sicher nur einen seiner seltsamen Scherze mit uns.

Rhodan: Du glaubst nicht daran, dass ES etwas damit zu tun haben könnte?

Atlan: Mit Schmuck, der unsterblich macht? Das ist nicht sein Stil! ... Aber trotzdem werde ich der Sache nachgehen.

Ein Hinweis auf Aktivitäten von ES ... ja, das war durchaus ein Grund, aus dem Lordadmiral der USO persönlich aktiv wurde. Unmittelbar nach dem Gespräch war ich von Quinto-Center aufgebrochen.

Meine Agenten hatten solche Schmuckstücke auf Olymp entdeckt, auf Lepso, auf Ranjokhan ...

Dieser Name rief eine weitere Erinnerung hervor. Eine rückständige terranische Siedlerwelt, 17.000 Lichtjahre von Terra entfernt, am galaktischen Arsch der Welt. In ihrer Nähe hatte man die EX-2714 gefunden.

Allmählich fügen sich einige Stücke des Puzzles zusammen, dachte ich, *wenn ich auch noch keinerlei Vorstellung vom großen Gesamtbild habe.* Ich schaute auf, lächelte Kommandantin Simmers zu. »Entschuldigung«, sagte ich. »Ich habe gelegentlich noch Probleme mit meinen zurückkehrenden Erinnerungen. Bei einem fotografischen Gedächtnis und über elftausend Jahren Lebenserfahrung ist das nicht ganz einfach.«

»Das ist doch verständlich, Sir.«

Der Satz klang allerdings nicht verständnisvoll, sondern eher skeptisch. »Würden Sie bitte Oberleutnant Gabrielle in die Zentrale rufen?«

Naileth Simmers öffnete den Mund ... und schloss ihn wieder. Mir war klar, was sie im ersten Moment hatte sagen wollen. *Den Ersten Wissenschaftlichen Offizier der IMASO?*

Es ehrte sie, dass sie sich noch rechtzeitig besann und darauf verzichtete. »Jawohl, Sir.«

»Und ich brauche noch einmal eine Verbindung nach Quinto-Center.«

»Sie steht noch, Sir.«

»Ausgezeichnet«, erwiderte ich anerkennend. Mit Hilfe meines Spezialkodes rief ich weitere Protokolle ab und stellte fest, dass ich in einer speziellen robotischen Ein-Mann-Jacht nach Ranjokhan aufgebrochen war, *bevor* die Nachricht von der Entdeckung der EX-2714 Quinto-Center erreicht hatte.

Was noch immer kein Beweis dafür war, dass ich wirklich nie einen Fuß an Bord des Explorers gesetzt hatte, aber ein starkes Indiz. Offensichtlich hatte ich eine Maske angelegt, denn diese Jacht benutzte ich hauptsächlich, wenn ich mich als – enorm neureicher und kaum weniger degenerierter – arkonidischer Adliger mit der Vorliebe für einige mehr oder weniger exquisite Perversitäten ausgab. Man musste eben mit der Zeit gehen.

Die Jacht wurde als verschollen geführt, und ich hatte keine Erinnerung daran, wohin ich geflogen war. Darüber hatte ich auch keine Angaben gemacht. Immerhin war man in Quinto-Center darüber informiert, dass die IMASO mich gefunden hatte und dass ich mich körperlich unversehrt an Bord der Leichten Kreuzers befand. Über meinen geistigen Zustand ließen die Protokolle kein Wort verlauten.

»Sir?«

Ich sah auf. Das *Wunderkind*. »Oberleutnant Gabrielle, ich habe eine Bitte an Sie«, sagte ich. Ich hatte sie zwar schon einmal formuliert, aber in einer Vision, auf der zweiten Ebene. »Würden Sie überprüfen, ob Sie in letzter Zeit in der Technischen Abteilung ein Schmuckstück analysiert haben? Ein Armband aus einem silberähnlichen Metall.«

»Ein Schmuckstück, Sir?« Sie sah mich irritiert an, wie in meiner Vision. »Ich bin mir sicher, dass wir in letzter Zeit kein Armband untersucht haben ...«

»Rufen Sie bitte die Protokolle sämtlicher Geräte ab«, sagte ich. »Es ist möglich, dass ich dieses Schmuckstück ohne Ihr Wissen analysieren ließ.«

»Ohne das Protokoll daraufhin zu löschen, Sir? Für so nachlässig ...« Sie hielt ein wenig erschrocken inne.

»Ich war nicht ganz bei Sinnen«, erinnerte ich sie. »Bitte kümmern Sie sich darum.« Meine Stimme wurde etwas strenger. »Oberleutnant. Prioritätsstufe Eins. Ein direkter Befehl vom Regierenden Lordadmiral der USO, auch wenn Sie ihn vielleicht für nicht ganz bei Trost halten.« Mein freundliches Lächeln konterkarierte die Schärfe meiner Worte.

Christina Gabrielle schluckte und nickte dann. »Selbstverständlich, Sir. Sofort, Sir.«

»Danke«, sagte ich, aktivierte die Verbindung nach Quinto-Center wieder und befahl, die Suche nach meiner Luxus-Jacht mit höchster Priorität voranzutreiben.

Wer auch immer an meinen Erinnerungen herumgepfuscht hatte, wollte unbedingt etwas vertuschen.

Er hatte einen Fehler begangen. Er hatte versucht, mich mit diesem *psionischen Imprint* mit erheblicher Zeitverzögerung zu töten und damit sämtliche Spuren zu verwischen.

Ich hatte überlebt, und damit hatte er das Gegenteil von dem erreicht, was er hatte erreichen wollen.

Jetzt war ich unmittelbar involviert. Man hatte versucht, mich zu manipulieren. Das konnte ich mir nicht gefallen lassen. Ich war so zornig wie lange nicht mehr, in etwa, seit Mirona Thetin durch meine Hand gestorben war. Ich atmete tief ein und schloss die Augen.

Der Junge sah mich an. »Ich kann es einfach nicht. Ich möchte es, aber ich kann es nicht. Ich muss dich töten, aber ich kann es nicht.«

»Ich kann dir helfen«, sagte ich. »Du bist nicht verantwortlich für das, was du getan hast. Ich werde mich für dich einsetzen. Man wird dich nicht bestrafen, sondern dir helfen. Dich heilen. Ich verbürge mich dafür.«

Der Blick des Jungen wurde noch trauriger. »Du verstehst nicht«, sagte er. »Ich will *dich ja töten, aber ich* kann *es nicht.* Ich habe dafür keine Kraft mehr. *Es verzehrt mich. Es bringt mich um.«*

»Sir?«

Ich schreckte auf. Einen Moment lang wurde die Zentrale der IMASO von etwas anderem überdeckt, von einem ... bunten Getümmel? Von einer Raumhafenkneipe? Oder einem ... einem primitiven Unterschlupf in einem Berg? Einem Felsen? Vielleicht sogar von beidem?

Das Bild verschwand, bevor ich es zu richtig fassen bekam. Als ich die Augen öffnete, sah ich Naileth Simmers vor mir, und ihr Blick war erneut weder verständnis- noch vertrauensvoll, sondern skeptischer denn je.

Verdammt, was war nur los mit mir? Mein Gedächtnis rebellierte gegen die Blockade. Ich war nicht einfach nur wütend und von dem Drang erfüllt, es den Übeltätern heimzuzahlen.

Ich *musste* die falschen Erinnerungen ausmerzen und die wahren zurückholen, sonst würde ich früher oder später den Verstand verlieren.

»Major?« Ich wählte einen goldenen Mittelweg. »Selbst ein Zellaktivatorträger muss einmal schlafen, und in letzter Zeit war mein Schlummer von üblen Visionen und Träumen geplagt. Möchten Sie den Medizinischen Offizier hinzuziehen, damit er sich von meiner Einsatzfähigkeit überzeugt? Ist Oberleutnant Atair übrigens wieder dienstfähig?«

»Jawohl, Sir. Das ... war keineswegs mein Gedanke, Sir. Ich wollte Sie lediglich informieren, dass das Rendezvous mit der BUTTERFLY stattgefunden hat und Tipa Riordan mehr fordert als bittet, an Bord kommen zu dürfen. Die Dame scheint etwas ungehalten zu sein.«

Ich sah auf ein Holo, das die Kommandantin aufgerufen hatte. Die BUTTERFLY schwebte neben der IMASO im Raum, ein 200 Meter durchmessender Kreuzer. Den dazugehörigen Datensatz musste ich nicht aufrufen; die USO war selbstverständlich über Tipa Riordans Aktivitäten informiert. Das Schiff hatte etwa 400 Mann Besatzung und wurde von dem alten Besen »für Ausflüge« genutzt. Es hatte die Hülle eines terranischen Angriffskreuzers der TERRA-Klasse, war jedoch deutlich luxuriöser ausgestattet und verfügte angeblich sogar über ein »Schwimmbad«, was auch immer ich mir darunter vorzustellen hatte. Die Bewaffnung war der eines Flottenkreuzers zu etwa 75 Prozent ebenbürtig, und die

BUTTERFLY hatte kaum mehr als 50 Jahre auf dem Buckel, galt also durchaus noch als modern.

Ich lächelte schwach. »Die verdammte Kräuterhexe«, murmelte ich. Laut sagte ich: »Wir wollen die Dame nicht warten lassen. Bitten Sie sie an Bord. Wir beide werden sie persönlich in Empfang nehmen.«

»Wenn es denn unbedingt sein muss, Sir«, sagte Kommandantin Simmers und erhob sich.

Tipa Riordan war nur gut anderthalb Meter groß und dürr und knochig. Ihre bräunliche Haut war so faltig, dass sie an die einer Mumie erinnerte, und ihr Gesicht glich dem einer Hexe der terranischen Märchen. Die Geiernase war stark gekrümmt, groß und scharf. Sie lehnte es ab, eine mechanische oder zuchtbiologische Zahnprothese zu tragen, daher waren ihre Wangen eingefallen, die Lippen abgezehrt und von scharfen Falten umgeben. Sie wirkten wie eine schmale Kerbe im Gesicht.

Die Piratin war nicht allein. Begleitet wurde sie – in dieser Hinsicht funktionierte mein fotografisches Gedächtnis wieder einwandfrei – von ihrem Stellvertreter, dem Ersten Wesir Faun Malkovoch, einem Terraner von gewaltiger Statur und lautem Humor, wie ich wusste.

Ich verzichtete darauf, ihr zu sagen, was ich von ihr hielt. Die Anrede »Piratenhexe« wäre der zu erwartenden Kommunikation wohl weniger förderlich gewesen. Ein einfaches Nicken und ein »Tipa Riordan!« tat es auch.

»Was verschafft mir die Ehre dieses Gipfels im Raum?«

»Spar dir das Geschwätz. Was soll diese Bemerkung?«

Ich lächelte. Ihr Benehmen entsprach meinen Erwartungen. Einen Gruß hatte sie nicht für mich übrig, Major Simmers nahm sie nicht einmal zur Kenntnis. Ich verzichtete darauf, ihr die Kommandantin vorzustellen. »Nun, wenn zwei

Zellaktivatorträger mitten im Leerraum zusammenkommen, kann man doch von einem Gipfeltreffen sprechen, oder?«

»Ich habe etwas für dich, Arkon-Scheich«, kam sie ohne Übergang zur Sache. Sie hielt sich nach vorn gebeugt und stützte sich auf einen Gehstock. Aus der Nähe kam mir ihr Gesicht noch eingefallener vor, als ich es in Erinnerung hatte; die lederartige, runzlige Haut spannte sich straff über die Wangenknochen. Das vorspringende Kinn und die scharfrückige, gekrümmte Nase verliehen ihr in der Tat eine gewisse Ähnlichkeit mit einem Raubvogel.

Wobei sie sich über diesen Vergleich wahrscheinlich noch gefreut hätte. Ein Raubvogel war ihr bestimmt lieber als ein kahlköpfiger Aasfresser.

Ich streckte die Hand aus. »Fürchtet die Danaer, auch wenn sie Geschenke bringen.«

Sie ignorierte meine Hand. »Wer spricht denn hier von Geschenken?«

»Hast du nicht gesagt, du hättest etwas für mich, Tante Tipa?«

»Aber wer spricht von *Geschenken*, Beuteterraner?«

Ich verzichtete auf eine gehässige Reaktion. »Entschuldigung. Ein vorschneller Schluss.«

»Unter vier Augen. Allein. Wirklich allein.«

»Wie du möchtest.« Ich nickte Major Simmers beruhigend zu und ging los. »Bitte folge mir.«

Sie ging gebeugt, wie eine Greisin. Sie war wie immer ganz in Leder gekleidet, trug enge schwarze Beinkleider, bis über die Waden geschnürte Sandalen und eine lose Jacke, die zu den Oberschenkeln reichte und durch einen breiten Gürtel mit einer drei Zentimeter dicken Schnalle zusammengehalten wurde. Ihr grauweißes Haar war straff nach oben gekämmt und zu einem Nest geformt. Eigentlich hätte ich einen Kampfroboter anfordern müssen, denn wie ich wusste und unsere Abtastungen bestätigt hatten, versteckte sie in diesem

Haarnest verschiedene Mikrowaffen, darunter ein Giftnadler, der wie eine Haarspange aussah, und ein Ortungsgerät, das durch eine Schwingungsflachsonde alle Messergebnisse direkt an das Gehirn weiterleitete. Ihre Gürtelschnalle barg siganesische Mikroprojektoren zur Erzeugung eines Hochenergie-Überladungs-Schutzschirms, und ihr ständiger Begleiter, der vermeintlich harmlose Gehstock, enthielt eine hydraulisch wirkende Sprungeinrichtung, mit deren Hilfe sich der alte Drachen bis zu sechs Meter hoch und ebenso weit fortschnellen konnte. Im Griffstück befanden sich Ortungsgeräte, Mikrohypersender und Normalsender. Der Stock diente zudem als Kombinationswaffe mit dreifacher Wirkungsweise: Impulsstrahler, Desintegrator, Paralysator.

Kurzum, Tipa Riordan war ein wandelndes Waffenarsenal.

Der Erste Wesir folgte uns. »Hast du nicht ›unter vier Augen‹ gesagt, Tante Tipa?«

»Faun zählt nicht. Ganz im Gegenteil. Ich habe meinen Stellvertreter sogar beauftragt, ein Auge auf dich zu werfen.«

»Ach?«, sagte ich und musterte sie dabei genau. Wie sollte ich das nun wieder verstehen? Sie hatte wahrlich keinen Grund, an Bord der IMASO um Leib und Leben zu fürchten.

Ich sah ihr in die Augen, suchte nach einem verräterischen Glanz, der von einem durchtriebenen Spiel kündete, fand aber keinen. Natürlich nicht. Wobei ich, vor allem nach den nur wenige Jahre zurückliegenden Ereignissen auf Lepso, wirklich keine Hinterlist erwartete und es Tante Tipa, wenn auch zähneknirschend, abnahm, dass sie auf unserer Seite stand.

Bis sie mir das Gegenteil beweisen würde.

»Es beruhigt mich ungemein«, sagte ich spöttisch, »dass dein Erster Wesir ein Auge auf mich wirft. Hoffentlich hat er genug davon zur Verfügung, falls er mich beim ersten Versuch verfehlt.«

»Sir!«, sagte Faun Malkovoch, ballte die rechte Hand zur Faust und schlug sich dreimal gegen das Kinn. Kraftvoll, sehr kraftvoll. Danach schwankte er leicht, hielt sich aber aufrecht.

Ich verzichtete auf eine Kopie dieses Begrüßungsritus und winkte stattdessen huldvoll.

»Banause«, zischte Tipa Riordan. Sie war wirklich nicht besonders höflich. »Ein ziemlich kleines Schiff«, sagte sie, als wir in den Antigravschacht traten. Diesmal zögerte ich nicht mehr; die Zeit der Träume und Visionen war endgültig vorbei.

»Du musst dich schon damit zufrieden geben«, erwiderte ich. »Deinetwegen kann ich wirklich kein größeres herbeiordern. Aber so ein Leichter Kreuzer entspricht doch deiner Bedeutung, nicht wahr?«

»Werde nicht frech, arkonidisches Jüngelchen. Sonst gehe ich wieder, und du wirst deine Unhöflichkeit jahrzehntelang verfluchen.«

»Wenn es dir damit ernst wäre, wärest du schon längst gegangen oder gar nicht erst gekommen. Hören wir doch mit diesen überflüssigen Spielchen auf. Du hast etwas für mich, und du willst etwas von mir. Vielleicht bekommen wir auf dieser Grundlage ein einigermaßen zivilisiertes Gespräch hin?«

»Ich mag dich immer weniger, Beuteterraner.«

Ich ließ es dabei bewenden, musste darauf achten, dass aus diesem Geplänkel kein Ernst wurde. Wortlos öffnete ich die Tür zu meiner Kabine. Es war diejenige aus meiner Vision, aus der zweiten Ebene. Sie war auch in der Wirklichkeit klein, spartanisch, karg und unpersönlich.

»Eine Besenkammer«, sagte Tipa Riordan.

»Dann wirst du hier sicher einen Besen finden, mit dem du fliegen kannst«, sagte ich und verfluchte im gleichen Moment meine Unbeherrschtheit. Hatte ich nicht gerade einen Waffenstillstand vorgeschlagen?

»Das werde ich mir merken. Verlass dich darauf, Arkonide. Man kann mit dir einfach nicht vernünftig sprechen. Nun ja, wie du willst. Die Klügere gibt nach. Ich habe zum einen das hier für dich.«

Noch bevor ich etwas zu Gesicht bekam, hob ich abwehrend die Hand. »Was willst du dafür haben?«

»Das, was es dir nach unserem Gespräch wert ist. Ich überlasse die Entscheidung dir, Arkonidenknabe. Ist das fair?«

Ich seufzte. »Wahrscheinlich nicht. Nichts von dem, was du sagst oder tust, ist fair. Aber gut, solch ein Angebot kann ich nicht ausschlagen.«

Sie lachte viel zu laut und grell auf und griff in eine Tasche ihrer weiten Jacke. Heraus holte sie ein kleines Schmuckstück, einen Ring aus einem Material, das ich im ersten Augenblick für Silber hielt.

Mir war jedoch noch in der gleichen Sekunde klar, dass ich damit falsch lag. Es war kein Silber, sondern ein silberähnliches Metall mit offensichtlich ungewöhnlichen Eigenschaften.

Das kann kein Zufall sein, murmelte der Extrasinn.

»Interessant«, sagte ich abwartend. Tipa Riordan war auf ein Geschäft aus, und jetzt bot sich mir die Möglichkeit, den Preis herunterzuhandeln.

»Das ist nicht das, wonach es auf den ersten Blick aussieht«, sagte die Piratin. »Dieses Material ...«

Ein zufälliges Zusammentreffen dieser Art konnte es eigentlich nicht geben, aber ich wagte es. Was hatte der Extrasinn gesagt? *Da hast du schon ein fotografisches Gedächtnis, und du ordnest die Dinge nicht richtig ein, weil du sie für einen Traum hältst.*

Allmählich war ich imstande, Traum und Wirklichkeit voneinander zu trennen. »Dieses Material ist ein silbriges, leicht nachgiebiges organisches Gitter mit eingelagerten, ultraschweren Atomen mit einem durchschnittlichen Atomgewicht von über eintausend. Es ist durchscheinend mit außerordentlich kleinen kristallinen Einschlüssen, die sich unter dem Analysator-Mikroskop ständig zu neuen, winzigen Mustern umorientieren und dabei ein Verhalten zeigen, das man nur als quasi-lebendig bezeichnen kann.«

Der Bluff hatte Erfolg. Tipa Riordan schwieg ein paar Sekundenbruchteile zu lange, und ich wusste, dass ich gewonnen hatte.

»Die USO ist gut informiert«, gestand sie schließlich ein. »Aber so gut, wie sie glaubt, nun auch wieder nicht.«

Ich runzelte die Stirn. »Sphinxe sprechen in Rätseln, Hexen fliegen auf Besen. Was soll ich mit dieser Probe, und warum hast du deshalb den weiten Weg auf dich genommen? Oder befand sich die BUTTERFLY rein zufällig in der Nähe?«

Ich hatte das Psychospiel eröffnet, und sie ging darauf ein. »Da gibt es noch eine Besonderheit. Es hat den Anschein, als ob der menschliche Organismus bei längerem Kontakt ...«

»... Teile der Substanz aufnimmt, die gesundheitsförderliche Modifikationen bewirken. Ja, ich weiß. Kurz gesagt, je mehr Metall man am Körper trägt, umso gesünder ist man.« Mein fotografisches Gedächtnis schrieb mir erneut die Worte geradezu vor. »Es geht also um Langlebigkeit, vielleicht sogar Unsterblichkeit, und vielleicht sogar um einen Hinweis auf ES.«

Tipa Riordan wirbelte mit einer Geschmeidigkeit herum, die ich ihr niemals zugetraut hätte, stand nun wenige Zentimeter vor mir. Ihre grünen Augen blitzten, und sie schob das stark ausgeprägte Kinn vor. »Jemand verkauft zu horrenden Preisen Schmuck aus diesem Material in sehr, sehr kleinen Mengen, auf Olymp und anderen Welten. Und meinen Quellen zufolge ist ein USO-Agent in diese Sache verwickelt.«

Das saß. Diese Runde ging an sie.

»Welche Quellen?«

»Du glaubst doch nicht eine Sekunde lang, dass ich meine Informanten preisgeben und meine Kanäle aufs Spiel setzen werde? Spare dir bohrende Nachfragen, Beuteterraner.«

Meine Gedanken rasten, doch ich kam zu keinem Ergebnis.

Es ist sinnlos, meldete sich der Extrasinn. *Sie wird ihre Quellen nicht verraten. Du würdest das auch nicht. Geh auf den Handel ein.*

»Einverstanden«, sagte ich. »Was verlangst du?«

»Später, arkonidisches Jüngelchen. Das war nur der Anfang. Ich habe noch viel, viel mehr anzubieten.«

Ich schloss kurz die Augen.

Sieh es ein, sagte der Extrasinn. *Diese Runde hat sie gewonnen.*

»Übertreib es nicht. Wenn ich die gesamte Macht der USO gegen dich einsetze, werden die Piraten in wenigen Jahren Geschichte sein.«

»Warum solltest du das tun? Bislang konntest du immer Verbündete von Feinden unterscheiden. Ich will dich nicht herausfordern, Atlan, sondern der vereinigten Menschheit helfen. Einem Ideal, das von Jahr zu Jahr stärker in Gefahr gerät.«

Dieser verdammte Idealismus, falls er denn echt war ... »Ich habe gesagt, dass ich einverstanden bin. Also Schluss mit den Spielchen.«

Sie nickte. »Meinen Informationen zufolge stammt diese Probe mit hoher Wahrscheinlichkeit vom Planeten Thanaton.«

Ich versuchte, mir nichts anmerken zu lassen. Auch dieser Begriff war mir aus den Visionen der sechs Ebenen bekannt. Genau wie Ranjokhan befand sich dieser Planet in allernächster Nähe.

»Du wirst mir also nicht verraten, woher du diese Information hast. Und das war auch noch nicht deine Trumpfkarte.«

»Ja zu beiden Aussagen.«

»Dann spiel die Karte aus. Oder willst du noch etwas damit warten? Vielleicht können wir währenddessen ja nach Gatas fliegen und dort eine Portion Muurt-Würmer essen? Du bist eingeladen. So extrem selten und teuer diese Delikatesse auch sein mag, die USO übernimmt die Rechnung.«

»Spar dir den lächerlichen Zynismus, Arkonidenhäuptling. Ich habe einen deiner Leute. Einen USO-Agenten – aus Raumnot gerettet und nicht mehr ganz bei Verstand.«

Es tat mir weh, aber ich wusste, wann ich geschlagen war.

In diesem Augenblick.

»Wen?«

»Einen Risiko-Spezialisten. Er gibt seinen Namen mit Santjun an. Angeblich ...«

Ich wollte es nicht, hätte es gern vermieden, aber ich konnte nicht mehr hinhören. Erinnerungen spülten hoch, rissen mich mit sich. Wieso hatte ich diesen Zusammenhang nicht schon längst erkannt?

Der Logiksektor hatte mir die Antwort schon längst gegeben. Weil ich es für einen Traum gehalten hatte, nicht einmal für eine Vision. Visionen waren ehrlich, zweite Gesichter anständiger Menschen, die für wirklich hielten, was sie sahen. Ich hingegen hatte nur eine Manipulation meines Gedächtnisses aufzuweisen.

Die dritte Ebene, ich als namenloser Raumsoldat, R-Gelb, auch das war Absicht gewesen. Man hatte mir jede Identität nehmen wollen. Ein Raumsoldat, der einen Explorer enterte, den ich wahrscheinlich niemals betreten hatte. Ein Besatzungsmitglied, das ich für tot gehalten hatte. *Der Mann vor mir hob einen Arm, als wolle er nach mir greifen. Über die*

Außenlautsprecher drang ein Krächzen; er schien etwas sagen zu wollen, doch ich konnte es nicht verstehen. Ich beugte mich tiefer, und nun hörte ich, dass der Mann zwei, drei Mal ein und dasselbe Wort wiederholte: »Santjun ... Santjun ...«

Santjun.

Das waren die Vor- und Nachteile eines fotografischen Gedächtnisses. Ich hatte ihn persönlich eingestellt und danach sämtliche Urkunden seines Werdegangs bei der USO unterschrieben.

Santjun, 51 Jahre alt, 3061 auf der terranischen Kolonialwelt Passa geboren, 9. Planet des Antares und Heimat der Evergreens. Mit 21 Jahren trat er in den Dienst der USO und erhielt eine umfangreiche Ausbildung zum USO-Spezialisten und Hyperphysiker. Er bekleidete den Rang eines Majors und kämpfte seit 3100 als Risiko-Spezialist gegen alle Formen des organisierten Verbrechens in der Galaxis. Sein Spezialgebiet waren Einsätze gegen Schmugglergruppierungen auf wenig entwickelten Kolonialwelten.

1,80 Meter groß und sportlich. Dunkles Haar, blaue Augen; die Finger waren auffällig schlank und lang, wie die eines Pianisten. Er verfügte über keine auffälligen Körpermerkmale.

Sein Naturell war ruhig, was ihn aber nicht hinderte, im Einsatz auch große Risiken einzugehen, die jedoch stets gut kalkuliert waren. Dabei bluffte er gern seine Umgebung durch scheinbar unbedachte Aktionen, die sich dann im Nachhinein als Teil einer sorgfältig geplanten Vorgehensweise entpuppten. Seinen Gegnern gegenüber neigte er zur Härte, ebenso wie er Fremden gegenüber zunächst reserviert war und nur allmählich auftaute. Er wirkte gelegentlich distanziert und kühl, bis hin zu einer fast chirurgischen Kälte in der Beurteilung von Situationen und Personen. Hatte er jedoch eine Bindung aufgebaut, konnte er durchaus warmherzig und humorvoll sein. Gelegentlich stellten Personen in seiner Umgebung allerdings fest, dass er wohl das eine oder andere Leid zu viel gesehen und den einen oder anderen Konflikt zu viel gefochten hatte. Eine eindeutig feststellbare Quelle für seine Kraft gab es nicht. Santjun neigte dazu, sich auf einen singulären Aspekt seiner Umgebung zu konzentrieren, sich geradezu darauf zu fixieren. Nicht zuletzt daher waren seine Schlüsse und Beobachtungen sehr, sogar phänomenal präzise. Er selbst wirkte dadurch jedoch gelegentlich etwas entrückt.

O ja, ich kannte Santjuns Profil, kannte es sehr gut. In seiner dienstfreien Zeit wohnte er in Quinto-Center. Er hatte keine familiären Bindungen mehr, war ein typischer, hoch ausgebildeter und kämpferischer USO-Spezialist, ein Weltenbummler, den die Exotik fremder Welten lockte. Auf Äußerlichkeiten legte er wenig Wert, solange es sich nicht um seine Tarnung oder um Ausrüstungsgegenstände handelte. Es wurde gemunkelt, dass Santjun Aufzeichnungen führte oder an einem Buch arbeitete.

Nach allem, was ich wusste, galt seine Loyalität uneingeschränkt der USO und dem Moralischen Kodex des Solaren Imperiums. Und im Grunde ähnelte er in vielen Aspekten seiner Persönlichkeit mir selbst. Deshalb wohl hatte ich ihn stets im Auge behalten.

Denk nach, mahnte der Extrasinn. *Noch ein Puzzlestück.*

Selbstverständlich. Aber ich konnte auch dieses noch nicht einordnen.

»Können wir jetzt vernünftig reden, Arkonide?«

Ich nickte knapp. Kein Geplänkel mehr, auch wenn wir beide es genossen hatten. »Fangen wir von vorn an. Was ist passiert, Tante Tipa?«

»Wir haben ihn in einer Rettungskapsel aus dem Raum gefischt. Aber er ist geistig zerrüttet. Er spricht nur davon, dass wir ihn nach einer gescheiterten Geheimdienstoperation aus den Händen einer Bande verbrecherischer Blues befreit hätten. Eine Aktion gegen eine Gruppierung namens ›Vier blinde Augen‹ auf der terranischen Siedlerwelt Ranjokhan.«

Das alles kann kein Zufall sein, sagte der Extrasinn. *Ich versuche unentwegt, Sinn in diese Sache zu bringen, aber es gelingt mir nicht.*

Ich weiß, antwortete ich stumm.

»Also gut«, sagte ich. »Tante Tipa, würdest du Santjun auf die IMASO überstellen?«

»Und er hat versucht, die BUTTERFLY in die Luft zu sprengen«, überging die Piratin meine Bitte.

»Er hat *was?«,* entfuhr es mir. »Wieso?«

»In einem unbeobachteten Augenblick hat er einen meiner Männer niedergeschlagen, seine Waffe an sich genommen und versucht, den Reaktor der BUTTERFLY hochzujagen. Der gute Faun konnte ihn in letzter Sekunde aufhalten.«

Ich nickte bedächtig, um Zeit zu gewinnen, während meine Gedanken rasten. Dasselbe Verhaltensmuster wie bei mir.

Er ist nicht mehr bei Verstand, hatte Tipa Riordan über meinen Agenten gesagt. Die Vermutung lag nahe, dass Santjun etwas Ähnliches zugestoßen war wie mir.

»Der Vorfall wurde nicht ... rein zufällig natürlich ... von einer Überwachungskamera aufgezeichnet?«

»Wurde er.« Sie fasste in eine Tasche ihrer Lederhose, zog einen Datenspeicher hervor und hielt ihn mir hin.

Ich griff so langsam danach, wie man nach einer giftigen Schlange greift. Fast hätte ich damit gerechnet, dass sie die Hand mit dem Kristall wieder zurückziehen und ihren Preis nennen würde. »Lass mich raten«, sagte ich. »Die Rettungskapsel, in der du Santjun gefunden hast, war die eines terranischen Explorers?«

Sie konnte ihre Überraschung nicht verbergen.

»Der EX-2714?«

»Ja. Anscheinend weißt du über deine Schiffe mehr als über deine Agenten, Arkon-Scheich.«

»Die EX-2714 gehört nicht zu meinen Schiffen.«

»Noch schlimmer, Jüngelchen. Wenn du gescheit bist, wirst du die Kapsel untersuchen lassen. Ich habe bereits die Anweisung erteilt, sie gemeinsam mit Santjun an Bord der IMASO zu bringen. Dein Agent dürfte sich bereits auf dem Weg zur Medostation befinden. Kann ich darauf vertrauen, dass du ihn nicht wieder verlierst, und meine Männer auf die BUTTERFLY zurückkehren lassen?«

Ich aktivierte mein Armband-Funkgerät und erteilte der Kommandantin die Anweisung, Santjun unter strengste Bewachung zu stellen und keine Sekunde aus den Augen zu lassen. »Zufrieden?«

Sie zuckte die Achseln. »Es ist dein Schiff, das dir um die Ohren fliegen wird.«

»Gut. Sonst noch etwas? Ich will nicht unhöflich sein, Tante Tipa, aber ...« Ich hielt kurz inne, doch sie ging nicht auf die Anspielung ein.

»Eine leistungsfähige Positronik«, sagte sie stattdessen.

Nun sah ich sie überrascht und verwirrt an. »Wie bitte?«

»Hast du etwas an den Ohren, Arkonidenjüngelchen? Ich habe von Anfang an keinen Zweifel daran gelassen, dass ich für meine Information eine Gegenleistung erwarte.«

»Ja, sicher, aber ...«

»Meine Aktivitäten dienen noch immer der Förderung der Wissenschaftler von Kopernikus. Aber wie du zweifellos weißt, arbeite ich auch am Aufbau einer Flotte, um die Menschheit irgendwann einmal wieder zu vereinen.« Mit einemmal klang ihre Stimme nicht mehr so schroff, fast schon rührselig. »Willst du mich in meinem Bestreben wirklich nicht unterstützen, Arkon-Scheich?«

»Und du weißt zweifellos, was ich von deiner Organisation halte.«

Sie seufzte leise. »Na schön. Jedenfalls haben wir Bedarf für eine leistungsfähige Positronik. Wie die USO sie zu Hunderten unnütz in den Lagern stehen hat«, fügte sie hinzu, »denn jeder weiß doch, dass die USO nicht denkt, bevor sie handelt.«

»Eine Positronik? Für diesen Plunder?« Ich lachte laut auf. »Komm wieder, wenn er seinen Wert bewiesen hat!«

Sie betrachtete mich nachdenklich. »Das werde ich, Arkonidenjüngelchen. Das werde ich.« Dann sah sie sich noch einmal in meiner kleinen Kabine um. »Die reinste Abstellkammer«, sagte sie kopfschüttelnd und ging zur Tür.

Ich forderte eine Eskorte an und verzichtete darauf, Tipa Riordan und ihren Ersten Wesir zum Hangar zu begleiten. Zum einen hatte ich wirklich anderes zu tun, zum anderen war ich ganz einfach froh, dass ich die alte Hexe los war.

Und gespannt darauf, was sie mir gebracht hatte.

Kaum hatten die beiden meine »Besenkammer« verlassen, aktivierte ich den Interkom. »Santjun ist auf der Medostation?«

»Jawohl, Sir«, bestätigte Major Simmers. »Oberleutnant Atair untersucht ihn bereits.«

»Ich bin auf dem Weg dorthin. Veranlassen Sie die Untersuchung der Rettungskapsel und stellen Sie aus der Schiffsdatenbank sämtliche Informationen über den Planeten Thanaton und seine Umgebung zusammen.«

»Verstanden, Sir.«

»Und ich lasse Ihnen einen Datenträger bringen. Analysieren Sie ihn.«

»Jawohl, Sir.«

»Ach ja, und vereinbaren Sie mit Tipa Riordan einen Treffpunkt. In etwa vierzehn Tagen. Richten Sie ihr aus, ich würde ihr dann etwas zukommen lassen.« Ich unterbrach die Verbindung.

Santjun erhob sich von der Liege, als ich die Medostation betrat. Ich konnte mich auf mein fotografisches Gedächtnis verlassen; er sah genauso aus, wie ich ihn in Erinnerung hatte. Ich nickte dem Ara zu, der gerade ein Holo mit einem Scan vom Kopf des Patienten studierte zeigte. »Oberleutnant, ich hoffe, Sie haben sich wieder vollständig erholt.«

»Zufriedenstellend, Sir.«

»Ausgezeichnet.« Ich wandte mich dem Risiko-Agenten zu. »Santjun, wir haben leider keine Zeit für eine lange Begrüßung. Was ist passiert? Eine kurze Zusammenfassung, bitte.«

»Es tut mir leid, Sir. Ich ... erinnere mich nicht.«

»Leiden Sie unter Gedächtnisverlust?«

»Unter partiellem. Die letzten Tage oder Wochen sind weg.«

»Und die Geschichte mit dieser Gruppierung namens ›Vier blinde Augen‹?«

»Ich bin USO-Spezialist, Sir. Ich hielt es für ratsam, die Piraten, denen ich in die Hände gefallen war, auf eine falsche Fährte zu locken und meine Beeinträchtigung zu verbergen. Bis zum letzten Augenblick wusste ich nicht, dass Tipa Riordan mich an Sie überstellen würde.«

Ein geradezu vorbildliches Verhalten, konstatierte der Extrasinn.

»Wie sind Sie ausgerechnet auf die terranische Siedlerwelt Ranjokhan gekommen?«

»Ich habe zufällig gesehen, dass die BUTTERFLY sich in der Nähe dieser Welt befand.«

»Warum wollten Sie die BUTTERFLY vernichten?«

Santjun sah mich hilflos an und zuckte die Achseln. »Ich weiß es wirklich nicht, Sir.«

»Verspüren Sie den Drang, die IMASO zu vernichten?«

»Nein, Sir. Wobei ich allerdings nicht die Hand für mich ins Feuer legen kann. Ich weiß nicht, was man mit mir angestellt hat.«

Ich dachte kurz nach. Meinem eigenen Bericht zufolge waren auch auf Ranjokhan diese seltsamen silbernen Schmuckstücke aufgetaucht. »Oberleutnant, ist Agent Santjun dienstfähig?«, fragte ich dann.

Der Ara bedachte mich mit einem forschenden Blick und baute ein Akustikfeld auf, sodass Santjun nichts von unserem Gespräch mitbekam. »Meine erste Untersuchung hat keinerlei körperlichen Beeinträchtigungen ergeben, lediglich eine erhöhte Aktivität in manchen Gehirnbereichen. Sind Sie dienstfähig, Sir?«

»Wie bitte?«

»Ich tendiere zu der begründeten Vermutung, dass Agent Santjun etwas ganz Ähnliches wie Ihnen widerfahren ist.«

Das genügte mir als Antwort. Ich nickte, und der Ara desaktivierte das Feld wieder.

»Bitte begleiten Sie mich in den Konferenzraum, Santjun. Sie verstehen sicher, dass Sie bis auf weiteres unter der Aufsicht dieser drei Herren stehen.« Ich deutete auf die Sicherheitswächter, die an der Tür warteten. »Mal sehen, ob wir Ihrem Gedächtnis auf die Sprünge helfen können.«

Ich ließ den Risiko-Agenten und seine Bewacher vorangehen. Bevor ich ihnen folgte, nahm unauffällig ein paar Einstellungen an dem Kombi-Strahler vor, den ich mir vor Tipa Riordans Besuch hatte aushändigen lassen.

Die Kommandantin sah überrascht auf, als ich mit Santjun und seinen Aufpassern den Raum betrat, in den ich sie gebeten hatte. »Risiko-Agent Santjun, Major Simmers«, stellte ich vor. Santjun nickte der Kommandantin knapp zu, und sie erwiderte den Gruß genauso knapp. »Ich habe alles vorbereitet, Lordadmiral.«

»Danke.« Wir nahmen Platz, und sie rief ein Holo auf. Es zeigte in schematischer Darstellung ein Sonnensystem.

»Die Sonne Tjomen-31/438.« Die Kommandantin hob in der Darstellung das Zentralgestirn hervor, das nun als Zwergsonne, etwas rötlicher als Sol, erkennbar wurde. »Benennung nach dem arkonidischen Sternkatalog, Eigenname Naia, Spektraltyp K-V, etwa 17.000 Lichtjahre von Terra entfernt.« In rascher Folge zogen die Planeten nun Revue, bis das Bild wieder verharrte. »Thanaton ist der zweite ihrer acht Planeten, etwa erdgroß, mit einer Schwerkraft von 1,02 Gravos, also nur minimal höher als die der Erde. Die mittlere Temperatur beträgt aufgrund des geringen Sonnenabstands von 0,8 Astronomischen Einheiten etwa 23 Grad Celsius. Nach Abklingen der Eiszeit, die um 50.000 vor Christus durch das halutische Bombardement ausgelöst wurde, befindet sich Thanaton derzeit in einer Warmphase. Die Jahreslänge beträgt 11 Monate mit jeweils 35 lokalen Tagen zu etwa 31 Stunden.«

»Der Planet war von Lemurern besiedelt?«, fragte Santjun.

Wollte er etwa die Aufmerksamkeit der Kommandantin auf sich lenken? Warum hätten die Haluter die Welt sonst angreifen sollen?

Ich würde da noch kein typisch menschlich-männliches Annäherungsverhalten konstatieren, widersprach der Extrasinn. *Das entspricht nicht Santjuns Profil, und außerdem hat er zuviel durchgemacht, um schon wieder an so etwas zu denken.*

Ich sprach mir eine bessere Menschenkenntnis zu, als der Logiksektor jemals haben würde, schwieg aber.

»In der Tat«, fuhr Major Simmers fort und rief eine Vergrößerung auf. Der Planet verfügte über vier große Hauptkontinente, deren Namen mit Palim'Sha, Per'Rheach, Ojek'Thar und Nai'Goda angegeben wurden. »Über eine seinerzeit existierende Landbrücke flohen die überlebenden Lemurer nach dem verheerenden Angriff von ihrem damaligen Zentrum Palim'Sha nach Ojek'Thar, das wesentlich bessere Überlebensbedingungen bot. Heute bevölkern etwa sechshundert Millionen Nachfahren dieser lemurischen Flüchtlinge den Planeten mit dem Schwerpunkt auf dem Kontinent Ojek'Thar. Die Bevölkerung auf dem Kontinent Palim'Sha nahm im vergangenen Jahrhundert allerdings deutlich zu. Der Kontinent Per'Rheach wurde erst vor zweihundert Jahren neu kolonisiert. Jeder Kontinent wird von einer eigenen Regierung beherrscht, wobei jedoch alle Regierungsmitglieder traditionell von den Silberherren gestellt und kontrolliert werden.«

Ich horchte auf. *Silberherren?* Und silberähnlicher Schmuck mit lebensverlängernden Eigenschaften? Mich sollten die Gork holen, wenn da nicht ein Zusammenhang bestand.

»Sie sind seit Jahrhunderten der herrschende elitäre Kreis«, führte die Kommandantin aus, »eine Art Adelsschicht, in die jedoch auch Außenstehende aufgenommen werden können. Sie steuern die Geschicke des Planeten und sind selbst oft als Händler tätig; es gibt kein durchgängiges Abgabewesen zu ihrer Finanzierung. Wir haben vage Hinweise darauf, dass seit etwa hundert Jahren Angehörige galaktischer Mächte in den Zirkel der Silberherren einsickern und Einfluss auf ihn zu nehmen versuchen. Offenbar Personen aus den neuen kolonialterranischen Reichen.«

»Also eine von vielen Welten, die zum Spielball der Geheimdienste der Großmächte zu werden droht«, stellte ich nüchtern fest. »Weiter!«

»Die dortige Zivilisation entspricht etwa dem Stand der Mitte des neunzehnten Jahrhunderts, erlebt gerade die beginnende Industrialisierung. Dampfkraft wird verwendet, aber auch noch lebende Kraftquellen. Über lange Strecken benutzt man die Telegraphie, in den bedeutenden Städten bereits die Telephonie. Die derzeit wichtigste Handelsmetropole ist die Hafenstadt Tar'Haar, von der aus wegen der günstigen Meeresströmungen sehr große Dampfschiffe nach Per'Rheach fahren können. In dieser Stadt befindet sich auch die geheime Station der USO.«

Jetzt wird es wirklich interessant, bemerkte der Extrasinn.

Naileth Simmers sah mich an, als erwartete sie eine Reaktion oder Zwischenfrage von mir, oder die Bemerkung, das alles sei mir natürlich bekannt, doch ich sagte nichts. Ich beobachtete Santjun unauffällig, wollte sehen, wie er auf diese Informationen reagierte.

»Seit einigen Jahren unterhalten wir einen Stützpunkt dort. Jeweils zwei USO-Agenten sind auf Thanaton stationiert; ihre Aufgabe ist es in erster Hinsicht, die frühindustrielle Kultur der lemurischen Siedler zu beobachten.«

»Also mischen wir ordentlich mit bei diesem Intrigenspiel«, sagte ich. »Wahrscheinlich hat auch die SolAb einen Stützpunkt auf dieser Welt?«

»Darüber liegen mir keine Informationen vor. Überhaupt ist die Datenlage spärlich.«

Das war mir auch schon aufgefallen. Die Datenbank der IMASO hatte in der Tat eine wenig umfassende Beschreibung des Planeten und der planetaren Kultur geliefert.

»Der letzte Kontakt, über den die IMASO Daten von Quinto-Center erhalten hat, liegt mehrere Monate zurück«, erklärte die Kommandantin. »Ich habe allerdings bereits ein Update angefordert. Man arbeitet bereits daran, doch ich bezweifle, dass sich viel Neues ergeben wird.«

Ich nickte.

Es gab zu viele Welten wie Thanaton, auf denen Geheimdienste ihre Spiele trieben; man konnte nicht alle genau im Auge behalten. Und Thanaton schien auf den ersten Blick eine typische, ruhige Hinterwäldlerwelt zu sein.

»Informationen zu unserem Stützpunkt auf Thanaton?«

»Derzeit tun dort die beiden Agenten Terry Ulcarach sowie Rion Parth Dienst. Ihre Profile habe ich bereits aufgerufen. Nach den aktuellen Berichten gibt es von Thanaton keine besonderen Vorkommnisse, keine aktuellen Kontakte zu raumfahrenden Zivilisationen oder sonstige Besonderheiten zu vermelden. Interessant ist vielleicht noch der interne Vermerk, dass aufgrund der ruhigen Lage derzeit in den Entscheidungsgremien der USO die Abberufung der Agenten erwogen wird. Über eine weitere Observation durch die SolAb oder andere Kräfte wurde nicht diskutiert.«

»Irgendwelche Auffälligkeiten bei den beiden Agenten? Fassen Sie bitte kurz zusammen, Major.«

Naileth Simmers schüttelte den Kopf. »Eigentlich nicht, Sir. Terry Ulcarach, einundfünfzig Jahre alt, geboren auf dem Mars als drittes Kind zurückgekehrter Siedler. Seit fünfundzwanzig Jahren USO-Agent mit dem Spezialgebiet der Fremdkulturenunterwanderung. Spricht dank Hypno-Training über vierzig galaktische Sprachen fließend; ausgebildet in der Anwendung unterschiedlichster Überlebenstechniken. Ulcarach ist – unmaskiert – rothaarig, Körpergröße einen Meter fünfundachtzig, mit einem leichten Hang zur Korpulenz. Er gilt als jovial.

Aufgrund von belastenden Erlebnissen vor zehn Jahren ließ sich Ulcarach in den Außendienst versetzen; die Mission auf Thanaton ist sein vierter derartiger Auftrag.«

»Und Rion Parth?«

»Achtundvierzig Jahre alt, groß, schlank, sehr gut aussehend, wenn ich mir die Bemerkung erlauben darf«, sagte sie mit einem Seitenblick auf Santjun, »Missionsleiter, Spezialist für ...«

Ich winkte ab. »Gelten die beiden Agenten als loyal?«

»Es ist nicht Gegenteiliges belegt, Sir. Warum fragen Sie explizit danach?«

»Ich habe Sie über das Gespräch mit Tipa Riordan informiert, Major. Die Piratin geht davon aus, dass ein USO-Agent in den Handel mit den silberähnlichen Schmuckstücken verwickelt ist.« Ich betrachtete Santjun unauffällig aus dem Augenwinkel, während ich sprach. »Und das heißt nichts anderes, als dass wir einen Verräter in unseren Reihen haben.«

Nun horchte der Risiko-Agent auf und warf mir einen überraschten Blick zu. Besonders besorgt wirkte er allerdings nicht. *Gut so,* dachte ich.

»Sir«, warf Major Simmers ein, »die Piratin hat ihre Quellen nicht genannt, und ihre Reputation ist nicht unbedingt ... die beste. Wollen Sie ihr etwa blindlings vertrauen?«

Ich setzte ein schwaches Lächeln auf. »Natürlich stehe ich voll hinter meinen extrem gut ausgebildeten und loyalen USO-Spezialisten«, antwortete ich, diesmal mit einem offenen Seitenblick auf Santjun. »Allerdings bin ich nicht betriebsblind und leite daraus keinesfalls ab, dass es keine schwarzen Schafe geben könnte.«

»Was soll das heißen, Sir?«, fragte Santjun.

»Ich gehe davon aus, dass es durchaus einen Verräter in unseren Reihen gibt. Sonst hätte man mich auch nicht so leicht in eine Falle locken können.« Ich zog den Kombistrahler und entsicherte ihn. »Und ich glaube, ich weiß, wer dieser Verräter ist.«

Santjun spannte seinen Körper an. Sein Training übernahm, die jahrelange Ausbildung. Aber er konnte die Situation nicht richtig einschätzen. Er wusste nur, dass er keine Chance hatte, falls ich es ernst meinte.

»Sir ...«, sagte Naileth Simmers zögernd.

Ich richtete die Waffe auf Santjun, hielt sie so, dass er genau die Einstellungen sehen konnte. Sie war nicht auf Paralyse, sondern auf einen tödlichen Impulsstrahl justiert. »Dieser Verräter sind Sie, Santjun.«

»Sir!«, wiederholte die Kommandantin, diesmal in schärferem Tonfall, und sah zu den drei Sicherheitswächtern an der Tür.

»Sir«, sagte auch Santjun, »ich bin mir keiner Schuld bewusst. Ihre Vorwürfe sind haltlos. Ich wurde manipuliert und ...«

»Und Sie wissen, wie ich mit Verrätern umzugehen pflege, vor allem, wenn Ihre schändliche Tat mich fast das Leben gekostet hatte.« Ich musste mich ein wenig bremsen, um es nicht zu übertreiben. Nicht zu viel Theatralik.

Santjun wusste, dass er keine Chance hatte, doch er machte sich sprungbereit, wie man es von einem guten Agenten erwarten konnte.

»Lordadmiral«, rief Major Naileth Simmers nun. »Sie wissen nicht, was Sie tun, Sir! Sie ...«

»Doch, ich weiß es ganz genau! Verräter werden standrechtlich erschossen!« Ich legte den Finger auf den Abzug.

»Atlan, Sie ...!«, rief die Kommandantin hilflos. Santjun sprang auf, und ich schoss. Der Strahl traf ihn mitten in die Brust.

»Sir, war das wirklich notwendig?«, fragte Major Simmers, während die drei Sicherheitsbeamten Santjun aus dem Konferenzraum schafften. Geriok Atair hatte den Risiko-Agenten untersucht, mir einen vorwurfsvollen Blick zugeworfen und den Kopf geschüttelt.

»Ja, das war es. Was ich beabsichtige, ist verrückt genug. Da muss ich sämtliche Risiken minimieren.«

»In der Tat, Sir«, sagte sie. Wobei mir nicht ganz klar war, ob sie damit das Verringern der Risiken oder den Wahnsinn meines Vorhabens meinte. Wahrscheinlich beides. »Warum haben Sie mich vorher nicht eingeweiht?«

»Das hätte vielleicht Ihre Reaktion verfälscht. Was macht die Holo-Verbindung mit der Außenstation auf Thanaton?«

»Wir haben alles vorbereitet.«

»Danke, Major. Dann schicken Sie den Hyperfunkspruch mal los und stellen den Kontakt her.«

Nach wenigen Minuten stand die »Leitung«, und Terry Ulcarachs Kopf und Oberkörper erschien in der Holo-Darstellung.

Der Agent wirkte etwas feister, als ich ihn in Erinnerung hatte, vielleicht sogar ein wenig aufgeschwemmt. Gehörte das zu seiner Tarnexistenz, oder forderte das geruhsame, erholsame Landleben Tribut? Sein Haar war allerdings nicht mehr rot, sondern dunkelbraun, fast schon schwarz, und seine Hautfarbe samtbraun. Er hatte also ein wenig Maske gemacht, soweit das bei einem Planeten voller Lemurerabkömmlinge überhaupt nötig war.

Auch sonst schien es ihm nicht schlecht zu gehen. Er trug, soweit ich es sehen konnte, eine violette Robe aus schwerem, glänzendem Stoff, und ...

Ich hatte halbwegs damit gerechnet und mich soweit unter Kontrolle, dass ich mir nichts anmerken ließ. Er hingegen schien durchaus überrascht, mich zu sehen. Er erblasste sichtlich unter seiner künstlichen Pigmentierung, und Schweißtropfen bildeten sich auf seiner Stirn.

»Atlan!«, entfuhr es ihm. »Entschuldigung, ich meine ... Lordadmiral, Sir!«

Ich lächelte. »Keine Ursache. Es kommt nicht jeden Tag vor, dass ich mich persönlich nach dem Wohlergehen meiner Agenten erkundige. Wie ist die Lage auf Thanaton?«

Er räusperte sich, sah sich kurz um, als wolle er sich überzeugen, dass sich nichts Verdächtiges im Blickfeld des Aufnahmegeräts befand. Seine Umgebung war allerdings nicht die, die ich erwartet hatte, kein Büroraum in einer getarnten, verborgenen Station, sondern eher ein ... Wohnzimmer? Eingerichtet mit wuchtigen Möbeln, viel Plüsch und Tand und Zierrat allerorten. Für die Verhältnisse auf diesem Planeten wohl ein recht luxuriös ausgestatteter Raum.

Nun ja, dafür konnte es Dutzende von Gründen geben. Dem Dossier hatte ich entnommen, dass Terry Ulcarach auf Thanaton in die Rolle eines wohlhabenden Händlers geschlüpft war, und diese Aufmachung mochte durchaus seiner Rolle entsprechen.

Was hatte ich erwartet? Den Hintergrund emsiger Geschäftigkeit? Ulcarach würde die Hyperfunkanlage wohl kaum in einem seiner Geschäftsräume untergebracht haben. Asketische Zweckbestimmtheit? Ich wusste zu wenig über die Verhältnisse auf Thanaton, um das verlangen zu können.

»Ruhig, Sir«, sagte er endlich. »Wie in den Berichten angegeben. Die Lage ist ruhig.«

»Kontakte zu fremden Besuchern?«

Er schüttelte den Kopf. »Keine festzustellen, Sir.« Sein Gesicht war ein einziges Fragezeichen. Er konnte sich natürlich denken, dass sein oberster Dienstherr sich nicht einfach so nach seinem Wohlergehen erkundigte.

»Sehr gut. Dann komme ich direkt zur Sache, Agent Ulcarach.« Ich hielt den Ring hoch, den Tipa Riordan mir überlassen hatte.

»Ja, Sir?«, fragte er.

Er will Zeit gewinnen, stellte der Extrasinn fest.

Ich pflichtete ihm bei. Und schwieg.

»Was ist damit, Sir?«

»Kennen Sie das?«

Agent Ulcarach schüttelte den Kopf, obwohl er das Schmuckstück gar nicht genau sehen konnte.

»Das sagt Ihnen gar nichts, Ulcarach?«

Er zuckte die Achseln, zögerte wieder, diesmal aber nicht ganz so lange. »Es scheint sich um lokalen Schmuck der Eingeborenen von Thanaton zu handeln«, sagte er, reagierte aber weiter nicht darauf.

»Allerdings«, sagte ich. »Was können Sie mir ...«

Das Holo flackerte, wurde transparent, gewann kurz an Schärfe zurück, brach dann aber endgültig zusammen.

Ich warf der Kommandantin einen weniger fragenden als eher ungehaltenen Blick zu.

Sie aktivierte bereits den Interkom. »Oberleutnant Marcos?«

»Die Verbindung ist zusammengebrochen«, kam postwendend die Antwort. »Ich verstehe das nicht, es liegen keinerlei Störungen vor, keine Hyperstürme in diesem Bereich ...«

»Versuchen Sie, sie wiederherzustellen«, befahl Major Simmers.

Ich schaltete mich in die Verbindung ein. »Und versuchen Sie, auf einer anderen Frequenz Kontakt mit Rion Parth zu bekommen, unserem zweiten Agenten auf Thanaton.«

»Verstanden, Lordadmiral.«

»Danke.« Ich unterbrach die Verbindung und drehte mich zur Kommandantin um. »Nun?«

»Sir?«

»Ist Ihnen etwas aufgefallen, Major?«

»Der Schmuck, Sir. Das Verhalten des Agenten war ... seltsam, Sir. Er schien den Ring, den Sie ihm gezeigt haben, anfangs nicht zu erkennen, obwohl er ...«

»Ja, Major?«

»... selbst solchen Schmuck getragen hat. Und zwar etwas ... exzessiv.«

»Genau meine Meinung, Major.« Ich musterte Naileth Simmers, rief mir in Erinnerung zurück, was ich über sie wusste. Vielmehr drängte diese Erinnerung sich ungebeten in den Vordergrund; das war der Nachteil, wenn man über ein fotografisches Gedächtnis verfügte und als »Zehntausendjähriger« galt.

Ihr Dossier war makellos. Sie war bereits einmal verheiratet gewesen, die Ehe war jedoch kinderlos geblieben und aufgrund der häufigen Trennungen während ihrer Dienstzeit an Bord des USO-Kreuzers PERSEPHONE schließlich im Jahre 3101 auf ihren Wunsch hin annulliert worden. Seitdem vermied Naileth Simmers engere Bindungen. Ursache war den USO-Psychologen zufolge weniger der Schmerz, den sie selbst empfand, als der, den sie anderen zuzufügen glaubte. Dessen ungeachtet schloss sie schnell Freundschaften und wurde innerhalb der Besatzung der IMASO als kompetente Kommandantin geachtet, die einen vertrauten Umgang mit der Mannschaft pflegte.

Wenn ich sie so betrachtete, konnte ich mir gut vorstellen, dass manche Besatzungsmitglieder sie sogar verehrten.

Ihr Naturell galt als ausgeglichen und zielorientiert, mit einer leichten Tendenz zu einer gewissen Faulheit während der Ruhephasen, die allerdings in plötzliche Aktivität umschlagen konnte. Das entsprach meinen Beobachtungen, genau wie die Aussage, dass ihr Kommandostil als ruhig und schnörkellos galt. In ihrer Freizeit erlag sie den Akten zufolge gern ihrer Liebe zu allem Lebendigen. Sie beschäftigte sich mit Xenobiologie und war häufig im hydroponischen Garten der IMASO anzutreffen, den sie in eine Ruheinsel aus Grüntönen verwandelt hatte.

Ich drängte die Erinnerungen zurück und konzentrierte mich wieder auf die relevanten Fakten. Wahrscheinlich war der Kommandantin gar nicht aufgefallen, dass ich mich in Gedanken näher mit ihr befasst hatte.

»Sir«, erklang Amelia Marcos' Stimme aus dem Lautsprecher des Interkom, »es ist mir nicht gelungen, die Verbindung wiederherzustellen. Auch Agent Parth meldet sich nicht.«

»Versuchen Sie es weiter.«

»Jawohl, Lordadmiral.«

Ich wandte mich wieder der Kommandantin zu. »Exzessiv ist der richtige Ausdruck. Eine Halskette, diverse Armreifen, Ringe an mehreren Fingern ...«

»Ein Indiz dafür, das Tipa Riordans Quellen recht haben könnten?«

Ich sah Naileth Simmers an und hob die Schultern. Dass die Piratin ausgerechnet jetzt hier aufgetaucht war, konnte kein Zufall sein. Es würde mich nicht wundern, wenn sie selbst die Finger im Handel mit diesen wundersamen Schmuckstücken hatte. Vielleicht war ihr die Sache zu heiß geworden ... oder etwas ganz anderes steckte dahinter.

»Sir?« Erneut die Funkoffizierin. »Weiterhin keine Verbindung.«

»Führen Sie eine Abfrage des Sicherheitszustands unserer Station auf Thanaton durch«, befahl ich. »Darauf muss die lokale Positronik automatisch reagieren.« Mir wurde immer unbehaglicher zumute, und ich fragte mich, ob ich nicht einen schweren Fehler begangen hatte.

»Jawohl, Sir.«

»Und ich interpretiere das kurze Zögern des Agenten als auffällig«, sagte Naileth Simmers.

»Bitte?« Ich schüttelte kurz den Kopf, nickte dann. Die Manipulation meines Gedächtnisses hatte meine Souveränität nicht unbedingt erhöht. »Ja. Ich hätte diesen Terry Ulcarach gern etwas härter in die Mangel genommen, aber ...«

Der Interkom summte. »Die Abfrage des Sicherheitszustands blieb ergebnislos, Sir. Der Stützpunkt meldet sich nicht mehr.«

»Danke.« Ich unterbrach die Verbindung wieder. Welcher Teufel hatte mich nur geritten, mich über Hyperfunk bei Agent Ulcarach zu melden? Genauso gut hätte ich ihm meine bevorstehende Ankunft auf Thanaton zwei Tage im Voraus ankündigen können. Ich hatte nicht klar und logisch gedacht.

Warum hast du mich nicht gewarnt?, fragte ich den Extrasinn. *Wofür habe ich diese elende Prüfung auf Largamenia auf mich genommen?*

Ich vernahm ein leises Gelächter. *Ich bin noch genauso gehandicapt wie du. Solch eine Gedankenmanipulation überwindet man nicht in zwei Tagen. Aber hiermit erkläre ich ausdrücklich, dass ich dir in nächster Zeit nur eingeschränkt zur Verfügung stehen werde. Du konntest jedoch nicht ahnen, dass Terry Ulcarach so erschrocken auf eine simple Anfrage reagieren würde. Normalerweise hätte er versuchen müssen, dich zu beruhigen, abzuwiegeln. Vielleicht ist vor sehr kurzer Zeit etwas vorgefallen, das ihn völlig aus der Bahn geworfen hat.*

»Die guten Nachrichten reißen nicht ab«, murmelte ich.

»Sir?«, fragte Major Simmers.

Ich beschloss, ihr diesmal reinen Wein einzuschenken. »Die Kommunikation zwischen meinem Extrasinn und mir weist leichte Störungen auf. Aber das wird sich bald wieder geben.«

»Halten Sie es dann für eine gute Idee ...«

»Es gibt keine Alternative«, unterbrach ich sie. »Ich werde auf Thanaton persönlich nach dem Rechten sehen. Schließlich besteht immer noch die Möglichkeit, dass ES eine weitere Form der Langlebigkeit ausgestreut hat. Dann kommt vielleicht es auf jede Minute an. Lassen Sie Kurs auf Thanaton nehmen. Höchstgeschwindigkeit, Major.«

»Jawohl, Sir.«

»Und«, fuhr ich fort, bevor sie den Befehl weitergeben konnte, »verändern Sie das Logbuch.«

»Sir?«

Ich sah auf den Datumsanzeiger meines Allzweck-Armbandgeräts. »Sie haben mich richtig verstanden. Löschen Sie alles, was geschehen ist, seitdem Sie mich aus dem Raum gefischt haben, vor allem, seitdem Gucky mich von dem psionischen Imprint befreit hat. Die IMASO hat mich von Olymp nach Quinto-Center transportiert. Im zentrumsnahen Bereich des Sagittarius-Spiralarms der Milchstraße ist es daraufhin am 4. April 3112 zu einem Rendezvous zwischen dem USO-Spähkreuzer IMASO und einem Raumschiff Tipa Riordans gekommen, der BUTTERFLY. Am 6. April haben wir dann Thanaton erreicht. Das wird von jetzt an die offizielle Lesart sein. Mehr ist nicht vorgefallen. Klar? Vor einigen Stunden haben wir einen Funkspruch von Tipa Riordan empfangen, in dem sie um ein baldiges Treffen bat, ohne sich weiter über den Hintergrund auszulassen. So einfach ist das. Sie können diese ... kleine Korrektur mühelos vornehmen, und wenn Sie bei Ihrer Ausbildung nicht aufgepasst haben und nicht wissen, wie man das macht, werde ich Ihnen jetzt den entsprechenden Kode nennen. Oder es selbst tun, wenn Sie darauf bestehen.«

Das mochte zwar etwas paranoid sein, und ich hatte auch keinen logischen Grund für diese Anweisung, aber ich hielt sie für ratsam, und außerdem war Paranoia bisweilen nicht die schlechteste Sicht, aus der man die Welt betrachten konnte.

Vor allem, wenn man solche Visionen durchlebt hatte, wie es bei mir der Fall war.

»Das ... wird nicht nötig sein, Sir«, sagte die Kommandantin steif. »Ich werde die nötigen Manipulationen persönlich vornehmen, auch wenn ich ihren Sinn nicht verstehe. Noch nicht zumindest, Lordadmiral.«

»Danke, Major Simmers.«

Während sie dem Piloten über Interkom die Befehle erteilte, dachte ich kurz nach. Die IMASO war mit Hochleistungs-Ortungssystemen und wissenschaftlichen Analyseeinrichtungen zur Erkundung unbekannter Raumregionen ausgerüstet; dieser Raumschiff-Typ wurde daher auch als Spähkreuzer bezeichnet. Mit ihrer Beschleunigung von 700 Kilometern pro Sekundenquadrat war sie fast allen zivilen und vielen militärischen Einheiten dieser Zeit überlegen. Die Stammbesatzung betrug 150 Mann, hauptsächlich Terraner, Epsaler und Ertruser, die wegen der relativ kleinen Besatzungsstärke neben der militärischen oft noch über eine wissenschaftliche Ausbildung verfügten.

Die Einsätze dieser Schiffsklasse außerhalb militärischer Operationen dauerten in der Regel einige Monate und erfolgten in schlecht erkundetem Raum, was zu einer starken Bindung innerhalb der Besatzung und zwischen Besatzung und Schiff führte. Daher gab es auch eine gut ausgestattete Medostation und Freizeiteinrichtungen sowie die kleine hydroponische Anlage auf Hauptdeck 4 unterhalb des Ringwulstes. Naturgemäß herrschten beengte räumliche Verhältnisse, dafür war aber die technische Ausstattung für ein Schiff dieser Größe sehr gut. In den Arsenalen konnte ich alles finden, was wir für diesen Einsatz benötigten.

Ein beruhigender Gedanke.

Ich erhob mich und ging zur Tür des Konferenzraums.

»Sir?«, sagte Naileth Simmers.

Ich blieb stehen und drehte mich um. »Ich verstehe Ihre Bedenken«, sagte ich.

Sie senkte tatsächlich verlegen kurz den Blick. »Ich wollte mich eigentlich nur nach unserem genauen Vorgehen erkunden, Sir.«

Ich lächelte schwach. »Die USO-Einsatzstation im Haus des Händlers Terry Ulcarach verfügt nicht nur über eine Positronik, einen Hyperfunksender und Lagerräume, wenn ich mich recht entsinne, sondern auch über einen Kleintransmitter mit einer Reichweite von etwa zehn Astronomischen Einheiten, nicht wahr?«

Sie nickte.

»Wir werden zunächst versuchen, per Transmitter nach Thanaton zu gelangen. Versuchen Sie, eine Verbindung herzustellen. Setzen Sie einen Kurs, der uns im System Sonne Tjomen-31/438 etwa acht astronomische Einheiten an den Planeten heranbringt.«

»Jawohl, Sir. Aber ich meinte eigentlich etwas ganz anderes.«

Mein Lächeln wurde freundlicher. »Ich weiß. Doch da das plötzliche Verstummen unserer Agenten auf eine radikal veränderte Situation, zum Beispiel ihre Enttarnung durch außerplanetarische Kräfte, genauso gut aber auch auf ein doppeltes Spiel Ulcarachs und Parths hindeuten kann, müssen wir wohl so schnell wie möglich eingreifen.«

Sie schluckte. »Und Agent Santjun, Sir? Sind Sie sicher, dass Sie die richtige Entscheidung getroffen haben, was ihn betrifft?«

Habe ich es nicht gesagt?, meldete sich der Extrasinn. *Sie interessiert sich für ihn!*

Ich lachte innerlich auf. *Diese Frage würde ich nicht unbedingt als Indiz für ein erotisches Interesse ansehen.*

Wenn du meinst ... Deine Erfahrung in dieser Hinsicht ist bestimmt größer als die meine.

Ich sah Major Simmers an und nickte. »In unserer derzeitigen Lage habe ich keine andere Wahl. Das wissen Sie doch. Identische Verhaltensmuster ... Nein, Agent Santjun musste sterben.«

Genau, wie ich sterben musste, dachte ich. »Ach, noch etwas«, sagte ich, als ich den Konferenzraum verließ und mich auf den Weg zur Medostation machte. »Finden Sie heraus, wer die EX-2714 entdeckt hat und unter welchen Umständen das geschah. Ich muss jede Einzelheit darüber wissen.«

Geriok Atair sah mich erneut vorwurfsvoll an, als ich sein Reich betrat. »Lordadmiral, ich muss protestieren und werde meine Bedenken im Logbuch festhalten. Ich halte Ihr Vorgehen bezüglich Agent Santjun für unverantwortlich.«

»Tun Sie das«, sagte ich und dachte an den Befehl, den ich der Kommandantin erteilt hatte. »Sie werden es nicht glauben, aber ich gebe Ihnen recht.«

Der Ara sah mich verwundert an, doch ich ließ ihn einfach stehen und ging weiter zu dem Medobett, auf dem Santjun saß. Er wirkte kaum noch mitgenommen; kein Wunder, ich hatte den Kombistrahler auf die leichteste Paralyse eingestellt.

»Es tut mir leid«, sagte ich und hielt ihm die Hand hin. »Das war kein guter Anfang, aber ich habe keine andere Möglichkeit gesehen. Wie geht es Ihnen? Hat sich Ihr Gedächtniszustand verändert?«

Santjun schien ein wenig verwirrt. »Nein, Sir. Wieso fragen Sie?« Meine ausgestreckte Hand ignorierte er.

»Mein Gedächtnis ist zu einem großen Teil zurückgekehrt, als ich glaubte, dass ich sterben würde. Allerdings war meine Todesart auch etwas ausgeklügelter als die Ihre. Ich starb im konzentrierten Beschuss von Kampfrobotern, während ich bei Ihnen einfach nur die Kennung des Kombistrahlers verändert habe. Statt Impulsfeuer Paralyse.«

»Das wurde mir klar, als ich in die Lähmung fiel, Sir.«

»Aber Sie haben in diesem Augenblick geglaubt, dass Sie sterben?«

»Allerdings.«

»Nun gut. Ich weiß nicht, ob es funktioniert hat, aber ich musste verhindern, dass dieser psionische Imprint Sie weiterhin dazu treibt, die IMASO zu vernichten oder mich zu töten.«

»Ich verstehe nicht ganz, Sir.«

Ich überlegte, ob ich meine Hand zurückziehen sollte, aber es war Santjuns gutes Recht, mich ein wenig hinzuhalten, ja sogar zu peinigen. Nach allem, was ich ihm angetan hatte ...

»Die Einzelheiten erkläre ich Ihnen später. Was es mit diesem psionische Imprint auf sich hat, was mir zugestoßen ist ... Im Prinzip dasselbe wie Ihnen. Deshalb vermute ich, dass wir beide unabhängig voneinander ein und derselben Sache auf die Spur gekommen sind. Und deshalb will ich Ihnen einen Vorschlag machen.«

»Lordadmiral?«

»Was ich Ihnen nun sage, wird in keinem Logbuch stehen. Wahrscheinlich verstößt es gegen alle Dienstvorschriften, die ich selbst habe erstellen lassen. Ich möchte Sie bitten, mit mir in einen Einsatz zu gehen.«

»Trotz allem, was vorgefallen ist?«

»Ja. In dieser Hinsicht vertraue ich Ihnen mittlerweile.«

Endlich ergriff Santjun meine Hand. Sein Händedruck war fest, ohne übermäßig kräftig zu sein. Er war selbst in dieser Situation nüchtern und sachlich.

»Sir, ich ...«

»Augenblick.« Ich zog die Hand zurück. »Sie gehören ins Medozentrum von Quinto-Center. Auf Sie warten psychologische Untersuchungen, die sich über mindestens sechs Monate hinziehen werden. Eigentlich sind Sie nicht einsatzfähig. Sie müssen nur ein Wort sagen, und ich werde Sie den besten Experten überstellen, die die USO aufbieten kann.«

»Sir, ich ...«

»Was ich vorhabe, ist eigentlich unhaltbarer Wahnsinn.«

»Sir, ich kenne ...«

»Sie haben das Recht auf diese psychologische Untersuchung und etwa ein Jahr Sonderurlaub. Sie ...«

Diesmal unterbrach er mich. »Sir, ich kenne die Dienstvorschriften und meine Rechte. Ich bin dabei.«

»Sie müssen eine Verzichtserklärung unterschreiben.«

»Und wenn schon. Die USO kümmert sich doch um ihre Leute, oder?«

Ich setzte ein leichtes Lächeln auf. »Ja, aber auch wir haben eine unverzichtbare Bürokratie und mittlerweile fast mehr Beamte als Risiko-Agenten in unseren Reihen. Und diese Beamten können sehr nachtragend sein ...«

Sein Lächeln war eine Nuance breiter. »Sir, mir ... äh ... ist deren Meinung ziemlich gleichgültig. Man hat mich manipuliert, wahrscheinlich habe ich nur durch einen unglaublichen Zufall überlebt, einen Glückstreffer ohnegleichen. Ich bin dabei. Ich will es diesen Mistkerlen heimzahlen.«

»Das ist keine gute Voraussetzung für die Mission, die uns bevorsteht.«

»Sir, ich habe mich in der Gewalt. Ich habe darauf verzichtet, Sie niederzuschlagen, als Sie an meine Medoliege traten. Außerdem ... Gedächtnismanipulierte müssen zusammenhalten, nicht wahr?«

Ich streckte noch einmal die Hand aus, und diesmal ergriff er sie sofort. »Begleiten Sie mich, Agent Santjun. Wir müssen noch ein paar Einzelheiten klären, dann geht es los. Sie werden wahrscheinlich keine Mütze voll Schlaf mehr kriegen.«

»Schlafen kann ich später noch. Jetzt will ich die erwischen, die in meinem Gehirn herumgepfuscht haben.«

Mein Lächeln war jetzt richtig breit. Santjun war ein Mann nach meinem Geschmack.

Einer wie ich.

Major Simmers schaute auf, als wir die Zentrale der IMASO betraten, Santjun einen halben Schritt hinter mir. Nicht überrascht, schließlich hatte ich ihr meine Pläne offengelegt, wenn auch sehr spät, nachdem ich auf Santjun geschossen hatte.

»Sir«, sagte sie, »wie die Positronik und der Hyperfunksender ist auch der Transmitter auf Thanaton nicht aktiviert. Wir bekommen keinen Kontakt zu unserer Station.«

Ich nickte knapp. »Das überrascht mich nicht.« Es war in der Tat ein Fehler gewesen, Verbindung mit Agent Terry Ulcarach aufzunehmen. Aber was passiert war, ließ sich nicht mehr ändern. »Wir können zu Plan B übergehen?«

»Jederzeit, Sir.«

»Sehr gut. Sie setzen mich und Agent Santjun ziemlich weit von dem Planeten entfernt – zwei Astronomische Einheiten müssten machbar sein, nicht wahr? – in einem Blitzmanöver in Kampfanzügen ab. Zusätzliche Ausrüstung folgt uns im Standardbehälter.« Ein solcher Abwurfbehälter war etwa drei Meter groß, besaß Kegelform und verfügte über eine positronische Steuerung für einen Atmosphäreneintritt ohne Schutzschirm.

»Wir haben alles vorbereitet, Sir«, bestätigte die Kommandantin.

»Nach dem Absetzmanöver zieht sich die IMASO zur Beobachtung in den nahegelegenen Asteroidengürtel des Systems zurück.« Der war etwa drei Astronomische Einheiten von der Sonne entfernt und etwa zwei von der Bahn Thanatons. »Wir halten Funkkontakt. Wenn Sie eingreifen müssen, sind Sie in wenigen Minuten da. Auch wenige Minuten können zwar eine Ewigkeit sein, aber wir müssen es darauf ankommen lassen.«

»Sie wissen, dass ich einen offiziellen Protest einlegen muss?«

Ich grinste, diesmal richtig breit. »Tragen Sie ihn ins Logbuch ein.« Ich sah Santjun an.

»Ich bin bereit, Sir.«

Ich nickte und drehte mich noch einmal zu der Kommandantin um. »Es geht los. Der Countdown läuft. Aber wir haben noch viel zu tun. Wir müssen unsere Ausrüstung zusammenstellen, uns ein wenig maskieren und per Hypnoschulung unsere Sprachkenntnisse auffrischen. Worauf warten wir also?«

»Jawohl, Sir«, sagte sie resigniert.

Zweiter Teil

Der Abstieg

Tar'haar: 6. April 3112

Ich flog dahin, eingebettet in einen Kokon aus Plasma. Eindrücke stürmten auf mich ein, zu viele, als dass ich sie alle gleichzeitig hätte erfassen können. Tief unter mir schlängelte sich ein blau glitzernder Fluss mäandernd durch dichten grünen Wald, im Osten ballten sich, einige hundert Kilometer entfernt, Wolken um gewaltige Gipfel.

Mir fielen merkwürdige geologische Phänomene auf, Verwerfungen, kreisförmige Seen und eine gigantische, von Ost nach West verlaufende Ansammlung von tiefen Tälern, die an diesem gewaltigen Gebirgsmassiv endete. Insofern schienen unsere Daten über Thanaton zuzutreffen: Die Anordnung der Täler und Krater wies tatsächlich auf mehrfachen schweren Beschuss aus dem Orbit hin. Das waren offensichtlich die Spuren eines massiven Bombardements aus dem Orbit. Wahrscheinlich hatten die Haluter diese Kolonie der Lemurer einst angegriffen. Es hätte mich nicht gewundert, hier auf Thanaton Relikte lemurischer Hochtechnologie anzutreffen, falls ich nur genug Zeit zum Suchen hätte, was wohl kaum der Fall sein würde.

Im Westen machte ich am Ufer eines gewaltigen Meers eine weitläufige Ansiedlung aus, doch ich war noch viel zu hoch, um Einzelheiten erkennen zu können. Ich wandte den Blick wieder gen Osten, zu dem Gebirgsmassiv, genoss einen Moment lang dessen wuchtige Schönheit. Täuschte ich mich, oder war da ein silbrig glitzerndes Gebilde im Inneren des Massivs, dessen Funkeln mir unnatürlich hell vorkam?

Glühende Plasmafahnen verdeckten die Berge wieder, bevor ich Details erkennen konnte. Von überall her schien nun Feuer auf mich einzuströmen. Ich war in die Atmosphäre eingetreten.

Es tat gut, die IMASO endlich verlassen zu haben, und das auch noch auf diese Weise, in einem Raumanzug in einem kontrollierten Abstieg – um nicht Absturz zu sagen. Ich fühlte mich lebendiger als seit Tagen, war froh, dem Gedankenlabyrinth entronnen zu sein und das – sicherlich notwendige – Planungsstadium abgeschlossen zu haben.

Der Schutzschirm hielt die hohen Temperaturen von mir ab, die der Sturz durch die Atmosphäre mit sich brachte. Plötzlich wurde mir die Sicht genommen; ich war in die Wolkendecke eingetaucht. Ich rief die Darstellung der Energieortung auf das Innere meiner Helmscheibe. Santjun und der Abwurfbehälter befanden sich nur wenige hundert Meter über und neben mir.

Die Anzugpositronik gab Gegenschub und senkte die Fallgeschwindigkeit. Ich musste mich um nichts kümmern, konnte diese ungewöhnliche Landung in vollen Zügen genießen. Abrupt verließ ich die Wolken. Ich sah mich nach dem Funkeln in dem Gebirgsmassiv um, war jedoch schon zu tief für weitere Beobachtungen.

Die letzten paar hundert Meter schwebte ich langsam der Oberfläche entgegen. Ich legte den Kopf zurück und reckte den Hals, konnte aber weder Santjun noch den Abwurfbehälter ausmachen. Damit hatte ich auch nicht gerechnet. Sie wurden genau wie ich von einem Deflektorfeld verborgen.

Wir hatten die Landestelle aus dem Orbit gut gewählt. Sie befand sich in einem der zahlreichen Ausläufer der Talsenken, die die Steppenlandschaft durchliefen, und bot damit einen gewissen Schutz vor einer ungewünschten Entdeckung. Gleichzeitig lag sie nicht weit von Tar'Haar entfernt, der großen Hafenstadt, die ich beim Abstieg ausgemacht hatte und die unser Ziel war.

Ich setzte sanft auf dem Boden auf, aktivierte die Nahortung, überprüfte die Werte genau, sah mich zur Sicherheit noch einmal um. Wir waren allein. Ein paar hundert Meter entfernt schien die Luft kurz zu flimmern, und Santjun stand plötzlich dort. Er hatte seinen Deflektorschirm bereits ausgeschaltet.

Ich runzelte die Stirn. Eigentlich keine große Sache, aber ich war sein Vorgesetzter, sein oberster sogar, und gab Geschwindigkeit und Richtung vor.

Du kennst sein Dossier, warf der Extrasinn ein. *Eindeutig ein Tatmensch, der auf seine ruhige Art dennoch gern die Führungsposition beansprucht.*

»Das werden wir im Lauf der nächsten Tage klären müssen«, murmelte ich. »Je schneller, desto besser.« Ich schlenderte in seine Richtung und ortete nach dem Abwurfbehälter. Er war fast genau zwischen uns gelandet, und ich winkte Santjun herbei.

Auf einen Befehl meines Allzweck-Armbands, das als breites Schmuckstück, allerdings nicht aus dem silberähnlichen Material, getarnt war, desaktivierte die Mikro-Positronik des Behälters das Deflektorfeld. Ein großer, kofferähnlicher Quader kam zum Vorschein. Die Hülle bestand aus einer extrem leichten, aber stabilen Stahlplast-Legierung. Die örtliche Kultur würde ihn in den nächsten 50 Jahren nicht öffnen können.

Auf einem Sensorfeld, das wie eine simple Verzierung aussah, gab ich den Kode ein, und der Behälter öffnete sich. Ich überprüfte seinen Inhalt: zusätzliche Kampfanzüge, schwere Waffen sowie ein kleiner, transportabler Transmitter. Das war sozusagen unsere Rückversicherung. Wir mussten nur diesen Behälter erreichen und konnten es mit einer ganzen Kompanie von Einheimischen aufnehmen oder uns wahlweise auf die IMASO zurückziehen, sofern wir sie vorher herbeigerufen hatten.

Eilig legten wir unsere Raumanzüge ab und packten sie sowie alle Ausrüstungsgegenstände, die wir am Körper trugen, aber jetzt nicht benötigten, in den Abwurfbehälter. Ich verschloss ihn wieder und aktivierte sein Deflektorfeld. Nun musste ein Einheimischer schon zufällig gegen ihn prallen, um ihn zu bemerken.

»Ausrüstung am Mann überprüft?«, fragte ich Santjun.

Er nickte. Auf dem Rücken trug er eine Art Rucksack, ein landestypisches Gepäckstück. Darin war eine Mikro-Ortungs- und Analyse-Einheit mit Mikroskop, Spektroskop und ähnlichen Geräten eingearbeitet, alles auf Chip-Größe eingedampft, sowie der Projektor eines Individual-Schutzschirms, der allerdings nur dem Feuer von einer Handwaffe standhalten würde. Eine kleine Tasche, die er sich mit einem Gürtel um die Hüften geschnallt hatte, enthielt ein Medokit. Normal- und Hyperfunkgerät waren in dem breiten Schmuckstück untergebracht, das auch sein Handgelenk umschloss, den Impulsnadler hatte er unter seinem Hemd verborgen, und ein siganesisches Sichtsystem mit Zoom- und Nachtsichtfunktion baumelte, als Brille getarnt, an einer Kette vor seiner Brust.

Ich überprüfte meine eigene Ausrüstung, die seiner entsprach, und ließ den Blick dann über den Agenten gleiten. Er trug die ortsübliche Kleidung eines nicht armen, aber auch nicht reichen Mannes – enge Hosen, ein weites Hemd, Mantel und Jacke waren in den Rucksack eingerollt – und ließ sich äußerlich nicht von einem Einheimischen unterscheiden. Nur eine schlichte Maskierung war nötig gewesen: Wir hatten unsere Haut und das Haar nachdunkeln lassen, sodass wir Lemurern glichen. Ich trug zur Sicherheit noch Kontaktlinsen, die meine natürliche Augenfarbe überdeckten.

Santjun nickte. »Auf geht's.« Er setzte sich in Bewegung.

Ich räusperte mich.

Er ging noch ein paar Schritte weiter, blieb dann stehen und sah sich zu mir um.

Nun marschierte ich auch los. »Ich mag Agenten, die Initiative zeigen«, sagte ich, »lege aber auch Wert auf eine gewisse Befehlshierarchie. Es könnte sonst in kritischen Situationen Probleme geben.«

Santjun nickte sofort. »Ich verstehe, Sir. Selbstverständlich. Sie haben recht. Es wird wohl noch eine Weile dauern, bis wir ein eingespieltes Team sind. Wir kennen uns kaum und müssen uns noch aneinander gewöhnen.«

Ich lächelte unmerklich. Das sagte ausgerechnet Santjun mit seiner *fast chirurgischen Kälte in der Beurteilung von Personen*. Aber im Prinzip trafen seine Worte zu. Agenten, die gemeinsam in den Einsatz gingen, waren in der Regel aufeinander eingespielt und verstanden sich blind. Bei uns war das nicht der Fall, und das konnte uns zum Nachteil geraten.

Wir hatten die Kuppe der Anhöhe erreicht, die das flache Tal auf dieser Seite begrenzte, und ich ließ den Blick über die Landschaft schweifen. Mich erwartete keine Überraschung; zum einen hatte ich die vorhandenen Daten noch einmal studiert, zum anderen hatten wir in der IMASO aktuelle Aufnahmen gemacht. Nach Osten, zu den Gebirgen hin, breitete sich lichter Wald aus, nach Westen hin wurden die Bäume immer spärlicher. Dort konnte ich am Horizont auch unser Ziel ausmachen, die frühindustrielle Hafenstadt Tar'Haar. Mehrere Straßen, besser gesagt Schotterpisten, verliefen mehr oder weniger sternförmig über die Ebene; ihr Ausgangspunkt war die Hafenstadt.

Es war angenehm warm, aber nicht heiß. Die Sonne stand eine Spur höher und größer am Himmel, als ich es bei einer leicht rötlichen Zwergsonne vom Spektraltyp K-V erwartet hätte; andererseits kreiste der Thanaton ja auch um zwanzig Prozent näher um seine Sonne als etwa die Erde.

Ich sog tief die Luft ein. So freundlich der Planet anmutete, die beginnende Industrialisierung hatte ihre Spuren hinterlassen. Obwohl Tar'Haar weit entfernt und mit bloßen Auge kaum auszumachen war, roch es deutlich nach Verbrennungsrückständen, und zwar nicht nach einem Lagerfeuer.

Ich setzte die Brille auf, schaltete den Zoom ein und orientierte mich kurz. Die IMASO hatte uns auch in anderer Hinsicht strategisch günstig abgesetzt, nicht nur, was die Nähe zur Stadt und die geschützte Lage betraf. Nach wenigen Sekunden fand ich, wonach ich Ausschau gehalten hatte. »Sie kommen«, sagte ich zu Santjun und zeigte in die Richtung. »Vierzehn Uhr.«

Auf einer der Straßen näherte sich eine Fahrzeugkolonne. In wenigen Minuten würde sie das Tal passieren, das wir als Landestelle erwählt hatten.

Es waren abenteuerlich wirkende Gefährte, die sich über die Straße kämpften, eine gewaltige Staubwolke hinter sich herziehend. Ein wenig erinnerten sie mich an die gewagten Konstruktionen der Technikpioniere, die ich auf der Erde beobachtet hatte, etwa zu der Zeit, als dort die Bilder laufen und die Menschen fahren lernten. Sperrige, langgezogene Wagen, deren Erbauern der Begriff Aerodynamik noch völlig fremd war. Ihr Sinn und Zweck war es nicht, hohe Geschwindigkeiten zu erreichen, sondern so viele Passagiere oder Lasten wie möglich zu transportieren. Ich sah schwere, wuchtige Busse und Pritschenwagen mit hohen Achsen und kleinen Reifen, breiten, langen Ladeflächen und ... Tanks hinter den Fahrerhäusern. Das letzte der fünf Fahrzeuge beförderte sogar überhaupt keine Fahrgäste, sondern lediglich drei wesentlich größere Tanks, welche die gesamte Ladefläche vereinnahmten.

»Dampfbetriebene Fahrzeuge«, sagte Santjun.

Das an sich war nun keine besondere Überraschung; schließlich hatten wir uns über Thanaton informiert und wussten, was uns erwartete. Aber es war etwas anderes, so etwas mit eigenen Augen zu sehen, als sich in Dossiers darüber zu kundig zu machen. »Nicht sehr effektiv«, sagte ich. »Vermutlich fahren sie feste Versorgungspunkte an, wo sie dann neues Wasser aufnehmen.« Ich nahm die Brille wieder ab und blickte Santjun an.

Er hatte die Inspektion der Fahrzeugkolonne ebenfalls beendet. »Aber durchaus einfallsreich für diesen Entwicklungsstand«, sagte er und rührte sich nicht von der Stelle.

Er ist lernfähig, stellte der Extrasinn fest. *Übertreibe es bei ihm nicht.*

Keine Angst. Wir beide sind es gewohnt, die Führungsrolle zu übernehmen. Santjun ringt um seine Unabhängigkeit, wird sich mir aber unterordnen. Ich werde diesen Punkt zwischen uns beiden zügig ausräumen.

»Worauf warten wir also?«, sagte ich zu Santjun, und wir gingen los, der Straße entgegen.

»Könnt ihr zahlen?« Der Fahrer des ersten Wagens hatte die ohnehin nicht sehr hohe Geschwindigkeit seines Dampfmobils verringert, sodass wir mit einiger Anstrengung neben dem Führerhaus hertraben konnten. Er betrachtete uns ziemlich verwundert. Offenbar waren wir für Tagediebe oder Hungerlöhner zu gut gekleidet, und er fragte sich wohl, was zwei nicht übel situierte Bürger wie wir hier in der Einöde verloren hatten.

An unserem Aussehen nahm er nicht den geringsten Anstoß. Unsere Spezialisten hatten also annehmbare bis sehr gute Arbeit geleistet. Aufgrund unserer Maskierung wurden wir jedenfalls nicht auf den ersten Blick als Fremde entlarvt, und – der Hypnoschulung sei Dank! – auch an unserer Sprache schien er sich nicht zu stören. Wobei es auf den Hauptkontinenten Thanatons zahlreiche Dialekte gab und wir uns auch als Zugereiste ausgeben konnten. Soweit hatten die Daten der IMASO sich also als zuverlässig erwiesen.

Hauptsächlich Terry Ulcarachs Datenmaterial. Der Agent hatte regelmäßig Berichte geschickt, die sich über das, was uns nun hauptsächlich interessierte, zwar ausschwiegen, ansonsten aber eine Fülle an Details über einzelne Aspekte des Lebens auf diesem Planeten boten.

Ich zog eine der Münzen aus der Tasche, die die Technische Abteilung der IMASO nach Ulcarachs Bildmaterial angefertigt hatte, und reichte sie dem Fahrer. Er warf einen kurzen Blick darauf, öffnete umständlich mit einer Hand einen Beutel, der neben ihm auf dem Sitz gelegen hatte, und kramte darin herum, während er mit der anderen Hand den Wagen auf Kurs hielt. Er streckte den linken Arm aus dem Fenster und gab mir ein paar kleinere Münzen zurück. »Ihr könnt aufspringen. Klopft, wenn ihr sitzt.«

Ich rief ihm einen Dank zu, lief langsamer und ließ mich zurückfallen, bis das Heck des schweren Wagens an mir vorbeizog. Einer der lemurischen Ureinwohner, die auf der Ladefläche saßen, stand auf, hielt sich mit einer Hand am Geländer fest und stieß mit der anderen eine rostige Trittleiter hinab.

Ich ergriff sie, setzte einen Fuß auf die unterste Sprosse und schwang mich hinauf. Dann drehte ich mich um und wollte Santjun die Hand reichen, doch er war mir schon ohne Hilfe auf den Wagen gefolgt. Genau wie ich atmete er nicht einmal schwer. Die Zeit in der Gewalt Unbekannter und später in der Obhut Tipa Riordans schien ihm zumindest körperlich nicht geschadet zu haben. Es beruhigte mich, dass er völlig fit war.

Etwa fünfzig Lemurerabkömmlinge saßen auf Bänken rechts und links am Geländer der Ladefläche. Der Raum zwischen ihnen war restlos gefüllt mit Gepäckstücken, lebenden und toten Tieren unterschiedlichster Größe und Form und seltsamen Geräten und Apparaten, deren Zweck und Wirkungsweise mir noch verborgen blieb. Ein Stück Geflügel, das verblüffende Ähnlichkeit mit einer terranischen Ente hatte, aber fahlblau wie eine unverschmutzte Wasseroberfläche gefiedert war, lief mir gackernd zwischen den Beinen umher, und fast wäre ich über ein halbes totes Tier gestolpert, das ein wenig an einen Bären erinnerte, aber nur so groß wie ein Ferkel war. Es war einmal in große Eissplitter eingepackt gewesen, die mittlerweile aber fast gänzlich aufgetaut waren. Eine große Lache aus mit Wasser verdünntem Blut hatte sich um den Kadaver gebildet, und der Gestank, der von dem Vieh ausging, hätte jeden meiner adligen Artgenossen sofort veranlasst, vom Bus zu springen und zu Fuß durch die Wildnis zu wandern.

Oder das noch nicht zubereitete Lebensmittel mitsamt dem Besitzer vom Wagen zu werfen.

Die Lemurerabkömmlinge auf den Bänken rückten noch etwas enger, auch wenn ich das auf den ersten Blick für unmöglich gehalten hätte, und schufen so Platz für Santjun und mich. Noch während wir uns einander gegenübersetzten, verschärfte der Fahrer das Tempo wieder. Trotzdem hämmerte ich mit dem rechten Fuß zweimal auf die Ladefläche.

Santjun sah mich fragend an.

»Der Fahrer hat gesagt, wir sollen klopfen, wenn wir sitzen.«

Santjun grinste. »Und Sie meinen, er hat das gehört?«

»Jedenfalls haben wir nicht gegen die Beförderungsvorschriften verstoßen.«

Unauffällig musterte ich die Mitreisenden. Einige wenige wirkten ziemlich abgerissen, die meisten waren einfach, aber sauber und ordentlich gekleidet, und nur ganz wenige scheuten sich nicht, ihren Reichtum zur Schau zu stellen: kleine Schmuckstücke aus dem silbrigen Metall, das unsere Aufmerksamkeit erregt hatte. Teilweise waren die Wohlhabenden unter den Einheimischen damit regelrecht überhäuft. Ringe an den Fingen, Armreifen, Halsketten, mitunter in doppelter oder dreifacher Ausfertigung.

Ich wandte mich an meinen Nachbarn auf der Bank, der einem gesunden Mittelstand anzugehören schien: gepflegte Kleidung, einiges an Schmuck, aber nur zwei, drei Silberstücke. Mir war aufgefallen, dass fast alle Passagiere dieses Dampfbusses Zierrat trugen, vor allem die Männer, während die wenigen Frauen in dieser Hinsicht eher benachteiligt zu sein schienen.

»Ein sehr schönes Stück«, plapperte ich drauflos und deutete auf eine breite Halskette, die der Mann trug. Dabei achtete ich darauf, dass meine Hand ihm nicht zu nahe kam. Mir waren gewisse Eigenarten der Lemurer durchaus bekannt, und ich musste schnell herausfinden, ob und wie ihre Nachkommen auf Thanaton sie beibehalten hatten. »Wir fahren nach Tar'Haar, um ähnliche Stücke zu erwerben. Sie sollen dort günstiger als anderswo erhältlich sein.«

»Sicher eine gute Entscheidung«, antwortete der Mann zurückhaltend, »aber es gibt Ansiedlungen am Silberberg, wo sie noch preiswerter sind.« Er lachte. »Wen wundert das?«

Ich lachte ebenfalls. »Selbstverständlich. Aber der Silberberg ist weit, und die Fahrt nicht billig.«

»Ja, mindestens drei Tage mit dem Schnellboot.« Er nickte und beugte sich vor, um die Schnüre um die Gepäckstücke vor ihm zu überprüfen und gegebenenfalls strammzuziehen, obwohl sie sehr fest gespannt waren. Für ihn war das Gespräch offensichtlich beendet.

Auch wenn er es wahrscheinlich gar nicht ahnte, er konnte nicht verheimlichen, von welchen Vorfahren er abstammte. Seine Haut war, wie im Lehrbuch, samtbraun, das Haar dunkel. Ansonsten konnte ich keine körperlichen Unterschiede zu den Terranern dieser Zeit feststellen. Scharfe Nasen, schmale Lippen und eng stehende Augen fand man auch bei ihnen.

»Gibt es hier im Bus jemanden, der diesen Schmuck verkauft?«, fragte ich, obwohl die Schnüre sein Interesse vollständig zu vereinnahmen schienen. Gleichzeitig verlagerte ich mein Gewicht von der einen Seite auf die andere. Ich spürte jedes Schlagloch, das der Fahrer übersehen hatte, bis ins Mark.

»Es wäre nicht klug, schon hier zu kaufen«, antwortete der Mann schließlich. »Ganz vorn, am Fahrerhaus, bietet jemand Schmuck an, doch seine Preise sind nicht annehmbar.« Offensichtlich hatte er Mitleid mit einem Landei, das seine

Ungeduld nicht bezähmen konnte und gewaltig übers Ohr gehauen werden würde.

»Vielen Dank für den Hinweis.« Ich stand auf und bedeutete Santjun mit einer unauffälligen Handbewegung, sitzenzubleiben und weiterhin Konversation zu betreiben. Er unterhielt sich angeregt mit einer jungen, hübschen Frau zwei Plätze weiter, über den Kopf einer doppelt so alten und schweren Frau hinweg, die das Gespräch mit deutlichem Missfallen verfolgte, aber nichts sagte. Das Haar der jungen Frau war rotbraun, das der alten pechschwarz. Die beiden sahen sich nicht im Geringsten ähnlich. Es waren wohl kaum Mutter und Tochter, doch wahrscheinlich gehörten sie einer *Familie* an, wobei die Lemurer eine andere Auffassung von diesem Begriff gehabt hatten als die heutigen Terraner. Ich entzog mich dem Extrasinn, bevor er mich ausführlich belehren konnte, wie die Thanatoner das Wort Familie interpretierten. In dieser Hinsicht genügte mir mein fotografisches Gedächtnis.

Ich stieg über weitere teils noch lebende, teils tote Nahrungsmittel, wich greifenden Händen und schlagenden Fäusten aus, die verhindern wollten, dass ich dem Eigentum ihrer Besitzer zu nahe kam und es vielleicht beschädigte, murmelte Entschuldigungen und ignorierte Flüche. Schließlich war die Fahrerkabine keine fünf Schritte mehr von mir entfernt. »Silberschmuck?«, fragte ich. »Silberschmuck?«

Der Lemurerabkömmling, der direkt am Fahrerhaus saß, schaute auf. »Ich habe etwas anzubieten.« Er machte eine herrische Handbewegung, und die Lemurer auf seiner Bank rückten noch enger zusammen und schufen einen schmalen Sitzplatz für mich.

Ich zwängte mich zwischen den Händler und eine Frau mittleren Alters, die so innig ein Paket auf ihrem Schoß umfasste, als enthielte es ihren Lebensmittelvorrat für die nächsten drei Jahre.

»Ich interessiere mich nur für Ware erster Güte«, sagte ich.

Der Mann lachte. Er trug sichtbar ein halbes Dutzend Schmuckstücke, die man wohl als erstklassig bezeichnen musste, war feist, fast dick, und hatte über seine Hosen und das Hemd eine ärmellose Robe aus einem brokatähnlichen, purpurnen Stoff geworfen. Sie sah sehr teuer aus. Offensichtlich setzte man auf dieser Welt Wohlgenährtheit mit Reichtum gleich. »Sind Sie ...« Ich hielt inne. Diese grammatikalische Form war auf Thanaton der absoluten Oberschicht vorbehalten. Auf diesem Planeten *duzte* man sich. »Bist du ein Silberherr?«

Der Mann lachte. »Das ist zuviel der Ehre. Aber ich habe gute Ware.«

»Ich bin nur an erstklassiger interessiert.«

»Solche Kunden sind mir die liebsten.« Er zog einen Lederbeutel aus der Robe und öffnete die Verschließschnüre langsam und umständlich. Schließlich holte er einen schmalen Ring hervor und hielt ihn mir hin.

Ich streckte die Hand aus, und er legte den Ring behutsam auf meine Handfläche.

Ich hustete, sah mich unauffällig um. Auf der Bank gegenüber sah ein hagerer Mann mit stierem Blick zu uns herüber, und auf der unseren beugte sich zwei Plätze weiter ein anderer vor.

Seine Helfershelfer oder Leibwächter.

Ich bedankte mich stumm beim Extrasinn, setzte die Brille auf und betrachtete das Schmuckstück. Sollte der Händler mich ruhig für sehbehindert halten; hätte er gewusst, welche Möglichkeiten dieser Ausrüstungsgegenstand bot, hätte er wahrscheinlich seinen gesamten Bestand dagegen eingetauscht.

Der Ring war echt. Seine Moleküle wiesen eine gitterförmige Struktur auf, und darin eingelagert waren ultraschwere Atome mit einem durchschnittlichen Atomgewicht von über 1000.

Er war quasi lebendig.

»Sehr schönes Material«, sagte ich fachmännisch. »Was soll es kosten?«

Er nannte einen Preis, der mir den Atem verschlug – 6000 Thanos. Dafür hätte eine ganze Familie ein Jahr lang in einer Herberge in Tar'Haar wohnen können, bei regelmäßiger Zimmerreinigung und vier Mahlzeiten pro Tag für alle. »Wir erreichen in« – ich überlegte kurz – »einer halben Stunde Tar'Haar. Dort bieten die Silberherren solche Ware für den halben Preis an. Ach, was sage ich, für ein Drittel!« Ich gab ihm den Ring zurück. Die Leibwächter entspannten sich etwas.

»Wenn du meinst, Herr.« Er zuckte die Achseln »Diese Schmuckstücke sind in letzter Zeit knapp geworden. Die Nachfrage ist größer als das Angebot.«

»Davon werde ich mich in Tar'Haar überzeugen.« Ich nickte ihm zu, stand auf und wandte mich ab.

Er nannte einen neuen Preis, gab mir zwanzig Prozent Nachlass.

Ich lachte.

»In Tar'Haar sind die Mitglieder der obersten Ränge der Silberherren nur selten anzutreffen. Du musst sie im Osten suchen, im großen Gebirgszug, wo sie uneingeschränkt herrschen. Aber du kommst aus dem Osten und fährst gen Westen.«

»Danke für den Hinweis«, sagte ich.

»Was willst du von den Silberherren?«, sagte er. »Unter ihnen hat sich in den letzten Dekaden ein elitärer Kreis ausgebildet, über den kaum etwas bekannt ist. Seitdem leidet ihr jahrhundertealtes Ansehen als weitsichtige Herrscher beträchtlich. Sie haben nichts mehr anzubieten.« Er sagte es lapidar, doch ich hatte den Eindruck, dass er auf eine bestimmte Antwort wartete.

»Genug für meine Zwecke.« Ich nannte einen neuen Preis – ein Drittel dessen, was er zunächst verlangt hatte.

Er schlug die Hälfte der ursprünglichen Summe vor.

Ich wiederholte mein Angebot. »Aber für diesen Stückpreis«, fügte ich hinzu, »nehme ich dir mehrere Exemplare ab.«

Der Händler zog überrascht die Brauen hoch. Ich konnte förmlich sehen, wie es hinter seiner Stirn arbeitete. Wahrscheinlich handelte es sich bei den Stücken, die er noch bei sich trug, um jene, die er bei seiner Handelsreise nicht hatte verkaufen können, und ebenso wahrscheinlich war er unterwegs nach Tar'Haar, um sich dort neue Ware zu besorgen. Wenn er die Altbestände doch noch absetzen konnte, würde sich sein Spielraum für Neuerwerbungen beträchtlich vergrößern. »An wie viele dachtest du, Herr?«

»Wie viele hast du denn anzubieten?«

»Ein halbes Dutzend ...«

»Wenn die Ware in Ordnung ist, nehme ich sie alle.«

Er versuchte, sich nichts anmerken zu lassen, schaute aber flüchtig zu den beiden Männern hinüber, die für seine Sicherheit sorgten, und gab ihnen, da hatte ich keine Zweifel, irgendein Zeichen. »Und du trägst so viel Geld mit dir herum, Herr?«

Ich lächelte. »Auch ich bin nicht allein auf diesem Wagen«, erwiderte ich.

Der Händler verscheuchte die beiden Lemurerabkömmlinge auf der Bank neben mir, sodass wir etwas mehr Platz hatten, und holte einen Lederbeutel unter seinem Hemd hervor. Er forderte das erste Schmuckstück zurück und gab mir ein anderes.

Ich setzte die Brille wieder auf und unterzog es offensichtlich einer visuellen Prüfung, während in Wirklichkeit die Instrumente und die Mikropositronik des Geräts die Arbeit übernahmen.

Alle Stücke bis auf einen schlichten Ring waren in Ordnung. Die Molekülstruktur des Rings war zwar ebenfalls gitterförmig, doch die überschweren Atome fehlten. Ich gab ihn dem Händler zurück. »Das nicht. Die anderen fünf nehme ich.«

Meine Menschenkenntnis reichte aus, um zu erkennen, dass seine Überraschung erneut echt war. Oder er war ein so abgebrühter Betrüger, wie ich in über zehntausend Jahren nur einem oder zweien begegnet war. Wahrscheinlich wusste er selbst nicht, dass der Ring anders war. »Warum?«, fragte er. »Was ist damit?«

»Er gefällt mir nicht.«

»Manchmal, ganz selten, kommt es vor, dass ein Silberschmuck seine Kraft nicht entfaltet. Aber das erfährt der Träger in der Regel erst nach Jahren ... am eigenen Leib, sozusagen, oder eben auch nicht ...«

»Leg nichts in meine Worte, das ich nicht gesagt habe«, betonte ich mit einem leicht drohenden Klang.

»Du missverstehst mich. Nicht einmal die Silberherren leisten Garantie oder nehmen solch eine Ware wieder zurück ... Weshalb willst du diesen Ring nicht ...«

Ich hob eine Hand, und er verstummte. »Er gefällt mir nicht. Einen anderen Grund gibt es nicht.« Ich konnte nur hoffen, meinen Fehler damit wettgemacht zu haben. Wenn der Händler mich nicht betrügen wollte, war er zumindest versessen darauf herauszufinden, wie es mir gelang, fehlerhafte Stücke zu identifizieren. Die Kenntnis darüber würde ihm einen gewaltigen Wettbewerbsvorteil verschaffen.

»Man wählt solchen Schmuck nicht danach aus, ob er einem gefällt oder nicht ...«

»Wenn man die nötigen Mittel hat, zwischen verschiedenen Stücken zu wählen, schon.«

»Ja, natürlich.« Er wollte das Geschäft nicht gefährden, gab sich vordergründig mit meiner Antwort zufrieden.

»Ich gehe jetzt zu meinem Partner und hole das Geld.« Ich nannte noch einmal die vereinbarte Summe. »Wenn du möchtest, kann einer deiner Aufpasser mich begleiten.«

»Das wird nicht nötig sein. Wir sind doch Männer von Ehre.« Er ließ den Blick über die Ebene schweifen. *Wohin willst du schon davonlaufen?,* hieß das.

Ich stand auf, ging ein paar Schritte und winkte Santjun herbei. Während sein breiter Körper mich vor allzu neugierigen Blicken verbarg, fischte ich einen der Geldbeutel aus einem Versteck an meinem Körper. Er enthielt etwa ein Drittel unserer Barschaft und etwas mehr als die vereinbarte Summe. Ich instruierte den Agenten kurz und kehrte mit ihm zu dem Händler zurück.

»Du erlaubst, Herr?« Der Kaufmann stand auf und hob beide Hände. Ich tat es ihm gleich, und wir legten die Handflächen aufeinander. Damit machten wir uns formell miteinander bekannt. »Atog'Mar.«

»Gon'Zal«, stellte ich mich vor.

Der Händler nickte ernst. »Wir sind nun vertraute Geschäftspartner und Männer von Ehre sowieso, doch bitte überprüfe die Schmuckstücke noch einmal.«

»Der Gedanke, dass du sie während meiner kurzen Abwesenheit ausgetauscht haben könntest, liegt mir fern.« Ich öffnete den Beutel, postierte mich so, dass niemand außer ihm sehen konnte, was ich tat, entnahm der Börse fünf Münzen und gab ihm den Rest. »Bitte überprüfe du die vereinbarte Bezahlung.«

»Der Gedanke, dass du mir Falschgeld andrehen könntest, liegt mir fern. Aber wahren wir die Sorgfaltspflicht, die meine Kaste empfiehlt.«

Ich war mit dem Begriff natürlich vertraut. Die Kasteneinteilung auf Thanaton machte einen verhältnismäßig durchlässigen Eindruck. Sie unterschied generell Arbeiter, Bürger und Adel, war aber in der Praxis etwas differenzierter und umfasste auch das Handwerk und andere Berufe. Der deutlichste soziale Gegensatz lag zwischen den Städtern und den Landleuten.

Ich überprüfte den Schmuck; er war identisch mit dem, den Atog'Mar mir präsentiert hatte. Was die zehn Münzen betraf, machte ich mir keine Sorgen. Es handelte sich um perfekte Fälschungen, die bis ins letzte Milligramm Material dem Original entsprachen. So gesehen betrog ich den Händler keineswegs, sondern trug nur ein wenig zur Inflation auf Thanaton bei.

Wir verstauten unsere neuen Besitztümer.

»Wir werden Tar'Haar bald erreichen. Vielleicht können wir uns bis dahin ein wenig ... austauschen?« Er deutete auf den noch freien Sitzplatz neben sich.

»Gern«, sagte ich, ehrlich froh, dem elenden Gedränge auf der Ladefläche auf diese Weise zu entgehen. »Du bist also kein Silberherr?«

Ich wiederholte die Frage nicht ohne Grund. Ulcarachs Berichten hatte ich entnommen, dass die Silberherren seit Jahrhunderten die herrschende Kaste auf Thanaton waren und in einer sehr steilen Hierarchie alle wichtigen Positionen kontrollierten. Dem Agenten zufolge gab es in einer Stadt wie Tar'Haar etwa zwanzig bis dreißig von ihnen in Schlüsselpositionen, was etwa 0,1 Prozent der Bevölkerung entsprach. Sie bestimmten durch interne Wahlen untereinander die ›Regierungschefs‹ der vier Kontinente, die Richter, Offiziere und Anführer der Zunftorganisationen. In die Kaste der Silberherren konnte man durch Geburt oder die Verleihung einer Art Prädikat gelangen.

Und die Silberherren betätigten sich sehr häufig als Händler – wie Atog'Mar.

Und wenn er einer ist und es verheimlichen will, wird er es dir wohl kaum auf die Nase binden, stellte der Extrasinn klar.

Mein neuer Bekannter schüttelte den Kopf. »Ich würde gern in ihre Kaste aufsteigen, Herr, und vielleicht könnte ich das, wenn ich wüsste, wie man fehlerhaften Silberschmuck aufspürt ...«

Ich verbarg ein Lächeln. Daher wehte der Wind also. Ich hätte es mir denken können. »Der Preis des Schmucks ist in letzter Zeit stark gestiegen, nicht wahr?«

Atog'Mar nickte traurig. »Das ist schlecht fürs Geschäft. Nur Reiche können sich den Schmuck heutzutage noch in größeren Mengen leisten. Allerdings ist der Bedarf ungebrochen. Er dient zur Kennzeichnung der in Städten lebenden Kasten.« Sein Gesicht hellte sich wieder auf. »Das ist ein gewisser Trost für mich. Bei allem Mitgefühl für die Armen, selbstverständlich.«

»Selbstverständlich.« Ich schwieg kurz. »Wenn Preise steigen, ist es oft zu einer Verknappung der Ware gekommen«, sagte ich dann.

Er musterte mich forschend. »Allerdings. In letzter Zeit trat eine Verknappung ein.«

»Weshalb?«, fragte ich geradeheraus. »Flussschiffe liefern das Silbermetall der Schmuckstücke doch als Rohstoff zur weiteren Verarbeitung aus dem großen Gebirgszug an.« Das galt als allgemein bekannt in Tar'Haar; sogar Ulcarach hatte es in seinen Berichten erwähnt, wenn auch nicht explizit. »Was ist im Gebirge geschehen? Hat es ein Unglück gegeben, oder sind die Minen erschöpft?«

Atog'Mars Blick wurde noch nachdenklicher. »Das wissen nur die Silberherren.«

»Und was geschieht mit dem Material?«

Der Händler zögerte. Einerseits wollte er es sich nicht mit einem potenziellen Kunden verderben, andererseits schien dieses Thema ihm unangenehm zu sein. Er rang sichtlich mit sich. »Es wird zur weiteren Verarbeitung an einen anderen Ort gebracht.«

»Wohin?«

»Das weiß niemand. An einen unbekannten Ort, der von den Silberherren beherrscht und streng geschützt wird, heißt es.«

»Und dort wird daraus Schmuck produziert, der dann auf allen Kontinenten zum Verkauf angeboten wird«, sagte ich eher zu mir selbst.

»In kleinen Mengen«, bestätigte der Händler. »Wie seit Jahrhunderten.« Er war das Geplänkel leid und ging in die Offensive. »Was nun dieses eine Schmuckstück betrifft, das ... nicht deinen Gefallen gefunden hat ...«

Ich hatte es geahnt. Er hatte all meine Fragen nur beantwortet, um irgendwann unauffällig das Gespräch darauf zu lenken. Meine Neugier hatte ihm jedoch keine Gelegenheit dazu geboten, und nun war seine Geduld erschöpft.

Ich lauschte zwar weiterhin aufmerksam, ließ den Blick jedoch über die Ebene gleiten. Von den vereinzelt stehenden Bäumen hatte ich seit geraumer Weile keine mehr ausgemacht; die Straße führte nun durch weite Felder und Haine mit einheimischen Getreide- und Obstsorten, die sich mit Wiesen und Weiden abwechselten, auf denen Nutzvieh und andere Tiere grasten. Vielleicht wäre es ganz interessant gewesen, einmal feststellen zu lassen, ob die Lemurer seinerzeit lebende Exemplare oder Genmaterial von der Erde mit nach Thanaton gebracht hatten oder ob die Evolution hier parallele Wege beschritten hatte, denn gewisse Übereinstimmungen waren unübersehbar, auch wenn auf dieser Welt alles zwei Nummern größer als auf der Erde war: Rinder erinnerten an überdimensionierte, zottige Wisente mit eckigen, wuchtigen Schädeln, massigen Körpern und Säulenbeinen, und die Reit- und Lasttiere, die ich auf den Weiden sah, hatten eher Ähnlichkeit mit schwerfälligen Ochsen denn mit eleganten Pferden.

Die Häuser standen nun viel dichter, und immer öfter zweigten Straßen und Wege von der breiten Fahrbahn ab, über die sich die Kolonne der dampfbetriebenen Fahrzeuge kämpfte. Auch die Luft roch nun noch strenger und schärfer. Wir hatten die Ausläufer der Hafenstadt erreicht, und unser Ziel war nur noch wenige Minuten entfernt.

»Ich habe dir alles dazu gesagt, was ich dir sagen kann«, antwortete ich freundlich, aber bestimmt. »Vielleicht bin ich einer der wenigen Männer auf Palim'Sha, die Wert auf ihr Äußeres legen und sogar noch so etwas wie Geschmack haben.«

»Wie du meinst.« Atog'Mar nickte und wandte sich brüsk ab; das Gespräch war für ihn beendet. Ich stellte fest, dass er leicht zitterte. Vor Zorn, weil ich mich geweigert hatte, ihm Auskunft zu erteilen? In diesem Augenblick kam er mir gar nicht mehr vor wie der nette Händler, als der er sich bislang präsentiert hatte.

Ich erhob mich. »Vielleicht sehen wir uns wieder«, sagte ich. »Es würde mich freuen, mit dir noch einmal Geschäfte machen zu können.«

Er sah zu mir hoch, hatte sich wieder in der Gewalt. Sein Blick war undeutbar, nicht freundlich, nicht drohend, einfach nur gewollt desinteressiert. »Niemand weiß, was der Silberne Götze für uns vorgesehen hat.«

Ich konnte mich täuschen, aber sonderlich herzlich klang das nicht.

Ich sprang von der Ladefläche, wich einem Einheimischen aus, der sich rücksichtslos an mir vorbeidrängte, um einen Käfig mit lebendem Geflügel entgegenzunehmen, den ein anderer ihm von dem Dampfbus hinabreichte, und prallte dabei gegen einen anderen, der gerade einen schweren Kasten auf ein wackliges Brettergestell mit vier Rädern und einer Zugstange hievte.

Tar'Haar wimmelte vor Leben, war eine farbenprächtige, enge und völlig verbaute Stadt, in der man leicht die Übersicht verlieren konnte – wenn man nicht über ein fotografisches Gedächtnis verfügte und schon zahlreiche Aufnahmen aus dem Orbit gesehen hatte.

Die weite Ebene, über die wir mit dem Bus gefahren waren, bot genügend Platz für eine weitere Ausdehnung der Stadt, sodass in den Randbezirken in die Breite und nicht in die Höhe gebaut wurde. Ein- und zweistöckige Gebäude bestimmten dort das Bild, und die meisten waren sogar von kleinen Gärten oder Feldern umgeben. Das hatte sich allmählich geändert, je tiefer wir in den Stadtkern vorgestoßen waren, das alte Zentrum, das an der Spitze einer gewaltigen Bucht lag. Dort ergoss sich der Arch'Toar ins Meer, dort hatten die Vorfahren der heutigen Bewohner den ersten Hafen errichtet, der im Lauf der Jahrtausende immer wieder erweitert worden war. Dort wurden Geschäfte abgewickelt und Waren umgeschlagen, dort gab es Arbeit.

Dort wollte jeder wohnen, um möglichst nah am Geschehen zu sein, und es herrschte bedrückende Enge. Die Straßen, die in den Außenbezirken noch breit und gerade verlaufen waren, zogen sich nun eng und gewunden zwischen Häusern einher, die im Lauf der Jahrzehnte oder Jahrhunderte ständig erneuert und höher gebaut worden waren. Dort ballten sich Geschäfte, Fabriken, Fertigungsanlagen und Wohnsilos auf engstem Raum zu einem bunten, hektischen Flickenteppich.

Die Kolonne der dampfbetriebenen Fahrzeuge hatte einen verhältnismäßig geräumigen Platz am Rand dieser Altstadt angefahren, doch er hätte noch fünfmal größer sein können und den Massen der Lemurernachfahren noch immer nicht genug Raum geboten. Hunderte von Verwandten, Geschäftspartnern oder Freunden erwarteten die Passagiere und deren Waren, und jeder von ihnen versuchte, als Erster bei den Neuankömmlingen zu sein.

Santjun gelang es endlich, von der Ladefläche des Wagens zu springen, ohne dabei das Risiko einzugehen, von jemandem zur Seite gestoßen zu werden, zu stürzen und totgetrampelt zu werden, und kämpfte sich zu mir durch. Wir bahnten uns einen Weg durch die Menge, was durch den Umstand erschwert wurde, dass es keine eindeutigen Bewegungsströme gab, in die wir uns einreihen konnten. Die einen versuchten, zu den Fahrzeugen zu gelangen, die anderen, von ihnen wegzukommen, wobei Letztere deutlich in der Minderzahl waren.

Ich passte auf wie ein Schießhund. Solch ein chaotisches Gedränge war das ideale Betätigungsfeld für Taschendiebe. Doch entweder waren die Thanatoner ein ehrliches Völkchen, oder sie hatten eine harte Gesetzgebung zu fürchten gelernt.

Endlich gelang es uns, den Rand des Platzes zu erreichen und uns in eine der zahlreichen schmalen Straßen durchzuschlagen, die fast sternförmig in ihn mündeten. Hier war das Gedränge noch immer beachtlich, aber nicht zu vergleichen mit dem, was wir gerade erlebt hatten.

Ich blieb stehen und schöpfte Atem. Santjun überprüfte unauffällig seine Ausrüstung, und ich tat es ihm gleich. Wir vermissten nichts. »Und nun, Sir?«, fragte der Agent. »Welches Vorgehen haben Sie geplant?«

»Routinemäßig. Wir suchen uns ein Quartier und sehen dann weiter. Und, Santjun ...«

»Sir?«

»Auf diesem Planeten duzen die Bewohner sich. Achten Sie bitte darauf, vor allem, wenn wir nicht allein sind.«

»Selbstverständlich, Gon'Zal.« Es kam ihm glatt und ohne das geringste Zögern über die Lippen. »Wenn wir in Gesellschaft sind. Und nur bis zum Ende des Einsatzes.«

»Das versteht sich von selbst.« Wir entfernten uns von dem Platz, wählten eine Straße, die an der Grenze des alten Stadtzentrums entlang führte. Auch hier herrschte noch reger Betrieb. Lemurerabkömmlinge jeden Alters strebten ihren Zielen entgegen.

»Sie haben eine erschreckend hohe Summe für die fünf Silberschmuckstücke bezahlt«, stellte Santjun sachlich fest.

»Unsere Mittel sind noch längst nicht erschöpft.« Aber darauf hatte er nicht anspielen wollen. »Ich habe sie erworben, um unsere Tarnung zu verbessern. Wirklich jeder auf dieser Welt trägt solchen Schmuck. Ohne einige Stücke am Leib würden wir auffallen.« Es war uns nicht gelungen, das Material zu duplizieren. Wir hätten äußerlich ähnliche Stücke herstellen können, aber das war mir zu riskant gewesen. Vielleicht *erfühlten* die Thanatoner den Schmuck ja und hätten die Duplikate sofort als Fälschungen entlarvt. »Außerdem können wir mit diesen Stücken an Bord der IMASO weitere Untersuchungen durchführen. Mich wundert nur, dass diese Schmuckstücke in den Berichten der USO-Agenten niemals Erwähnung gefunden haben. Allenfalls sehr beiläufig.«

»Drehen Sie sich nicht um, Sir, aber wir werden verfolgt.«

»Ich weiß«, entgegnete ich. Es war mir auch schon aufgefallen. Unser Schatten war nicht besonders gut in dieser Kunst. Statt immer einige Passanten als Puffer zwischen uns und sich zu lassen, hielt er sich dicht hinter uns und verfiel immer wieder in hektische Laufschritte, wenn wir die Richtung änderten oder jemandem ausweichen mussten. Er verhielt sich nicht so unauffällig wie möglich, sondern war ein steter Unruheherd, der früher oder später Aufsehen erregen musste. Wahrscheinlich übte er diese Tätigkeit nicht regelmäßig aus, sondern hatte als Notbehelf dienen müssen, weil er zufällig zur Verfügung gestanden hatte.

Es war einer der beiden Männer, die auf dem Dampfbus für die Sicherheit des Händlers Atog'Mar gesorgt hatten.

»Und nun, Lordadmiral?«

»Wir zeigen ihm, wo er uns finden kann.« Wir waren schon an einigen Herbergen vorbeigekommen, von denen manche von außen einen recht passablen Eindruck gemacht hatten. Nach ein paar hundert Metern sah ich schon die nächste, eine der besseren.

Wir gingen hinein.

Der Empfangsraum war schmucklos, aber sauber. Hinter einem schmalen Tresen saß ein alter Thanatoner, dessen Haar schon längst ergraut war. Nur mäßig interessiert sah er zu uns herüber.

Trotzdem grüßte ich höflich. »Wir suchen eine Unterkunft.«

»Im Gemeinschaftsraum zehn Thanos pro Mann und Tag.«

»Wir sind geschäftlich hier und legen Wert darauf, bei Besprechungen ungestört zu bleiben.«

Die Miene des Alten hellte sich etwas auf. »Ich habe ein schönes, ruhiges Zimmer nach hinten heraus frei. Groß genug für euch beide.«

»Wie teuer?«

Er musterte uns nun aufmerksamer. »Einhundert Thanos pro Tag.«

»Das Zimmer, nicht pro Person?«

Er nickte.

Da ich gerade 10.000 Thanos für Schmuckstücke ausgegeben hatte, verspürte ich nicht den Drang, ausgiebig zu feilschen. »Einverstanden.«

Während er in ein Hinterzimmer ging, um den Schlüssel zu holen, sah ich mich um. Ein seltsamer Apparat an der Wand neben der Theke fiel mir auf, ein Kasten mit einem Lautsprecher, einem Drahtgeflecht, unter dem sich ein Mikrofon verbergen mochte, und zahlreichen Drähten mit Klemmen, die nun hinabbaumelten, aber in entsprechende Öffnungen in dem Kasten gesteckt werden konnten.

Natürlich! Ich hatte so etwas schon lange nicht mehr gesehen, aber das war ein *Telefon*, eins der modernen Kommunikationsmittel auf Thanaton. In den größeren Städten fanden sie immer weitere Verbreitung. Ich fühlte mich an die Erde in der Mitte des 19. Jahrhunderts erinnert.

Der Alte kam zurück und streckte die Hand aus. »Für fünf Tage im Voraus.«

Ich wollte zuerst widersprechen, überlegte es mir dann aber anders. Falls sich der Schatten bei dem Alten nach uns erkundigte, sollte er ruhig erfahren, dass wir entweder Tölpel vom Lande waren oder Leute, die mit dem Geld nur so um sich warfen. Es war ein Spiel auf Zeit; wir würden wohl kaum lange in Tar'Haar verweilen.

Wortlos zählte ich fünf Münzen ab, dann führte uns der Alte über eine schmale, steile Treppe in den ersten Stock und zeigte uns das Zimmer. Es war schlicht eingerichtet, nur mit dem nötigsten Mobiliar, aber ebenfalls sauber; wir würden es hier wohl kaum mit Kopfläusen oder noch unangenehmeren Plagegeistern zu tun bekommen.

Nachdem ich dem Mann noch eine Münze gegeben hatte, legte er den Schlüssel auf den Tisch und schlurfte davon.

Als ich auf das grobschlächtige Holzbett sah, spürte ich plötzlich eine zehrende Müdigkeit in den Knochen. An Bord der IMASO hatten wir nicht mehr geschlafen, sondern uns konzentriert auf den Einsatz vorbereitet. Zwar war es draußen noch hell, doch wir durften nicht unterschätzen, dass ein Tag auf Thanaton fast um ein Drittel länger war als an Bord unseres Schiffs, wo man sich nach der Erdzeit richtete. Eher früher als später würde die Umstellung uns gewaltig zu schaffen machen.

Santjun schien meine Gedanken zu erraten. »Verlockend, nicht wahr, Lordadmiral?«

»In der Tat.« Ich warf ihm zwei der silbernen Schmuckstücke zu, ein Armband und einen Ring. Geschickt fing er sie auf und streifte sie über.

»Aber die Arbeit kommt vor der Erholung.«

»Noch einmal: in der Tat.« Ich legte die drei anderen Stücke an, ebenfalls ein Armband und einen Ring, dazu noch eine Halskette.

Die USO-Geheimstation im Haus des Händlers Terry Ulcarach wartete darauf, dass wir sie in Augenschein nahmen.

Wir verteilten ein paar unwichtige Habseligkeiten im Zimmer und machten uns dann sofort auf den Weg.

Viel zu sehen bekamen wir allerdings nicht, weder von Ulcarachs Geschäft noch von der Station, die natürlich sowieso im Inneren des Gebäudes verborgen gewesen war. Am interessantesten waren noch die zahlreichen Restbrandherde, die in der allmählich einsetzenden Abenddämmerung ein schwaches, aber trotzdem unheilvoll anmutendes Glimmen von sich gaben. Sie leuchteten wie die letzten langsam erkaltenden Kohlen inmitten von Asche und ausgekühlter Schlacke.

Das Grundstück mit der abgebrannten Ruine war weder abgesperrt noch auf andere Weise gesichert. Zu plündern gab es hier nichts mehr, und die meisten Einheimischen gingen achtlos an dem Trümmerfeld vorbei. Niemand schenkte uns Beachtung, als wir vorsichtig über einen Schotterhaufen stiegen und uns dann umsahen. Die Dämmerung senkte sich rapide über Tar'Haar. Bald würden wir nichts mehr sehen können.

Nur die Grundmauern des Gebäudes standen noch, wenigstens zum Teil. Das Feuer, das hier gewütet hatte, hatte ganze Arbeit geleistet. Eine so umfassende, dass mir schon beim ersten Anblick eine ganz bestimmte Vermutung gekommen war.

Es konnte nicht natürlichen Ursprungs gewesen sein.

Ich setzte die Brille auf und aktivierte dann einige Geräte in meinem getarnten Allzweckarmband. Santjun hatte sich auch schon an die Arbeit gemacht. Er zeigte auf die hinteren Mauern. »Da besteht akute Einsturzgefahr. Wir sollten uns von diesem Bereich fernhalten.«

»Und einen halben Meter unter der Oberfläche befinden sich große Hohlräume. Wahrscheinlich die geheime Station«, fügte ich hinzu. »Warten wir, bis es völlig dunkel ist, dann sehen wir weiter.«

Unbemerkt verließen wir das Trümmergrundstück wieder, und ich führte Santjun zu einer der zahlreichen Garküchen, an denen wir auf unserem Weg vorbeigekommen waren. Der Agent ließ sich nichts anmerken, doch er war durchaus beeindruckt von den Fähigkeiten meines fotografischen Gedächtnisses. Das hatte ich schon bemerkt, als ich ihn von unserer Herberge zum USO-Stützpunkt geführt hatte.

Tar'Haar bestätigte auch am Abend die Eindrücke, die wir von der Stadt gewonnen hatten. Die Ansiedlung wimmelte vor Bewohnern, war *das* regionale Zentrum und barst aus allen Nähten. Auch auf Thanaton schien es zu einer Art Landflucht zu kommen, wie sie auf Planeten am Beginn einer industriellen Revolution fast zwangsläufig eintrat.

Wir aßen teuer, aber gut, einen Eintopf mit Gemüse und dem Fleisch des einheimischen Nutzviehs, und kehrten zu Ulcarachs abgebranntem Laden zurück. Verfolger konnten wir nicht ausmachen, wobei ich nicht nur nach Atog'Mars Leuten Ausschau hielt, sondern auch nach solchen, die sich vielleicht etwas geschickter anstellten. Nicht nur die USO hatte Agenten auf diesem Planeten stationiert. Aber auch die geheimen Stützpunkte anderer galaktischer Mächte würden klein und nur spärlich besetzt sein, und auf einer so rückständigen Welt bedingte allein das Gebot der Tarnung eine deutlich verlängerte Reaktionszeit. Die Annäherung der IMASO mochte vielleicht nicht unbemerkt geblieben sein, doch dass man unsere Landung punktgenau hatte verfolgen können, war mehr als fraglich.

Die mittlerweile hereingebrochene Dunkelheit bot einen ausreichenden Schutz. Wir orteten erneut, dann machte Santjun kurzen Prozess, aktivierte den Desintegrator und löste so viel Schutt und Erdreich auf, dass wir uns bequem in den Keller des abgebrannten Gebäudes hinunterlassen konnten.

Auch in diesen weitläufigen Räumen hatte jemand ganze Arbeit geleistet, und zwar mit einem Desintegrator. Nichts wies mehr darauf hin, dass es sich einmal um eine mit bester Hightech ausgestattete geheime Spionagezentrale gehandelt hatte. Übrig geblieben waren nur noch kahle Wände.

»Wenigstens sind Terry Ulcarach und Rion Parth sorgfältig vorgegangen«, stellte Santjun lapidar fest. »Sie haben sich an die Dienstanweisung für die Räumung eines Stützpunkts gehalten und keine USO-Ausrüstungsgegenstände oder Spuren ihrer Tätigkeit zurückgelassen.«

Soviel Sarkasmus hatte ich dem Agenten von Passa gar nicht zugetraut.

»Und damit steht auch fest, wer der Verräter in den Reihen der USO ist, von dem Tipa Riordan gesprochen hat.«

»Das Muster ist klar«, erwiderte ich ausweichend. »Jemand hat zuerst hier unten gründlich aufgeräumt, mit einem Desintegrator, um die strukturelle Integrität des Gebäudes nicht zu gefährden.«

»Keine Hitzeeinwirkung«, sagte Santjun nickend.

»Und dann hat er oben ein sehr heißes Feuer gelegt, um alle Spuren restlos zu verwischen.«

»Die Messergebnisse liefern Hinweise auf Brandbeschleuniger. Sie haben nichts dem Zufall überlassen.«

Ich zuckte die Achseln. »Suchen wir weiter, vielleicht finden wir ja noch ein paar Hinweise.«

Im Licht unserer Stablampen nahmen wir zusätzliche Ortungen vor. Santjun blieb schließlich vor einer Wand stehen. »Hier ist noch etwas, ein weiterer Hohlraum. Aber ich kann keine Tür entdecken. Diese Wand ist durchgehend.«

Meine Instrumente bestätigten seine Entdeckung. Ich schaltete den Desintegrator auf die schwächste Intensität und entfernte den primitiven Putz, obwohl meine Analysedaten die Angaben des Agenten bestätigten. Die Mauer war tatsächlich in einem Stück durchgezogen worden. Kurz entschlossen stellte ich die Waffe höher ein und löste einen Teil von ihr auf.

Dahinter befand sich ein weiterer kleiner Raum. Als wir mit den Lampen hinein leuchteten, sahen wir die Leiche.

»Er liegt schon länger hier«, stellte Santjun fest. »Vermutlich schon einige Monate.«

Wir hatten die Öffnung vergrößert und waren in den Nebenraum gekrochen, um den Leichnam genauer untersuchen zu können. Er bot keinen angenehmen Anblick, war aber überraschend gut erhalten, was ich auf den Sauerstoffmangel in dem Raum zurückführte. Nun zeigten sich wieder die Vorteile des fotografischen Gedächtnisses. Ich hatte Aufnahmen beider USO-Agenten auf Thanaton gesehen und konnte den Toten daher zweifelsfrei identifizieren. »Das ist Rion Parth.«

Santjun sah mich zweifelnd an. »Wie können Sie sich da so sicher sein, Sir?«

Ich wusste, was er meinte. Die Leiche war enthauptet, der Kopf entfernt worden. »Ich entnehme eine Gewebeprobe. Die können wir später untersuchen, um jeden Zweifel auszuschließen.«

»Zumindest ist die Todesursache klar. Er wurde mit einem Desintegrator getötet.«

»Davon können wir ausgehen.« Mit solch einer Waffe musste man niemanden komplett auflösen, um ihn zu töten, genauso wenig, wie man mit einem Thermostrahler eine Person komplett zu Asche verbrennen musste. Der desintegrierende Strahl hatte lediglich Rions Herzbereich getroffen; damit hatte der Rest des Körpers nicht die geringsten Chancen gehabt, den Angriff zu überleben.

»Also Ulcarach«, akzeptierte Santjun meine Behauptung. »Er hat seinen Partner umgebracht und hier eingemauert.

Wesentlich später hat er die Station niedergebrannt und ist verschwunden. Warum? Was ist hier passiert?«

»Für sein Verschwinden ist wahrscheinlich unser Hyperfunkspruch verantwortlich. Er hat sich ausgerechnet, dass wir ihm einen Besuch abstatten, und ist in Panik geraten.« War es also doch ein Fehler gewesen, mich vorab bei ihm zu melden?, fragte ich mich und nahm mit den Instrumenten der Brille und des Allzweckarmbands noch einige Untersuchungen vor. Ich konzentrierte mich auf den Verdauungsbereich und wurde schnell fündig. »Im Magen des Toten haben die Taster etwas gefunden, was dort nicht hingehört.«

»Sir?«

Ich zögerte, aber nur kurz. Eine ordentliche Bestattung konnten wir Rion Parth nicht zukommen lassen. Wir hatten Aufnahmen gemacht und Gewebe entnommen; uns würde nur übrig bleiben, seine sterblichen Überreste mit dem Desintegrator aufzulösen. »Es wird jetzt etwas unangenehm«, sagte ich und fing mit der Bauchdecke an. »Danken wir meiner langen Lebenserfahrung«, murmelte ich, um mich ein wenig von dem abzulenken, was getan werden musste.

Während meiner Zeit unter den Barbaren von Larsaf III war ich mehrmals in die Zwangslage geraten, meinen Zellaktivator verbergen zu müssen, damit man ihn mir nicht abnahm. In höchster Not hatte ich ihn manchmal sogar verschlucken müssen. Einige Narben an meinem Bauch zeugten noch von den Operationen, mit denen man ihn wieder herausgeholt hatte. Um mein Überleben zu sichern, hatte ich manchem Feldscher genaue Anweisungen gegeben, wie er vorzugehen hatte.

Im Magen des Agenten befand sich ein Datenträger, ein kleiner Kristall, der mit jedem gängigen Abspielgerät und sogar den Instrumenten in meiner Brille ausgelesen werden konnte. Ich hüllte ihn in ein Tuch und steckte ihn ein. »Mal sehen, was er uns verrät.« Anschließend desintegrierte ich die Leiche vollständig.

»Und nun ist Ulcarach auf der Flucht?«, fragte Santjun, als wir wieder aus dem Nebenraum krochen.

»Davon müssen wir ausgehen. Und auch davon, dass er seine Spuren wahrscheinlich gekonnt verwischt hat.« Schließlich war er ja in den Genuss einer hervorragenden Ausbildung gekommen, und seine Panik würde nach einer Weile professioneller Besonnenheit weichen.

Santjun schlug nicht vor, ihm Hals über Kopf nachzujagen. Auch seine Ausbildung war von höchster Qualität.

»Wir kehren in unsere Herberge zurück«, entschied ich, »schlafen, sehen uns den Datenträger an und überlegen uns dann in Ruhe die nächsten Schritte.«

Als wir das Gasthaus erreichten, entdeckte ich auf Anhieb einen Beschatter. Es war nicht der, der dort zurückgeblieben war, als wir es verlassen hatten, sondern ein anderer, unbekannter Thanatoner, der vier Gebäude weiter in einem Hauseingang herumlungerte und sich in die Schatten drückte, als er uns kommen sah.

Nach kurzer Beratung mit dem Extrasinn entschloss ich mich, ihn zu ignorieren. Wer auch immer uns beobachten ließ, er legte es im Augenblick nur darauf an, über unsere Schritte informiert zu bleiben. Dennoch aktivierte ich, bevor wir uns schlafen legten, einige Geräte aus unserem getarnten Ausrüstungsfundus, die sicherstellten, dass niemand unbemerkt in unser Zimmer eindringen konnte.

Rion Parths Datenträger bot einen Einblick in die Abgründe der menschlichen Seele, die sich in den letzten zehntausend Jahren nicht großartig verändert zu haben schien.

Der USO-Agent hatte sich verliebt. In eine Einheimische. So etwas kollidierte zwar mit den Dienstvorschriften, passierte aber. Er hatte das Verhältnis schließlich legalisiert, zuerst innerhalb der Familie, wie die Lemurerabkömmlinge auch auf Thanaton das Geflecht der sozialen Bindungen nannte, das sich allmählich zwischen Parth, Ulcarach und den von ihnen beschäftigten Ortsansässigen entwickelt hatte, dann auch außerhalb. Danach der nächste unverzeihliche Fehler: Er hatte seiner thanatonischen Frau Coal'ha von seiner wahren Identität erzählt, von den vielen Welten, die jenseits von Thanaton auf sie warteten.

Wir hatten schon manche Agenten verloren, die auf Hinterwäldlerplaneten »verschollen« waren. Wenn man dort »Familienanschluss« fand, war der Zivilisationsstand relativ egal. Gewiss hatte Rion Parth es sich nett eingerichtet. So stressfrei wie möglich. Und dann hatte er sich in Lügengeschichten verwickelt, und irgendwann war die Situation außer Kontrolle geraten.

Coal'ha hatte Gefallen an den Geschichten über die fremden Welten gefunden und sie kennenlernen wollen. Parth hatte kalte Füße bekommen und einen Rückzieher gemacht. Daraufhin hatte Coal'ha sich an Ulcarach herangemacht. Der war nach einigem Zögern auf die Avancen eingegangen. Parth hatte noch kältere Füße bekommen und bei seinem Kollegen Tendenzen zum Größenwahn festgestellt.

Dann war die Situation eskaliert. Parth hatte um sein Leben gefürchtet, Ulcarach hatte ihn zu töten versucht. In letzter Not hatte der USO-Agent den Datenspeicher verschluckt, auf dem er die Entwicklung festgehalten hatte. Und wie die Sache ausgegangen war, wussten wir ja. Unklar blieb nur, was mit Rion Parths Kopf geschehen war.

Ich informierte per Rafferspruch die IMASO, anschließend verließen wir die Herberge, um etwas zu essen und weitere Untersuchungen vorzunehmen.

Diesmal erwarteten uns zwei Beschatter vor der Herberge. Der eine folgte uns, der andere blieb zurück, wahrscheinlich, um während unserer Abwesenheit unser Zimmer zu durchsuchen.

Den einen hatten wir nach zehn Minuten abgeschüttelt, und der andere würde nichts finden, was seinem Auftraggeber irgendwelche Aufschlüsse geben konnte.

»Es tut mir leid, aber mehr weiß ich nicht«, sagte der Händler.

»Du hast uns sehr geholfen«, bedankte ich mich und zahlte einen sündhaft teuren Preis für eine Decke, die mit wunderschönen Motiven aus der thanatonischen Sagenwelt bestickt war. Der Laden befand sich in der Nähe von Ulcarachs abgebranntem Geschäft, und der Händler bestätigte nur, was alle anderen, bei denen wir unauffällig Erkundigungen eingezogen hatten, ebenfalls berichtet hatten.

Terry Ulcarach genoss in seiner thanatonischen Tarnexistenz einiges Ansehen und verkehrte angeblich in den obersten Kreisen der sogenannten Silberherren, den Herrschern von Thanaton. Er galt als sehr wohlhabend und kümmerte sich gut um »seine Sippe«, die Thanatoner, die für ihn arbeiteten. Man sagte ihm nach, dass er mit mehreren Frauen seiner »Familie« Verhältnisse gehabt habe. Unmittelbar vor dem verheerenden Brand waren Ulcarach und seine Familie verschwunden, ohne Angabe eines Ziels mit ihren Habseligkeiten abgereist. Niemand wusste, wohin.

Sein Partner Rion Parth war seit mehreren Wochen nicht mehr gesehen worden.

Dass alles bestätigte meine Vermutungen, brachte uns aber nicht weiter.

Wir verließen den Laden und machten uns auf den Weg zum Hafen. Je näher wir ihm kamen, desto schlimmer und chaotischer wurde der Verkehr. Thanatoner auf den schwerfälligen, ochsenartigen Reittieren oder in Karren, die von ihnen gezogen wurden, wetteiferten mit dampfbetriebenen Lastfahrzeugen und Bussen um die Vorfahrt auf den schmalen Straßen. Reiter und Fahrer jagten verschreckte Fußgänger aus dem Weg.

Schon aus einiger Entfernung sah ich, wie ein riesiger Ozeandampfer über das Meer zum Nachbarkontinent aufbrach, gewaltige Qualmwolken aus vier hohen Schornsteinen ausstoßend. Auf dem breiten Arch'Toar, der aus der Ebene kommend in die Bucht mündete, herrschte ebenfalls reger Verkehr. Große Dampf-Flussschiffe tuckerten in östlicher Richtung dem drei Tage entfernten Gebirgskamm entgegen, andere lieferten mit starkem Tiefgang aus dem Gebirge das Silbermetall der Schmuckstücke als Rohstoff zur weiteren Verarbeitung in die Hafenstadt. Ich erhaschte den Blick auf einen dampfbetriebenen Lastwagen, der gerade entladenes Metall weiterbeförderte: große Brocken, die mich an metallisiertes Harz denken ließen.

Ich blieb an einer Straßenecke stehen, an der ein Thanatoner auf und ab schritt und eine glühende Rede hielt. Wir waren allerdings die einzigen Passanten, die ihm Beachtung schenkten. »... ein Frevel! Ich sage es erneut, ich sage es immer wieder, auch wenn ihr es nicht hören wollt! Der späte Tod, der verzögerte Tod ist ein Frevel, und ihr müsst ihn ablehnen! Der silberne Götze ist euer Verderben! Er raubt euch nicht nur zu Lebzeiten den Seelenfrieden, nach dem Tode, in der nächsten Welt, werdet ihr zurückzahlen müssen, was ihr in dieser geraubt habt! Kommt zum Totenkult, sucht die Erlösung, statt falschen Götzen anzuhängen und ...«

Ich ging weiter, hörte nicht mehr hin.

»Nicht alle Bewohner von Thanaton scheinen die Vorzüge des Silberschmucks zu schätzen«, sagte Santjun.

Ich zuckte hob die Schultern. »Aber der Hauptteil der Bevölkerung ist wohl weniger religiös als vielmehr materialistisch veranlagt und einem langen, gesunden Leben nicht abgeneigt. Die Thanatoner scheinen ihre verschiedenen Götter eher halbherzig zu verehren. Immerhin wird dieser Totenkult der Erlösung geduldet. Wahrscheinlich versammeln sich darin eher jene Elemente der Bevölkerung, die sich das lebensverlängernde Material nicht leisten können.«

Der Agent nickte nachdenklich.

Aufs Geratewohl steuerte ich eins der zahlreichen unabhängigen Büros an, die Passagen auf Ozeandampfern und Flussschiffen anboten. Hier in Tar'Haar würden wir nicht mehr viel erfahren. Aber aus dem Aufenthaltsort der oberen Kreise der Silberherren ergab sich unser nächstes Ziel fast automatisch: der Osten, flussaufwärts, und zwar speziell der Binnenhafen Makra'Khor in der Nähe des Gebirges, in dem das Silbermetall abgebaut wurde.

Arch'Toar: 11. April 3112

Es konnte nicht gut gehen. Ich sah es im Ansatz, doch ich war viel zu weit entfernt, um eingreifen, geschweige denn, es verhindern zu können. Das kleine Boot der fliegenden Händler, eins von vielen, die seit unserem Aufbruch an dem Flussschiff angelegt hatten, hielt zu großen Abstand von der Reling. Vielleicht lag es an der aufgehenden Sonne, deren Strahlen den Mann im Boot blendeten. Der Bauer, der an Bord kommen wollte, um seine Ware feilzubieten, setzte jedenfalls einen Fuß auf die Planke zwischen den beiden Schiffen, als sein Ruderboot ins Schwanken geriet. Er versuchte, sein Hab und Gut zu retten, hob den großen, mit melonenähnlichen Früchten gefüllten Korb mit beiden Händen hoch, um ihm dem Besatzungsmitglied zu reichen, das ihm an Bord helfen wollte.

Der Mann griff nach dem Behälter, konnte ihn aber nicht festhalten und beugte sich zu weit vor. Er geriet ins Taumeln, verlor das Gleichgewicht und stürzte über das Schanzkleid.

Ich hörte den Schrei und dann den dumpfen Aufprall, mit dem er auf der Planke landete, das hässliche Knirschen, mit dem das Brett splitterte, den Schreckensruf des Händlers, der nach hinten geschleudert wurde, mit dem Kopf gegen die Reling seines kleinen Bootes schlug.

Beide Thanatoner versanken in den Fluten.

Ich zog mir das Hemd über den Kopf, warf es Santjun zu und lief los. Mit einem Satz stand ich auf der Reling, orientierte mich kurz. Das über Bord gegangene Besatzungsmitglied war wieder aufgetaucht, schrie um Hilfe und versuchte, sich an dem heftig schwankenden Schiffchen des Händlers festzuhalten. Wahrscheinlich würde er es zum Kentern bringen, bevor es ihm gelang, sich hochzuziehen.

Von dem Bauern war nichts zu sehen.

Ich stieß mich ab und sprang, machte mich ganz lang. Noch während des Falls konzentrierte ich mich, hieß die Dagor-Semihypnose willkommen, kontrollierte und sammelte meinen Atem. Die Kälte des Wassers, in das ich eintauchte, störte die Regelmäßigkeit meines Herzschlags; ein Manko, das ich so schnell wie möglich beseitigen musste.

Hier, ein gutes Stück stromaufwärts und dem Gebirge schon ziemlich nah, war der Arch'Toar nicht mehr breit und schlammbeladen wie am Unterlauf, kurz bevor er ins Meer mündete. Er floss hier fast reißend; unser Schiff hatte schon einige Stromschnellen überwinden müssen.

Ich ließ mich von der Strömung ziehen, brachte meinen Körper in eine waagerechte Lage, schnellte mich geradezu durch das Wasser. Über mir wurde es dunkel; ich befand mich nun genau unterhalb des Flussschiffs. Die Anstrengung ließ das Blut in meinen Adern heißer fließen, aber das schützte mich nicht vor der Kälte des Wassers, war nur ein Zeichen für die einsetzende Erschöpfung und den Sauerstoffmangel.

Abrupt wurde das Wasser wieder heller, und ich sah vor mir einen großen, dunklen Schatten. Ich hielt darauf zu, schwamm noch schneller, bereitete mich darauf vor, schlagenden Armen oder tretenden Beinen ausweichen zu müssen, stellte dann aber fest, dass der Körper sich nicht mehr bewegte. Ich bekam einen Stofffetzen zu fassen, krallte mich daran fest, zog das schwere Gewicht zu mir heran, legte beide Arme darum, orientierte mich und jagte mit energischen Beinschlägen der Helligkeit entgegen.

Die Luft brannte mittlerweile in meinen Lungen, das Gewicht des anderen Körpers behinderte mein Vorankommen, meine Ober- und Unterschenkel schmerzten. Nun schien anstelle von Blut nur noch Feuer durch sie zu fließen. In meinem Kopf machte sich ein unnatürlicher Druck breit, der mein Denken beeinträchtigte und eine seltsame Müdigkeit hervorrief. Wie einfach wäre es doch gewesen, ihr einfach nachzugeben und sich treiben zu lassen, durch das eisige Wasser, das mir nun jede Wärme entzog ...

Schwimm, du Narr!, schimpfte der Extrasinn, *nur noch ein paar Meter, ein paar Meter ...!*

Ich dachte müßig darüber nach, was er damit meinte, *nur noch ein paar Meter,* als mein Kopf die Wasseroberfläche durchstieß und kühle, frische, köstliche Luft in meine Lungen strömte und noch schlimmer darin brannte als Säure. Ich hielt den Körper des Bauern mit einem Arm fest und winkte mit dem anderen und schrie, so laut ich konnte. Nach einer Ewigkeit erwiderte jemand mein Rufen und Winken, und ich schwamm weiter, dem Flussschiff entgegen, den leblosen Thanatoner noch immer gepackt haltend. Man ließ Trittleitern herunter, und plötzlich packten mich Arme, nahmen mir die Last ab, zogen mich hoch ...

Dagor-Atemübungen. Die Luft war mein Freund, gab mir Leben. Sie wärmte mich, schenkte mir Kraft. Ich kletterte an Bord, jemand warf mir ein Tuch zu. Ich rieb mich ab. Der Zellaktivator auf meiner Brust pulsierte.

»Er ist tot! Er ist tot!«, hörte ich. *»Ertrunken!«* Meine Gedanken hatten sie soweit geklärt, dass ich sofort begriff, dass diese Rufe nicht mich meinten, sondern den Händler, der seinen Korb mit Obst hatte retten wollen. Lang ausgestreckt lag er auf dem Deck, von mehreren Matrosen umgeben. Neugierige Passagiere strömten herbei.

Ich drängte mich in die Menge. »Lasst mich durch«, rief ich, »ich bin Arzt!« Die Leute wichen vor mir zurück.

Ich kniete neben dem Obstbauern nieder. Nicht zuletzt von Fartuloon hatte ich genug gelernt, um hier unter diesen Thanatonern als Bauchaufschneider durchzugehen, zumindest in diesem offensichtlichen Fall.

Flüchtig untersuchte ich den Mann, wusste gleich, was ich zu tun hatte. Er hatte Wasser in den Lungen, überdies war seine Zunge in den Rachenraum zurückgefallen und verlegte die Atemwege. Ich zog seinen Kopf zurück, überstreckte ihn, legte die Hände dann auf den Oberbauch des Mannes und drückte kräftig zu, einmal, zweimal, immer wieder.

Schon war Santjun heran, kniete ebenfalls neben dem Mann nieder, zog seinen Kopf erneut zurück, hielt ihm die Nase zu und begann mit der Mund-zu-Mund-Beatmung. Er zwang etwa eine Sekunde lang Luft in seine Lungen, wiederholte den Vorgang sofort, machte dann eine kurze Pause und nahm die Beatmung wieder auf.

Ich verstärkte den Druck auf den Oberbauch, sah, dass sich der Brustkorb des Mannes plötzlich sichtbar hob. Er hustete schwach. Santjun richtete ihn auf, und ich versetzte ihm kräftige, Husten auslösende Schläge zwischen die Schulterblätter.

Der Mann hustete erneut, diesmal kräftig, und spuckte Wasser aus. Ich hämmerte noch einmal zwischen seine Schultern und kratzte dabei ein wenig von seiner Haut ab. Dann erhob ich mich und sah mich um. Der Matrose, der über Bord gegangen war, saß benommen an die Reling gelehnt.

Ich ging zu ihm, drückte seine abwehrende Hand beiseite und tastete zuerst seinen Kopf, dann den Oberkörper ab. Er schrie auf, als ich die Schulter berührte. Ich klopfte ihn noch einmal ab, diesmal vorsichtiger.

»Eine starke Prellung«, sagte ich. »Gebrochen ist nichts.«

Zweifelnd sah der Mann mich an.

Ich ersparte mir weitere Bemerkungen. Früher oder später würde er feststellen, dass ich recht hatte.

Santjun trat zu mir, reichte mir das Hemd. Ich zog es über, während die Anspannung langsam von mir abfiel. »Gehen wir in unsere Kabine«, murmelte ich, »bevor der Kapitän noch auf die Idee kommt, sich bei mir zu bedanken und ich noch mehr Aufsehen errege.«

Die Götter Arkons mochten dafür sorgen, dass bei dieser überstürzten Aktion niemandem mein Zellaktivator aufgefallen war.

Ich klappte das Medokit zu und schaltete die Analyse-Einheit ein, die ich aus meinem Rucksack geholt habe. Santjun sah mich fragend an, sagte aber noch immer nichts.

Verwundert hatte er beobachtet, wie ich mir den Dreck unter den Fingernägeln entfernt und säuberlich auf dem Tisch deponiert hatte, als wir die Kabine betreten hatten. Sorgfältig hatte ich darauf geachtet, dass sich die Häufchen aus Hautfetzen, getrocknetem Blut und Haaren nicht zu nah kamen. »Darf ich fragen, was Sie dort machen, Sir?«, sagte er nun. »Ich vermute, Sie haben mit unzulänglichen Mitteln eine Gewebeprobe entnommen und lassen sie nun untersuchen ...«

»Zwei«, berichtigte ich und zeigte auf die untere Koje. Obwohl wir eine Zweierkabine gebucht hatten, bot der winzige Raum nur Platz für einen Tisch und einen Stuhl. Das Hochbett vervollständigte die Einrichtung. »Eine von dem Händler, eine von dem Matrosen.«

Das war unser dritter Tag an Bord. Am 8. April waren wir mit dem Flussschiff aufgebrochen, eine frühere Passage hatten wir trotz aller Anstrengungen und Bestechungsversuche nicht bekommen. Die restliche Zeit in Tar'Haar hatten wir mit weiteren Nachforschungen verbracht, aber nicht mehr viel herausgefunden, zumindest nicht über Terry Ulcarach.

Fest stand nur, dass der USO-Agent seine Geliebte und seine Familie irgendwo in Sicherheit gebracht hatte. Wir mussten auch davon ausgehen, dass er danach zu seinen Freunden geeilt war und sie über unsere Ankunft informiert hatte. Seine Hintermänner würden uns also früher oder später auf den Zahn fühlen. An Bord des Flussschiffs waren wir bislang allerdings unbehelligt geblieben.

Wir hatten jedoch einige Informationen gesammelt, die ich als durchaus interessant einschätzte und die eindeutig bestätigten, was wir bereits angenommen hatten. Zum Beispiel, dass Schmuck aus Silbermetall seit Jahrhunderten Bestandteil des Lebens auf Thanaton war. Und dass er zu einem besseren Gesundheitszustand sowie, wenn man viel Schmuck über lange Zeit trug, zu Langlebigkeit führte. Mittlerweile ging ich von einer fünfzig- bis hundertprozentigen Lebensverlängerung aus, durch sehr große Silbermengen konnte dieses Ergebnis noch übertroffen werden. Hier setzten jedoch gesellschaftliche Regelmechanismen ein. Bei beträchtlicher Verlängerung des Lebens durch den Schmuck kam es offensichtlich zu mehr oder weniger starken körperlichen Veränderungen, und die wurden weder akzeptiert noch legitimiert. Hier schien ein Tabu vorzuliegen, auf dessen Einhaltung religiöse Strömungen wie etwa der Totenkult der Erlösung achteten.

»Und warum, Sir?«

Ich warf einen Blick auf die Analyse-Einheit. Sie hatte die Säuberung und Aufspaltung der Genproben vollendet und nahm nun die eigentliche Untersuchung in Angriff. »Es scheint auf diesem Planeten zu einer ungewöhnlichen, doppelten genetischen Drift gekommen zu sein.«

Santjun zog die Brauen hoch. »Alle Bewohner Thanatons stammen von Lemurern ab und haben sich in den Jahrzehntausenden zu einem genetisch einheitlichen Phänotyp vermischt, dann aber die auf Kolonien üblichen, ganz eigenen

Genlinien ausgebildet«, sagte er. »Dementsprechend ähneln sich alle Bewohner Thanatons bis auf kleine Abweichungen untereinander und unterscheiden sich in manchen Details von den ursprünglichen Lemurern oder anderen Lemurerabkömmlingen. Das ist die übliche genetische Drift, Sir.«

»Es scheint jedoch zu einer genetischen Aufspaltung zwischen den Kasten Thanatons gekommen zu sein«, widersprach ich ihm. »Ist Ihnen das nicht aufgefallen? Verglichen mit den Städtern, aber auch der Kaste der Metall-Arbeiter und der Händler, scheint die Landbevölkerung deutlich langsamer zu wachsen und schneller zu altern.«

»Ich habe nicht darauf geachtet, Sir«, gestand Santjun ein. »Deshalb haben Sie diese fliegenden Händler so aufmerksam beobachtet ...«

Zahlreiche Bauern und Fischer hatten mit ihren kleinen Booten das Schiff besucht, das ganz nebenbei auch noch als schwimmender Marktplatz zu dienen schien.

Ich nickte. »Die Passagiere hingegen, zumeist Minenarbeiter für den Osten, sind zwar ebenfalls recht ärmlich, und eine gewisse Unterernährung ist auch bei ihnen weit verbreitet, aber alle kamen mir überraschend gesund vor.«

»Deshalb haben Sie, als sich die Gelegenheit bot, auch von dem Matrosen eine Genprobe entnommen. Sie wollen mit der verdeckten Untersuchung beider Gruppierungen den von Ihnen vermuteten Einfluss des Silbermetalls nachweisen ...«

»Unsere Möglichkeiten hier auf Thanaton sind natürlich beschränkt«, gestand ich ein, aber ich habe genug Genmaterial für weitere Untersuchung in der Technischen Abteilung der IMASO gesammelt. Wir werden ...« Ich hielt inne. Mein Allzweckarmband hatte einen stummen Vibrationsalarm ausgelöst.

Ich aktivierte das Gerät. »Ein geraffter Hyperfunk-Impuls von der IMASO«, murmelte ich und rief ihn ab. »Außerhalb der vereinbarten Kurzberichte.« Das konnte eigentlich nichts Gutes bedeuten.

Und bedeutete es auch nicht. Major Simmers hatte zwei Informationen für mich. Die erste verriet ich Santjun, die zweite behielt ich für mich. »Die IMASO hat einen Tramp-Kreuzer mit einem Durchmesser von einhundert Metern geortet, der in einem See im Gebirge gelandet ist, nicht weit von unserem Ziel entfernt.«

Der Agent runzelte die Stirn. »Ein Tramp-Kreuzer, Sir?«

»Keineswegs ein schwach bewaffnetes Handelsschiff. Den Ortungen der IMASO zufolge ähnelt seine Ausrüstung der eines Hundert-Meter-Kreuzers, wenn er anscheinend auch keine Transformwaffen besitzt. Herkunft noch unbekannt, aber die Kommandantin arbeitet daran.«

»Damit ist ein Einfluss von außen bestätigt und definitiv ein USO-Einsatzfall eingetreten«, stellte Santjun fest.

Ich sprach ins Mikrofon des Armbands. »Vollalarm für die IMASO, Major Simmers. Halten Sie sich jedoch bis auf Weiteres als Rückversicherung im Hintergrund.« Ich hatte nicht die Absicht, die mögliche Spur zu ES durch ein verfrühtes Eingreifen unkenntlich zu machen. »Raffen und senden«, befahl ich, und die Mikropositronik führte den Befehl umgehend aus. Ich lehnte mich zurück und sah den Agenten fest an. »Ich habe noch weitere Informationen bekommen«, fuhr ich fort.

Santjun schwieg.

»Genau wie Sie bin ich geistig beeinflusst worden«, sagte ich. »Meine Manipulation durch diesen ... psionischen Imprint fand sozusagen auf sechs Ebenen statt.« Ich hielt Santjun genau im Auge. »So hat Gucky es mir zumindest erklärt, und er muss es ja wissen.«

»Gucky, Sir?«, fragte der Agent.

»Major Simmers hat ihn angefordert, weil Oberleutnant Atair sich keinen Reim auf meinen Zustand machen konnte. Jedenfalls bin ich auf der ersten Ebene, wenn wir bei dieser Nomenklatur bleiben wollen, in der völlig menschenleeren Wissenschaftlichen Abteilung der IMASO aufgewacht. Oder habe es zumindest geglaubt. In Wirklichkeit lag ich natürlich auf der Medostation und habe mir nur eingebildet, das alles zu erleben. Die Lage war völlig irreal, wies fast schon leicht surreale Züge auf. Naileth Simmers erschien, ein unheimlicher Verfolger tauchte auf und entpuppte sich später als mein Extrasinn, der – auch in Wirklichkeit – von mir getrennt war und sich wieder mit mir vereinigen wollte. Gucky geht davon aus, dass die psionische Imprägnierung letzten Endes lediglich wegen meines Logiksektors scheiterte. Und über den Extrasinn gelang es ihm auch, mich telepathisch zu beeinflussen.«

»*Ich* habe keinen Logiksektor«, sagte Santjun nachdenklich.

»Genau. Auf der zweiten Ebene schien sich alles normalisiert zu haben, nahm aber schnell wieder paranoide Züge an. Ich fühlte mich bedroht, Gucky erschien mehrmals – in einem Spiegel, als Gesicht in der Decke –, ein Roboter wollte mir eine Warnung zukommen lassen. Ich fasse das als Kampf meines Unterbewusstseins oder auch des Extrasinns gegen den Imprint auf. Der Imprint gewann – noch. Ich stürzte in einen desaktivierten Antigravschacht und glaubte zu sterben.«

»Und dann?«

»Dann wurde es richtig interessant – oder verwirrend, wie man es sieht. Ich erwachte auf der dritten Ebene im Körper eines Raumsoldaten, dessen Kommando die im Raum treibende EX-2714 geentert hatte – ein Schiff, das ich nachweislich nie betreten habe. Aber die … sagen wir mal, falsche Erinnerung … erwies sich als völlig glaubwürdig und plausibel. Das Enterkommando fand zahlreiche Leichen an Bord, aber auch einen Überlebenden. Und dieses Besatzungsmitglied der EX-2714 nannte *Ihren* Namen, Santjun.«

»Was?« Der Agent konnte seine Überraschung nicht verbergen und richtete sich auf. Nur um ein paar Zentimeter, aber immerhin.

Ich nickte. »Sie können sich also meine Überraschung vorstellen, als Tipa Riordan mir mitteilte, sie habe einen USO-Agenten namens Santjun aus dem Raum gefischt.«

»Allerdings, Sir.« Ein Schleier schien sich über Santjuns Augen gelegt zu haben. Ich spürte, dass er in sich hineinschaute, versuchte, verschollene Erinnerungen an die Oberfläche zu zwingen, doch es gelang ihm offenbar nicht.

Schließlich gab er auf und sah mich ratlos an. »Sie haben noch immer mein volles Interesse, Sir.«

»Wirklich nett von Ihnen, Agent Santjun.«

»Verzeihung, Lordadmiral. Ich … ich bin ratlos. Ich weiß nicht, was mit mir geschehen ist und was … Sie nun von mir erwarten, Sir.«

»Ja, eine schwierige Situation.«

»Das alles haben Sie nur in Ihrer Einbildung durchlebt? Sie lagen noch immer auf der Medostation?«

»In der Tat. Es handelt sich also um eine implantierte Erinnerung, aber sie war so real, dass ich sie mittlerweile tatsächlich für echt halte. Es war nur nicht die meine.«

»Wessen denn?«

Ich überging die Frage. »Auf dieser dritten Ebene identifizierte ich eines der toten Besatzungsmitglieder der EX-2714 als Cockney ›Rooster‹ Faucet. Auf der vierten fand ich mich im Körper eben jenes Faucet wieder, zeitversetzt, bevor der Explorer sein Ziel erreicht hatte. Die Stimmung an Bord war geradezu … psychotisch. Die Besatzung schien kollektiv den Verstand zu verlieren und brachte sich gegenseitig um. Und jetzt wird es etwas kompliziert …«

»Ich kann Ihnen durchaus folgen, Sir … noch.«

»Die Besatzungsmitglieder standen unter dem psionischen Einfluss eines Fremdvolks. Es wollte mich holen, mich, Faucet. Ich war der ›Unberührte‹. Diese Wesen brauchten mich für irgendetwas. Als letzter Überlebender der EX-2714 legte ich mich in einen Medotank schlafen.« Ich legte eine Pause ein.

»Und, Lordadmiral?«, fragte Santjun gespannt.

Ich fragte mich allerdings, ob seine Spannung nur vorgetäuscht war.

»Auf der fünften Ebene fand ich mich im Körper eines dieser parapsychologisch begabten Wesen wieder und durchlitt entsetzliche Qualen, als mir der ›psionische Imprint‹ aufgedrückt wurde. Damit ich verstehen konnte, was geschah, kleidete man das alles in eine rührselige Liebesgeschichte.«

»Kleidete man?«

»Ich habe diese Formulierung absichtlich gewählt.«

Santjun sah mich fragend an.

»Als der Druck zu stark wurde, brach ich geistig zusammen. Ich erwachte in meinem Körper, und alles schien wieder normal zu sein.«

»Schien?«

»In Wirklichkeit befand ich mich erst auf der sechsten, der letzten Ebene. Man – sagen wir, mein Geist, der psionische Imprint – hatte eine logische, glaubwürdige Erklärung für das alles. Die EX-2714 sei auf einen Planeten gestoßen, dessen Bewohner nicht nur extrem xenophob, sondern auch parapsychisch begabt waren. Sie hätten die Besatzung des Explorers getötet, um weiterhin ungestört zu bleiben. Als ich die EX-2714 dann entdeckte, hätten diese Wesen mich parapsychisch ausgelotet und seien damit über die Struktur der Explorerflotte und die Machtverhältnisse auf Terra informiert worden. Sie hätten mein Gehirn mit einem parapsychischen Abdruck imprägniert und mich in einer Rettungskapsel des Schiffs auf den Weg geschickt, im Vertrauen darauf, dass ich entdeckt und untersucht werden würde, was auch geschah. Von der IMASO.«

Santjun nickte langsam.

»Aber dann habe ich versucht, die IMASO zu zerstören«, fuhr ich fort.

Der Agent riss die Augen auf.

»*Genau, wie* Sie *versucht haben, die BUTTERFLY zu zerstören, die* Sie *aus dem Raum gefischt hat«,* schloss ich kalt.

Der Agent schluckte, atmete tief ein, sagte aber nichts. Rasten seine Gedanken hin und her, oder kreisten sie unentwegt und sinnlos?

»Gucky hat natürlich alles durchschaut. Er hat gemeinsam mit Major Simmers meinen Tod ›inszeniert‹, und dieser Schock hat mich dann endgültig von dem psionischen Imprint befreit. Alles war ganz plausibel und fügte sich zusammen wie die Teile eines Puzzles. Die xenophoben Extraterrestrier wollten mich töten und das Schiff vernichten, aber an einem ganz anderen Ort, weit von ihrer Welt entfernt, um ihre Existenz endgültig zu verheimlichen und unentdeckt zu bleiben. Sie wollten ihre Spuren verwischen. Gucky glaubte diese Geschichte und fragte mich tatsächlich, was ich nun tun würde.« Ich lachte leise auf. »Selbstverständlich den Wunsch der xenophoben Außerirdischen respektieren und deren Planeten zur Tabuzone erklären, erwiderte ich. Falls auch nur ein Körnchen Wahrheit an dieser Geschichte gewesen wäre …«

Santjuns Blick sprach Bände. Er hatte jetzt verstanden, und seine antrainierte Routine setzte ein, übernahm, brachte ihn dazu, die richtigen Fragen zu stellen. Ich hatte mich nicht in ihm getäuscht; er war ein guter Mann, und es war die richtige Entscheidung gewesen, mit ihm auf diese Mission zu gehen.

»Deshalb haben Sie mich also in dem Konferenzraum ›getötet‹, Sir. Um …«

»Um Ihren Verstand zu *läutern*. Ich habe darum herum geredet, aber ja. Ich musste sicher gehen und Sie von etwaigen Resten des psionischen Imprints befreien, wie ich durch meinen ›Tod‹ davon befreit wurde. Und das scheint funktioniert zu haben.«

»Verzeihung, Sir, aber es bleiben noch zahlreiche Fragen und Ungereimtheiten …«

Ich verkniff mir ein Lächeln. Endlich hatte ich ihn da, wo ich ihn haben wollte. »Die dieser Version ... der wahren ... kann ich alle erklären. Die Hintergründe kann ich mir allerdings nur zusammenreimen. *Noch,* aber das wird sich bald ändern.«

»Ich verstehe nicht, Sir ...«

»Stellen Sie Ihre Fragen.«

»Wenn Sie die IMASO irgendwann zerstört hätten, hätte niemand gewusst, wo das Schiff sich zum Zeitpunkt seiner Vernichtung befand. Damit wäre der Plan der xenophoben Fremden hinfällig geworden.«

Ich schüttelte den Kopf. »Ich habe nacharbeiten müssen. Man hat mein Gedächtnis manipuliert und teilweise gelöscht. Genau wie das Ihre übrigens, Santjun. Sie sehen die Parallelen? Bei Ihnen hat es funktioniert, bei mir wegen meines Extrasinns und dessen besonderer Fähigkeiten nicht. Ich habe nachgeforscht. Bevor ich die IMASO vernichten wollte, habe ich eine neue Position an Quinto-Center gemeldet. Eine im zentrumsnahen Bereich des Norma-Spiralarms der Milchstraße, zwei Tage Überlichtflug von dieser Region entfernt.«

»Man hätte dort nach der IMASO gesucht, nichts gefunden ... und wäre schließlich der Wahrheit auf die Spur gekommen. Irgendwann.«

»Genau.« Ich nickte. »Irgendwann. Dieser Plan war nicht wasserdicht, eine andere Schlussfolgerung gibt es nicht. Es ging seinem Urheber also nur darum, Zeit zu gewinnen, ein paar Tage, eine Woche, einen Monat ...«

»Warum?«

»Das müssen wir herausfinden.«

»Diese verschiedenen Erinnerungen«, fuhr Santjun fort. »Es sind nicht die Ihren, aber Sie halten Sie für real. Dann muss jemand also die Erinnerungen eines Angehörigen der xenophoben Fremdrasse in sich aufgenommen haben, des eiteren die eines Besatzungsmitglieds der EX-2714, dann die eines Angehörigen des Kommandos, das den Explorer gefunden hat …«

»Mein Logiksektor steht mir zurzeit nur höchst eingeschränkt zur Verfügung, weil er noch immer diese Erinnerungen analysiert. Er ist mittlerweile zu einem Schluss gekommen. Die erste und zweite Ebene symbolisieren einen Kampf meines Bewusstseins gegen den Extrasinn. Die Erinnerungen der dritten Ebene sind echt, aber nicht die meinen. Die der vierten und fünften passen nicht in das Muster. Hier verschmelzen archetypische Vorstellungen eines unreifen Geistes mit paranoiden Scheinwelten. Diese unterschwellige gestörte Sexualität …«

Santjun sah mich fragend an.

»Wenn Sie es wünschen oder es Ihnen hilft, erzähle ich Ihnen die Ereignisse dieser beiden Ebenen im Detail. Mein fotografisches Gedächtnis ermöglicht das problemlos. Worauf ich hinaus will … ich möchte jetzt nicht Freud zitieren, der Paranoia als Ausdruck einer unterdrückten Homosexualität und diese wiederum als Störung der Vaterbindung sieht …«

»Warum tun Sie es dann, Sir?«

Ich lachte laut auf. »Ein Punkt für Sie, Santjun. Mir kommt es hier nicht auf die Unterdrückung, sondern auf die Störung der Vaterbindung an. Ich erspare Ihnen also die Details und fasse zusammen: Der Extrasinn hält die Welten der vierten und fünften Ebene für Phantasieausprägungen eines gestörten Heranwachsenden, der gewaltige Probleme mit einer Vaterfigur hat. Für *erfundene* Welten. *Die xenophoben Außerirdischen haben nie existiert.*«

Gnadenlos beschwor der Logiksektor die Erinnerung, zwang sie an die Oberfläche. *Der Junge sah mich an. »Ich kann es einfach nicht. Ich möchte es, aber ich kann es nicht. Ich muss dich töten, aber ich kann es nicht.«*

Ich stöhnte auf, verlor kurz den Faden, hatte mich sofort darauf aber wieder in der Gewalt.

Santjun schien den kurzen Aussetzer nicht bemerkt zu haben. »Gut. Sie haben Antworten auf meine Fragen gehabt. Aber warum erzählen Sie mir das alles, Sir? Und warum erzählen Sie es mir ausgerechnet *jetzt*?«

»Weil ich jetzt zu wissen glaube, wessen Erinnerungen über die Geschehnisse an Bord der EX-2714 man mir aufgepfropft hat, Santjun.«

»Es waren echte, aber nicht die Ihren, haben Sie gesagt.«

»Zweifelsfrei nicht die meinen, Santjun. Sondern die Ihren.«

Entgeistert sah er mich an.

»Die meinen?«, fragte er, und seine Ungläubigkeit war eindeutig echt.

»Ja. Ich laufe mit Ihren Erinnerungen herum, Agent Santjun. Jemand hat mir einen Teil Ihres Gedächtnisses aufgepfropft. Und ein Teil davon war ebenfalls gefälscht.«

»Aber ... wie ... was ...«

»Neue Informationen, Santjun. Die ganze Sache passte nicht zusammen. Die EX-2714 wurde als verschollen geführt, und ein anderes Schiff der Explorerflotte hat sie dann entdeckt. Meinen – gefälschten – Erinnerungen zufolge wurde das Enterkommando, das das Schiff untersucht hat, erbarmungslos aufgerieben. Von Robotern und Außerirdischen, die niemals existiert haben. Auch das ist mittlerweile nachgewiesen. Man hat die EX-2714 auf meine Bitte hin gründlich untersucht. Keine Spur einer Kampfhandlung, kein Nachweis einer fremden DNA. Also keine neu entdeckte Spezies, ob nun parapsychisch begabt oder nicht. Meinen Sie nicht auch, dass die Alarmglocken im Solaren Imperium ansonsten so laut gegellt hätten, dass man es bis nach Quinto-Center gehört hätte? Major Simmers hat Nachforschungen betrieben und mir die Resultate ebenfalls in dem Hyperfunkspruch mitgeteilt.«

Er kniff die Augen zusammen, und sein Blick war eiskalt. »Worauf wollen Sie hinaus, Lordadmiral?«

»Auf eine Komödie der Irrungen und Verwirrungen. Vielleicht auch auf eine Tragödie, oder auch nur ein Schmierenstück. Die rechte Hand weiß nicht, was die linke tut. Der Nachteil eines notwendigen, aber aufgeblähten bürokratischen Apparats.«

»Sir?«

»Die SolAb hat um Amtshilfe gebeten. Sie habe da ein verdächtiges Objekt im Personal der Explorerflotte, vermöge ihm aber nicht das Geringste nachzuweisen. Ob die USO vielleicht mal ihre Dateien durchforsten könne?«

»Was für ein Objekt?«

»Winer Melher, Ferrone, einst Küchenchef in einem First-Class-Hotel in Terrania. Hat Hals über Kopf bei der Solaren Flotte angeheuert, ist dort aber alsbald wieder entlassen worden und schließlich zur Explorerflotte gewechselt. Die SolAb hatte ihn in Verdacht, Schmuggel oder ähnliches zu betreiben, konnte ihm aber nichts nachweisen, was immer nach Bestechung riecht. Aber die Kanäle waren dicht, die SolAb kam nicht weiter.

Und siehe da, wir hatten auch eine Akte über ihn. Den ersten derartigen Fällen schenkte ich noch keine Beachtung, aber Melher tauchte ausgerechnet im Zusammenhang mit einem seltsamen Silberschmuck auf, der ungewöhnliche Eigenschaften zu haben schien. Wir haben die SolAb um einen Datentransfer gebeten, und es ergaben sich Übereinstimmungen mit den Flugplänen der Schiffe, auf denen er eingesetzt war, und dem Auftauchen der Schmuckstücke, von denen die SolAb im Gegensatz zu uns aber nichts wusste. Und dieser Winer Melher, absoluter Spitzenkoch, erwirkte dann seine Versetzung auf die EX-2714, ein Schiff mit *achtzehn* Besatzungsmitgliedern. Als ich das nach meinem traumatischen Gedächtnismanipulations-Erlebnis erfuhr, gellten bei *mir* die Alarmglocken. Aber sie hatten auch schon vorher geklingelt.«

»Ich verstehe gar nichts mehr, Sir.«

»Das glaube ich Ihnen gern, Santjun. Dieser Silberschmuck hatte bereits meine Aufmerksamkeit erregt.«

Bevor du ihn für einen Scherz des Geisteswesens ES gehalten hast, meldete sich endlich mal wieder mein Extrasinn. *Erst das gehäufte Erscheinen dieser Schmuckstücke und die übereinstimmende Schilderung ihrer Wirkung haben bei uns die vielzitierten Alarmglocken läuten lassen.*

Schön, wieder mal was von dir zu hören. Ist deine Analyse mittlerweile abgeschlossen?

Noch nicht ganz. Aber ich verspreche schon jetzt interessante Rückschlüsse.

Meine Spannung wächst ins Unermessliche, antwortete ich sarkastisch, und der Logiksektor meldete sich beleidigt ab.

»Lordadmiral?«, sagte Santjun, und ich fand mich abrupt in der Gegenwart wieder.

»Ich habe einen Agenten darauf angesetzt. Mit einer Tarnexistenz. Die SolAb hat mitgespielt. Mehr als nur Amtshilfe, schließlich hatte sie unsere Unterstützung ja erbeten. Ich veranlasste, dass ein Agent mit dem Decknamen Saint Temp Lar junior in das Kommando eingeschleust wurde, das die EX-2714 bergen sollte. Eine literarische Anspielung, die Sie nicht verstehen können.«

»Ich kann Buchstaben wegfallen lassen und neu zusammensetzen, Atlan.« Santjun klang gereizt und aggressiv.

»Bei dem, was ich in Ihre Ausbildung investiert habe, erwarte ich das auch von Ihnen.«

»Es freut mich, Ihre Erwartungen erfüllen zu können.«

»Können Sie das wirklich? Wissen Sie, was das bedeutet?«

»Sir?«

»Dieser Temp Lar hatte als Tarnung den Auftrag, gegen eine Gruppierung verbrecherischer Blues namens ›Vier blinde Augen‹ vorzugehen, die auf der terranischen Siedlerwelt Ranjokhan ihr Unwesen trieb.«

»Sir?« Santjun riss die Augen auf. »Sie meinen doch nicht etwa ...?«

»Genau das meine ich. Was haben Sie Tipa Riordan über Ihre angebliche Mission erzählt?«

Santjun schwieg. Ich konnte buchstäblich sehen, wie die Rädchen in seinem Kopf arbeiteten. »Das war doch nur, um sie von der Wahrheit abzulenken ...«

»Von welcher Wahrheit?«

Er schnappte nach Luft. »Ich ... ich ...«

»Temp Lar war *Ihr* Deckname, Santjun. Eine Routinemission, von deren Ausgang ich leider nichts mehr erfuhr. Die Überprüfung eines ferronischen Schiffskochs, der wahrscheinlich Dreck am Stecken hat. Der Fall war wie für Sie geschaffen. Gebraucht wurde ein Risiko-Spezialist, der Erfahrung mit Undercover-Einsätzen hat und auf die Bekämpfung aller Formen des organisierten Verbrechens in der Galaxis spezialisiert ist. Sie waren auf der EX-2714, Santjun, und man hat mir Ihre Erinnerungen über die Ereignisse eingepflanzt!«

»Nein, Sir! Ich ...«

Jetzt oder nie, sagte der Extrasinn.

Ich lachte, zog den Impulsnadler unter meinem weiten Hemd hervor und richtete ihn auf Santjun. Derselbe Trick würde wohl kaum zweimal ziehen, aber ich musste es zumindest versuchen.

»Der USO-Agent, der die EX-2714 betreten hat, waren Sie, Santjun! Es hat bei der Enterung keine Toten gegeben. Alles verlief völlig normal. Das Schiff wurde geborgen und der Explorerflotte überstellt. Allerdings wurde ein einziges Mitglied des Kommandos als verschollen gemeldet. Während des Einsatzes spurlos verschwunden. Verstehen Sie, Santjun?«

»Sir, ich ...«

»Aber Sie sind keinen Außerirdischen begegnet, sondern etwas anderem!«

»Ich ...«

»Erinnern Sie sich, oder ich drücke ab.«

Zuviel Theatralik, mahnte der Extrasinn. *Du hast es verpatzt. Spar dir das mit diesem lächerlichen Standrecht!*

Ich befolgte den Rat des Logiksektors, krümmte lediglich den Finger um den Abzug.

»Ich ... ich war nie ... ich ...«

Santjun schnellte hoch, als wolle er mich angreifen, sackte dann jedoch in sich zusammen. »Ich wurde von der Truppe nicht akzeptiert«, flüsterte er.

Mir war klar, ich wurde von der Truppe nicht akzeptiert.

»Verdammt, wer kommt denn da?«

Wie auf ein Kommando drehten sich alle um und sahen zu mir. Einen Moment lang konnte ich ihnen ihre Verwirrung ansehen, doch dann nahm ich den Helm ab.

Der Korporal schüttelte ungläubig den Kopf. »Temp, was wollen Sie denn hier?«, fragte er fassungslos. Und etwas gereizt.

Ich sah den Korporal fest an. »Ich gehe mit. Was dachten Sie denn?«, erklärte ich ruhig.

»Nein, Sie werden nicht mitgehen,« erwiderte der Korporal ebenso ruhig. »Wie kommen Sie überhaupt auf diese Schnapsidee?«

»Ich weiß zwar nicht, was eine ›Schnapsidee‹ ist, aber Ihre Anweisungen sind eindeutig. Ich bin bei der Mission dabei.«

»Sie gehören nicht zu uns. Sie bringen ein eingespieltes Team in Gefahr.«

»Ich bin lernfähig. Ich hätte es Ihnen vorher sagen sollen, aber ...«

»Allerdings, das hätten Sie!« Der Korporal war wütend. »Wir können nicht auf Sie aufpassen. Wir wissen selbst nicht, was uns erwartet. Außerdem ...«

Ich lächelte schwach. »Ich komme mit«, sagte ich ganz ruhig. »Schluss mit der Diskussion. Ihre Befehle sind eindeutig, und es wird sich herausstellen, wer auf wen aufpassen muss.«

Der Korporal wollte widersprechen, ließ es dann aber bleiben. Er kannte die Befehlslage, und den Grund für meine Anwesenheit konnte er unschwer erraten.

Er hatte recht. Im Prinzip war ich ein Sicherheitsrisiko. Ich kannte die Teammechanismen nicht. Aber das waren jetzt der falsche Ort und die falsche Zeit, um darüber zu diskutieren. Also fügte er sich zähneknirschend.

Santjun hielt inne, und die Erinnerungen verschmolzen. Ich hatte Teile dieser Szene erlebt.

»Verdammt, wer kommt denn da?«, erklang die Stimme eines Kameraden auf der Zugfrequenz im Funkempfänger.

Wie auf ein Kommando drehten sich alle um, mich eingeschlossen, und sahen zu dem Neuankömmling, einem hochgewachsenen Mann in einem Kampfanzug, der mit den Insignien der USO verziert war. Als er die Gruppe erreicht hatte, nahm er den Helm ab, und ich schüttelte ungläubig den Kopf.

Irgendwie anders, aber in der Essenz doch ähnlich. Und falsch. Ein USO-Agent in Maske würde doch nie die Insignien der Organisation auf seinem Kampfanzug zur Schau stellen.

Die Machtphantasie eines Pubertierenden, flüsterte der Extrasinn. *Ich umreiße meine Analyse immer schärfer.*

Der Junge ...

»Weiter, Santjun«, flüsterte ich heiser. »Weiter! Was ist dann passiert? Ihr geht weiter, erreicht die Funkzentrale ...«

»Wir sind in der Funkzentrale, als Sie kommen, Sir ...«

»Nein!«, sagte ich eindringlich. »Ich bin niemals in der EX-2714 gewesen. Weder als Mitglied des Enterkommandos ... das waren *Sie*, Santjun! ... noch als Lordadmiral. Sie haben auf die Roboter geschossen, Santjun. Sie zerstört. ›Schluss mit dem sinnlosen Streit!‹, sagte der Korporal«, zitierte ich aus Santjuns Erinnerungen.

»Ja, genau«, fuhr Santjun fort.

»Schluss mit dem sinnlosen Streit!«, griff der Korporal endlich ein. Ich drehte mich kurz zu ihm um. Er stand irgendwie verloren da, unschlüssig, erinnerte mich kaum noch an den Mann, der diesen Zug ausgebildet hatte. Im Prinzip hätte er R-Rot zusammenstauchen müssen. Er hatte das Feuer nicht freigegeben, aber R-Rot hatte als erster geschossen und die anderen mitgerissen, so einfach war das.

Oder er hätte den Feuerbefehl erteilen müssen.

»Vielleicht haben wir vorschnell gehandelt«, fuhr er fort, »aber der Schaden ist nun mal angerichtet. Außerdem liegt die Entscheidung über unser weiteres Vorgehen nicht mehr in unserer Hand.«

»Es war ein verdammter Angriff«, beharrte R-Rot hitzig auf seinem Standpunkt. »Sollten wir uns etwa von diesen Robotern grillen lassen, nur weil Sie nicht entscheiden konnten ...« Im letzten Augenblick hielt er inne.

»Weiter, Santjun«, flüsterte ich erneut. »Weiter!«

»Ich stieß die leblosen Robottentakel mit dem Fuß aus dem Weg«, murmelte Santjun.

»Weiter«, drängte ich.

Ich stieß die leblosen Robottentakel mit dem Fuß aus dem Weg. »Das hätte leicht ins Auge gehen können«, sagte der Korporal.«

»Es ist ins Auge gegangen«, erwiderte ich. »Wir haben nicht schnell genug reagiert. Jetzt sind wir von den anderen im Schiff getrennt und auf Gedeih und Verderb den Angreifern ausgeliefert, die das hier alles unter Kontrolle haben. Kein angenehmer Gedanke.«

»Nein. Aber was hilft's?«

»Nichts, Sir. Sie haben recht. Wir müssen hier raus. Wenn wir uns freikämpfen, können wir vielleicht den anderen helfen.«

Der Korporal holte tief Luft. Irgendwie schien es nur noch uns beide zu geben. Alle anderen waren verblichen, als hätten sie nie existiert. »Also dann! Auf geht's!«

Langsam und konzentriert ging ich los. Der Korporal blieb links hinter mir einige Schritte zurück. So konnte er mich decken und mir, wenn nötig, den Rücken freihalten. Noch immer konnte ich nur dank des Infrarotvisiers sehen, es herrschte beinahe völlige Finsternis. Ich wusste nicht einmal, wie groß der Raum eigentlich war, in dem wir unfreiwillig gelandet waren.

Irgendetwas stimmt hier nicht, *dachte ich.* Das alles ist so unwirklich ...

»Da vorn ist die Wand«, sagte der Korporal plötzlich. Ich kniff die Augen zusammen. Tatsächlich erstreckte sich vor uns eine fugenlose Fläche. »Mal sehen, welche Form unser Gefängnis hat«, sagte ich und tastete mich mit der linken Hand an der Wand weiter. Der Korporal hielt einen Meter Abstand und folgte mir.

Wer hat hier die Befehlsgewalt?, *fragte ich mich. »Hier ist eine Fuge. Vielleicht ist es ein Schott.«*

»Seien Sie vorsichtig«, sagte der Korporal, doch plötzlich klaffte eine große Öffnung in der Wand. Ich wurde in einen gleißenden Lichtschein getaucht. Instinktiv riss ich die Hände vors Gesicht, um nicht völlig geblendet zu werden, aber es war zu spät. Die ausgefeilte Technik des Infrarotvisiers, die es mir ermöglichte, in der Dunkelheit zu sehen, wurde mit der plötzlichen Lichtflut nicht fertig. Einen Augenblick lang war ich praktisch blind.

Viel zu spät sah ich die beiden wuchtigen Maschinen, die sich uns aus dem geöffneten Schott entgegenschoben. Es waren über zwei Meter große Roboter. Kampfroboter.

Ohne Vorwarnung eröffneten sie das Feuer auf uns, und eine todbringende Energieflut peitschte mir entgegen. Ich reagierte instinktiv. Blindlings warf ich mich vor, krümmte mich dabei zusammen und rollte mich ab. Der Energiestrahl verfehlte mich nur um Millimeter.

Ehe der Kampfroboter sein Ziel erneut anvisieren konnte, kam ich wieder auf die Beine und warf mich – vom Schwung meiner Rolle getragen – zur Seite. Ich konnte kaum etwas sehen. Rote Schlieren tanzten vor meinen tränenden Augen. Ich hatte das Gefühl, als hätte ich in rabenschwarzer Nacht unvermittelt in eine explodierende Sonne geblickt.

Der Korporal hatte mehr Glück gehabt. Da er einige Schritte hinter mit zurückgeblieben war, hatte mein Körper einen Großteil des Lichts abgefangen. So war der Chief zwar auch geblendet worden, aber nicht in dem gleichen Ausmaß wie ich. Und das sollte mir das Leben retten. Nur schemenhaft sah ich die beiden Kampfroboter, die auf uns schossen, doch der Korporal kauerte sich kaltblütig zusammen, um ein kleineres Ziel zu bieten. Gleichzeitig riss er seinen Handstrahler aus dem Halfter und feuerte.

Und traf.

Der erste Hochenergiestrahl durchbohrte die breite Brust des einen Kampfroboters und zerstörte wichtige Aggregate im Inneren der Maschine. Der zweite Schuss gab dem Blechkumpel den Rest. Etwas explodierte in ihm und ließ ihn polternd umkippen.

Doch auch ich war in der Zwischenzeit nicht untätig geblieben. Fast wäre ich mit dem zweiten Kampfroboter kollidiert, als ich mich zur Seite warf. Tatsächlich stieß ich mit dem linken Oberschenkel gegen die Maschine. Daher landete ich auf dem Rücken. Der Kampfroboter folgte meinen Bewegungen und drehte sich auf der Stelle, bis seine eingebauten Waffen ihr auf dem Boden liegendes Ziel erneut anvisierten.

Mich.

Aber diese wenigen Sekunden reichten mir. Obwohl ich noch immer kaum etwas sehen konnte, wusste ich, wo mein Gegner stand. Schon längst hatte ich meine Waffe gezogen.

Endlich erwiderte ich das Feuer. Der zweite Kampfroboter teilte das Schicksal seines Gefährten und sackte als rauchender Schrotthaufen zu Boden.

»Das war knapp«, sagte der Korporal und stieg vorsichtig über die beiden zerstörten Kampfmaschinen hinweg. Langsam klärte sich sein Blick. »Sieh an, diese Blechkumpel haben annähernd humanoide Form. Zwei Arme, zwei Beine. Allerdings scheinen sie sich auf Rollen zu bewegen. Die können ganz schön flink sein, meinen Sie nicht auch?«

»Im Moment ist mir das ziemlich egal«, erwiderte ich. Ich saß noch immer auf dem Boden.

»Die Gefahr ist vorbei.«

Ich nahm den Kampfhelm ab, betastete vorsichtig meine Augen, blinzelte ununterbrochen. Der Korporal kniete neben mir nieder und legte seine Hände um meinen Kopf. »Lassen Sie mal sehen. Hm, scheint alles in Ordnung zu sein. Warten Sie.« Er kramte aus einer Tasche ein Feuerzeug hervor und hielt es vor mein Gesicht. Auf einen Fingerdruck sprang eine kleine Flamme hoch.

Ich zuckte zurück. »Was soll das?«, beschwerte ich mich. »Wollen Sie mich schikanieren?«

»Keineswegs«, gab der Korporal zurück. Er klang zufrieden. »Ihre Pupillen reagieren. Die Blendung scheint keine bleibenden Schäden verursacht zu haben. Schließen Sie die Augen.«

Ich gehorchte. Die wild umherhuschenden Funken und Sterne beruhigten sich langsam, und als ich die Augen wieder öffnete, konnte ich schon viel besser sehen.

Der Korporal setzte mir den Helm wieder auf und erhob sich. »Gehen wir nach rechts oder nach links?« Er sah mich fragend an.

Das ist nicht wirklich, *dachte ich.* Der Korporal würde niemals eine Frage stellen, sondern einen Befehl erteilen.

Der Korridor beschrieb einen leichten Bogen, und es war nicht zu erkennen, wohin er führte.

»Das macht keinen großen Unterschied«, sagte ich. »Wir müssen einen Weg an die Außenhülle finden, und im Moment sieht es so aus, als würden alle Wege dorthin führen.«

»Aber die Roboter sind noch da«, sagte der Korporal. »Wenn ich nur wüsste, wie es den anderen geht.« Sein Gesicht war plötzlich hart und verschlossen.

»Quälen Sie sich nicht«, sagte ich. »Wir sind ein gutes Team. Das beste.« Ich wusste, er sorgte sich um die anderen, die sich im Ernstfall vielleicht nicht so gut wehren konnten. Er kannte mich, wusste, wer ich war. Und seinen Untergeben fehlten einfach die Voraussetzung und die Ausbildung. »Sie trifft keine Schuld. Wer konnte ahnen, dass wir hier von technisch überlegenen Aliens aufgerieben werden? Ich frage mich sowieso, was dahintersteckt. Das ergibt doch eigentlich keinen Sinn.«

»Vieles hier ergibt keinen Sinn«, erwiderte der Korporal. »Aber Sie haben recht, darüber können wir uns später den Kopf zerbrechen. Erst einmal müssen wir sehen, dass wir in einem Stück aus diesem Schiff kommen.«

Ich hob die Hand. »Seien Sie still! Hören Sie nichts?«

Der Korporal nickte. Jetzt hörte er es auch. Ein dumpfes Brummen näherte sich; das Geräusch klang verzerrt, bedingt durch die besondere Akustik der Metallwände. Ich deutete nach links. Nach kurzem Überlegen nickte der Korporal. Der Gegner war im Anmarsch.

Er hob den Kombistrahler hoch und überprüfte das Energiemagazin.

Ich schnalzte mit der Zunge, schüttelte den Kopf und deutete in die entgegengesetzte Richtung. »Kommen Sie, hier haben wir nicht genug Deckung.«

»Wer sagt Ihnen, dass wir weiter hinten mehr Deckung haben werden? Und wenn wir in einer Sackgasse landen ...?«

»Das Risiko müssen wir eingehen. Los, kommen Sie!«

Der Korporal zögerte. Es fiel ihm nicht leicht, sich unterzuordnen. Der Umstand, dass ich USO-Agent war, machte ihm die Entscheidung auch nicht einfacherer. Er war Profi, eine ausgeprägte Persönlichkeit, machte diesen Job schon seit Jahren, und Agenten jeglicher Couleur waren bei Angehörigen der Flotte nicht gut gelitten. Aber er wusste auch, dass jetzt nicht richtige Zeitpunkt war, so etwas auszudiskutieren. Obwohl ich spürte, dass er nicht von der Richtigkeit meiner Idee überzeugt war, nickte er.

Und lief los. Das Dröhnen folgte uns. Ich trabte locker und gleichmäßig, teilte meine Kräfte ein. Es war sinnlos, sich völlig zu verausgaben. Ich wusste nicht, was für Gefahren auf uns warteten.

Der Gang schien keine Ende zu nehmen. Ab und zu warf ich einen Blick über die Schulter. Ich bemerkte nichts Ungewöhnliches. Die Verfolger schienen sich nicht zu beeilen. Als wären sie sich ihrer Opfer sicher ...

Der Gang machte einen scharfen Knick nach links. Nach drei, vier Schritten blieb ich abrupt stehen. »Verdammt!«

Der Korporal riss seine Waffe hoch. Vor uns führte der Gang durch eine breite Öffnung in eine große Halle, in der zahllose Maschinen und Aggregate in verwirrender Anordnung standen. Der Maschinenraum? Jedenfalls ein idealer Ort, um sich zu verschanzen. Aber die Sache hatte einen Haken. In dem Durchgang hatten sich drei Kampfroboter des Typs postiert, mit dem wir uns gerade herumgeschlagen hatten. Drohend richteten sich ihre Waffenarme auf uns.

Das Licht hinter ihnen blendete mich; ich konnte kaum etwas sehen. Aber da war ... da war ...

Santjun hielt inne, bäumte sich geradezu auf, griff nach mir, ohne mich wirklich zu sehen. Sein Blick war ins Leere gerichtet, sein Gesicht verzerrt und schweißüberströmt. »Da war ...«

»Was war da, Santjun? Was haben Sie gesehen?«

»Roboter ... Roboter ...«

»Da waren keine Roboter, Mann! Das blendende Licht! Was war in dem Licht?«

»Keine Roboter ...?«

Ich packte und schüttelte ihn. »Nein! Das sind falsche Erinnerungen! Das Licht! Was haben Sie in dem Licht wirklich gesehen?«

Er schrie auf. Einen Moment lang wurden seine Augen glasig, und ich befürchtete schon, er habe die Anspannung nicht verkraftet und einen Herzschlag erlitten, doch dann bewegte er sich wieder, schüttelte meinen Griff ohne jede Mühe ab. »Ein Junge!«, rief er. »In dem Licht war ein Junge!« Er riss die Augen wieder auf, sein Blick wurde wieder klar, und ich wusste, dass es vorbei war.

Ich legte ihm eine Hand auf den zitternden Arm. »Ich habe auch Erinnerungen an einen Jungen«, sagte ich. »Einen Jungen, den ich niemals bewusst gesehen habe ...«

»Ich könnte dich töten ...«, murmelte Santjun, und nun riss ich die Augen auf.

»Ich könnte dich töten ...«

Die Erinnerungen kamen, einerseits ersehnt, andererseits in diesem Augenblick unerwünscht, und ich konnte mich ihnen nicht widersetzen. Wie so oft ergriffen sie mich, hielten mich fest und rissen mich mit sich. Fremde Erinnerungen ... oder doch meine eigenen? Sie waren wieder verblichen. Ich konnte sie einfach nicht genau fassen.

Der Ausdruck Erinnerungen war eigentlich eine Übertreibung. Es waren Fetzen, Splitter, die sich lösten wie winzige Bruchteile eines gerade zerborstenen Planeten, die durch die neu gewonnene Beschleunigung in letzter Sekunde der Anziehungskraft eines Schwarzen Lochs entkamen.

Ein Taxifahrer, Mensch chinesischer Herkunft, aber über zwei Meter groß. Ein Gleitertaxi, in das ich normalerweise freiwillig nie einen Fuß gesetzt hätte, zusammengehalten von Pergament und weisen Ratschlägen aus Glückskeksen. »Wohin, Mann?«, fragte er, während er hinter das Lenkrad rutschte. Ich nannte die Adresse des Händlers, die ich in einer billigen Bar bekommen hatte ... gegen Medikamente als Bestechung.

Ich setzte mich auf den Rücksitz, und wir schwebten durch den Rotlichtbezirk einer Großstadt, dessen Straßen sich allmählich mit Vergnügungslustigen füllten. Bei allem Elend auf dieser Welt ...

Ein Zeitsprung. Der Chauffeur betrachtete mich abschätzend im Spiegel, identifizierte mich als stinkreichen arkonidischen Adligen, plapperte weiter, unentwegt ... »Habt Ihr Euch das wirklich überlegt, Mann? Hochwohlgeboren oder wie das heißt, meine ich. Das ist eine gefährliche Gegend für Fremde ...« Er warf wieder einen Blick über die Schulter, was mich anhand des Verkehrs mit Unbehagen erfüllte. »Kommen Sie schon, Mann, Erlauchtheit, Ihr seid in Uforter! Der letzten Stadt auf Ranjokhan, in der Ihr noch was erleben könnt! Was wollt Ihr wirklich, Mann, Erhabenheit? Sex? Ich kann Euch zu einer Tussi mit vier Brüsten bringen! Spannung? Ich kenne da einen Club, da passiert Euch nix, aber Ihr glaubt, Ihr kommt nie wieder lebend raus! Geheimnisse? Ich kenne da so eine Oma, die kann Euch sagen, was Ihr zum Frühstück gegessen habt! Goutiert, meine ich, Durchlaucht.«

Ich hörte nicht mehr hin. Vergangenheit und Zukunft wurden zu Gegenwart, zu meiner Gegenwart. Ranjokhan ... eine rückständige terranische Siedlerwelt, besiedelt von Terranern überwiegend chinesischer Abstammung, deren Bevölkerung derzeit aufgrund von Naturkatastrophen und der schlechten Versorgungslage mit Epidemien zu kämpfen hatte. Damit war die Kolonie ein Markt für die Bluesorganisation ›Vier blinde Augen‹, die von der USO schon seit Jahren aufmerksam beobachtet wurde.

Die Unwirklichkeit der Erinnerung bereitete mir Unbehagen. Warum nur war ich allein nach Ranjokhan aufgebrochen, ohne Rückendeckung, ohne Aktennotiz über mein Vorhaben?

Weil du aus Schaden klug geworden bist, vermeldete der Extrasinn. *Weil du weißt, was die Hoffnung auf Unsterblichkeit bewirken kann.*

Ich atmete tief ein, doch das Unbehagen blieb. Unsterblichkeit ... ein Hinweis auf ES. Silberschmuck, der das Leben verlängerte, vielleicht sogar auf ewig ... oder auf 20.000 Jahre. Nicht einmal USO-Agenten waren gegen diese Verlockung gefeit. Ich hatte die Nase voll von ausgestreuten Zellaktivatoren, ob nun 25 oder einer, ich hatte meinen Freund Lemy Danger in den Tod begleiten müssen, weil es mir nicht gelungen war, ihm einen Aktivator zu verschaffen.

Der Logiksektor lachte, grausam, brutal, ohne jedes Mitgefühl. *Ein interessantes Experiment. Einem Sterbenden einen Zellaktivator auszuhändigen ... was wäre dabei herausgekommen? Ich dachte, du könntest Verluste verkraften, du Narr.*

Ich schrie auf. In der Gegenwart, nicht in der Erinnerung. Trotzdem drehte der Fahrer sich wieder um, als hätte er etwas gehört. »He, Eure Erhabenheit, habt ein Einsehen. Ich muss drei Kinder durchfüttern und brauche das Trinkgeld! Sex! Abenteuer! Esoterik! Ich kann Euch alles bieten, Ski Huan!«

»She'Huhan«, knurrte ich. »Es heißt She'Huhan! Und dein Trinkgeld sollst du bekommen, Lakai.«

»Lakai? Ist das ein Adelsrang auf Arkon, Erhabener?«

»Fahr zu, Gradschep!«, sagte ich. »Bring mich zu diesem Händler ...«

Das Bild verblich. Ich konzentrierte mich wieder auf mein Gedächtnis, hoffte, die Erinnerung festhalten zu können, irgendeinen Hinweis darauf zu finden, was hier vor sich ging ...

Ein weiterer Splitter löste sich. Die Perspektive zog sich zusammen. Ein Stadtviertel, ein gemächlicher Flug, den ich als rasend wahrnahm, ein Gebäude, eine Glassitfassade, ein kleines Geschäft.

Tand, Zierrat, Schmuckstücke von einem Dutzend Welten, keins davon aus Edelmetall, Nachahmungen, originell, aber von geringem Wert. Ich sah mich um, ein Mann kam auf mich zu, ein Verkäufer, hielt mir eine Karte hin. Winzige Schriftzüge tanzten auf der Oberfläche. »Sehen Sie sich um, wenn Sie möchten.« Er deutete auf die ausgelegte Ware, wirkte völlig unschuldig.

Ich nahm die Karte und sah sie mir an. »Ich bin wegen des Silberschmucks hier.«

Fragend sah er mich an. »Wir führen exklusiven Modeschmuck von vierzehn verschiedenen Welten ...« Er zeigte auf die Visitenkarte.

»Sehr beeindruckend! Sie haben eine Karte.« Ich schnippte sie zu Boden. »Was nun?«

Zornig sah er mich an.

Ich ließ ihn stehen, ging durch den Laden. Die Zeit raste wieder, ich stand plötzlich in einer kleinen Nische, sah mich um.

Erkannte zu spät, dass diese Nische Teil einer Tür war, die sich nun öffnete.

Ein Mann stand vor mir, groß, bullig. Er sagte etwas. Ich verkrampfte mich. Ich kannte diese Stimme, und sie gefiel mir nicht. Nach einem Augenblick hatte ich sie eingeordnet. Sie gehörte dem Hitzkopf in der Bar, der fast eine Schlägerei angefangen hätte und mir dann den Tipp gegeben hatte.

Was ging hier vor?

Wie ein blutiger Anfänger bist du in eine Falle gelaufen, stellte der Extrasinn fest. Das *geht hier vor. Obacht jetzt! Mit diesen Burschen müsstest du fertig werden.*

Der Neuankömmling baute sich vor mir auf. Kaum etwas an ihm erinnerte noch an den lärmenden Trunkenbold aus der Bar. Der Verkäufer näherte sich langsam von hinten.

Ich wandte mich an den Hitzkopf. »Versuche es erst gar nicht.«

Der Mann trat einen Schritt näher.

Ich drehte mich mit wenig Hoffnung im Blick zu dem Verkäufer um. Auch er würde nicht mit sich reden lassen.

Und dann ... entglitten die Erinnerungen mir wieder. Ich versuchte, sie festzuhalten, aber es war vergebens. »Nein ...«, murmelte ich.

Doch da war noch etwas, tiefer in meinem Verstand begraben als die überschweren Atome in den silbernen Schmuckstücken. Wenn ich doch nur gewusst hätte, worum es sich handelte, und diese Erinnerungen hätte freilegen können ...

Was hatte Santjun gesagt?

In dem Licht war ein Junge ...

Zuerst hörte ich seine Stimme. *»Ich könnte dich töten ...«*

Ein Kampf, wie im Zeitraffer.

Der Verkäufer zog eine Waffe, doch schon eine Sekunde später hielt ich sie in der Hand, und er lag auf dem Boden. Der Hitzkopf glaubte ohne auszukommen, sah sich getäuscht, brach zusammen. Dann stand der Junge vor mir ... groß, schlaksig, fast schon dürr. Blass. Ein Glänzen in den Augen, wie von hohem Fieber.

Ich zögerte, wollte ihn nicht schlagen. Er streckte eine Hand aus.

Plötzlich konnte ich ihn nicht mehr schlagen, mich nicht mehr bewegen, nicht mehr denken, zuerst nicht mehr klar, dann gar nicht mehr.

Das war das Ende ...

Nein, das war es nicht, dessen war ich mir sicher. Ich war fasziniert, verspürte aber auch eine gewisse Furcht, wie ein Blinder, der sein Augenlicht zurückerhielt. Wenn man mir doch nur hätte helfen können, mich zu erinnern! Das war mein größter Wunsch.

Der Junge sah mich an. »Ich kann es einfach nicht. Ich möchte es, aber ich kann es nicht. Ich muss dich töten, aber ich kann es nicht.«

Ein Mutant, dachte ich. *Er lähmt mich, pfuscht in meinen Erinnerungen herum. Aber er ist noch jung, unerfahren, nicht ausgebildet. Und der Extrasinn schützt mich.* »Ich kann dir helfen. Du bist nicht verantwortlich für das, was du getan hast. Ich werde mich für dich einsetzen. Man wird dich nicht bestrafen, sondern dir helfen. Dich heilen. Ich verbürge mich dafür.«

Der Blick des Jungen wurde noch trauriger. »Du verstehst nicht«, sagte er. »Ich will dich ja töten, aber ich kann es nicht. Ich habe dafür keine Kraft mehr. Es verzehrt mich. Es bringt mich um ...«

Ich brach zusammen, konnte nichts mehr sehen, nur noch hören. »Schafft ihn zu der Rettungskapsel des Explorers«, sagte eine Stimme aus dem Nichts, und dann verschmolz sie mit der Dunkelheit, die allumfassend wurde und mich aufsog.

Schreiend riss ich die Augen auf, doch es dauerte einen Moment, bis mir klar wurde, dass ich mich nicht mehr auf Ranjokhan befand, sondern auf Thanaton, auf einem Schiff, das den großen, später breiten und schlammbeladenen, hier jedoch von Stromschnellen durchsetzten Fluss namens Arch'Toar befuhr.

Santjun beugte sich zu mir vor. »Sir«, sagte er besorgt, »Lordadmiral ...«

Ich spürte, dass mein Gesicht von kaltem Schweiß bedeckt war, und wischte es mit einer zitternden Hand ab. »Schon gut«, sagte ich. »Es geht wieder. Wir beide haben wohl mit unseren Erinnerungen zu kämpfen.« Ich lächelte schwach, erhob mich von dem Holztisch und sah mich in der kleinen Kabine um. »Wir packen«, entschied ich.

»Sir? Makra'Khor ist erst der übernächste Hafen.«

»Wir verlassen das Schiff beim nächsten Zwischenstopp und nicht erst am Ende der Reise. Dort könnte man uns auflauern, sollte unsere Tarnung aufgeflogen sein. Und da sich Terry Ulcarach als Verräter entpuppt hat, ist es sehr wahrscheinlich, dass man uns bereits erwartet.«

Makra'Khor: 11. April 3112

Die Sonne stand noch hoch am Himmel, als wir eine Biegung des schmalen Wegs passierten und den ersten direkten Blick auf unser Ziel erhaschten, die Quelle des geheimnisvollen silbernen Metalls. Ich blieb stehen, und mir verschlug es buchstäblich den Atem.

Es war ein kilometerlanges Gebilde, das sich im Winkel von dreißig Grad an eine steil aufragende Bergflanke lehnte und aus Tausenden parallelen Strängen eines silbrigen, metallischen Materials bestand, von denen jeder ungefähr einhundert Meter stark war. Eckigen Orgelpfeifen ähnlich, waren sie von innen nach außen mit abnehmender Länge gebündelt, sodass sich das Bild einer Kaskade ergab. Von ihnen musste das Glitzern stammen, das wir während der Landung gesehen hatten.

Das Objekt musste sich schon sehr lange dort befinden. Auf den oberen Enden der Stränge, die wie Terrassen angeordnet waren, konnte ich sogar Bäume erkennen. Den Fuß des Bergs, dessen höchste Enden in die Wolkendecke hineinragten, umgab dichter Wald, was mein Interesse fand, da die Umgebung ansonsten karg und kaum bewachsen war.

Ich aktivierte die Kameraoptiken meiner Spezialbrille und konnte nun am Fuß des Gebildes schwer bewachte Camps erkennen, von denen aus Schächte ins Innere des Bergs führten. Aber ich machte auch waghalsig angebrachte Plattformen aus, von denen sich einige in schwindelerregenden Höhen befanden. Überall, auf ihnen wie auch am Boden, arbeiten Thanatoner.

Ich vergrößerte die Darstellung noch einmal und machte nun eine Straße aus, die an weiteren Lagern vorbei bis zum Hafen einer Ansiedlung führte, bei der es sich nur um Makra'Khor handeln konnte. Von Tieren gezogene Fuhrwerke und dampfbetriebene Lastwagen transportierten auf ihr große Ballen des silbrigen Materials. Ich erkannte die harzähnliche Substanz wieder, die mir schon im Hafen von Tar'Haar aufgefallen war, konnte wegen der beträchtlichen Entfernung aber keine Details erkennen. Klar war jedenfalls, dass sie aus dem Gebilde gewonnen wurde und anscheinend eine Vorstufe des Silbermetalls darstellte.

»Ein gewaltiger Monolith«, murmelte Santjun neben mir.

Ich warf ihm einen verwunderten Blick zu. »Ich wäre nicht auf die Idee gekommen, ein filigranes Gebilde aus Kaskaden glänzender Säulen, ein Bündel silbriger Orgelpfeifen, mit einem Begriff zu belegen, den man eher mit einem einzelnen massiven Klotz assoziiert.«

Der Agent zuckte die Achseln. »Auf mich wirkt es jedenfalls wie ein Monolith. Diese geschlossene Fremdartigkeit ...«

Ich nickte zögernd, begriff, was er meinte. Die silbrigen Stränge verbreiteten eine Aura, die sie auf gewisse Weise der umgebenden Realität entrückte. In der Summe entstand dadurch trotz des eigentlich filigranen Aufbaus aus einzelnen dünnen und hellen Rohren der subjektive Eindruck, etwas Massives, Drohendes vor sich zu haben, einen Fremdkörper, der sich wie ein Klotz in die Landschaft hineingebohrt hatte. »Na schön. Bleiben wir bei diesem Begriff. Ist Ihnen der starke Pflanzenwuchs in unmittelbarer Nähe des Monolithen aufgefallen?«

»Natürlich. Die Wirkung des silbernen Materials scheint nicht auf Menschen beschränkt zu sein. Wahrscheinlich ist dieser Effekt Ausdruck der Lebenskraft, die von dem Material und sicher auch in hohem Maß von dem gesamten Monolithen ausgeht.«

Eine Quelle der Langlebigkeit, dachte ich, *wenn nicht sogar der Unsterblichkeit.*

Santjun hob warnend eine Hand. »Eine Patrouille«, sagte er.

Ich hatte es auch gehört. Stimmen in einiger Entfernung, laute Schritte. »Deflektoren einschalten«, sagte ich. »Wir ziehen uns ins Unterholz zurück.«

Im nächsten Augenblick wurde Santjun vor mir unsichtbar. Nur an den Bewegungen einiger Äste konnte ich erkennen, welchen Weg er eingeschlagen hatte.

Als wir uns Makra'Khor näherten, hatten wir feststellen müssen, dass der Ursprungsort des silberähnlichen Metalls gut bewacht war. Befestigte Lager sicherten alle Zugangswege in das Hochtal, das den Kern des Gebirges bildete, und Patrouillen überwachten das Gelände zusätzlich. Für die planetaren Verhältnisse waren diese Thanatoner mit ihren mehrschüssigen Gewehren schwer und modern bewaffnet. Sie trugen einheitliche Kleidung, die man fast schon als Uniform bezeichnen konnte, und Panzerungen, die sie vor Hieb- und Stichwaffen schützten. Ihr rüdes Auftreten verbarg keineswegs, dass sie einer militärisch auffällig modern strukturierten Gruppe angehörten – ein weiterer Hinweis für mich, dass Fremdweltler in einem schleichenden Prozess die Kontrolle über den Silberberg übernommen und wahrscheinlich damit begonnen hatten, die Ressource Silbermetall zu verknappen.

Aber es waren keine Söldner der Silberherren, die uns hier über den Weg liefen, sondern fünf, sechs abgerissene Gestalten, hagere Männer, die keinesfalls einheitlich gekleidet waren, sondern einen eher ärmlichen Eindruckt machten und die sich an großen und offensichtlich schweren Säcken abschleppten.

»Schmuggler«, flüsterte Santjun, als sie sich auf dem schmalen Weg wieder von uns entfernten.

»Wir haben festgestellt, dass es beträchtliche Unterschiede zwischen den Bevölkerungsschichten gibt«, erwiderte ich.

»Also wird es auch unzufriedene Kreise geben, die nach einem größeren Stückchen des Kuchens streben, und dementsprechend auch illegale Handelswege. Und da diese Schmuggler recht offen agieren, gehe ich davon aus, dass die Machthaber ihre Tätigkeit in gewissem Umfang dulden. Die relative Sorglosigkeit, mit der sie vorgehen, lässt darauf schließen, dass der Schmuggel des Metalls nicht mit absoluter Strenge bekämpft wird.«

»Oder, dass die Silberherren keine vollständige Kontrolle ausüben«, widersprach der Agent.

»Unwahrscheinlich«, konterte ich. »Indem die Silberherren ... oder die, die hinter ihnen stehen ... illegalen Handel mit den Ausgangsstoffen erlauben, eröffnen sie sich einen Pfad zu ebenfalls illegalen Verarbeitungsstätten, die dann ausgehoben werden können. Würden sie die Quelle zu offen kontrollieren, würde das den Volkszorn anheizen. Offensichtlich haben sie bei der Verfolgung ihrer Pläne Geduld und viel Zeit. Das ist eine langfristige Operation!«

Wir warteten noch ein paar Minuten und gingen dann weiter, über gewundene Bergpfade Makra'Khor entgegen, stets auf der Hut vor Patrouillen der Silberherren und Schmugglern, mit denen wir bei jedem Schritt rechnen mussten.

Die Ansiedlung war kaum mehr als ein ausgedehntes Lager aus hölzernen Gebäuden und Zelten. Man hatte sie um einige wenige Steingebäude errichtet, die offensichtlich uralt waren, vielleicht sogar einige Jahrhunderte. Ich nahm das als weiteren Hinweis darauf, dass die Aktivität in dieser Region in den letzten Jahren stark zugenommen hatte.

Der Abend dämmerte bereits, als wir eintrafen. Ich war mir unsicher gewesen, ob wir die Stadt überhaupt betreten sollten, da wir davon ausgehen mussten, dass Terry Ulcarach, unser Mann auf Thanaton, meine Ankunft auf dem Planeten verraten hatte. Wir hatten uns zwar eine kleine, hübsche Geschichte zurechtgelegt und würden uns als Händler ausgeben, die versuchten, an größere Mengen des silbrigen Metalls heranzukommen, doch das würde keiner Überprüfung standhalten.

Das ungezügelte Lagerleben, das ich halbwegs erwartet hatte, fand nicht statt. Die Arbeiter, die den Großteil der Bevölkerung Makra'Khors zu stellen schienen, wirkten müde und erschöpft und waren wortkarg. Wir stellten ein paar Fragen, erhielten aber keine brauchbaren Antworten. Sogar die Händler, die Waren des täglichen Bedarfs anboten, und die Wirte, die die Arbeiter mit Speisen und Getränken versorgten, kamen mir ausgesprochen einsilbig vor.

Wir aßen in einer der vielen Garküchen. Um ein großes Feuer, in dem Fleisch gegrillt und in Töpfen gekocht wurde, hatten die Betreiber Tische und Holzbänke aufgebaut. Ich wählte eine Bank ganz hinten, die im Halbdunkel lag. »Wir müssen einen Führer anheuern, der uns in die Berge bringt, zum Monolithen«, sagte ich, während ich ein paar Bissen Fladenbrot mit einem dünnen Bier herunterspülte.

»Ich stelle mich auf den Marktplatz und biete dem, der uns zu den Silberherren bringt, tausend Thanos.«

Ich grinste. »Das wird vielleicht nicht nötig sein.« Ich gab Santjun ein Zeichen und rutschte auf der Holzbank zurück, noch tiefer in den Schutz des umgebenden Dunkels.

Der Agent wartete noch einen Moment und drehte dann unauffällig den Kopf. Er ließ sich nichts anmerken, doch in seinen Augen blitzte es.

Ich nickte. Ein alter Bekannter hatte gerade eins der steinernen Häuser verlassen und ging schnellen Schrittes zum Rand der Ansiedlung, wie üblich begleitet von zwei Aufpassern, die sich dicht hinter ihm hielten.

Atog'Mar, der Händler von dem Flussschiff, der energisch bestritten hatte, den Silberherren anzugehören.

Wir ließen unser Essen stehen und folgten ihm. Er bemerkte nichts davon. Im Gegensatz zu seinen Helfern verstanden wir etwas von unserem Job.

Meine Erwartung, dass er das Lager verlassen würde, erfüllte sich nicht. Vielmehr betrat er eins der zahlreichen kleinen Zelte, die den Hauptteil der Ansiedlung bildeten. Einer der beiden Leibwächter blieb wartend vor dem Eingang stehen, der andere folgte ihm ins Zelt.

Ich aktivierte den Individualtaster meines Allzweckarmbands. Die beiden Männer waren in dem Zelt allein. »Atog'Mar wird unser Führer sein«, sagte ich.

Santjun nickte. »Lassen Sie mich das übernehmen, Sir.«

Ich betrachtete ihn nachdenklich. »Es ist ungefährlicher, wenn wir gemeinsam vorgehen.«

»Trotzdem, Sir.«

Mir wurde klar, wie wichtig das für Santjun war. Man sagte mir nach, ein Kenner aller Graustufen der praktikablen Moral zu sein, und der Agent wollte mir schlicht und einfach beweisen, dass ich ihm nach allem, was vorgefallen war, vertrauen konnte. Mehr noch, er wollte eine tiefergehende Bindung zu mir aufbauen. »Also gut.«

Ohne das geringste Zögern schlenderte Santjun zu dem Zelt hinüber. Er sprach den Wachtposten an; der Mann war zwar misstrauisch, antwortete aber und beging damit den entscheidenden Fehler. Er ließ zu, dass der Agent zu nah an ihn herankam.

Es geschah so schnell, dass ich es kaum verfolgen konnte. Während Santjun heftig gestikulierend auf den Mann einredete, griff er zu. Der Wächter riss Augen und Mund auf und wollte abwehrend einen Arm heben, konnte es aber nicht mehr. Seine Beine gaben nach, und Santjun packte und stützte ihn und bugsierte ihn in das Zelt.

Ich ließ dem Agenten noch ein paar Sekunden Zeit und folgte ihm dann.

Beide Leibwächter lagen bewusstlos auf dem Boden, und der feiste Händler Atog'Mar hockte neben ihnen, Santjuns Vibratormesser am Hals, und starrte mich aus weit aufgerissenen Augen an.

»Ich nehme an, du hast mich schlicht und einfach belogen, vertrauter Geschäftspartner und Mann von Ehre«, sagte ich freundlich, »und gehörst doch den Silberherren an.«

Endlich dämmerte ihm, wer ich war. »Du ...«, stieß er hervor, eine geradezu typische Reaktion.

Ich zeigte ihm ein Lächeln, aber es war ganz und gar nicht freundlich. »Genau. Und du wirst uns nun zu denen führen, die hinter alledem die Fäden ziehen.«

Santjun ließ ihm etwas Spielraum, und er schüttelte den Kopf. »Dann wird Malcher nicht nur dich töten, sondern auch mich.«

Ich runzelte die Stirn. »Malcher?«

Er schwieg.

Ich nickte Santjun zu und deutete auf die beiden Leibwächter. »Fessle sie. Um den Mann von Ehre kümmere ich mich.« Ich kniete neben dem Händler nieder, der sich aufrichten wollte, drückte ihn auf den Boden zurück und legte ihm die rechte Hand auf die Schulter. Thanatoner unterschieden sich zwar in gewisser Hinsicht von herkömmlichen Lemurern, doch ich fand das Nervengeflecht auf Anhieb. »Du *wirst* uns führen«, sagte ich. »Dieser Malcher ... oder wer auch immer ... hat mich verschleppt, mir das Gedächtnis genommen, meine Erinnerungen manipuliert und wollte mich veranlassen, ein Schiff mit einhundertundfünfzig Besatzungsmitgliedern in die Luft zu jagen, wobei ich ebenfalls ums Leben gekommen wäre. Meine Geduld ist erschöpft. Hast du verstanden?«

Trotzig sah er mich an.

Ich drückte ihm die freie Hand auf den Mund, um seinen Schrei zu ersticken, und bohrte den Zeigefinger der anderen in das Nervengeflecht dicht unterhalb des Schulterblatts. Er erzitterte, bäumte sich auf, wurde dann bewusstlos.

Kenner aller Graustufen der praktikablen Moral ... Mich dazu herablassen, Atog'Mar zu foltern, um in Erfahrung zu bringen, was er wusste, das würde ich nicht tun. Aber der Händler würde uns zu Malcher führen, dessen war ich mir sicher.

Aus der Nähe war das extreme Alter des Monolithen klar ersichtlich. Das silbrige Metall, das seine Hülle bildete, schien einmal glatt und glänzend gewesen zu sein, wirkte nun aber verwittert. Regen und Schnee, Sturm und Hitze hatten es im Verlauf von Hunderttausenden von Jahren mit breiten und schmalen Furchen durchzogen, geradezu abgeschmirgelt. Es musste an der Besonderheit des Materials liegen, dass es trotz alledem glänzte.

Der Anblick war noch immer überwältigend. Ich konnte Atog'Mars Ehrfurcht verstehen, als er den Kopf zurücklegte und versuchte, die Spitze des Gebildes in den tiefhängenden Wolken auszumachen. »Nad'thekonos«, murmelte er.

Wir hatten die Nacht in Atog'Mars Zelt in Makra'Khor verbracht; Santjun und ich hatten abwechselnd Wache gehalten. Kurz vor Morgengrauen waren wir dann über mehr oder weniger geheime Pfade in die Berge aufgebrochen; die beiden Leibwächter hatten wir, noch immer an den Händen gefesselt, mitgenommen. Ich hatte noch zweimal zugreifen müssen, bevor der Händler sich schließlich bereit erklärte, uns zu führen.

Wir näherten uns dem Monolithen über einen schmalen Pfad von der Bergseite aus, als ich das verräterische Geräusch hörte, ein leises Klicken, als würde ein unerfahrener Schütze im letzten Augenblick vor dem Angriff eine moderne Waffe aktivieren, einen Impulsstrahler oder Desintegrator.

Ich sah Santjun an, und er sah im gleichen Augenblick mich an. Ich blinzelte kurz, schaute mich um. Vor uns war, wohl wegen der Nähe zum Monolithen, die Vegetation schon recht dicht; dort würden wir vielleicht Deckung finden.

»Jetzt!«, rief ich, und wir rannten gleichzeitig los, dem Waldrand entgegen.

Ein glutheißer Energiestrahl fuhr dicht an mir vorbei, setzte das Gebüsch in Brand, vor dem ich gerade noch gestanden hatte, und verwandelte einen der beiden Leibwächter Atog'Mars in eine laut schreiende Fackel.

Ich hechtete in die Deckung eines Felsens, rollte mich ab, sprang auf und lief weiter. Die Geräusche weiterer Schüsse erklangen, und neben mir löste sich ein Baum in grünen Dunst auf.

Desintegrator-Beschuss!

Es sind insgesamt vier Schützen, meldete der Extrasinn. *Ich habe ihre Position bestimmt. Sie befinden sich hinter uns, müssen uns aus Makra'Khor gefolgt sein. Sie haben Deckung hinter Felsen und Bäumen gesucht. Flucht bietet höhere Aussicht auf Erfolg als Kampf.*

Danke!, gab ich knapp zurück. *Und wieso sind sie mit modernen Waffen ausgerüstet?*

Der Logiksektor schwieg.

Santjun stieß einen Warnruf aus, und ich warf mich im letzten Augenblick zur Seite. Konzentriertes Feuer aus einem Desintegrator und zwei Impulsstrahlern. Hinter mir ein weiterer Schrei, doch ich konnte nicht sagen, ob der Händler oder sein überlebender Leibwächter getroffen worden waren. Offensichtlich ging es den Angreifern nicht darum, Atog'Mar zu befreien; das Ziel war vielmehr, Santjun und mich auszuschalten.

Endlich kam ich dazu, meine Waffe zu ziehen. Ich gab einen ungezielten Schuss ab, hörte überraschte Rufe. Getroffen hatte ich nicht, aber unsere Häscher wussten nun, dass wir nicht wehrlos waren, und würden vorsichtiger agieren.

Das verschaffte uns die Zeit, die wir brauchten, um in den Wald vor uns einzutauchen. Wir liefen weiter, brachten immer mehr Bäume zwischen uns und die Angreifer. Ihre Rufe wurden leiser, verhallten schließlich ganz.

Santjun blieb stehen und lehnte sich gegen einen Baumstamm. »Das war knapp«, sagte er keuchend.

Ich nickte, wies dann nach vorn. »Der Monolith ist nicht mehr weit. Wir werden auf eigene Faust versuchen, in ihn einzudringen.«

Ulcarach
Im Lager des Silberherren: 11. April 3112

Terry Ulcarach brach der Schweiß aus. Malcher hatte den Jungen dabei.

Malchers Anblick war schon schrecklich genug, aber der des Jungen jagte ihm einen kalten Schauer über den Rücken. Er machte ihm Angst, wie er sie noch nie empfunden hatte. Nicht einmal, als er Rion ...

Er schüttelte sich. Er wollte nicht daran denken.

Groß war der Junge, zumindest für sein Alter, das Ulcarach auf sechzehn, siebzehn Jahre schätzte. Fast auf zwei Meter hochgeschossen. Aber dabei dürr, spindeldünn, so hager, als könne der leiseste Windstoß ihn einknicken lassen. Als würde er bei der geringsten Berührung durch fremde Hand einfach durchbrechen. Ulcarach hätte seine Handgelenke und Knöchel mit Daumen und Zeigefinger umschließen können, und es wäre fast noch Platz für den Lauf eines Kombistrahlers geblieben.

Und blass. Seine Haut war weiß wie Pergament, und auch genauso dünn. Man sah jede einzelne Ader darunter; je nachdem, wie das Licht fiel, schien die Haut durchsichtig zu werden. Hätte der Junge keine Kleidung getragen, hätte Ulcarach die inneren Organe sehen können, das schlagende Herz, die sich aufpumpenden und wieder zusammenfallenden Lungen, davon war er überzeugt ... Er schüttelte sich, verdrängte die Vorstellung.

Im Gesicht war die Haut des Jungen allerdings nicht überall so transparent. Große Pickel wucherten darin, dunkelrote Erhebungen, die an den Spitzen eitrig weiß wurden. Flecke in hellerem Rot um sie herum. Manche dieser Mitesser, oder um was immer es sich handelte, waren zu großen Beulen angeschwollen, in denen, nur von hauchdünner Haut gehalten, Eiter oder andere schädliche Substanzen bei jeder Bewegung schwappten.

Und er war über und über mit Silber bedeckt. Vier, fünf schwere Halsketten, Ringe an allen Fingern, mehrere Armreifen von den Handgelenken bis zu den Oberarmen, sogar Ohrringe trug der Junge. Terry hätte sich nicht gewundert, wenn sein gesamter Körper mit Silberpiercings durchstochen gewesen wäre oder er unter seiner weiten, schlotternden Kleidung eine silberne Rüstung getragen hätte.

Ulcarach erhob sich, als Malcher mit dem Jungen die Halle betrat, einen fast sechs Meter hohen Kuppelraum im Silberspender. Tausende von verschlungenen Kriechgängen und größeren Korridoren, in denen ein Mensch sich aufrecht bewegen konnte, durchzogen den Berg und verbanden zahlreiche dieser Hallen und die noch größeren Galerien miteinander. An den Wänden der Korridore und auch an denen dieser Halle fanden sich, Schattenrissen gleich, Darstellungen fremdartiger Geschöpfe. Ulcarach erinnerten sie an Kerbtiere. Eine ganze Welt tat sich dort auf, wenn man nur genau hinschaute. Wesen aus sieben ineinandergefügten, elastischen Panzersegmenten, wobei zwei Beine aus dem zweiten Segment von unten entsprangen und einen aufrechten Gang erlaubten, zwei weitere Beine jedoch aus dem fünften Segment, sodass auch eine vierbeinige Fortbewegung möglich war. Riesige Insekten mit eingeschnittenen Leibern und stark voneinander abgesetzten Körperteilen, die sich, teilweise auf zwei Beine aufgerichtet, teilweise auf allen Vieren stehend, liebkosten, paarten, unterhielten, miteinander maßen oder einfach nur zusammen waren. Ihre Kunst erzählte die Geschichte einer verlorenen Welt, doch Ulcarach interessierte sich nicht besonders für die Bilder und hatte jetzt erst recht keinen Blick für sie übrig.

Malcher und der Junge fanden seine vollständige Aufmerksamkeit.

Nachdem der USO-Agent Coal'ha und seine »Familie« in Sicherheit gebracht hatte, war er sofort nach Makra'Khor aufgebrochen und hatte, im Gebiet des Monolithen angekommen, ein Treffen mit Malcher arrangiert, dem Anführer des inneren Kreises der Silberherren.

Der Mann war ihm nicht nur wegen seines Aussehens unheimlich, sondern auch, weil er ihn nicht einschätzen konnte. Was für Motive mobilisierten ihn? Weshalb betrieb er die Ausbeutung des Bergs mit solcher Kraft? Es ging ihm nicht nur um Reichtum, dessen war sich Ulcarach sicher.

Vielleicht um Langlebigkeit? Aber auch das war nicht die einzige Erklärung für Malchers Handeln, das spürte der USO-Agent genau.

Das, was Ulcarach zu sagen hatte, war so wichtig, dass Malcher ihn sofort empfangen hatte. Ein paar Andeutungen hatten genügt, um in den Genuss dieser seltenen Vorzugsbehandlung zu kommen. Von Vergnügen mochte er allerdings nicht reden.

Er räusperte sich nun, als Malcher zu ihm trat und ihn von oben bis unten musterte. Sein Gang und sein Habitus waren auffallend kontrolliert. »Sie bringen schlechte Nachrichten, Ulcarach?« Die Halle wurde von Fackeln erhellt, die tanzende Schatten warfen. Von Fackeln! Und das bei all den Maschinen, die man hier im Berg fand.

Nun ja, gestand Ulcarach sich ein, die meisten waren nicht irdischer Herkunft und irgendwie mit den Wänden »verwachsen«. Wahrscheinlich hatte sich noch niemand einen Reim auf ihre Funktion machen können.

Er nickte knapp, wagte es kaum, den Blick auf Malcher zu richten.

Der Terraner unbekannter Herkunft war mit knapp über zwei Metern noch etwas größer als der Junge. Seine lang gestreckte, dünne, fast schon ausgemergelte Gestalt und seine filigranen Gliedmaßen ließen darauf schließen, dass von einer Niederschwerkraftwelt stammte. Sein Gesicht war schmal und scharf geschnitten, mit einer Hakennase und kräftigen dunklen Augenbrauen.

Bei seinem Äußern fingen bereits die Absonderlichkeiten an. Seine Haut hatte – wohl durch den permanenten Kontakt mit zu viel Silbermetall – einen silbrigen Schimmer angenommen und wirkte eingeschrumpft. Die Haare waren dicht und dunkel, die Augen von einem stechenden Grün.

Damit hörten die Eigentümlichkeiten aber noch längst nicht auf. Ulcarach vermutete, dass hier die Schattenseiten des silbrigen Metalls zutage traten, das in zu großen Mengen und viel zu lange auf Malcher eingewirkt hatte. Vielleicht hatte die Substanz eine genetische Instabilität erzeugt, die zu Effekten führte, wie man sie üblicherweise nur bei Menschen sehr hohen Alters sah – Hautwucherungen, Falten, kleine Geschwüre. Für Ulcarach wirkte Malcher kaum lebendiger als Rion, und das wollte schon etwas heißen.

Er sah zu Rion Parth, seinem Kollegen und besten Freund, der jetzt nie mehr von seiner Seite weichen würde, den er immer bei sich hatte. Doch der Blick, mit dem Rion den seinen erwiderte, war starr, ausdruckslos, in die Ferne gerichtet.

Es reicht mir schon, wenn du mir nur zuhörst, alter Knabe, dachte er fast zärtlich.

Wusste Malcher, welchen Eindruck sein Auftreten bei anderen Menschen erzielte? Legte er es vielleicht sogar darauf an, diese alptraumhafte Komponente ins Spiel zu bringen und für sich zu nutzen? War er wirklich ein so kühler Rechner, dass er seine Erscheinung für sich zu nutzen wusste und durch dunkle Kleidung und ungewöhnliche Verhaltensweisen noch unterstrich?

»Ja«, sagte Ulcarach. »Es hat alles nicht funktioniert.«

Malcher runzelte die Stirn.

Er sieht wirklich uralt aus, dachte Ulcarach. Wie ein Dreihundertjähriger, der schon seit hundert Jahren tot ist.

Der Silberherr deutete auf die Sitzgruppe in der Spitzbogen-Halle. »Nehmen wir doch erst einmal Platz«, sagte er höflich. »Wo ist übrigens Rion Parths Hure? *Ihre* Hure jetzt, wenn ich nicht völlig falsch liege, Terry?«

Ulcarach schluckte. »In ... einem sicheren Versteck, Malcher.« Er sah Rion an. *Sag doch was,* dachte er, obwohl er wusste, dass Rion nie wieder etwas sagen würde. Er war nur noch als Zuhörer zu gebrauchen. Aber er war ein sehr guter Zuhörer.

Der Junge nahm – ausgerechnet – ihm gegenüber Platz. »Terry Ulcarach«, sagte er und streckte die Hand aus. »Ich kann dich töten, wenn ich will.«

Ulcarach wich unwillkürlich zurück, soweit das Polster es ihm erlaubte. »Ich weiß«, murmelte er.

Malcher lachte laut auf. »Zur Sache. Sie haben es also wirklich herausgefunden, befürchte ich?«

Terry nickte ansatzweise.

»Ich kann dich töten«, flüsterte der Junge ihm wieder verstohlen zu.

Ulcarach sah zuerst Rion, dann Malcher an. Beide zeigten nicht die geringste Reaktion. »Ja«, antwortete er. »Ich befürchte, die USO wird in absehbarer Zeit eingreifen. Es kann sich nur noch um Tage, wenn nicht sogar um Stunden handeln.« Er berichtete von dem überraschenden Hyperfunkspruch und dem kurzen Gespräch mit Lordadmiral Atlan, das er schließlich einfach unterbrochen hatte.

»Und das alles wegen ein wenig Silberschmuck«, sagte Malcher beiläufig. Er nahm die schlechte Nachricht für Ulcarachs Geschmack zu gelassen hin.

Terry seufzte. Er hatte schon längst herausgefunden, dass der Schmuck der Thanatoner Langelebigkeit verlieh, und sich mit den wirklichen Beherrschern der Silberherren arrangiert. Er scheute zwar den direkten Kontakt zu dieser Organisation, hatte sich jedoch niemals um die Aufdeckung ihrer Machenschaften bemüht und bezahlte gewisse *Erleichterungen* durch nützliche Information.

An sich ist die Einmischung der Silberherren ja nicht schädlich, redete er sich zum wiederholten Male ein, *da ja auch die Ureinwohner in den Genuss der Langlebigkeit kommen. Wenn auch nur gegen Bezahlung und in abnehmendem Maße. Wer behauptet, ich sei längst schon gekauft worden, weiß nicht, was hier vor sich geht.*

Aber Malcher gegenüber würde er mit dieser Behauptung nicht durchkommen. Schließlich war es ja letztlich er gewesen, er, Terry Ulcarach, der die Aktion Atlans auslöst hatte. Als ihm vor einigen Jahren ein Besatzungsmitglied eines USO-Versorgungsschiffs zufällig auf die Schliche gekommen war, hatte er den Mann mit Silbermetall bestochen.

Doch irgendwie schien Unredlichkeit sich herumzusprechen, oder auch nur der Hinweis, wo etwas zu holen war. Von da an waren immer wieder Besatzungsmitglieder von USO-Schiffen an ihn herangetreten, und er hatte sich ihr Schweigen mehrmals erkauften müssen.

Aber niemals Agenten, sagte sich Terry Ulcarach voller Stolz. *Immer nur Hilfskräfte, niemals Agenten.*

Eins dieser Besatzungsmitglieder wiederum musste seine Beute in Unkenntnis ihres eigentlichen Werts auf Olymp verkauft haben, oder auf Lepso oder sonst wo. Es kursierte nur ein knappes Dutzend dieser Schmuckstücke, und es überraschte Ulcarach, dass eins davon die Aufmerksamkeit der USO erregt hatte und in Atlans Hände gefallen war.

Selbstvorwürfe hin, Selbstzweifel her – es war passiert und ließ sich nicht mehr ändern.

Schon von der ersten Bestechung an hatte er versucht, die USO möglichst von Thanaton fernzuhalten, indem er stets meldete, dass auf Thanaton keine Einmischung durch fremde Mächte stattfinde. Normalerweise waren solche Eingriffe sowieso kaum nachweisbar.

Und dann hatte Melher sich an ihn gewandt. Dieser verdammte Ferrone, der ihm irgendwie auf die Schliche gekommen war und die Sache in großem Stil aufziehen wollte. Ihm war nichts anderes übrig geblieben, als Malcher um Hilfe zu bitten.

»Alles hat schon viel früher angefangen«, sagte Malcher. »Schon, als die ersten Schmuckstücke auf anderen Planeten aufgetaucht sind.« Er warf Ulcarach einen nachdenklichen Blick zu. »Das war der Anfang vom Ende. Von Melher ganz zu schweigen.«

Wieder floss die Angst wie Eiswasser durch den Körper des Agenten. *Weiß er es?*, fragte er sich. *Weiß Malcher, dass ich die Schmuckstücke in Umlauf gebracht habe?* »Was haben Sie jetzt vor?« Er wunderte sich, dass seine Stimme ihm nicht den Gehorsam versagte.

Malcher wühlte in einer Tasche seiner schwarzen Jacke und holte schließlich eine kleine Kugel aus Opal hervor. Er hielt sie vor die Augen und betrachtete sie, starrte wortlos geradezu hinein.

Der Junge neben ihm beugte sich vor, grinste Ulcarach verschlagen an. Mit den Lippen bildete er stumm einen Satz. *Ich kann dich töten,* glaubte der USO-Agent zu lesen.

Plötzlich riss Malcher die Augen auf und sprang hoch. »Warum informierst du mich so spät?«, schrie er. »War dir deine Hure wichtiger als unser großes Ziel?«

Aus Erfahrung verzichtete der USO-Agent darauf zu antworten. Malcher reagierte oft so. Er pendelte in seinen Reaktionen und Handlungen zwischen dem Kalkül eines nüchternen Verstandesmenschen hoher Intelligenz und einem Hang zu plötzlicher Brutalität. Ein typisches Anzeichen für eine manisch-depressive Veranlagung, wie Ulcarach von seiner Ausbildung her wusste. Bei solchen Personen war mitunter jedes Wort eins zuviel.

Allerdings, dachte er bei sich. *Davon kannst du ausgehen, Malcher.* Sein primäres Ziel war es gewesen, seine »Familie« zu schützen.

Er sah Rion an. *Du hast es doch gewusst, oder? Und du hättest genauso gehandelt wie ich. Du hättest zuerst einmal Coal'ha in Sicherheit gebracht. Wir wollen Thanaton zwar verlassen, aber ich habe auch alle Vorkehrungen getroffen, zuerst einmal auf unserer Welt unterzutauchen. Schon längst habe ich Rückzugsräume für meine Familie vorbereitet. So, wie du es auch getan hast. Eigentlich habe ich deine Pläne übernommen und nur leicht modifiziert. Und jetzt müssen wir wohl oder übel erst einmal eine Weile hierbleiben.*

Rion schwieg.

»Das ist einfach widerlich«, sagte Malcher.

Ulcarach nickte unglücklich.

»Hast du alle Spuren verwischt? Spuren, die auf mich hindeuten, meine ich.«

»Ja.« Ulcarach nickte. Dass Malcher nur an sich dachte und ihm sein Schicksal völlig gleichgültig war, war dem USO-Agenten klar. Falls der geheimnisvolle Herr der Silberherren es sich nicht doch noch anders überlegte und *wirklich alle* Spuren verwischen wollte. Darin war er ja groß.

Als er Atlans Funkspruch empfangen hatte, war die Situation für ihn eskaliert. Jetzt, im Nachhinein, fielen ihm zehn Möglichkeiten ein, wie er wesentlich besser auf die überraschende Anfrage hätte reagieren können. Aber er hatte nur noch an Coal'ha gedacht und war in Panik geraten. Er hatte die Verbindung einfach unterbrochen, die USO-Station mithilfe vorbereiteter Sprengsätze zerstört und war Hals über Kopf geflohen.

»Wenigstens hast du mich vorher über die Lage auf dem Laufenden gehalten«, sagte Malcher versonnen. »Vielleicht kann ich deshalb noch etwas retten.« Aber er sprach seltsam unbeteiligt, als läge ihm gar nichts daran, es auch nur zu versuchen.

Ulcarach nickte nachdrücklich. Ja, er hatte Malcher stets informiert, gegen Rions ausdrücklichen Ratschlag, und vielleicht waren sie letzten Endes deshalb aufgeflogen. Er hatte noch ein paar Freunde bei der USO, auch jetzt noch, nachdem man ihn nach Thanaton abgeschoben hatte ...

Der grausige Schatten eines Terraners hätte wahrscheinlich Einwände gegen diese Formulierung erhoben. »Du hast keine Freunde«, hätte er gesagt, »du hast Kollegen, die die Vorzüge des Silberschmucks kennengelernt haben und dich von Zeit zu Zeit mit Informationen versorgen, weil sie Nachschub haben wollen. Weil sie es auch herausbekommen haben. Je mehr Schmuck, desto größer die Wirkung.«

Ja, genauso dachten seine Kollegen wohl. Immerhin hatte er von ihnen erfahren, dass man die EX-2714 ganz in der Nähe von Thanaton gefunden hatte, dass auf anderen Welten mehrere der Schmuckstücke auf einen neuen Besitzer warteten und dass Lordadmiral Atlan nach Ranjokhan aufgebrochen war, um dort der Sache persönlich auf den Grund zu gehen.

Und kaum war es ihm zu Ohren gekommen, hatte er es an Malcher weitergegeben. Andererseits ... wenn Malcher nicht jedes Mal reagiert hätte, wären sie wohl schon längst durchschaut worden.

»Ja, du hast gute Dienste geleistet«, sagte der große, hagere Mann. »Deshalb lasse ich dich am Leben.« Seine Worte klangen völlig nüchtern und sachlich.

Auch das »Vorerst!«, das er dann noch wie einen unbedeutenden Nachsatz hinzufügte.

Ulcarach versuchte, sich nichts anmerken zu lassen, doch es gelang ihm nicht. Unwillkürlich atmete er auf. Er hatte nicht damit gerechnet, so leicht davonzukommen.

Malcher sah Ulcarach nach, als der, nicht ohne zuvor Rion Parth ergriffen zu haben, die Halle verließ. Der USO-Agent bemühte sich, langsam zu gehen, ja sogar würdevoll, doch es gelang ihm nicht. Seine Schritte wurden immer schneller, und schließlich drehte er den Kopf über die Schulter zurück, um sich zu überzeugen, dass der Silberherr es sich nicht im letzten Augenblick anders überlegt hatte.

Ein verächtliches Lächeln legte sich auf Malchers Züge. Terry Ulcarach wusste gar nicht, was für ein kleines Licht er war, was für ein unbedeutender Wicht. Der USO-Agent lebte nur von seiner Gnade. Zuckerbrot und Peitsche, das war seine Devise, mit der er seit geraumer Zeit gut gefahren war. Dazu gehörte auch, andere in den Genuss des Metalls kommen zu lassen. Er setzte auf Loyalität und nicht auf eine Monopolstellung, ging allerdings rigoros gegen die vor, die ihre Treue ihm gegenüber vergaßen. Das erstreckte sich auch und besonders auf Terry Ulcarach, dem er ein angenehmes Leben in einer sehr gut versteckten Abhängigkeit erlaubte.

Er legte einen Arm um Te'pros, der Ulcarach ebenfalls nachsah. »Ich könnte ihn töten«, murmelte der Junge leise.

»Ich weiß«, sagte Malcher tröstend. Es ging zu Ende mit Te'pros, und das machte Malcher zu schaffen. Aber er konnte nichts daran ändern, und an Verluste hatte er sich mittlerweile gewöhnt. Es hatte schon früh angefangen; als Kind hatte er einen Booboo gehabt und innig geliebt. Nicht, weil es ein seltenes Tier gewesen war, ein Import, und sich kaum jemand rühmen konnte, eins der hundeartigen Haustiere der Arkoniden sein Eigen zu nennen. Es war ein kleiner, struppiger, viel zu langbeiniger und schmaler, fast schon hässlicher Vertreter seiner Rasse gewesen, aber Malcher hatte Caycon trotzdem so gern gehabt, weil der Booboo ihn geliebt hatte, nie von seiner Seite gewichen war, ihn allein durch seine Anwesenheit getröstet hatte, wenn er traurig war, mit ihm gespielt hatte, wenn ihm langweilig war, ohne Klage den Plänen gelauscht hatte, die er schon damals geschmiedet hatte.

Weil er ihm treu ergeben war.

Aber Caycon war alt geworden, zuerst langsam, fast unmerklich, dann immer schneller. Er hatte schlechter sehen können, war langsamer geworden, wollte nicht mehr mit ihm spielen. Aus langen Wanderungen waren Ausflüge und dann kurze Spaziergänge worden, und irgendwann, nach einem letzten Gang durch den Wald, war der Booboo einfach eingeschlafen. Malcher hatte ihn nicht allein lassen wollen; mit Gewalt hatte man ihn schließlich von ihm trennen müssen.

Dieser erste Verlust war der, der ihn noch immer am meisten schmerzte. Wenn Te'pros demnächst einschlafen würde, würde er Bedauern empfinden, sicher, aber nicht diese starke Pein der ersten Erfahrung des Todes eines geliebten Wesens.

Wie viele Weggefährten hatte er schon verloren? Zumindest solche, die ihm etwas bedeutet hatten? Er konnte sich nicht mehr genau erinnern.

Wie gehen die anderen Unsterblichen damit um?, fragte er sich. Rhodan, Atlan, Reginald Bull, die Mutanten ... Wie werden sie damit fertig, wenn aus Jahrzehnten Jahrhunderte werden und ihre Weggefährten altern, während sie jung bleiben? Bei ihnen musste es noch viel schlimmer sein. Die meisten von ihnen hatten diese Erfahrungen schon vor über einem Jahrtausend machen müssen, während er gerade erst einmal 242 Lebensjahre erlebt hatte. Terranische selbstredend, keine Thanaton-Jahre.

Vor 152 Jahren hatte er durch Zufall die lebensverlängernde Wirkung des Silbermetalls entdeckt und seitdem versucht, seine Vorteile daraus zu ziehen. Mittlerweile war er der Chef der Silberherren – und nicht nur das. Langsam, geduldig hatte er seine Position gestärkt. Er hatte Rückschläge verkraften müssen, doch seinen großen Vorteil gegenüber den anderen – allen anderen! – konnte ihm niemand nehmen.

Er war ein Unsterblicher. Er konnte in ganz anderen Zeiträumen denken als seine Konkurrenten, in langen Zeiträumen, und dementsprechend planen. Schnelle, kurzfristige Vorteile nahm er gern hin, doch sein Denken und Handeln war in erster Linie auf seine Sicherheit und Macht ausgerichtet.

Und er war imstande, seine sorgfältige Planung jederzeit den Gegebenheiten anzupassen. Er hielt sich für einen gewieften Strategen, der vor der Umsetzung notwendiger Maßnahmen niemals zurückschreckte. Genau das musste jetzt dringend erfolgen.

Ulcarach hatte die Halle mittlerweile verlassen; Malcher hatte bewusst so lange gewartet, da er verhindern wollte, dass der USO-Agent irgendetwas aufschnappte, das nicht für seine Ohren bestimmt war. Erst jetzt aktivierte er sein Funkgerät.

»Ja, Herr?«, erklang die Stimme des Wachhabenden aus dem kleinen Lautsprecher.

Malcher hielt sich zugute, dass er sie sofort erkannte und auch einem Gesicht zuordnen konnte. Damit hatte er in letzter Zeit manchmal Probleme, und er fragte sich, ob das etwas damit zu tun hatte, dass er fast zweieinhalb Jahrhunderte alt war. Wie gingen die anderen Unsterblichen damit um? Wie wurden sie damit fertig?

Der Mann war ein Einheimischer. Malcher war schon vor geraumer Zeit dazu übergegangen, auch die Söldner aus dem Kreis der Lemurerabkömmlinge mit moderner Ausrüstung auszustatten, selbstverständlich auch mit Funkgeräten, sofern sie ihm treu ergeben waren. Ihr Schweigen über die fremde Technik sicherte er durch Silbermetall und, wenn es doch einmal zu Schwierigkeiten kam, durch Erpressung und Gewalt.

»Ihr haltet doch noch immer ein Auge auf die Unzufriedenen?«

»Natürlich, Herr. Wie Sie es befohlen haben.«

»Ich habe Grund zu der Annahme, dass sich Fremde unter die Arbeiter gemischt haben. Fremde, die uns übel gesonnen sind. Findet und tötet sie!«

»Ich schicke meine Männer sofort los, Herr.«

»Und ...« Er zögerte, aber nur kurz. »Terry Ulcarach hat sich gegen uns gestellt. Ich befürchte, dass er zum Feind überlaufen und uns verraten will.«

»Ich verstehe, Herr.«

Malcher unterbrach die Verbindung und verließ die Halle. Die beiden Söldner, die am Eingang Wache hielten, salutierten, als sie ihn und den Jungen sahen.

Einen Augenblick lang wurde sein Herz schwer. Fast so schwer wie damals, vor langer Zeit, als er ahnte, dass Caycon sterben würde, Caycon, der Liebende. Sein Booboo.

Aber nur fast.

Er bedeutete den Männern zu warten und blieb stehen. Beinahe war er versucht, vor Te'pros auf die Knie zu gehen, weil er in seinen Augen noch immer ein kleiner Junge war, ein Kind, aber körperlich war er fast so groß wie er.

Trotzdem strich er ihm über das schüttere, helle Haar.

»Du kannst sie töten«, sagte er. »Ich weiß es. Du wirst es schaffen.«

»Ich kann sie töten«, murmelte der Junge. Es klang traurig.

Malcher nickte, lächelte. »Das ist mein Geschenk an dich«, sagte er, obwohl der Junge kaum verstehen würde, was er meinte.

Sein Abschiedsgeschenk.

»Nehmt ihn mit«, sagte er zu den beiden Wächtern. »Passt auf ihn auf. Ihr tragt die Verantwortung für ihn.«

Die Männer sahen ihn betroffen an. »Für wie lange, Sir?«, fragte der eine.

Er zuckte die Achseln. Er war es gewohnt zu lügen, und es machte ihm nichts aus, doch er wollte nicht, dass Te'pros sich falsche Hoffnungen machte. Falsche Hoffnungen konnten mitunter schlimmer sein als gar keine Hoffnung.

»Es wird sich zeigen«, sagte er.

»Jawohl, Sir.«

»Ich brauche euch nicht mehr. Geht zu den anderen.« Er warf dem Jungen einen letzten Blick zu und setzte seinen Weg fort. Die anderen blieben schweigend hinter ihm zurück.

Nach zwei, drei Schritten hatte er Te'pros schon vergessen. Der Junge war eben nur ein Junge, wenn auch ein nützlicher, und nicht der Booboo, den er so geliebt hatte.

Er musste sich jetzt um andere Dinge kümmern. Er musste die Räumung des Planeten in die Wege leiten, einen Plan ausführen, den er schon lange für den Notfall vorbereitet und nach dem Fiasko mit der EX-2714 forciert hatte.

Er achtete kaum auf seine Umgebung, kannte sich hier blind aus. An den Wänden die Bilder der *Verlorenen*, wie er sie nannte, die Fackeln, die sie hier angebracht hatten ... das alles nahm er gar nicht mehr zur Kenntnis. Seine Gedanken galten der Zukunft.

Thanaton war zwar die Quelle seiner Langlebigkeit, doch er hatte in den vergangenen Jahrzehnten vorgesorgt. So ärgerlich es war, den Planeten aufzugeben, er war nicht gezwungen, ihn zu halten. Für ihn hatte es vielmehr Priorität, seine Spur zu verwischen, wie er es schon seit Jahrzehnten getan hatte.

Er würde seine Getreuen mitnehmen, die Mitglieder seiner Organisation evakuieren müssen, die Bruderschaft innerhalb der Bruderschaft. Zu diesem Zweck standen in Zonen, die für die Einheimischen verboten waren, zwei getarnte Schiffe zur Verfügung.

Als Ulcarach ihm berichtet hatte, dass Atlan persönlich sich bei ihm gemeldet habe, war ihm sofort klar gewesen, dass der

Lordadmiral der USO die Aktion gegen Thanaton selbst leitete. Also würde in naher Zukunft mindestens ein Schiff der United Stars Organisation in der Nähe des Planeten auftauchen, falls es nicht schon längst im System war. Mit reiner Passiv-Ortung würden sie dieses Schiff allerdings kaum entdecken können. Daher musste er den Zeitpunkt ihres Abflugs sorgfältig bestimmen. Da sich seine Vertrauten fast vollzählig in der Nähe der Mine oder der Verarbeitungs- und Lagereinrichtungen für das Silbermetall aufhielten und auch die Schiffe dort versteckt waren, würde er für die Vorbereitung nur einen knappen Tag benötigen.

Vor ihm erklang ein leises Zischen, und ein Teil der Wand des Ganges wich zurück. Malcher lächelte; die Tarnung war wirklich perfekt. Mit einem Schritt veränderte sich seine Umgebung völlig. Nun befand er sich nicht mehr in einem uralten Schacht, sondern in der Schleuse eines modernen Raumschiffs.

Einer Korvette in Zivilausführung mit verstärkter Bewaffnung, die in einem getarnten Startschacht jederzeit für ihn erreichbar war. Eine weitere Rückversicherung.

Sein Funkgerät brummte leise, und er aktivierte es.

»Wir haben von zwei Fremden erfahren, Herr«, meldete der Wachhabende, »die im Zugangslager seltsame Fragen gestellt haben.«

Also waren sie tatsächlich schon auf Thanaton, sogar in seiner unmittelbaren Nähe.

Zorn brandete in ihm empor, Ärger über sich selbst. Warum hatte er mit der EX-2714 keinen reinen Tisch gemacht? Und warum hatte er Atlan leben lassen, als der Lordadmiral auf die Spur des Silberschmucks gestoßen war? In Zukunft würde er einfachere Lösungsmöglichkeiten vorziehen.

Nein, du hast richtig gehandelt, flüsterte etwas in ihm. *Wenn du den Lordadmiral der USO getötet hättest, wäre jetzt schon eine ganze Flotte hier, und all deine Pläne wären bereits geschei-*

tert. Du hast deine Spuren verwischt und den Lauf der Dinge verzögert. Du hast genau das bekommen, was du gebraucht hast. Denk langfristig! Jetzt kannst du tun, was getan werden muss!

Er atmete tief ein. »Stellt sie und nehmt sie fest«, sagte er. »Und wenn sie Widerstand leisten, tötet ihr sie.«

Nad'Thekonos: 12. April 3112

Die Gewinnung des silbrigen Metalls schien ein Kinderspiel zu sein, wie ich feststellte, als wir den Monolithen erreichten. In dessen Randbereich sickerte es buchstäblich aus den Wänden und wurde in großen Bottichen eingedickt, offensichtlich durch eine chemische Reaktion, deren Details mich natürlich brennend interessierten. Doch ich wagte es nicht, zu den Arbeitern hinüber zu gehen und mich genauer umzusehen oder gar Fragen zu stellen. Zum einen mussten wir davon ausgehen, die Angreifer nicht auf Dauer abgeschüttelt zu haben. Sie würden sich denken können, dass der Monolith unser Ziel war, und früher oder später hier auftauchen.

Zum anderen herrschte zu meiner Überraschung hellste Aufregung an dem Schacht, der in den Silberberg führte. Offensichtlich wurde die Mine gerade geräumt. Aus der schmalen, holzverkleideten Öffnung strömten Arbeiter auf einen riesigen, unbefestigten Platz, auf dem die Bottiche bis zum Abtransport gelagert wurden. Dafür hatte man eigens eine Straße angelegt, die nun von Fuhrwerken und dampfbetriebenen Lastwagen blockiert wurde, da das Beladen ins Stocken geraten war.

Einige Arbeiter versuchten noch, das flüssige Metall über Rohre in die Bottiche zu leiten, doch die meisten folgten den Anweisungen der Aufseher, die versuchten, die Ströme der Lemurerabkömmlinge in geordnete Bahnen zu lenken. Aber sie waren restlos überfordert, und nacktes Chaos war das Ergebnis. Nicht gewillt, zu Fuß bis zur nächsten Ansiedlung zu gehen, warteten die Arbeiter auf Transportmittel, die jedoch nicht kamen.

Niemand achtete in dem Durcheinander auf uns.

»Wir sollten uns in den Strom der Arbeiter mischen«, flüsterte Santjun mir zu. »Dann werden unsere Verfolger uns nicht mehr finden.«

»Allerdings. Aber deshalb sind wir nicht hier. Wir müssen die Gelegenheit nutzen, um mehr über dieses seltsame Gebilde zu erfahren. Also gehen wir rein!«

Was nicht ganz einfach war. Der Eingang war nur zwei Meter breit, und der Strom der Lemurerabkömmlinge riss nicht ab. Während ich gegen ihn ankämpfte, fing ich einzelne Gesprächsfetzen auf, konnte ihnen aber nicht viel entnehmen. Die Mine wurde evakuiert, mehr wussten die Arbeiter auch nicht.

Wir brauchten zwanzig Minuten, wurden immer wieder zurückgetrieben, bis wir den ersten Quergang erreichten. Kaum jemand hielt sich in ihm auf; nun konnten wir Atem schöpfen.

»Wir sollten uns nicht allzu viel Zeit lassen«, mahnte Santjun zur Eile. »Es muss einen Grund haben, dass die Arbeiter den Monolithen fluchtartig verlassen.«

Ich nickte, dachte nach. Ja, irgendwo tickte eine Uhr in einem Countdown.

»Wie hat Atog'Mar den Monolithen genannt?«, fragte der Risiko-Agent.

»Nad'thekonos«, erklärte ich geistesabwesend. »Das bedeutet in etwa ›Hohe Gipfel-Spitze‹. Die Vorsilbe ›nad‹ findet sich noch im Akonischen, etwa bei ›Nad'ehu‹, ›Hohe Frau‹, und im Arkonidischen ist ›thek‹ ein Hügel, aber auch Gipfel. ›Akonos‹ schließlich bedeutet ›Spitzkegel‹. Das ist ein von den Siedlern des Siebenundachtzigsten Tamaniums bewusst gewählter Eigenname. Sie empfanden sich als ›Spitzkegel‹, als ›Akonen‹, und standen an der Aktionsspitze jener Tamanien, die vor dem

Haluterkrieg in deutliche Opposition zum Kernreich gingen. Wobei ›Konos‹ eigentlich ein Sammelbegriff für die Präbios ist und auch ›Ungeheuer‹, ›Bestie‹ oder ›Monster‹ bedeutet ...«

»Danke, Lordadmiral«, sagte Santjun. »So genau wollte ich das eigentlich nicht wissen.«

»Wir dringen tiefer in das Innere ein«, entschied ich. »Es wird eine ganze Weile dauern, bis Nad'thekonos endgültig evakuiert ist. Diese Zeit müssen wir nutzen.«

Wir kamen nun besser voran, stießen immer wieder auf Kriechgänge von etwa einem Meter Durchmesser und andere Korridore, in denen wir gerade eben aufrecht und nebeneinander gehen konnten. Hatte ich befürchtet, bald auf unsere Lampen zurückgreifen zu müssen, sah ich mich getäuscht. Nachdem wir die äußere, silbermetallhaltige Schicht hinter uns gelassen hatten, gelangten wir in Bereiche, in denen das Material des Monolithen halbtransparent war, sodass Außenlicht ins Innere der Anlage dringen konnte. Offenbar wurde es durch die Röhren regelrecht nach innen geleitet. Gelegentlich stießen wir auf weite, lichte Hohlräume, in denen sogar Pflanzen wuchsen.

»Besonders sinnvoll ist dieses planlose Herumrennen nicht«, sagte Santjun nach einer Weile. »Wir müssen uns irgendwie orientieren.«

Ich gab ihm recht. Der Extrasinn legte für mich zwar eine Karte des Korridorsystems an, sodass ich jederzeit den Rückweg finden würde, doch wir brauchten Anhaltspunkte. Wonach genau suchten wir eigentlich?

Einer der nächsten Quergänge, auf die wir stießen, war breiter und nicht so gewunden wie die, die wir bislang passiert hatten. Ich vermutete sofort, dass er nachträglich angelegt oder zumindest begradigt worden war, und folgte ihm.

Zwanzig Meter weiter entdeckte ich das Schild und das Bild.

Den altlemurischen Schriftzeichen nach war es ein Hinweisschild aus der Zeit der Haluterkriege. Ein Pfeil und ein einziges Wort befanden sich darauf: Steuergehirn.

Das Bild war eigentlich ein Schatten, eine schemenhafte Darstellung in der Wand selbst. Es zeigte mit großer künstlerischer Kraft exotische Lebewesen von nichthumanoider Form. Wesen, die ich schon einmal gesehen hatte.

In einer Vision.

Gewaltige Wesen, die von Kerbtieren abzustammen schienen. Mit ihren sieben Panzersegmenten hatten sie mir bis an die Brust gereicht. Als sie sich in ihrem Wechselgang langsam genähert hatten, war deutlicht geworden, dass ihr flexibler Gehapparat den aufrechten Gang ebenso erlaubte wie eine vierbeinige Fortbewegung.

Wie war das möglich?

Narr!, meldete sich der Extrasinn. *Das kann nur eins bedeuten: Derjenige, der dir diese Vision eingegeben hat, hat dieses Bild ebenfalls gesehen!*

»Atlan!« Santjun zerrte an meinem Arm. »Was ist mit Ihnen?«

Abrupt verblich die lebhafte Erinnerung. Ich beschloss, die Zusammenhänge vorerst für mich zu behalten. Unter dem Schattenbild befand sich eine nachträglich angebrachte Inschrift, ebenfalls in Altlemurisch: *Das Volk, das den schrecklichen Krieg gegen den brutalen, vielgestaltigen Gegner erlebte.*

»Ich habe Schritte gehört!«, bedrängte mich der Risiko-Agent. »Jemand nähert sich uns!«

Wahrscheinlich unsere Häscher, die herausgefunden hatten, dass wir in den Monolithen eingedrungen waren. »Kommen Sie!« Ich lief los, in die Richtung, in die der Pfeil zeigte.

Sämtliche Gänge, durch die wir nun hetzten, schienen nachträglich von den Lemurern angelegt worden zu sein. Ich entdeckte weitere lemurische Schrifttafeln, aber auch uralte Geräte, die zweifelsfrei lemurischer Herkunft waren.

Wir stürmten durch mehrere Gänge, durch bis zu zehn Meter hohe Hallen, in denen Konglomerate aus Abwandlungen des Hüllenmaterials verwachsene Maschinen bildeten, deren Funktion sich mir nicht erschloss. Ich fragte mich, inwieweit die neuen Herren des Silberbergs der altlemurischen Sprache mächtig waren und die Geheimnisse der lemurischen Hinterlassenschaften enträtselt hatten. Ich durfte sie nicht unterschätzen; ich war nicht der Einzige in der Milchstraße, der über historische Kenntnisse verfügte und ausgestorbene Sprachen beherrschte.

Die Schritte hinter uns wurden lauter, kamen näher. Unsere Verfolger holten auf. Verfügten sie über Individualtaster, mit denen sie uns orten konnten, oder gingen sie einfach davon aus, dass wir auf dem Weg zum Steuergehirn waren?

Und dann endete der Gang abrupt, und ich zweifelte kurz an meinem Verstand.

Wir mussten weiter und tiefer in den Monolithen eingedrungen sein, als ich vermutet hatte, denn der von dämmrigem, silbrigem Licht durchflutete Raum vor uns war gewaltig, mindestens fünfhundert Meter hoch und genauso breit und tief. Er konnte sich nicht allzu nah am Rand befinden. In seiner Mitte erhob sich ein Würfel von etwa dreißig Metern Kantenlänge. Auf der uns zugewandten Seite machte ich an dem Kubus aus grauem Metallplastik einen Eingang aus. Das Ding kam mir vor wie ein Bunker; offensichtlich war es ebenfalls von den Lemurern errichtet worden, wie ich Schriftzeichen über der Tür entnahm.

»Das Steuergehirn!«, murmelte ich und lief weiter. Unsere Verfolger konnten nicht mehr weit sein. Vielleicht konnten wir uns in diesem Klotz vor ihnen verbergen.

Hast du dein Gehirn auf der IMASO zurückgelassen?, warnte der Extrasinn. *Dort werden sie zuerst suchen. Außerdem ist die*

Situation völlig abstrus! Wenn es sich wirklich um das Steuergehirn der lemurischen Einrichtungen im Monolithen handelt, müsste es schwer bewacht sein! Aber hier ist keine Menschenseele!

»Der Monolith wird evakuiert!«, murmelte ich.

Das reicht nicht als Erklärung!

Wohin sollen wir sonst? Hier haben wir nicht die geringste Deckung! Ich betrat den Eingang, dicht gefolgt von Santjun. Vor mir lag ein etwa zehn Meter langer Gang, der in einem Quergang endete. Der Deckenhöhe von zehn Metern zufolge musste der Bunker über drei Etagen verfügen.

Zwei, drei Meter links von mir befand sich eine Türöffnung. Ich stürmte hindurch, vorbei an einem nicht aktivierten Antigravschacht. Direkt vor mir lag umrahmt von Maschinenanlagen und Gewächsen aus dem silbrigen Metall im Boden eine Art »Pforte«, die jedoch nur in eine kahle Nische führte.

Aber das hier musste der zentrale Steuerraum sein; er war voll von lemurischer Technik, die ich liebend gern untersucht hätte. Das Wissen, dass unserer Verfolger jederzeit hier eintreffen konnten, war meiner Konzentration allerdings nicht gerade förderlich.

Ich wandte mich nach rechts; dort befanden sich Konsolen, über die man wahrscheinlich auf die zentrale Steuereinrichtung zugreifen konnte. Ich machte einen Schritt, zwei Schritte ... und es schien mir das Herz in der Brust zu zerreißen.

Oder das Herz über der Brust. Ich schrie gellend auf, taumelte, versuchte, die heftige, explosionsartige Aktivität meines Zellaktivators zu verkraften. Seine Impulse strömten in mich hinein, schlugen über mir zusammen, schienen mein Blut in Feuer zu verwandeln. Doch dieses Gefühl verging sofort wieder, und ich verspürte eine plötzliche Schwäche, umfassend und allgegenwärtig, die mich völlig handlungsunfähig machte. Ich rutsche an der Wand hinab, sah wie durch rote Schleier Santjun überraschtes, besorgtes Gesicht, das ins Riesenhafte vergrößert auf mich starrte.

Nach wenigen Sekunden war der Spuk vorbei. Ich fühlte, wie meine Kraft zurückkehrte, und nahm meine Umgebung wieder zur Kenntnis. Gerade noch rechtzeitig, um die Stimme zu hören, die auf Altlemurisch zu mir sprach. Nicht in meinem Kopf; Santjun zuckte zusammen, er hörte sie ebenfalls: *»Experimentalstation acht aktiviert. Wir grüßen den Träger des Lichts und erwarten seine Befehle.«* Weitere lemurische Geräte schalteten sich ein, Bildschirme erwachten zum Leben. Der Boden vibrierte; in der Ferne liefen Energieanlagen an. Ich sah auf meinen Zeitmesser; es war genau 11.21 Uhr terranischer Standardzeit.

Was ging hier vor? Ich kam nicht dazu, die Situation einzuschätzen; hinter mir brach die Hölle los. Ein Energiestrahl fauchte an meiner Schulter vorbei, versengte mein Haar und schlug in das graue Metallplastik hinter mir ein.

Ich wirbelte herum, warf mich zur Seite, zog mit der gleichen Bewegung meine Waffe. Unsere Verfolger waren in den Bunker eingedrungen und hatten aus Impulsstrahlern das Feuer eröffnet. Diese Idioten! Wussten sie nicht, was sie anrichten konnten, wenn sie eine Schaltanlage trafen?

Drei Thanatoner zählte ich, vier, fünf. Ich erwiderte das Feuer, traf einen in die Brust. Ein zweiter brach zusammen, von Santjun in den Kopf getroffen. Die drei anderen stürmten in den Raum vor, schossen ununterbrochen, ungezielt, unbeherrscht, voller Angst.

Es kam, wie es kommen musste. Ein Energiestrahl durchschnitt eine der lemurischen Schaltanlagen, und das Chaos steigerte sich zu einem Höhepunkt. Die Konsole barst, Santjun schrie auf, taumelte, und ... wurde durchscheinend, sodass ich das graue Metallplastik der Wand hinter ihm sehen konnte, blähte sich auf, wuchs ins Riesenhafte, durchstieß mit dem Kopf die Decke des riesigen Raums. Verwundert stellte ich fest, dass es in diesem Hohlraum so gut wie kein Echo gab, als die drei überlebenden Angreifer schreiend zurückwichen.

Ich warf mich zur Seite, als sich ein gewaltiger Schatten auf mich senkte, so groß wie ein Raumschiff. Santjuns Fuß! Aber ich war nicht schnell genug. Er berührte ... und durchdrang mich. Im nächsten Augenblick löste er sich wieder auf, und der Risiko-Agent brach neben mir zusammen.

Entweder der Schuss oder das Hochfahren der Geräte haben Hyperenergie freigesetzt, konstatierte der Extrasinn, *und ein Schwall dieser Hyperenergie hat kurzfristig die Realität zerrissen.*

Ich robbte vorwärts, hielt nach den Angreifern Ausschau, konnte aber keinen mehr sehen. Sie mussten Hals über Kopf geflüchtet sein.

Santjun stöhnte leise. Ich kniete neben ihm nieder, untersuchte ihn flüchtig. Eine äußere Verletzung konnte ich nicht erkennen, doch sein Zustand war sehr schlecht. Die Haut wirkte wie eingefallen, seine Kräfte schienen völlig geschwunden zu sein.

Wie bei dir vor einigen Minuten! Nur scheint sein Zustand sich nicht so schnell zu bessern!

Ich legte die Arme um den Brustkorb des Risiko-Agenten, zerrte ihn hoch, stützte ihn. Er schwankte, konnte sich kaum auf den Beinen halten. Er versuchte es jedoch, zeigte zumindest einen eisernen Willen.

Willst du dir noch lange Gedanken über den Zustand deines Agenten machen? Du weißt nicht, was hier passiert! Wenn Hyperenergie freigesetzt wurde, kann die ganze Anlage in die Luft gehen! Ihr müsst so schnell wie möglich hier raus! Und fordere Hilfe an!

Der Extrasinn schien zu bemerken, dass ich nicht mehr völlig klar denken konnte, und unterstützte mich nach Kräften.

Während ich Santjun aus dem Bunker zerrte, durch den Hohlraum, den Gang zurück, den wir gekommen waren, nahm ich Kontakt mit der IMASO auf. Unsere Tarnung war ohne Zweifel aufgeflogen, und wir brauchten jede Hilfe, die wir bekommen konnten.

Kommandantin Simmers bestätigte meinen Notruf, und ich hetzte weiter, Santjun im Schlepptau. Meine Welt war auf den jeweiligen Gang beschränkt, in dem wir uns befanden, und ich kam mir vor wie ein Maulwurf, dessen Universum völlig aus den Fugen geriet. Um mich herum erwachte der Monolith aus seinem Schlaf. Mehrmals verzerrten Hyperschockwellen die Realität, schienen die Materie des Monolithen aufzulösen, meinen Körper zu verändern und meinen Geist in den Irrsinn zu reißen. Energiegebilde begannen zu tanzen, ich konnte ihnen kaum ausweichen, und erste Erschütterungen durchliefen den Monolithen. Aber was genau geschah, konnte ich nicht sagen.

Irgendwann erreichten wir die Randgebiete des Silberbergs. Die letzten verbliebenen Arbeiter quetschten sich durch die engen Gänge, strebten hektisch dem Ausgang zu. Panik war ausgebrochen.

Nur ein einziger der Lemurerabkömmlinge stemmte sich dem Strom der Flüchtigen entgegen, und trotz ihrer Angst achteten sie darauf, ihm nicht zu nah zu kommen.

Ein Junge, über und über mit Silberschmuck bedeckt, das Gesicht von Geschwüren entstellt, fast zwei Meter groß, so hager, dass es in den Augen schmerzte, ihn anzusehen.

Er sah mich an, grinste.

»Jetzt werde ich dich töten«, flüsterte er.

IMASO: 12. April 3112, 11:01 Uhr

»Ortung!«, rief Torben Santorin und projizierte ein Holo auf den Zentralschirm. Es zeigte den Tramp-Kreuzer, der wieder aufgetaucht war und über Thanaton Position bezog. Der pechschwarze Terraner mit den langen, schwarze Haaren, die er zu einem Zopf zusammengebunden hatte, reagierte den Vorschriften entsprechend und löste Situationsalarm aus.

Seit dem 6. April versteckte die IMASO sich nun im Schatten eines eisigen Kleinstplaneten im Asteroidengürtel des Systems. Im stillen Vollalarm und im Tarnmodus befand das Schiff sich schon seit Atlans entsprechender Anweisung. Die Besatzung war auf den Kampfstationen, alle nichtessenziellen Systeme waren desaktiviert, doch sie beobachteten die Vorgänge auf Thanaton mit Hilfe der Passiv-Ortungssysteme.

Die Kommandantin nickte. »Da bist du ja wieder«, sagte sie und befahl zur Sicherheit erneut volle Kampfbereitschaft.

Die plötzliche Rückkehr des Tramp-Schiffs verriet Naileth Simmers, dass etwas geschehen sein musste, das wohl ein baldiges Eingreifen der IMASO erforderlich machen würde.

»Madam?« Ramit Claudrin sah sie fragend an. Der epsalische Pilot schien es kaum erwarten zu können, das Schiff endlich in Bewegung zu setzen.

»Wir warten«, befahl die Kommandantin.

Sie warteten zehn Minuten lang. Zwanzig. Der Tramp-Kreuzer hielt seine Position. Nichts geschah.

»Ortung!«, rief Santorin um 11.21 Uhr. Der muskulöse Terraner afrikanischer Abstammung hielt kurz inne. »Die Systeme erfassen ein ... ungeklärtes Phänomen. Einen Schwall von Hyperenergie, der vom Planeten Thanaton ausgeht ...«

»Genauer, bitte!«, sagte Major Simmers.

»Von einem Ort etwa dreihundert Kilometer östlich des Punkts, an dem wir den Lordadmiral abgesetzt haben.«

»Ich ...« Die Kommandantin verstummte. Von einem Augenblick zum anderen glaubte sie, sich übergeben zu müssen. Ihr Magen zog sich zusammen, ihr Darm arbeitete so hektisch wie noch nie zuvor. Sie musste sich zusammenreißen, um nicht aufzuspringen und zur nächsten Nasszelle zu laufen.

Noch während sie versuchte, ihre Körperfunktionen unter Kontrolle zu halten, erbrach sich Ramit Claudrin würgend, ohne seinen Posten zu verlassen.

Naileth sah sich um. Die gesamte Zentralebesatzung schien dieses tiefe Unwohlsein zu verspüren.

»Ein Funkspruch!«, meldete Amelia Marcos, während sie sich Erbrochenes vom Kinn wischte. »Ein Notruf von Atlan!«

»Einspielen!«, sagte die Kommandantin und hielt sich gleichzeitig den schmerzhaft verkrampften Leib.

Die Stimme des Lordadmirals dröhnte durch die Zentrale, hatte aber noch nicht geendet, als Major Simmers bestätigte und schon den nächsten Befehl erteilte. »Volle Beschleunigung! Kurs auf Thanaton! Oberleutnant Marcos, Hyperfunkspruch an Quinto-Center. Kode LIG. Atlan ist in Gefahr, und wir sind nun aus der Deckung. Wir brauchen jede Verstärkung, die wir bekommen können!«

»Ortung!«, bellte Torben Santorin. Naileth Simmers sah, dass es auch ihm nicht gut ging. »Zwei weitere Schiffe, deren Maschinenanlagen auf Thanaton aktiviert wurden. Sie starten soeben!«

»Linearetappe in die Nähe des Planeten!«, befahl sie.

Der Epsaler sah sie überrascht an, dann legte sich ein Lächeln auf seine Lippen. »Verstanden, Kommandantin!«

Die Andruckabsorber funktionierten einwandfrei; Naileth Simmers spürte nichts, als die IMASO beschleunigte. Sie starrte auf die Ortungsholos. In einem Gewaltstart rasten die beiden unbekannten Schiffe ins All hinaus. Dann verwandelten sich die Bilder in graue Schlieren.

Die Zeit reichte nicht aus, um die Zentrale zu verlassen, sich zu säubern und die Kleidung zu wechseln. Aber das war nebensächlich.

Sie stürzten in den Normalraum zurück, die Ortung lieferte wieder Bilder. Der Tramp-Kreuzer hielt sich zwischen ihnen und Thanaton.

»Drei-Mann-Zerstörer absetzen!«, befahl sie. »In Richtung der fliehenden Schiffe einschwenken!«

Die beiden startenden Schiffe schienen mit dem Auftauchen einer feindlichen bewaffneten Einheit gerechnet zu haben. Sie feuerten eine Salve von Raumtorpedos ab.

»Ausweichmanöver! Abwehrmaßnahmen! Volle Energie in die Schirme!«

Der Tramp-Kreuzer drehte auf die IMASO ein und eröffnete das Feuer aus allen Waffen. »Ausweichmanöver!«, rief die Kommandantin erneut, obwohl sie wusste, dass ihr Schiff damit einen Teil des Geschwindigkeitsvorteils verlor und die beiden fliehenden Einheiten nicht mehr abfangen oder mit dem Feuer aus Transformkanonen belegen konnte. Mit maximaler Beschleunigung flohen sie in den freien Raum.

»Sie werden jeden Augenblick in den Linearraum eintauchen!«, rief Torben Santorin. »Sechsundvierzig Prozent Licht ... achtundvierzig ... Sie sind auf Überlicht!«

»Beidrehen, Kurs auf den Tramp-Kreuzer. Volle Ortung!«, befahl die Kommandantin. »Feuer frei, sobald wir in Reichweite sind!« Gespannt verfolgte sie auf den Holos, wie das fremde Schiff auf Thanaton zuhielt, die Flucht hinter den Planeten versuchte. Auf den Datenholos liefen Hochrechnungen; es zeichnete sich ab, dass die feindliche Einheit es nicht schaffen würde. Hier in unmittelbarer Nähe des Planeten konnte der Kreuzer seine Geschwindigkeit nicht ausspielen.

Und Ramit Claudrin war ganz einfach der bessere Pilot. Der Epsaler beschleunigte die IMASO tatsächlich noch mit halsbrecherischen Werten, während der Tramp-Kreuzer bereits abbremste, und verkürzte den Abstand. Claudrin hatte es nicht auf eine Verfolgung angelegt; sein Kurs führte an dem Planeten vorbei, brachte das fremde Schiff aber in Waffenreichweite.

»Feuer frei!«, sagte Naileth Simmers, und gleich noch einmal: »Feuer frei!«

Zwei Breitseiten der IMASO trafen den Kreuzer; die zweite durchschlug die Schutzschirme.

Die Kommandantin atmete tief durch und beobachtete auf dem Schirm, wie das fremde Schiff über dem Äquator Thanatons ins Meer stürzte.

»Beidrehen!«, befahl sie. Ihre Tarnung war hinfällig geworden; nun konnte die IMASO aktiv ins Geschehen eingreifen. »Wir fliegen Thanaton an!«

Te'pros

Der Junge streckte den Arm nach mir aus, und ich wich instinktiv zurück. Aber da Santjun mich behinderte, war ich nicht schnell genug. Ich ließ den Risiko-Agenten zu Boden gleiten, spürte jedoch im gleichen Moment, wie sich eine Art elektrische Spannung auf meiner Haut entlud, ein Prickeln, das sich in meinem Kopf zu einem schmerzhaften Schlag zusammenzog.

Einen Moment lang glaubte ich, wieder an Bord der EX-2714 zu sein, des Schiffs, das ich nie betreten hatte. Alles war wie damals ... und doch irgendwie anders.

Ich stand kurz davor, vor Wut zu platzen. Mir entging nicht, dass sich das ganze Team unauffällig um den Korporal und mich geschart hatte, und ich wusste auch, dass der Chief mir das nicht durchgehen lassen konnte. Also atmete ich tief durch und trat dicht vor dem Korporal. Uns trennten keine fünfzig Zentimeter. Da ich etwas größer als der Korporal war, musste er gezwungenermaßen zu mir aufsehen.

Aber der Anführer des Teams war nicht bereit, auch nur einen Fußbreit Boden aufzugeben. »Wie, wann und warum ich Befehle erteile, lassen Sie meine Sache sein, verstanden?«, sagte er leise, aber unbeugsam. »Mir ist auch egal, ob Ihnen meine Befehle passen. Das können wir beiden klären, wenn wir diese Mission erfolgreich hinter uns gebracht haben. Dann stehe ich Ihnen gern zur Verfügung. Aber diese Sache haben Sie versiebt! Diese

Roboter hätten uns weiterhelfen können, aber Sie mussten ohne meinen ausdrücklichen Befehl drauflos ballern. Sie haben meine Befehle zum letzten Mal ignoriert.« Er hob die Stimme. »Ist das klar?«, brüllte er.

Einen Augenblick lang sah es so aus, als wolle sich der bullige Korporal auf mich stürzen. Seine Hände öffneten und schlossen sich, als würde er mich im Geist schon erwürgen. Zitternd vor unterdrückter Wut schaute er sich um. Die anderen mieden seinen Blick, hatten begriffen, woher der Wind wehte.

Diese Runde hatte der Korporal klar für sich entschieden.

»Aber ... aber so war es doch gar nicht«, flüsterte ich. »Es ist doch ganz anders gewesen ...«

Völlig anders ... Da waren keine Roboter gewesen, sondern ein blendendes Licht, und in dem Licht ... ein Junge!

»Te'pros«, murmelte ich. »Du bist Te'pros! Wir waren einmal eins!«

Der Junge lachte. »Damals war ich zu schwach, konnte ich dich nicht töten. Aber das Silber gibt mir Kraft. Jetzt kann ich es!«

Nein, dachte ich. Das war nicht an Bord der EX-2714 gewesen, sondern auf Ranjokhan, im Kramladen eines armseligen Händlers ...!

Und er versuchte es schon wieder!

Aber diesmal war tatsächlich anders. Der Junge wollte mich in die Welt seiner Vorstellung zerren, wie er es schon einmal getan hatte, auf Ranjokhan, doch mein Extrasinn war nun gewappnet, durch Erfahrung klug geworden, errichtete einen Monoschirm, an dem die Beeinflussung abprallte. Die fremde Realität etablierte sich zwar ...

»Ist das klar?«, brüllte der Korporal. Noch während er sprach, bildete sich in der Decke über ihm eine Öffnung. Zwei, drei Roboter rasten in den Raum, Metallgebilde mit Kugelkörpern, aus denen jeweils drei lange, tentakelförmige Greifarme ragten. Sie flogen völlig lautlos. Der Korporal hob den Kombistrahler an die

Schulter und zielte sorgfältig. Ich folgte seinem Beispiel. Auch die anderen entsicherten ihre Waffen.

»Noch nicht«, flüsterte der Korporal grinsend. »Lasst die Bastarde noch etwas näher kommen. Ja, so ist es gut, kommt, kommt!«

Als die Flugroboter nur noch fünf Meter entfernt waren, betätigte der Korporal den Auslöser. Der erste Roboter explodierte. Glühende Trümmerstücke schossen durch den Raum. Die anderen eröffneten ebenfalls das Feuer, und ein weiterer Flugroboter verging im konzentrierten Beschuss. »Mann, das ist ja leichter als Tontaubenschießen«, rief der Korporal und visierte den dritten Roboter an.

»Achtung!«, rief ich. Aus der Deckenöffnung stieß wie ein Raubvogel ein neuer Robotertyp hinab, eine Maschine von zylindrischer Form, die wesentlich größer als das andere Modell war. Während wir noch von der kleineren Maschinen abgelenkt wurden, jagte sie auf den Korporal zu. Er bemerkte den neuen Feind zu spät. Wie die anderen hatte er pausenlos auf das kleinere Modell geschossen, wenn auch nicht mehr so treffsicher. Plötzlich schwebte der Zylinderroboter genau über ihm. Jetzt erst sah er die Bedrohung. Er wollte zur Seite springen, doch ehe er es sich versah, griffen zwei stählerne Klauen zu und packten ihn an den Oberarmen.

Er wurde von der Maschine in die Luft gerissen, der Öffnung in der Decke entgegen. Laut rief er um Hilfe. Ich wirbelte herum und riss den Kombistrahler hoch. Doch ich konnte nicht schießen. Der Roboter hielt den Korporal wie einen Schild vor sich. Und selbst, wenn es mir gelungen wäre, ihn abzuschießen, wäre der Chief aus dieser Höhe zu Tode gestürzt.

Ohnmächtig musste ich mit ansehen, wie die Maschine mit ihrer Geisel zu der Öffnung in der Decke schwebte.

Der letzte der kleinen Flugroboter explodierte, und es herrschte Stille in dem großen Raum, von meinen wütenden Flüchen abgesehen ...

... konnte sich aber nicht halten. Ich sah den Gang, den Jungen, Santjun, der noch immer auf dem Boden lag. Plötzlich spürte ich einen heißen Schmerz ...

Aber es war nicht der meine. Der Junge ... Te'pros ... taumelte. Seine Augen quollen aus den Höhlen, sein Mund öffnete sich zu einem stummen Schrei. Blut spritzte über seine Lippen, sickerte dann nur noch in einem steten Rinnsal.

Te'pros' Welt verschmolz mit meiner, er wurde ich, und ich spürte, wie sein Herzschlag aussetzte, wie der Silberschmuck ihm den letzten Rest seiner Kraft nahm, der Monoschirm des Extrasinns seinen parapsychisch begabten Geist zurücktrieb und dieser Geist sich einfach auflöste, sich schreiend an den Logiksektor klammerte, aber von ihm abglitt, sich nicht halten konnte. Ich spürte, wie er starb, und ich starb mit ihm, bevor es mir endlich gelang, mich von ihm zu lösen.

Der Junge lag lang ausgestreckt auf dem Boden vor mir, starrte mit leeren Augen an die Decke. Ich legte eine Hand auf seine Brust, spürte keinen Herzschlag mehr. Ich drehte mich zu Santjun um. »Er ist tot«, sagte ich.

Der Risiko-Agent sah furchtbar aus. Seine Haut schien runzlig und faltig geworden zu sein, als hätte ein körperlicher Zerfall eingesetzt, als wäre er in wenigen Minuten um Jahrzehnte gealtert. Er schien kaum die Kraft zu haben, seine Hand mit der Waffe zu heben.

Irgendwie schaffte er es trotzdem. »Er war es«, krächzte er. »Er hat mit uns gespielt, uns die Erinnerung genommen, uns zu Marionetten gemacht! Ich will ganz sicher gehen ...«

Er schoss. Entsetzt beobachtete ich, wie der Desintegratorstrahl den Kopf des Jungen auflöste und grüne Schwaden sich in der Luft verteilten.

Entsetzt? Nein, eigentlich nicht. Santjun legte nur eine Konsequenz an den Tag, die uns Arkoniden jahrtausendelang ausgezeichnet und stark gemacht hatte ... und die ich wohl in den letzten Jahrhunderten verloren hatte.

Es war vorbei. Te'pros, der Mutant, der uns hatte töten wollen, war nun selbst getötet worden. *Ausgleichende Gerechtigkeit,* dachte ich kalt. *Der Spuk hat ein Ende.*

»Achtung, Atlan!«, rief Santjun, und ich warf mich herum, konnte im letzten Sekundenbruchteil dem zuschlagenden Tentakel des Roboters über mir ausweichen. Ich prallte gegen eine Konsole in der Feuerleitzentrale der EX-2714, ignorierte den Schmerz in der Schulter, hämmerte auf den Schalter der Antigraveinheit und sprang.

Der Roboter hatte die Öffnung in der Decke erreicht und verschwand in ihr. Ich bekam eine Kante zu fassen und klammerte mich an ihr fest, als der Antigravgürtel ausfiel. Ich glaubte, meine Schulter würde ausgekugelt, weil mein Körper wieder seine volle Masse bekam. Der Schmerz war schier unerträglich.

Noch viel schlimmer war aber der, den ich spürte, als ohne Vorwarnung plötzlich das Metall des Deckenschotts zuschnappte. Ich stieß einen gellenden Schrei aus, als mir die Hand vom Arm abgetrennt wurde. Fassungslos starrte ich auf den Stumpf, aus dem im Rhythmus meines pochenden Herzschlags hellrotes Blut spritzte, während ich fiel. Schwer schlug ich auf dem Boden der Feuerleitzentrale auf, verlor aber nicht das Bewusstsein. Verwundert und erleichtert zugleich sah ich, wie sich Santjun zu mir schleppte, unablässig mit seinem Impulsstrahler schießend.

Ulcarach
Auf der Flucht: 12. April 3112, kurz nach 11.00 Uhr

Sie haben mich gefunden, dachte Terry Ulcarach. Der Atem brannte in seinen Lungen, seine Beine waren schwer wie Blei. Am liebsten wäre er in irgendeine Felsspalte oder Höhle gekrochen, um sich zu verbergen, bis alles vorbei war, doch das wäre sein sicherer Tod gewesen. Er musste weiter, immer nur weiter. Wo waren die Verfolger? Er sah sich um, konnte sie jedoch nicht ausmachen. Aber weit konnten sie nicht sein.

Vielleicht habe ich einen Fehler gemacht. Er sah Rion Parth an. »Was meinst du, alter Freund?«, keuchte er. »Hätte ich die erneut die Seiten wechseln und den beiden USO-Agenten helfen sollen? Aber nein, du äußerst dich ja nicht dazu.« Er schaute seinem Kollegen in die Augen. Parths Blick blieb völlig ausdruckslos.

Ulcarach hetzte weiter, über eine karge Geröllebene, hielt nach irgendeiner Deckung Ausschau. In einiger Entfernung hörte er laute Rufe.

Ja, es ist ein Fehler gewesen. Er hatte sich jedoch zur Flucht entschlossen, um später nach Thanaton zurückzukehren, zu Coal'ha, zu seiner Familie. *Nur weg vom Monolithen,* das war sein einziger Gedanke gewesen. Malcher hatte ihn gehen lassen – hatte er zumindest geglaubt.

Bis seine Verfolger ihn eines Besseren belehrt hatten. Er hätte wissen müssen, dass er von diesem Augenblick an für Malcher nicht mehr nützlich, sondern gefährlich war. Jemand, der zuviel wusste, auch wenn er eigentlich gar nichts wusste.

Kaum hatte er das Lager der Silberherren verlassen, hatten sie ihn gejagt. Nur seiner Ausbildung als USO-Agent hatte er es zu verdanken, dass er nicht schon längst tot war.

Von Thanaton fliehen … Er lachte leise auf. Er hatte nicht bedacht, dass er einen getarnten Hangar in der Nähe von Tar'Haar aufsuchen musste, wenn er den Planeten verlassen wollte. Wie hatte er nur so dumm sein können, den Fehler zu begehen, sich in einer Krisensituation so weit von seiner Heimatbasis zu entfernen! Er hatte zwar in den vergangenen Jahren Ausweichdepots mit Ausrüstung angelegt, aber hauptsächlich in Tar'Haar sowie in der Nähe des Refugiums seiner Familie.

Vorbei, dachte er. *Es ist vorbei!*

Dann hörte er das dumpfe Grollen, so laut, als würde dicht hinter ihm ein Vulkan ausbrechen. Er wirbelte herum. Der

Monolith strahlte ein grelles Licht aus, das sich ständig veränderte, leuchtete hellrot, dann dunkelblau. Majestätisch langsam hob sich in einiger Entfernung ein Raumschiff scheinbar mitten aus dem Berg, wohl ein 100-Meter-Kugelraumer, aber es kam ihm viel, viel größer vor, riesig. Gleichzeitig spürte er, wie der Boden unter seinen Füßen erzitterte, ein Erdbeben den Berg erschütterte.

Plötzlich verspürte er wieder Hoffnung. Wenn Malchers Schiffe nun weithin sicht- und hörbar starteten, würde sich die Verwirrung und Verunsicherung unter der Bevölkerung weiter erhöhen. Außerdem bedeutete dies, dass Malcher seine *Bruderschaft in der Bruderschaft* in Sicherheit brachte.

Das war seine Chance!

Er glaubte, Rion lachen zu hören, ignorierte seinen Kollegen jedoch. Erneut sah er sich um, nestelte an seiner Hose, ließ sie herunter, löste den Antigravgürtel, den er an seinem rechten Bein befestigt hatte, schnallte ihn um, aktivierte ihn gleichzeitig mit seinem Individualschirm.

Er schwebte empor, einen Meter, zwei, drei. In dem Chaos würde niemand auf einen fliegenden Thanatoner achten, wenn gleichzeitig Raumschiffe starteten?

»Da ist er!«

Er fluchte leise. Hatte er zu denken verlernt, seit Lordadmiral Atlan sich bei ihm gemeldet hatte? Malchers Macht beruhte nicht nur auf seiner Bruderschaft innerhalb der Silberherren, die er durch Brutalität, Korruption und die Gnade der Lebensverlängerung beherrschte. Er konnte auch auf Einheimische zurückgreifen. Geeignete Talente fing er offensichtlich schon seit einigen Jahrzehnten ohne Ansicht der Herkunft ein und presste sie in den Dienst, einerseits durch eine moderne Ausbildung, andererseits, indem er sie vom dem Silbermetall abhängig machte.

Und diese Helfershelfer hatte er mit Impulswaffen ausgerüstet, wie Ulcarach nun feststellen musste.

Es waren drei Männer, die ihn verfolgt hatten. Drei Männer, die sich vielleicht zehn, zwölf Meter unter ihm befanden. Die mit ihren Waffen auf ihn zielten.

Nein, dachte Terry Ulcarach. Drei Lakaien, unbedeutende Hilfskräfte von einem Hinterwäldlerplaneten, die wahrscheinlich nicht einmal wussten, was das alles zu bedeuten hatte, welche Rolle sie in diesem Spiel einnahmen. Drei primitive Barbaren, die die Wirkungsweise ihrer Waffen nicht verstanden.

Die aber wussten, wie sie sie bedienen mussten. Die gleichzeitig schossen und ihn ins Kreuzfeuer nahmen.

Er hatte sich geirrt. Er hatte doch keine Chance. In dem Moment, in dem sein Individualschirm überlastet wurde, fiel auch der Antigravgürtel aus.

»Rion, hilf mir!«, schrie er, doch sein Partner antwortete nicht.

Er stürzte. Tief. Mindestens zehn Meter. Ein gewaltiger Schlag traf seinen Körper, ein widerliches Knacken ertönte, ein sattes, *ungesundes* Geräusch. Ein unerträglicher Schmerz fuhr durch seinen Rücken, breitete sich im gesamten Körper aus. Tränen schossen ihm in die Augen. Er wollte einen Arm heben, sich abstützen, aufstehen, fliehen, konnte es aber nicht.

Er konnte nicht einmal den Kopf drehen.

Ich habe mir die Wirbelsäule gebrochen, dachte er. *Oder das Genick.* Plötzlich waren seine Gedanken völlig klar, und er spürte keinen Schmerz mehr.

Wenigstens ist Coal'ha in Sicherheit. Das war sein größter, sein einziger Trost. *Coal'ha, die mir das alles eingebrockt hat.*

Sein letzter Gedanke würde ihr gelten, der großen Liebe seines Lebens. Aber das letzte, was er in seinem Leben sehen würde, bevor er verdurstete oder an seinen inneren Verletzungen starb oder bevor Malchers Schergen ihn fanden und ihr Werk vollendeten ... das würde Rion Parths Kopf in dem Stasisbehälter sein, den er ständig bei sich trug und mit dem er mehr denn je sprach, seitdem er ihn umgebracht hatte, um Coal'ha ganz für sich allein zu haben, dem er alles erzählte, was ihm auf der Seele lag, auch wenn Rions starre, verschleierte Augen seine Blicke nicht mehr zu erwidern vermochten.

Abzhin'Tsila: Nacht zum 13. April 3112

Santjun behielt sein Dauerfeuer bei, während er mich mit sich zerrte. Die Medoeinheit des Raumanzugs pumpte unablässig Schmerzmittel in mich hinein, während seine Minipositronik Düsen aktivierte, die Schaum aussprühten, der nicht nur das Leck des Anzugs, sondern auch meine schreckliche Wunde verschloss.

Der Risiko-Agent schrie auf, als plötzlich das Metall unter meinem Rücken zurückwich. Wie sich gerade eben ein Schott in der Decke der Feuerleitzentrale geöffnet hatte, klaffte nun eines im Boden. Wir stürzten in die Dunkelheit, und ich musste den zweiten harten Aufprall binnen weniger Sekunden überstehen. Doch ich hatte Glück, landete auf beiden Füßen. Die Wucht ließ mich in die Knie gehen. Instinktiv rollte ich mich ab. Keuchend kam ich wieder auf die Beine.

Das ist nicht real, warnte mich der Extrasinn. *In Explorern gibt es keine Schotts in Decken und Böden. Der Junge, Te'pros, ist tot. Santjun hat ihn erschossen.*

»Wenn Te'pros wirklich tot ist«, flüsterte ich, »warum hat sich dann nicht die Welt seiner Einbildung aufgelöst, die er mir aufgezwungen hat?«

»Was sagen Sie da, Sir?« Santjun sah mich entgeistert an. Ich achtete nicht auf ihn, handelte, aktivierte das Infrarotvisier und den Helmfunk. Dann riss ich den Kombistrahler hoch.

Keine Sekunde zu früh. Aus der Finsternis schnellten zwei peitschenähnliche Stahltentakel auf mich zu. Ohne das Nachtsichtgerät wäre ich verloren gewesen.

Ich warf mich zur Seite und schoss. Der eine Tentakel würde in der Mitte durchtrennt, während der andere nur um Zentimeter an meiner Schulter vorbei griff.

Ehe ich erneut feuern konnte, zog sich der Tentakel wieder zurück. Das Infrarotgerät arbeitete in totaler Finsternis in abgeschlossenen Räumen natürlich nicht perfekt. Ich konnte nicht genau ausmachen, woher die Greifarme kamen.

Als ich dann ein hohes Pfeifen hörte, war es zu spät. Mein unsichtbarer Gegner hatte die Position gewechselt und griff nun von der Seite an.

Mit einem schmerzhaften Ruck wickelte sich der Tentakel um meinen Oberkörper und zwang meine Arme zusammen. Der Phantomschmerz der abgetrennten Hand war schier unerträglich, und mit der anderen konnte ich nicht einmal den Strahler heben. Ich wappnete mich innerlich gegen den unweigerlichen Rück, der mich von den Beinen reißen würde.

Doch er blieb aus. Stattdessen zerteilte ein Impulsstrahl die Finsternis und zerstörte den Metalltentakel. Und eine vertraute Stimme sagte: »Sie kann man aber auch keinen Moment lang allein lassen, Lordadmiral.«

Naileth Simmers stand vor mir.

Und löste sich im nächsten Augenblick auf, wie auch das Metall des Zwischendecks der EX-2714. Zurück blieb der lichtdurchflutete schmale Gang im Silberberg. Santjun und ich waren allein; die einheimischen Arbeiter waren während unseres Kampfes mit dem Jungen längst geflohen.

Abjin'Tsila, dachte ich. *Übernormales Gesicht und Gehör, Gedankenlesen, Kenntnis von wunderbarer Kraft und die Erinnerung an frühere Existenzen, aus dem Licht kommen und ins Licht entrückt werden.*

Werde nicht sentimental, warnte der Extrasinn. *Und löse dich von diesen lemurischen Sprachkonstruktionen.* Abjin *war der lemurische Bezeichnung für Parakräfte, und das arkonidische* Zhy, *der zentrale Begriff der Dagor-Philosophie, vergleichbar dem* Satori *im Zen, das* transzendentale Licht *oder* übersinnliche Feuer, *hat die gleichen Wurzeln wie* zhyla, ins Licht entrückt werden. *Es stammt zwar vom lemurischen* Tsila *ab, aber du erlebst hier etwas ganz anderes. Vergiss die Entrückung und konzentriere dich auf die Realität!*

»Gibt es so etwas wie Realität überhaupt?«, murmelte ich.

Essoya!, schimpfte der Logiksektor. *Te'pros ist tot! Du erlebst heftige Hyperphänomene. Die Raumzeit um den Monolithen wird instabil, und wahrscheinlich erschüttern schon gewaltige energetische Phänomene das Land und das Gebirge. Und die hast wohl* du *ausgelöst!*

»Was?«, murmelte ich. Langsam flossen meine Gedanken wieder klarer, und mit kaltem Erschrecken wurde mir klar, dass der Logiksektor recht hatte. Das Zentralgehirn der lemurischen Anlage hatte mich aus irgendeinem Grund akzeptiert. Durch *meine* Anwesenheit waren gewaltige, uralte Anlagen in Betrieb gesetzt worden.

Hast du begriffen, was ich gesagt habe? Ihr müsst so schnell wie möglich von hier verschwinden!

Ich hob die rechte Hand, starrte sie an. Sie war unversehrt, genau wie die linke.

Neben mir rappelte sich Santjun hoch. Zumindest konnte er wieder aus eigener Kraft stehen, doch sein Körper war gebeugt wie der eines uralten Greises. Ich legte einen Arm um seine Schulter, und wir humpelten los. Ein Risiko-Agent der USO und sein Lordadmiral, zwei der am besten ausgebildeten Spezialisten der Milchstraße, jetzt aber ein alter, kranker und ein alter, verwirrter Mann, kaum Herr seiner Sinne.

Immer wieder mussten wir stehen bleiben und warten, bis Hyperfelder, die gerade vor uns entstanden waren, wieder zusammenbrachen, von rot flimmernden Schleiern durchzogene, wabernde Phänomene, die mich an Abstrahlfelder von Transmittern erinnerten. Ich wollte gar nicht daran denken, was geschehen würde, wenn sich solch ein Feld direkt um uns herum bildete. Wir würden in den Hyperraum verschlagen werden und dort vergehen.

Irgendwann erreichten wir den Ausgang.

Auf dem großen Platz davor waren heftige Unruhen ausgebrochen, herrschte Chaos. Der Monolith sendete, wie ich nun sah, ein grelles, sich ständig veränderndes Licht aus. Immer wieder erschütterten Erdbeben seine nähere Umgebung. Das hinderte die Einheimischen aber nicht daran, die Bottiche mit dem Silbermetall zu plündern. Überall kam es zu Ausschreitungen. Die Thanatoner brachten sich gegenseitig um und beluden sich mit dermaßen viel Metall, dass sie damit nicht einmal einen Kilometer weit kommen würden.

Ich packte mir einen Einheimischen, forderte ihn auf, die anderen zu warnen, eine sofortige Evakuierung der Gegend zu veranlassen, aber er hörte nicht einmal auf mich, sah mich, als sei ich verrückt.

Ich unternahm keinen zweiten Versuch. Allmählich wurde mir klar, dass die Silberherren und ihre Hintermänner abgetaucht sein mussten und die Thanatoner sich selbst überlassen hatten. Und der Mob war entfesselt. Meine Jahrtausende währende Erfahrung sagte mir, dass es keinen Zweck hatte, unsere Tarnung fallen zu lassen und zu versuchen, mittels unserer technischen Ausrüstung die Kontrolle zu übernehmen, um die Bevölkerung zu retten. Der Marsch der Narren war nicht aufzuhalten, jedenfalls nicht von zwei Personen. Das hatten die arkonidischen Imperatoren schon vor über zehntausend Jahren erkannt, und ich musste ihnen nachträglich recht geben.

Die Instrumente meines Allzweckarmbands und der Spionagebrille spielten verrückt. Ich konnte die Messungen nicht im

Detail deuten, doch alles ließ eine katastrophale Entladung des Monolithen befürchten. Meinem begrenzten Urteilsvermögen nach wurden die Aktivitäten des Monolithen von der lemurischen Einrichtung im zentralen Hohlraum aus kontrolliert und ließen sich von niemandem mehr zum Stillstand bringen.

Der Abend des 12. April war angebrochen, als wir die einzige Möglichkeit wahrnahmen, die uns noch blieb. Wir flohen in das Tal hinab.

Aber meine gesamte Erfahrung verriet mir, dass wir es nicht mehr erreichen würden, bevor die lemurischen Einrichtungen im Silberberg endgültig außer Kontrolle geraten würden.

Und selbst wenn ... Ich bezweifelte, dass das Tal uns noch irgendeine Sicherheit bieten konnte. Oder irgendein anderer Ort auf Thanaton.

Wenn nicht ein Wunder geschah, hatte meine unbedachte Aktion den Untergang dieses Planeten herbeigeführt.

Und dieses Wunder konnte eigentlich nur die IMASO sein, wenn ich mich in Kommandantin Simmers nicht völlig getäuscht hatte.

IMASO: 13. April 3112, gegen 0:00 Uhr

»Wir müssen etwas unternehmen«, sagte Terence Abigon, der Erste Offizier der IMASO. Die Miene des 48-jährigen, schlanken Terraners war ernst. »Wir hätten schon vor Stunden etwas unternehmen sollen.«

»Aber was?« Naileth Simmers warf wieder einen Blick auf die Holos, den hundertsten in den letzten drei Minuten. Die Beobachtung aus dem All ließ nur einen Schluss zu. Der Ausgangspunkt der energetischen Phänomene, die den Planeten zu zerreißen drohten, lag im Zentrum des Monolithen, wie Atlan das merkwürdige Artefakt in seinem Funkspruch genannt hatte. Die Erdbeben in der Gebirgsregion wurden immer heftiger, und Beobachtungssensoren und ausgeschickte Robotspione meldeten nun auch, dass sich von dem Monolithen unheimliche Wellen des Todes ausbreiten.

Die Kommandantin konnte sich selbst davon überzeugen. Die reiche Vegetation in der Umgebung des Monolithen begann zu verwelken, und immer mehr Menschen starben. Den Bildern der Robotsonden war allerdings auch zu entnehmen, dass die Träger von Silberschmuck größtenteils verschont blieben – was auch immer das zu bedeuten hatte.

Sie hatten schon seit Stunden keinen Kontakt mehr zu Atlan. Naileth Simmers befürchtete das Schlimmste, was das Schicksal des Lordadmirals betraf.

Und Santjuns Schicksal.

Dieser Gedanke erstaunte sie selbst ein wenig.

Und der Versuch einer direkten Hilfeleistung war völlig illusorisch. Sie hatten viel zu wenige Kräfte zur Verfügung, um die Flüchtlingsströme aus den Siedlungen und Städten im Umfeld des Monolithen zu lenken oder zu kontrollieren. Ihr Drei-Mann-Zerstörer patrouillierte in der Nähe des silbernen Artfakts, hatte aber noch keine Spur von Atlan entdecken können. Und aufgrund der Hyperphänomene riss auch der Kontakt zur IM-Z-1 immer wieder ab.

Noch bedrückender war jedoch die Antwort, die sie von Quinto-Center erhalten hatte. Verstärkung würde in frühestens 15 Stunden eintreffen, allerdings zunächst nur ein umgeleitetes, schwach bewaffnetes Versorgungsschiff der Solaren Flotte. Sie hatte den Kode LIG gesendet – *Lordadmiral in Gefahr!* – und fragte sich, was in den Köpfen derjenigen vorging, die solch eine Fahrlässigkeit, solch einen Schwachsinn, zu verantworten hatten.

»Die Situation droht katastrophal zu entgleiten«, sagte Abigon. »Madam. Naileth.«

Sie suchte keine übergroße Distanz zur Besatzung der IMASO, aber das ging ihr doch etwas zu weit. »Ich habe Ihren Einwand zur Kenntnis genommen, Captain. Pilot, wir fliegen in die Atmosphäre ein. Waffenoffizier, Feuer frei auf den Monolithen.«

»Jawohl, Kommandantin«, antworteten Ramit Claudrin und Tarber Moonk wie aus einem Mund.

Es war eine harte Entscheidung, die sie eigentlich hatte vermeiden wollen. Ihr lagen zu wenige Fakten vor. Sie wusste nicht, was geschehen würde, wenn sie den Silberberg tatsächlich vernichtete. Würde der Spuk dann ein Ende nehmen, oder würde ihr der gesamte Planet um die Ohren fliegen ... mitsamt Atlan und Santjun?

Der Epsaler zeigte wieder, was er konnte. Er senkte die IMASO zwar mit der gebotenen Eile, aber auch behutsam in die Lufthülle des Planeten, sodass keine Wirbelstürme und Springfluten auftreten konnten. Und der ertrusische Waffenoffizier eröffnete das Feuer, kaum dass ein gezielter Beschuss möglich war.

Moonks Meldung war allerdings ernüchternd. »Beschuss zeigt keine Wirkung!«

»Konzentriertes Feuer, gebündelter Desintegrator- und Thermowaffenbeschuss auf das Zentrum des Monolithen. Eine saubere Aktion bitte.«

»Verstanden.« Der Ertruser feuerte, und in der Zentrale der IMASO schlugen einige Sicherungen durch. Aber Tarber Moonk hatte genauso gute Arbeit wie Ramit Claudrin geleistet. Die Holos waren kurzzeitig ausgefallen, doch der Beschuss hatte den Monolithen zerstört, ohne den Planeten zu sprengen.

Sofort endeten die energetischen Phänomene, und die Funk- und Ortungsäther waren wieder frei.

»Funkspruch von der IM-Z-1!«, meldete Amelia Marcos. »Die Individualtaster funktionieren wieder, und der Zerstörer hat Atlan und Santjun in einer Welle von Flüchtlingen ausfindig gemacht und am Fluss geborgen.«

»Rendezvouskurs«, befahl Naileth Simmers. »Wir landen auf dem Planeten, um die beiden Agenten an Bord zu nehmen und der Bevölkerung Hilfe zu leisten. Atlan und Santjun sollen im Hangar auf mich warten. Ich bin schon unterwegs.«

»Verstanden«, sagte Ramit Claudrin. Die IMASO landete am 13. April gegen ein Uhr in der Nähe des Monolithen.

Santjun sah aus wie der lebende Tod. Naileth Simmers musste sich eingestehen, dass der Agent durch seine Symptome ihr professionelles Interesse als Medizinerin weckte. Allerdings war da noch mehr. Sie konnte es nicht leugnen, er beeindruckte sie mit seinem ruhigen, machtvollen Naturell, das dem Atlans glich, aber zugänglicher und ungefährlicher zu sein schien.

»Auf die Medostation«, sagte sie, »sofort.«

»Genau«, krächzte Atlan. »Irgendetwas stimmt nicht mit Santjun. Er hat jede Kraft verloren, ist frühzeitig gealtert ...«

»Sie auch, Lordadmiral«, sagte sie. »Und wenn ich jetzt noch einen Ton höre, wird unser Medizinischer Offizier Sie für dienst- und unzurechnungsunfähig erklären lassen. Ich scherze nicht. Es liegt bei Ihnen, Sir.«

Atlan öffnete den Mund und schloss ihn wieder.

Während die beiden, flankiert von einem halben Dutzend Medoroboter, die die Erstversorgung übernommen hatten, auf Liegen zur Medostation transportiert wurden, erholte Santjun sich zusehends. Die Kommandantin hätte nur allzu gern gewusst, was mit ihm geschehen war. Die Haut seines Gesichts wurde zunehmend glatter und straffer. Wenn sie auf der Grundlage seiner Wiederherstellung eine Hautcreme entwickeln könnte, würde sie bei der USO kündigen und sich einen eigenen Planeten samt Personal kaufen können.

Aber bei der USO kündigte man nicht so schnell und problemlos.

Der Lordadmiral schien eher geistig erschöpft zu sein. »Was ... ist da unten wirklich passiert?«, murmelte er.

»Die Lemurer waren sich wohl nicht darüber im Klaren, was sie tun, als sie mit dem Relikt einer vergessenen Rasse spielten«, sagte Santjun.

»Mit den Halutern im Nacken tut man alles, was nur die geringste Erfolgsaussicht bietet«, erwiderte der Lordadmiral. »Wir müssen sofort nach Thanaton zurückzukehren, um die Anlagen zu untersuchen.«

»Das wird leider etwas schwierig werden, Sir. Um Sie und Santjun zu retten, mussten wir den Monolithen zerstören.«

»Gut«, sagte Atlan. »Und gleichzeitig auch schlecht. Wir müssen herausfinden, was wirklich passiert ist. ES könnte seine Finger im Spiel und für die Aktivierung durch einen Zellaktivatorträger gesorgt haben. In diesem Fall könnten die Vorkommnisse analog zu früheren Ereignissen wie zum Beispiel dem Erwachen des Museums der Oldtimer auf Impos auf das Herannahen einer galaxisweiten Bedrohung hinweisen.«

»Das halte ich für unwahrscheinlich, Sir«, warf Santjun ein. »Was wir auf Thanaton erlebt haben, war bierernst. Es fehlen die typisch skurrilen Hinweise auf das Wirken des Geisteswesens.«

»Die lemurischen Anlagen könnten direkt auf meinen Zellaktivator angesprochen haben«, gab Atlan ihm recht. »Das könnte ein Hinweis auf eine Verstrickung der Meister der Insel in die Errichtung der Steueranlagen und eine Ähnlichkeit mit den Psi-Bastionen sein.«

»Schlüsse über den Zweck der Einrichtung lassen sich daraus jedoch nicht ableiten, oder, Sir?«

»Dann war der Monolith also ein singuläres Phänomen ... eine weitere Aktivität der Lemurer im Krieg gegen die Haluter, wie wir sie an vielen Orten der Galaxis gefunden haben.«

»Es bleiben trotzdem noch zahlreiche Fragen, Sir ... Wer sind die Silberherren, wer ihre Hintermänner, was bezwecken sie wirklich, wieso haben Sie einen Schwächeanfall erlitten, Sir, wieso bin ich vor Schwäche fast gestorben, welchen Zweck haben die Einrichtungen in diesem Bunker wirklich, wie kam es zu diesen heftigen Hyperphänomenen, wieso hat man uns die Erinnerungen genommen, anstatt uns direkt zu töten ...«

»Das habe ich doch schon beantwortet«, sagte Atlan. »Weil jemand auf Zeit gespielt hat.«

»Dann kann das Silbermetall nicht die hauptsächliche Motivation dieses Unbekannten gewesen sein«, stellte Santjun fest. »Nicht die lebensverlängernde Wirkung. Die potenzielle Unsterblichkeit. Der Gewinn durch den Verkauf dieses Metalls. Dann muss es um etwas gehen, das noch viel bedeutender ist.«

Zu Naileth Simmers Überraschung schwieg Atlan einen Moment lang. »Wir kennen noch nicht alle Fakten«, sagte er dann. »Vielleicht hat der wahre Drahtzieher, der uns unsere Erinnerungen genommen und so gekonnt manipuliert hat, so viel Silbermetall auf die Seite geschafft, dass seine Unsterblichkeit gesichert ist. Vielleicht ...«

Das Schott der Medostation glitt auf. »Vielleicht schweigen die Herren jetzt«, sagte Geriok Atair, der Medizinische Offizier der IMASO, »und lassen sich von mir gründlich untersuchen.« Der Ara lächelte sardonisch. »Und wenn Sie dazu nicht imstande sind, habe ich bestimmt geeignete Beruhigungsmittel zur Verfügung, die Ihnen helfen, endlich zu entspannen.«

Epilog

15. April 3112

Naileth Simmers trug keine Uniform, sondern eine weite Hose und eine noch weitere Bluse, die Santjun mehrere Nummern zu groß vorkam. Die Kommandantin kniete im Erdreich des hydroponischen Gartens der IMASO vor einem Beet in Blüte stehender Blumen. Dem Agenten kam ihre Farbe seltsam vor: ein sattes, dunkles Violett. Wenn er sich bewegte und damit den Lichteinfall veränderte, schienen sie fast schwarz zu *leuchten*, ein Widerspruch an sich, den er aber einfach hinnahm.

Naileth hatte zwar Handschuhe übergestreift, schien sich aber nicht für die seltsamen Gewächse zu interessieren. Auf ihrer Handfläche lag ein toter Schmetterling, ein hauchfeiner Falter, dessen Flügel noch gespreizt waren, als wären sie mitten im schnellen Schlag erstarrt. Santjun glaubte, auf ihnen jeweils zwei große Augen zu erkennen, deren Blick nun aber gebrochen war.

Als er nähertrat, bemerkte er, dass neben der Kommandantin weitere Schmetterlinge lagen, alle mit ausgebreiteten Flügeln, alle tot.

Er räusperte sich.

»Hallo, Santjun«, sagte sie, ohne aufzusehen. »Was führt Sie hierher?«

»In Ihr Reich?«

Sie zuckte die Achseln. »Wenn Sie so wollen.«

»Ich weiß nicht. Vielleicht wollte ich mir den hydroponischen Garten nur mal ansehen. Ich habe gehört, dass Sie ihn mit Herzblut pflegen.« Er legte eine Pause ein. »Und es stimmt, was die Besatzungsmitglieder sagen.«

»Danke.« Als sie endlich aufsah, war ihr Blick nachdenklich und traurig. Sie zögerte kurz, dann deutete sie mit der freien Hand auf die dunkelbraune Erde neben ihr.

Santjun nahm die Einladung an und hockte sich hin. Er fühlte sich plötzlich unsicher. Lag es an dem Ambiente, an der Wirkung der Natur in der nüchtern-technischen Umgebung der IMASO?

Oder etwa an Naileth Simmers selbst?

»Wie geht es Ihnen?«, fragte sie. »Sie sind furchtbar blass.«

Er nickte. »Geriok Atair zufolge bin ich noch immer sehr geschwächt.« Er lachte leise auf. »Und ehrlich gesagt fühle ich mich auch so.« Er sah sich um in diesem Refugium aus überbordendem Grün, das die Kommandantin auf wenigen Quadratmetern geschaffen hatte, und kam sich fehl am Platz vor, hatte den Eindruck, in eine ureigene, private Welt eingedrungen zu sein. Und diese andere Welt, diese private Umgebung, schien Naileth Simmers verändert zu haben. Sie kam Santjun wesentlich ... weicher vor als in der Zentrale. Er gestand sich ein, dass dieser Umstand sein Interesse weckte.

»Was ist mit ihnen?« Er zeigte auf die toten Schmetterlinge.

»Das sind sehr empfindliche terranische Insekten. Ich befürchte, dass sie durch die Stoßfront bei der Aktivierung des Monolithen von Thanaton getötet wurden.«

»Das hieße ...«

»Das ist meine eigene Theorie«, schränkte sie ein.

»Sie sollten Atlan darüber informieren. Wenn wirklich ein Zusammenhang besteht ...« Er hielt inne.

»Das werde ich.« Ihre Stimme klang beunruhigt. Santjun konnte die Kommandantin gut verstehen; das Thema erfüllte auch ihn mit Besorgnis. »Ich befürchte, dass dieser Monolith etwas mit dem Leben an sich anstellt«, fuhr sie fort.

»Mit mir hat er ganz bestimmt etwas angestellt. Atlan meint zwar, dass ich mich ganz gut geschlagen hätte, doch ich zeige gelegentlich versteckte Anflüge von Furcht, die auf eine gewaltige psychologische Belastung hinweisen. Behauptet zumindest der Ara.«

Das schien sie auf eine Idee zu bringen. »Gestatten Sie, dass ich Ihre physiologischen Daten abrufe?«

Santjun schaute an sich hinab. Er war noch immer mit Überwachungssensoren bestückt, wies weiterhin Spuren eines körperlichen Zerfalls auf, war Oberleutnant Atair zufolge jedoch mental einigermaßen stabil und erholte sich.

Es ehrte die Kommandantin, dass sie ihn um Erlaubnis bat. Der Zugriff auf medizinische Daten von Besatzungsmitgliedern war ein Privileg der kommandierenden Offiziere. »Natürlich, wenn Sie sich etwas davon versprechen.«

Sie studierte die Daten kurz. »Aus den Messwerten, die Ihre Geheimdienstausrüstung während des Einsatzes aufgezeichnet hat, ergibt sich ein verblüffendes Bild.«

»Ach?« Er runzelte fragend die Stirn.

»Zunächst wurden Sie während der Hyperschockwelle dramatisch geschwächt. Der Verfall verstärkte sich bis zu dem Zeitpunkt, als die IMASO die lemurischen Einrichtungen im Zentrum des Monolithen zerstörte. Danach haben Sie sich erstaunlich rasch regeneriert. Nun aber stelle ich eine Abflachung der Erholungskurve fest.«

»Was schließen Sie daraus?«

»Vorerst gar nichts. Das überlasse ich Atair.«

»Trotzdem«, sagte Santjun. »Dann haben Sie mir ja das Leben gerettet!«

Naileth Simmers lachte leise auf. »Bilden Sie sich nichts darauf ein. Ich zerstöre täglich Monolithen!« Übergangslos wurde sie wieder ernst. »Man könnte die in dem Moment der Zerstörung auftretenden Effekte mit denen einer Zelldusche vergleichen.«

»Dann hoffe ich, dass der Effekt nicht nur zweiundsechzig Jahre anhält!«

»Oder auch nur zweiundsechzig Stunden«, entgegnete die Kommandantin und lächelte wieder schwach.

Santjun spürte, dass die Wendung, die das Gespräch genommen hatte, ihr unangenehm wurde. »Wie ist die Lage?«, fragte er, um ihm eine andere Richtung zu geben. »Was haben unsere Experten herausgefunden?«

Die IMASO hielt noch immer einen Orbit um Thanaton ein, nachdem die Besatzung aufreibende Hilfseinsätze auf der Oberfläche geleistet hatte. Die Situation auf dem Planeten schien sich allmählich zu stabilisieren; das alarmierte Versorgungsschiff unterstützte die Bevölkerung, die so unvermutet mit *Aliens* konfrontiert worden war. Santjun hatte ersten Berichten entnommen, dass sich bereits entsprechende politische und kulturelle Umbrüche ankündigten.

»Thanaton scheint eine wichtige lemurische Kolonie gewesen zu sein, die sehr heftig angegriffen wurde. Es gab im Inneren des Monolithen umfangreiche Installationen. Anscheinend besaßen die Lemurer gute Informationen über den Maschinenkomplex, denn sie konnten ihn steuern. Welche Rolle der Planet für die Lemurer spielte, ist jedoch unklar.«

»Eine Vermutung oder eine Tatsache?«

Die Kommandantin zuckte die Achseln. »Außerdem gibt es Spuren, die darauf hinweisen, dass auch Terraner die Anlagen des Monolithen erforscht haben, allerdings erfolglos. Menschen aus dem Solaren Imperium oder aus anderen Interessengruppen sind seit wenigstens einhundert Jahren auf Thanaton aktiv und haben die Entwicklung des Planeten in dieser Zeit stark beeinflusst. Zwar gibt es dort noch ein normales Leben, aber insbesondere der Nordkontinent wurde deutlich durch die Gewinnung und Verarbeitung des Metalls geprägt.«

»Haben wir etwas über die Silberherren erfahren?«

»Ihre letzten Truppen sind in die dichten Wälder Thanatons entkommen und werden wohl keine Informationen liefern. Die IMASO bereitet sich auf den Weiterflug nach Quinto-Center vor«, wechselte die Kommandantin erneut das Thema; nun war sie wieder auf sichererem Terrain. »Aber bis zum Abflug dauert es noch eine Weile, Atlan hat allen Besatzungsmitgliedern einige Ruhestunden verordnet.« Sie musterte ihn interessiert, fast schon ein wenig neugierig. »Wie fühlt man sich, wenn man im Mittelpunkt steht? Sie wissen ja, was Sie auf Quinto-Center erwartet.«

Er nickte. »Allerdings.« Er musste dort mit einer gründlichen medizinischen Untersuchung seines eigenartigen Zustands rechnen. »Wie ein Versuchskaninchen. Ist Perry Rhodan informiert?«

»Er hält sich noch immer auf Ruppet auf, doch der Lordadmiral hat alle Informationen um den Monolithen von Thanaton an die terranische Explorerflotte weitergegeben. Atlan hat Feuer gefangen und hält den Monolithen für eine wichtige, wenn auch singuläre Erscheinung, die seiner Ansicht nach nicht in einer direkten Verbindung zu ES steht. Er hat umfangreiche Forschungsarbeiten auf Thanaton angeordnet.« Leichter Spott sprach aus ihrer Stimme. »Es ist allerdings klar, dass der Ursprung des Monolithen in tiefster Vergangenheit liegt. Wie alt er tatsächlich ist, steht noch nicht fest. Ersten Schätzungen zufolge mindestens eine bis anderthalb Millionen Jahre.«

»Jemand hat Atlan manipuliert«, sagte der Risiko-Agent, »und das stinkt ihm. Er will an die Hintermänner herankommen.«

»Bei Ihnen sieht das anders aus, oder?«

»Wie kommen Sie darauf?«

Die Kommandantin zuckte wieder die Achseln. »Nur eine Vermutung.«

Santjun nickte. »Ja. Der Monolith fasziniert mich geradezu. Am liebsten würde ich sofort nach Thanaton zurückkehren.«

»Sie wollen sich doch nur vor den medizinischen Untersuchungen drücken.«

Der Agent lachte. »Das auch, aber ...«

Das laute Jaulen eines internen Alarms unterbrach ihn. Der Ton verklang nach zehn Sekunden wieder, doch gleichzeitig summte Naileth Simmers' Allzweckarmband.

Die Bedeutung des Sirenenklangs war ihnen beiden bekannt: *Kommandantin in die Zentrale!*

Naileth Simmers und Santjun sprangen gleichzeitig auf.

Das Schott war noch nicht ganz in die Wand zurückgewichen, als Atlan sie bereits zu sich winkte. »Wir haben soeben eine weitere Hyperschockwelle geortet, die hinsichtlich ihres Energiegehalts und ihrer Struktur dem Signal gleicht, das der Monolith von Thanaton ausgesandt hat!«, rief der Regierende Lordadmiral der USO.

Santjun schluckte, während Major Simmers die Ortungsergebnisse überprüfte. Schließlich nickte sie. »Die Daten sind eindeutig, Sir.«

Der Lordadmiral war schon einen Schritt weiter. »Ich muss meine Einschätzung der Lage um den Monolithen revidieren. Die neuerliche Hyperschockwelle lässt nur einen Schluss zu. Es gibt nicht nur dieses eine Exemplar auf Thanaton. Und damit handelt es sich auch nicht um ein einfaches Relikt einer untergegangenen Kultur oder des halutisch-lemurischen Krieges, sondern um den Teil einer größeren Anlage, die ich anscheinend unabsichtlich aktiviert habe.«

Santjun räusperte sich. »Was wir da aktiviert haben, ist ein Rätsel, das wir zu lösen versuchen sollten. Umgehend, Sir.«

»Vielleicht hat es wirklich etwas mit dem ewigen Leben zu tun«, warf Major Simmers ein. »Mit ES.«

»Vielleicht war dieser Langlebigkeitseffekt aber gar nicht die einzige ... nicht die entscheidende Funktion dieses Monolithen«, sagte Atlan nachdenklich. »Die Todeswelle legt vielmehr nah, dass es sich um eine Waffe handelt. Ich muss abwägen ...«

»Sie befürchten, dass Ihre Anwesenheit weiteres Unheil auslösen könnte, Sir?«

Der Lordadmiral nickte. »Aber ich sehe keine Alternative. Ich muss das Risiko gegen das mögliche Unheil abwägen, das ohne meine Anwesenheit seinen Lauf nehmen könnte.« Er ging zum Sessel des Expeditionsleiters und ließ sich hinein fallen. »Ursprungsort der Signale ist das kaum erforschte System des Planeten Zartiryt. Eintrag ins Logbuch, Kommandantin Simmers. Am 15. April 3112 nimmt die IMASO um 14.00 Uhr Kurs auf Zartiryt.«

»Verstanden, Sir. Wir sind bereits unterwegs!«

ENDE

Demnächst im Handel erhältlich:
ATLAN
Todeszone Zartiryt
Rüdiger Schäfer
Zweiter Teil des Monolith-Zyklus
Todeszone Zartiryt
ISBN 978-3-89064-179-9
Fantasy Productions GmbH
Postfach 1517, 40675 Erkrath
www.fanpro.com
FANPRO

ATLAN
Das Relikt der Macht
Hans Kneifel
Illochim-Trilogie 1
ATLAN
Im Bann der Gatusain
Achim Mehnert
Illochim-Trilogie 2
ATLAN
Der Traum des Navigators
Rüdiger Schäfer
Illochim-Trilogie 3